Sur l'auteure

Diplômée de l'université d'Oxford en psychologie expérimentale, Nancy Tucker travaille au sein d'une unité de soins psychiatriques au Royaume-Uni. Elle publie en 2015 *The Time in Between*, une œuvre biographique sur son combat contre l'anorexie, et *That Was When People Started to Worry* en 2018, dressant des portraits de femmes atteintes de troubles psychologiques. *Le Premier Jour du printemps* est son premier roman.

NANCY TUCKER

LE PREMIER JOUR DU PRINTEMPS

Traduit de l'anglais
par Carine Chichereau

10/18

LES ESCALES

Titre original :
The First Day of Spring
Publié pour la première fois au Royaume-Uni
par Hutchinson en 2021.

ISBN : 978-2-264-08131-5
Dépôt légal : mars 2023

Pour ma mère.

Chers lecteurs, chères lectrices,

Le Premier Jour du printemps explore certains recoins les plus sombres de la pensée, des sentiments et du comportement humains. Cela peut paraître surprenant, mais ce fut pour moi une joie d'écrire ce livre. Chrissie est arrivée tout entière formée dans ma tête, avec une voix et un esprit bien à elle. En travaillant sur un livre précédent, j'ai lu que les meilleures expériences en écriture reviennent à prendre la dictée directement de vos personnages. Or, en commençant à rédiger ce roman, je me suis rendu compte que c'était vrai : je sentais réellement la présence de Chrissie, et à travers moi elle exprimait tout ce qu'elle avait à dire.

Ainsi, Chrissie était-elle posée sur mon épaule pendant tout le processus d'écriture, tandis que Julia, elle, vivait en moi. Chose étrange, j'ai eu peu de difficulté à me mettre à sa place : une jeune femme exclue de l'endroit où elle vivait en sécurité, et qui soudain doit s'inventer une nouvelle vie. J'ai passé une grande partie de mon adolescence dans ces centres où l'on tentait de soigner mon anorexie, et quand j'ai commencé à guérir, j'ai eu l'impression qu'on me demandait de reconstruire toute une vie, comme si j'étais une personne entièrement nouvelle. Je vis avec le souvenir de mon combat contre les troubles alimentaires, ce qui parfois revient à porter un lourd secret.

Quand je songe à toute la période où j'ai retravaillé ce livre, je pense obligatoirement à mon service de nuit à l'hôpital psychiatrique où je travaillais alors, dans l'aile réservée aux enfants. Mes expériences en tant que patiente puis soignante m'ont permis de mieux comprendre l'expérience de Chrissie à Haverleigh – l'odeur de la nourriture de l'hôpital, le bruit des portes qu'on verrouille et déverrouille, et le sentiment d'être confinée. Ce genre de soins dans des lieux fermés est certes imparfait et sujet à controverse, mais cela peut offrir à des jeunes gens un environnement sûr où grandir et guérir. Pour des enfants comme Chrissie, c'est très précieux. Je suis fière de travailler dans des services qui aident les jeunes gens en crise, et pour moi ce sera toujours mon « vrai travail ».

Il existe beaucoup de livres qui racontent les trajectoires de personnes confrontées à l'adversité et qui s'en sortent en beauté. Il en existe moins relatant l'histoire de personnes confrontées à l'adversité, qui ont elles-mêmes causé du tort aux autres, et qui explorent la question de savoir si l'on doit ou pas leur donner une chance de se racheter.

La presse a tendance à pencher en faveur de la condamnation et du blâme, mais j'espère que ce livre encouragera les lecteurs et lectrices à réfléchir plus en profondeur aux circonstances qui poussent des gens à commettre l'impensable. J'espère qu'il soulève également des questions importantes au sujet de la résilience, de l'éducation et de la capacité humaine à pardonner.

J'espère surtout qu'après avoir lu *Le Premier Jour du printemps* on retiendra la puissance de l'amour de Julia pour Molly, et le pouvoir guérisseur de leur lien.

Nancy Tucker
Octobre 2020

CHRISSIE

Aujourd'hui, j'ai tué un petit garçon. J'ai serré les mains autour de sa gorge, je sentais le sang qui battait fort sous mes doigts. Il a gigoté, m'a flanqué des coups de pied, et je me suis pris son genou dans le ventre, comme un lasso de douleur. J'ai poussé un glapissement. Et j'ai serré plus fort. Avec la sueur, c'était tout glissant dans son cou, mais j'ai pas lâché, j'ai appuyé, appuyé sur sa gorge, jusqu'à ce que mes ongles deviennent tout blancs. C'était plus facile que j'aurais cru. Il a pas fallu longtemps avant qu'il arrête de se tortiller. Quand il a eu la figure couleur de lait concentré, je me suis assise sur mes talons et j'ai secoué mes mains. Elles avaient gonflé. Je les ai mises autour de mon cou à moi, juste au-dessus de l'endroit où ça fait un creux, entre les os. Je sentais le sang qui pulsait sous mes doigts. *Je suis là, je suis là, je suis là.*

Après, je suis allée chez Linda, parce qu'il y avait encore plusieurs heures avant le dîner. On est montées en haut de la colline et on a fait le poirier contre le mur. On avait les mains pleines de mégots et de bouts de verre. Nos robes s'étaient retournées par-dessus nos têtes. Le vent était froid sur nos jambes. Une femme est passée à côté de nous à toute vitesse, c'était la maman à Donna, elle courait, avec ses gros seins qui ballottaient. Linda s'est remise debout à côté de moi, et on a regardé la maman à Donna qui dévalait la rue. Elle faisait des drôles de bruits, pareil qu'un chat qui miaule, et ça cassait le calme de l'après-midi.

« Pourquoi elle crie comme ça ? a demandé Linda.

— Chais pas », j'ai répondu. Mais en fait je savais.

La maman à Donna a disparu au bout de la rue, à l'angle, et on a entendu un brouhaha de voix au loin. Elle est revenue avec tout un troupeau de mamans autour d'elle, et elles se dépêchaient toutes, et leurs chaussures marron battaient le pavé à la manière d'une cavalcade. Michael était avec elles, mais il n'arrivait pas à suivre. Quand elles nous ont dépassées, il était encore loin derrière, il haletait et il tremblait en faisant des petits bruits, tiré par sa maman, jusqu'à ce qu'il tombe. On a vu le sang éclabousser, rouge framboise, et un hurlement a déchiré l'air. Sa maman l'a attrapé dans ses bras et calé sur sa hanche. Et elle s'est remise à courir, à courir.

Après que les mamans nous ont dépassées, on a observé le troupeau de gilets et de gros derrières sautillants qui s'éloignait, et puis j'ai pris Linda par la main et on les a suivies. Au bout de la rue, on a aperçu Richard qui sortait du magasin, un caramel dans une main, tenant Paula de l'autre. Il nous a vues courir après les mamans, du coup il a fait pareil. Ça a pas plu à Paula que Richard l'entraîne comme ça, elle s'est mise à chouiner, alors Linda l'a prise dans ses bras en la serrant bien contre elle. Ses jambes faisaient des plis et, à chaque pas, sa couche gonflée descendait un peu plus bas, encore plus bas.

On a entendu la foule avant de la voir : un grondement étouffé de soupirs et de jurons mêlés, ponctués de pleurs de mamans. Les filles aussi pleuraient. Les bébés aussi pleuraient. À l'angle de la rue, une nuée de gens se tenaient autour de la maison bleue. Linda était plus avec moi parce que Paula avait perdu sa couche au bout de Copley Street et qu'elle s'était arrêtée pour essayer de la lui remettre. Je les ai pas attendues. J'ai foncé en avant, loin du troupeau jacassant des mamans, et je me suis engouffrée au cœur du fracas. En arrivant vers le milieu, il a fallu que je m'accroupisse, que je me fasse toute riquiqui pour me faufiler entre les corps chauds, et une fois qu'y a plus eu personne devant moi, je l'ai vu. Le grand costaud qui se tenait à la porte, avec le petit garçon mort dans les bras.

Un bruit a fusé un peu plus loin derrière, et j'ai regardé par terre à la recherche d'un renard, parce que c'est ce bruit-là qu'ils font quand ils ont une épine dans la patte, un bruit venu du fond des entrailles et qui jaillit par la bouche. Et puis la nuée s'est défaite, désintégrée, les gens s'écartant les uns des autres. On m'a poussée, et à travers la forêt des jambes, j'ai vu la maman à Steven qui se dirigeait vers le monsieur costaud. Du fond de son ventre sortaient des hurlements. Qui se sont transformés en mots lorsqu'elle a pris le corps de Steven. « Mon bébé, mon bébé, mon bébé. » Puis elle s'est assise par terre, sans se rendre compte que sa jupe remontait et qu'on voyait sa culotte. Elle serrait Steven contre elle, et j'ai pensé que c'était bien qu'il soit déjà mort, parce que sinon, il aurait étouffé entre ses seins et son ventre. Je voyais même plus sa figure sous les bourrelets de chair. Pas grave. Je savais déjà quelle tête il avait : gris comme du foie qui a passé la date de péremption, avec des yeux comme des billes. Ses paupières battaient plus. Je l'avais remarqué après l'avoir zigouillé. Ça m'avait fait drôle qu'il batte plus des cils pendant si longtemps. J'avais essayé à mon tour, mais au bout d'un moment j'ai arrêté parce que j'avais les yeux qui piquaient. Sa mère lui caressait les cheveux en hurlant. La maman à Donna a fendu la foule et elle est venue s'agenouiller à côté d'elle, puis celle à Richard, celle à Michael, et toutes les autres mamans se sont collées à elle, en larmes. Je comprenais pas pourquoi elles pleuraient. C'est vrai, leurs gosses à elles, ils étaient pas morts.

Il a fallu longtemps à Linda et Paula pour nous rejoindre. Quand elles sont arrivées dans la rue de la maison bleue, Linda tenait à la main la couche mouillée de Paula.

« Tu sais comment on peut lui remettre ? » elle m'a demandé en me la tendant. J'ai pas répondu, je me suis penchée pour continuer à observer le tas des mamans hurlantes. « Qu'est-ce qui se passe ?

— C'est Steven, j'ai dit.

— Il était dans la maison bleue ?

— Il était mort dans la maison bleue. Maintenant, sa maman l'a sorti, mais il est toujours mort.

— Comment il est mort ?

— Chais pas », j'ai dit. Mais en fait, je savais.

Paula s'est assise par terre à côté de moi, cul nu dans la terre. Avec ses petites mains potelées, elle a cherché un caillou qu'elle a mangé tranquillement. Assise de l'autre côté, Linda regardait les mamans. Paula a mangé trois autres cailloux. Les gens murmuraient, chuchotaient, pleuraient, et la maman à Steven, elle était cachée sous une couverture de poitrines et de gilets roses. Susan était là, elle aussi. La sœur à Steven. Elle se tenait à l'écart des mamans, à l'écart de la masse. Personne semblait la voir, à part moi. Elle était comme un fantôme.

Quand le soleil a commencé à décliner, la maman à Paula est venue la chercher, elle l'a prise dans ses bras, lui a sorti un caillou de la bouche et l'a ramenée à la maison. Linda devait rentrer parce que sa maman avait préparé le repas. Elle m'a demandé si je voulais venir, mais j'ai dit non. Je suis restée jusqu'à ce qu'une voiture arrive en vrombissant. Deux policiers en sont sortis, ils étaient grands et beaux avec leurs boutons tout brillants sur leurs uniformes. Il y en a un qui s'est accroupi près de la maman à Steven, et il lui a dit des choses que j'ai pas comprises, même en fermant les yeux et en serrant les dents – d'habitude, ça m'aide à entendre les trucs que les adultes veulent pas qu'on entende. L'autre est entré dans la maison bleue. Je l'ai vu visiter les pièces du bas, et j'avais envie de lui crier : « C'est là-haut que je l'ai tué ! Faut aller voir en haut ! » Mais je me suis mordu les lèvres pour pas ouvrir la bouche. Je pouvais pas tout leur raconter.

Je voulais rester là à regarder, au moins jusqu'à ce que le policier monte voir au bon endroit, mais Mr Higgs, du 35, m'a dit de filer. Quand je me suis levée, je portais sur moi la trace du sol, les lignes et les bosses. Debout, je voyais mieux Steven. Il avait les jambes toutes molles sur le bras de sa mère, de la boue sur les genoux, et il avait perdu une chaussure. Susan était la seule enfant encore sur place, parce qu'elle avait plus personne qui l'attendait à la maison. Les bras croisés sur la poitrine, elle se tenait les épaules, comme si elle se faisait un câlin toute seule, ou qu'elle empêchait ses bras de tomber. Elle était maigrichonne et rouge. Elle a poussé les cheveux devant son visage, et alors elle m'a vue, j'allais lui faire signe mais Mr Higgs m'a attrapée par le coude.

« Allez viens, ma grande. Il est temps de rentrer. »

Je me suis tortillée pour qu'il me lâche. Je pensais qu'il allait juste me chasser, mais il m'a raccompagnée jusque dans ma rue, sans me quitter d'une semelle. J'entendais sa respiration, ronflante, haletante. J'avais l'impression d'avoir des limaces sur moi.

« Regarde-moi ce ciel », il a dit en pointant le doigt au-dessus de nos têtes. J'ai levé la tête. C'était tout bleu.

« Ouais, j'ai dit.

— C'est le premier jour du printemps.

— Ouais.

— Le premier jour du printemps, et un bébé est mort. » Il a fait *tss-tss-tss*.

« Ouais, j'ai dit. Il est mort.

— Et toi, tu n'as pas peur, ma grande ? » J'ai grimpé sur le muret du jardin à Mr Warren. « La police va s'en occuper, tu sais. Il ne faut pas avoir peur.

— J'ai peur de rien, moi ! »

En arrivant au bout du muret, j'ai sauté par terre et j'ai couru jusqu'à la maison. J'ai pris le raccourci, à travers le trou dans le grillage du parking. Je peux pas l'emprunter avec Linda, parce qu'elle est trop grosse pour se faufiler par là, mais pour moi, c'est facile. Les gens disent toujours que je suis petite pour une fille de huit ans.

Chez moi, y avait pas de lumière. J'ai fermé la porte en entrant et j'ai voulu allumer, mais il s'est rien passé. Y avait plus d'électricité. Je déteste ça, quand y a plus d'électricité. Ça veut dire que la télé marche pas, que la maison est toute noire noire noire, et qu'y a pas moyen d'avoir de la lumière, et j'ai peur des trucs que je peux pas voir. Je suis restée debout un moment dans le couloir, à guetter si j'entendais maman. Je pensais pas que papa serait là, mais j'ai fait un effort pour essayer de l'entendre, en tendant bien l'oreille – peut-être qu'en écoutant très fort, je pourrais faire apparaître les bruits par magie. Tout était tranquille. Le sac à main à maman était par terre, au pied de l'escalier, et dedans j'ai trouvé un paquet de gâteaux. C'étaient mes préférés – couleur sable, avec des raisins qui ressemblaient à des mouches mortes –, alors je les ai mangés, allongée sur mon lit, en faisant attention de pas manger du côté où j'ai ma dent pourrie. Après, j'ai levé ma main en l'air, au-dessus de ma tête, et j'ai tendu les doigts comme une étoile de mer. J'ai attendu que tout le sang soit descendu, et puis j'ai baissé le bras et collé ma main sur ma figure. Mes doigts étaient tellement engourdis qu'on aurait dit qu'ils appartenaient à quelqu'un d'autre, c'était bizarre, cette impression qu'une autre personne me caressait le visage. Quand j'ai retrouvé les sensations, j'ai mis les mains sur mes joues, et j'ai regardé à travers mes doigts en faisant semblant de jouer à cache-cache.

Je parie que tu peux pas me voir, je parie que tu peux pas me trouver, je parie que tu peux pas m'attraper.

La nuit, je me suis réveillée pendant que tout le monde dormait. J'étais allongée sur le dos. J'ai pensé que maman avait dû claquer la porte, parce que c'était ça en général qui me réveillait la nuit. Des fois, aussi, je me réveillais parce que j'avais fait pipi au lit, seulement là, mes draps étaient secs, et j'entendais rien en bas. Pas de douleurs dans les jambes. J'ai touché mon ventre, ma poitrine, ma gorge. Je me suis arrêtée là. Le souvenir, c'est pareil que du beurre qu'on jette dans une poêle chaude. Ça fait des bulles et ça grésille.

J'ai tué un petit garçon aujourd'hui. Je l'ai emmené à travers les rues, et j'ai serré mes mains autour de son cou dans la maison bleue. J'ai continué à appuyer malgré sa peau toute glissante de sueur. Il est mort sous moi, et y avait cent millions de gens qui regardaient au moment où le grand monsieur costaud l'a ramené à sa maman.

J'avais des papillons dans le ventre, comme chaque fois que je me rappelle un secret délicieux, comme quand une soucoupe volante explose dans mon estomac. Dessous, il y avait autre chose, un truc plus serré, plus métallique. J'ai décidé de pas faire attention. Je me suis concentrée sur les papillons. Froufrou tout doux.

Après avoir repensé au moment où j'avais tué Steven, j'étais trop excitée pour me rendormir, alors je suis sortie de mon lit sur la pointe des pieds, jusque sur le palier. Je me suis arrêtée devant la chambre à maman en retenant ma respiration, mais sa porte était fermée, et j'entendais rien du tout. Le parquet était froid sous mes pieds, et je me sentais toute pâle et creuse. Les gâteaux remontaient à loin déjà. Y avait jamais rien à manger dans la cuisine, même si le but d'une cuisine, c'est d'avoir à manger ; n'empêche, j'ai cherché. J'ai grimpé sur le comptoir et j'ai ouvert les placards, et dans celui qui était près de la cuisinière, j'ai trouvé un sac en papier avec du sucre. Je l'ai calé sous mon bras.

J'ai tourné la poignée de la porte en faisant très très attention, parce que si on va trop vite, ça fait un bruit fort, et si maman dormait dans sa chambre, je voulais pas la réveiller. J'ai fait glisser le paillasson jusque sur la première marche, et j'ai tiré la porte pardessus sans la fermer complètement. C'est ce que fait maman quand je rentre de l'école, pour pas que je frappe. Dehors, l'air froid m'a donné la chair de poule parce que j'avais rien sous ma chemise de nuit, et le vent s'est mis à souffler à travers moi. Je suis restée longtemps à la porte du jardin, à regarder la rue d'un côté, et puis de l'autre, à croire que j'étais la seule personne au monde.

Un peu plus tôt, devant la maison bleue, j'avais entendu une des mamans dire que les rues d'ici seraient plus jamais pareilles. Elle avait posé la tête sur l'épaule d'une autre maman, et à force de pleurer, elle avait fait une grosse tache sur son gilet. « Ce sera plus jamais la même chose, qu'elle avait dit. Pas après ça. Pas après que quelqu'un a fait une chose comme ça. Comment on pourrait être en sécurité en sachant qu'il y a un démon dans nos rues ? Comment on pourrait penser que nos enfants ne risquent rien alors que le mal est ici ? Parmi nous ? » Ce souvenir m'a mise en joie. Plus jamais les rues seraient pareilles. Elles étaient sûres avant, et maintenant, elles l'étaient plus, et tout ça, à cause d'une personne, un matin, un instant. Tout ça, à cause de moi.

Il y avait des cailloux par terre dans la rue, ça s'incrustait dans mes pieds, mais je m'en fichais. J'ai décidé d'aller à l'église, parce qu'elle est au haut de la colline, et de là, on voit toutes les rues du quartier. J'ai marché en gardant les yeux fixés sur le clocher : un pic dans le ciel, pareil à un arbre en hiver. En arrivant là-haut, j'ai grimpé sur le mur près de la statue de l'ange et je me suis retournée vers le dédale des maisons – on aurait dit des boîtes d'allumettes. J'ai senti mon estomac se rétracter, du coup j'ai léché mon doigt, je l'ai plongé dans le sucre puis je l'ai sucé. J'ai recommencé, encore et encore, jusqu'à ce que ma dent pourrie se réveille, et que j'aie l'intérieur des lèvres tapissé de minicristaux. J'étais comme un fantôme, ou un ange, debout sur le mur dans ma chemise de nuit blanche, à manger le sucre dans le sac en papier. Personne m'a vue ; n'empêche, j'étais bien là. Pareille à Dieu.

« Alors donc, j'ai pensé, y avait que ça à faire, et ça suffisait pour que j'aie l'impression d'avoir tout le pouvoir du monde. Un matin, un instant, un petit garçon aux cheveux jaunes. En fait, c'était pas grand-chose. »

Le vent a soulevé ma chemise de nuit et j'ai eu l'impression qu'il aurait pu m'emporter dans le ciel si y avait pas eu quelque chose de lourd qui me retenait.

« Bientôt, je ressentirai plus tout ça », je me suis dit. C'était ça qui me retenait au sol. « Bientôt, tout va redevenir normal. J'oublierai ce que ça fait d'avoir des mains si fortes qu'on peut arracher la vie à quelqu'un. J'oublierai ce que ça fait d'être Dieu. »

La pensée suivante qui m'est venue, c'était comme une voix dans ma tête.

« J'ai besoin de ressentir ça à nouveau. Il faut que je recommence. »

Le temps qui séparait la première fois de la prochaine m'est soudain apparu l'image d'une horloge, avec des aiguilles qui comptaient les secondes. Je les voyais avancer, je les entendais faire tic-tac, je les sentais. Cette horloge, c'était un vrai secret, rien que pour moi. Les autres seraient assis à côté de moi à l'école, ils passeraient près de moi dans la rue, ils joueraient avec moi sur l'aire de jeux, et ils sauraient pas qui je suis en réalité, mais moi, je saurais, parce que j'entendrais le tic-tac qui me le rappellerait. Et quand les aiguilles auraient fait tout le tour du cadran, qu'elles seraient positionnées l'une sur l'autre, au zénith, alors le moment serait venu. Et je recommencerais.

J'avais les doigts et les orteils recroquevillés de froid, du coup je suis rentrée à la maison. Je me sentais plus légère qu'à l'aller, et je savais que c'était pas uniquement parce que ça descendait, mais parce que maintenant, j'avais un but. La porte d'entrée était toujours coincée avec le paillasson, et je l'ai refermée derrière moi en faisant bien attention. J'ai remis le sucre dans la cuisine et je suis remontée à l'étage. Tout était toujours aussi tranquille. Aussi noir. Dans mon lit, j'ai remonté les genoux contre mon ventre, sous ma chemise de nuit, et j'ai niché mes mains sous mes aisselles. J'avais très froid, mais je me sentais très réelle. Très vivante. Chaque minuscule parcelle de mon corps possédait son propre battement, son propre tic-tac.

Tic. Tac. Tic. Tac. Tic. Tac.

JULIA

« C'est le premier jour du printemps, aujourd'hui, a dit Molly en raclant le muret de son poing.

— Ne fais pas ça », lui ai-je répondu.

Elle a retiré sa main et s'est mise à lécher la poussière de ciment accumulée sur ses doigts.

« Non, ai-je repris, c'est sale. »

Devant nous, une femme a attrapé un petit garçon par la taille et l'a hissé sur le mur du front de mer avec un grognement. Il s'est mis à avancer dessus, les bras levés de chaque côté, le nez tendu pour bien sentir l'air iodé.

« Maman ! Regarde-moi, s'est-il écrié.

— Formidable, mon chéri », a répondu la mère penchée sur son sac à main.

Nous avions les yeux braqués sur l'enfant. Inquiètes, nous l'avons vu aller jusqu'au bout du mur, puis sauter dans les bras de sa mère. Elle l'a embrassé sur les joues et l'a reposé par terre.

« Il est pas tombé, a dit Molly.

— Et non. »

Je ne l'avais pas vue grimper sur le muret, ce vendredi-là – j'observais une autre mère avec sa fillette. Elles marchaient en se donnant la main, leurs bras se balançant mollement, et je me demandais ce que ça ferait de sentir les doigts de Molly ainsi entrelacés avec les miens. Elle avait des doigts fins comme des allumettes. Je me suis interrogée pour savoir ce que ça ferait de les sentir entre les miens.

« Regarde ! » a crié Molly. Je me suis retournée, et je l'ai vue en équilibre sur le mur. « Regarde ! » Bien sûr, elle ne me demandait pas de la regarder. Mais de réagir.

« Descends », ai-je répondu. Je me suis approchée et j'ai tendu les bras. « Tu ne peux pas monter là-haut. C'est dangereux. Je te l'ai dit.

— Je peux le faire !

— Descends, Molly. »

Elle n'a rien dit, ni saisi ma main, alors je l'ai tirée par le bras. Pas fort. Je voulais la rattraper. Elle a glapi en dégringolant, et j'ai essayé de saisir son manteau, mais le tissu m'a glissé entre les doigts et elle est tombée par terre. Il y a eu une sorte de bruit d'écrasement. Elle m'a regardée, sa petite bouche formait un o – on aurait dit qu'on m'avait arrosée d'eau glacée. Cri silencieux, puis elle s'est mise à pleurer, a poussé un gémissement assourdi plein de stupéfaction. Son bras était inerte dans la manche de son manteau.

J'ai senti quelqu'un derrière moi, et en me retournant j'ai vu la mère qui tenait la main de sa fillette. Elle n'a pas demandé ce qui s'était passé, ni si j'avais besoin d'aide ; elle s'est agenouillée près de Molly, a posé une main sur son poignet, l'autre dans son dos, et lui a demandé : « Où est-ce que ça fait mal, ma jolie ? » Ma langue s'est mise à bouger dans ma bouche et il en est sorti un son semblable à des pas sur un sol mouillé. Un goût de tapis poussiéreux sur les lèvres. J'ai eu envie de saisir cette femme par le col pour lui demander où elle avait appris ce qu'il fallait faire quand une gamine tombait d'un mur, mais j'étais incapable de dire quoi que ce soit. Ma gorge était bloquée comme par l'étoffe d'un cri réprimé.

« Je vais téléphoner depuis une de ces maisons », a dit la femme en désignant une rangée de cottages le long du front de mer. Elle s'est précipitée sans que j'aie pu lui demander si elle voulait appeler une ambulance ou la police.

Je me suis agenouillée près de Molly, j'ai posé une main dans son dos, l'autre sur son bras. Son poignet était blanc, cireux, et je me suis surprise à regretter qu'il n'y ait pas de sang. Le sang, au moins, c'était clair : un dégoulinement huileux sur la peau, une odeur de métal et de boucherie. Le bras de Molly était vivant à l'extérieur, mais mort à l'intérieur, et je lui ai relevé sa manche pour faire croire qu'il y avait vraiment du sang. En s'agenouillant, l'autre femme lui avait murmuré des choses, mais je n'avais pas compris ses paroles, si bien que je ne pouvais les répéter, et je ne savais pas quoi dire. J'ai écouté les goélands qui criaient dans le ciel en essayant de ne pas entendre Molly qui pleurait à côté de moi.

La femme a fini par revenir à toute vitesse, avec des petits pois congelés enroulés dans un torchon. Je voyais qu'elle prenait son pied !

« Voilà », a-t-elle dit en me lançant un regard qui signifiait : *Je suis de retour, poussez-vous.* Et je lui ai laissé la place. « Je suis tombée sur une dame adorable dans la première maison. L'ambulance arrive. Ils ont dit qu'on pouvait l'amener nous-mêmes, mais je n'ai pas de voiture. On va poser ton poignet là-dessus, ma chérie. » Utilisant les petits pois comme un coussin, elle a soulevé la main de Molly et l'a posée délicatement par-dessus. Je n'ai pas relevé le fait qu'elle avait supposé que je n'aie pas de voiture moi non plus, parce que rembarrer les gens qui font ce genre de suppositions ne marche que s'ils ont tort.

Les sirènes de l'ambulance ont retenti au bout de la rue, alors la femme a ramené les cheveux de Molly derrière son oreille et lui a dit : « Voilà, ma jolie, ils sont là pour te soigner. » J'ai vu le véhicule blanc s'arrêter et deux infirmiers en sortir avec le sourire. C'étaient des costauds, ils avaient l'air terriblement optimistes. Ils ont mis du temps à comprendre que l'autre femme n'était pas la mère de Molly, mais que c'était moi, bien que je reste là, debout sur le côté, pareille à un épouvantail, tandis qu'une autre femme réconfortait ma fille, et ils nous ont emmenées jusqu'à l'ambulance. La femme nous a fait de grands signes quand nous y sommes montées.

« Bonne chance ! » a-t-elle crié. Je n'ai pas répondu, parce que je ne pouvais lui demander la seule chose que j'avais en tête : « Qu'est-ce que vous avez vu ? »

Les ambulanciers m'ont fait asseoir à côté de Molly et m'ont dit : « On y va, et maman peut te tenir l'autre main pendant qu'on t'emmène à l'hôpital pour qu'on examine celle où tu as mal, d'accord ? » Il nous a fallu quinze minutes pour arriver là-bas. Et il m'en a fallu quatorze pour m'approcher de la menotte de Molly et la caresser doucement deux fois. Elle ne pleurait plus. Une trace partait de son nez jusqu'à sa lèvre supérieure, formant une croûte sableuse.

L'hôpital s'est avéré un défilé de cabines, de lits et d'hommes en pyjama bleu. L'un d'entre eux m'a montré une radio du poignet de Molly, et j'ai vu l'os cassé entouré d'un espace noir. J'ai voulu demander : « C'est normal ? La radio d'une autre gosse montrerait la même chose ? Mais c'est pas possible que tout le monde soit comme ça – avec tout ce vide noir, autour. C'est parce que c'est ma fille ? » Je n'ai pas posé de question. Je n'ai rien dit. J'avais des bourdonnements dans les oreilles, à croire que les vagues de la plage déferlaient sur les flancs de mon crâne. Après nous avoir expliqué la fracture, il nous a laissées toutes les deux dans la cabine pendant très longtemps. Je donnais à Molly des petites pastilles de chocolat de ce paquet violet que je gardais toujours dans mon sac pour les cas d'urgence. Elle semblait satisfaite d'être allongée là tandis que je lui glissais les pastilles dans la bouche, l'une après l'autre, et ce défilé de bonbons signifiait que je pouvais continuer de la gâter ainsi, sans interruption, sans que se présente la nécessité de remplir le vide avec des mots.

Au moment où je commençais à me demander si on ne nous avait pas oubliées, ou si on nous laissait moisir dans cette cabine afin de me punir pour ce que j'avais fait, un médecin et une infirmière sont entrés. Lui s'est assis en face de moi avec son bloc-notes, tandis que l'infirmière plâtrait le poignet de Molly.

« Donc, pouvez-vous me redire précisément comment c'est arrivé ?

— Elle marchait sur le mur. Elle n'a pas le droit. Elle le sait. Mais elle a grimpé quand j'avais le dos tourné. D'habitude, je fais attention.

— Je vois. » Il a écrit quelque chose sur son bloc, qu'il tenait relevé, aussi je ne voyais pas ce qu'il notait. « Elle marchait sur le mur. Et ensuite ?

— Elle a trébuché. Je lui ai dit de descendre, et elle a trébuché. J'ai essayé de la rattraper, mais je n'ai pas réussi.

— D'accord.

— Je pense qu'elle a dû tendre la main en avant pour se protéger.

— En effet.

— Elle n'a pas le droit de monter sur le mur. Elle le sait. Elle ne l'avait jamais fait avant. Je pense que c'est parce qu'elle vient de commencer l'école, il y a quelques mois. Les autres enfants font des choses qu'elle n'a pas le droit de faire, et elle les imite. Elle ne s'est jamais blessée auparavant.

— Bien sûr. » Il avait cessé de prendre des notes. Il me regardait d'une drôle de façon, les paupières mi-closes. Il me fixait toujours ainsi lorsqu'il a dit : « Molly ? C'est ça, hein, ce que maman a dit ? C'est comme ça que tu t'es fait mal ?

— Quoi ? » a répondu Molly. L'infirmière lui avait donné un petit jouet pour l'occuper – une montre en forme de coccinelle, avec les ailes qui s'ouvraient et se fermaient – et elle était trop occupée pour entendre ce que j'avais dit. J'ai soudain remarqué que son nez avait coulé, que ses tresses étaient à moitié défaites et qu'il y avait une tache sur le col de son pull d'école.

« Comment tu t'es fait mal au poignet ? a demandé le médecin en se rapprochant d'elle.

— Mais je viens de vous le dire », ai-je coupé. Un goût d'acier m'est remonté dans la gorge. Il s'est tourné vers moi, le cou très raide, l'air irrité.

« Je sais, a-t-il dit. Je veux juste l'entendre aussi de la bouche de Molly. Pour être sûr.

— Je marchais sur le mur. Et puis je suis tombée.

— Qu'est-ce qui t'a fait tomber ?

— Ben, j'ai glissé. »

Il l'a noté sur son bloc-notes. Il semblait déçu. Je le voyais bien. Je ne savais pas si je devais me sentir soulagée que Molly ait menti, ou horrifiée qu'elle ait compris que c'était nécessaire. J'ai regardé mes mains, nouées sur mes genoux, et je me suis persuadée qu'une d'entre elles était la sienne.

Nous sommes restées dans la cabine jusqu'à ce que le plâtre ait durci, et qu'on ait ajusté à Molly une écharpe pour maintenir son bras contre sa poitrine. L'infirmière m'a expliqué que le plâtre devait rester sec, qu'elle ne pouvait pas faire de sport, et qu'il fallait voir un généraliste si jamais ses doigts se mettaient à gonfler. J'ai hoché la tête et refermé son manteau en cachant son bras comme s'il n'existait plus.

Il était presque vingt heures quand ils nous ont laissées repartir. Dehors, il faisait noir. Je n'avais pas consulté ma montre depuis que j'étais allée la chercher à la sortie de l'école, ce qui était sans doute mon record depuis sa naissance. Nous n'étions pas rentrées à la maison à quinze heures quarante-cinq pour goûter à seize heures, lire un livre à seize heures trente, regarder *Blue Peter* à dix-sept heures, prendre le repas du soir à dix-sept heures trente. Notre fragile emploi du temps en sucre s'était fracturé, de même que Molly. Voilà ce qui arrivait lorsque je cessais de me concentrer.

« Tu sais comment je sais que c'est le premier jour du printemps ? m'a-t-elle demandé. C'est parce que Miss King nous l'a dit. C'est pour ça qu'on a fait des couronnes de fleurs.

— Ah. Oui. » La veille elle était sortie de l'école en portant une espèce de coiffe en papier de couleur avec des morceaux de coton, qui avait peu à peu glissé autour de son cou, pour former une espèce d'écharpe horrible et inutile. Je n'avais pas osé lui demander ce que c'était. Il lui avait fallu longtemps pour me pardonner d'avoir pris son sapin de Noël en papier mâché pour un volcan. « Elle était très belle, ta couronne de fleurs.

— Miss King a dit que c'était la plus belle de la classe. Elle est gentille, hein ?

— C'est la plus gentille de toutes. »

Difficile d'imaginer couronne de fleurs plus ratée que celle qui ornait l'étagère dans la chambre de Molly. J'imaginais que peut-être d'autres élèves s'étaient simplement collé du papier sur la tête.

« Si c'est le premier jour du printemps, ça veut dire qu'il va faire plus chaud, maintenant ? a-t-elle demandé.

— Je ne sais pas. » Le vent du large était si cinglant que je ne parvenais pas à imaginer qu'il puisse faire chaud à nouveau.

Molly a soupiré en raclant le sol de ses chaussures. « Je demanderai à Miss King. Elle saura. Elle sait tout. Elle est tellement intelligente.

— Un vrai génie », ai-je conclu.

J'ai appuyé sur mes paupières. On aurait dit des pétales de fleurs : douces, soyeuses, légèrement gonflées. La douleur s'était déployée en voyant l'autre enfant marcher sur le mur, à présent elle se déversait vers l'avant de mon visage comme de l'huile de moteur chauffée, et elle ne diminuait pas. C'était une douleur dans les aigus, qui bourdonnait et faisait remonter jusque dans ma gorge des giclées acides depuis mon estomac. Je me suis massé les pommettes jusqu'à ressentir seulement la pression que j'exerçais.

« On peut aller à l'arcade, après l'école ? » a demandé Molly. Elle regardait au loin derrière moi, derrière les camionnettes qui vendaient des hamburgers, derrière la fête foraine fermée. Le bruit des machines à sous avec leurs dessins de fruits qui s'alignent a résonné – les pennies qui dégringolent et s'envolent.

« On peut aller aux jeux d'arcade, ai-je corrigé.

— C'est qu'est-ce que je t'ai demandé. Alors, on peut ? J'ai des pièces. » Elle a sorti quatre pennies et un jeton de sa poche et les a agités devant moi.

« Non. Il faut qu'on se dépêche. On va être en retard. »

Mais on n'allait pas être en retard. On ne l'était jamais. On quittait l'appartement à huit heures tous les matins, et on était à l'école à huit heures et quart, avant que la plupart des élèves aient même fini leur petit déjeuner. En partant plus tard, on risquait de rencontrer les autres mamans sur le trajet, qui geignaient, et soupiraient, et laissaient leurs gosses monter sur les murs. Je ne pouvais pas nous protéger de tout, mais de ça, oui.

À huit heures vingt nous étions devant l'école, serrées contre le panneau BIENVENUE. Une gardienne bien peu accueillante est arrivée en clopinant jusqu'au portail sur le côté, l'a déverrouillé et est sortie.

« On est très en avance, ce matin, ai-je dit assez fort pour qu'elle entende. Beaucoup plus tôt que d'habitude. » Je criais presque. Molly m'a regardée avec un semblant de pitié, puis elle s'est appuyée contre la grille, imprimant sur son front un réseau de lignes.

« C'est le petit déjeuner à l'école », a-t-elle dit en désignant le préau, d'où parvenaient des bruits de cuillères et d'enfants.

« Tu as déjà pris ton petit déjeuner. » La gardienne avait disparu, mais j'ai répété à voix haute : « Tu as mangé ton petit déjeuner avant de partir.

— Je pourrais en manger encore.

— Tu as faim ? Tu veux encore quelque chose ?

— Non, pas trop. »

Quand la gardienne est revenue pour nous ouvrir le portail, nous avions été rejointes par une armée de mères et de gamins, ce qui m'a rappelé pourquoi j'avais mis en place le plan antimères. Elles se regroupaient les unes contre les autres, parlaient à toute vitesse, éclataient de ces rires qui me vrillaient les oreilles. J'éprouvais toujours la même sensation en me retrouvant au milieu d'elles : celle d'être déguisée, et d'appartenir en réalité à une autre espèce. Leur façon de m'encercler, de roucouler, me faisait penser à des pigeons, si bien qu'elles se transformaient en une espèce de volière, alors que moi j'avais seulement collé des plumes sur mon manteau. Elles me regardaient, puis détournaient les yeux, embarrassées par ma présence austère, qui détonnait. Lorsque Abigail est arrivée, Molly a couru vers elle, et je me suis soudain retrouvée toute nue, sans mon bouclier.

Abigail avait des cheveux couleur brique et de minuscules clous d'oreilles dorés. Je les ai regardées, qui se prenaient dans les bras, respiraient l'haleine de l'autre. Leur proximité m'était douloureuse, mais je ne savais pas exactement pour quelle raison : parce que je voulais garder Molly pour moi toute seule, ou parce que j'aurais aimé avoir une amie à serrer dans mes bras ?

À neuf heures, la cour était devenue une mer de socquettes et de polyester. Autour de nous, les autres mères barbouillaient les enfants de baisers, scène ponctuée d'exclamations suraiguës.

« Belle journée, ma chérie ! »

« Hâte de te retrouver ce soir, mon trésor ! »

« Je t'aime, mon ange. »

Dès que la cloche a sonné, les autres élèves se

sont rangés en ligne en trébuchant, et les mères sont rentrées cahin-caha chez elles faire leur lessive. J'ai attendu de voir Miss King, puis j'ai rappelé Molly. Je lui ai donné le sac avec le livre, ses affaires de sport, la boîte avec les morceaux de pomme coupée, et elle s'est précipitée vers Miss King telle de la paille de fer vers un aimant. Elle ne s'est pas retournée pour me faire au revoir ou m'adresser un sourire. À l'autre bout de la cour, un garçonnet serrait de toutes ses forces sa mère par la taille, refusant de la lâcher. Que je le comprenais : la même envie me venait tous les matins avec Molly, avant de la laisser aux bons soins de Miss King. L'envie de la serrer très fort, et quand l'enseignante aurait tenté de nous séparer, je lui aurais dit : « Mais nous sommes faites l'une de l'autre. Nous appartenons au même tout. Vous ne savez pas qu'elle a grandi dans mon corps, comme un organe ? » C'était d'une cruauté extravagante qu'il n'existe pas de système biologique me permettant de garder Molly pour moi à jamais, de la transporter dans une poche sur mon ventre, tel un kangourou.

À l'intérieur, le téléphone s'est mis à sonner pendant que je cherchais mes clés. Derrière moi, je sentais les gens qui se pressaient, les bus qui passaient, remplis d'haleines chaudes et de visages las, et personne ne semblait gêné par cette cacophonie, à part moi – j'aurais voulu m'effondrer par terre. Une migraine sèche brûlait entre mes yeux, et le trottoir paraissait apaisant.

J'ignorais à quoi ressemblait la sonnerie du téléphone avant ce samedi matin. Un fracas avait soudain déchiré l'air, alors j'avais regardé la cuisinière, le four, les radiateurs. Reniflé, à la recherche d'une odeur de fumée. Molly, elle, s'était levée du canapé sans perdre des yeux l'écran de la télévision, et elle avait tendu la main vers le téléphone, accroché au mur. J'avais mis du temps à faire le lien entre l'image et le son, gourde que j'étais, mais aussitôt c'était comme si un tire-bouchon s'était enfoncé dans ma chair.

« Non, ai-je dit depuis l'autre bout de la pièce. Ne réponds pas. » J'ai repoussé sa main. Nous nous sommes regardées jusqu'à ce que le bruit s'arrête.

« Pourquoi t'as pas répondu ? a-t-elle demandé tout en caressant son plâtre.

— J'ai pas envie.

— Pourquoi ?

— Finis tes dessins animés. Il est dix heures. On va bientôt aller au parc. »

Dès que son attention a de nouveau été accaparée par l'écran, j'ai décroché le combiné, que j'ai ensuite laissé pendouiller. Le dimanche, ça a encore sonné, plus tard, alors que Molly était couchée. Je suis sortie de sa chambre et je suis restée à côté.

« Je répondrai pas, vous feriez mieux de laisser tomber, ai-je pensé. Vous pouvez toujours appeler et appeler encore, jamais je répondrai. »

Je me suis regardée dans le miroir près du portemanteau. Mes yeux étaient cernés de traînées couleur ecchymose, le blanc marbré de petites veines écarlates. J'ai enfoncé mes ongles dans mon bras, et j'ai senti des demi-lunes naître là où j'appuyais. Le silence est revenu, et c'était comme si on avait versé de l'eau fraîche sur ma tête. J'ai compté mes inspirations ainsi qu'on m'avait appris à le faire lorsque j'étais au bord de l'explosion, mais la sonnerie a recommencé avant que j'arrive à dix. Elle me semblait encore plus forte, plus insistante. J'ai appuyé sur mon ventre, et j'ai senti la présence d'un organe – le foie ou la rate, ou je ne sais quoi, dans ce sombre marécage intérieur. J'ai gardé la main dessus en décrochant le téléphone. La voix qui a parlé était tendue, pareil que quand on débouche une canette.

« Allô ? » a-t-on dit. Ça respirait fort. J'ai imaginé que je le sentais à travers les trous du combiné, odeur couleur moutarde de dents sales.

« Chrissie ? » a-t-on demandé.

J'ai raccroché en appuyant du bout de l'ongle. Le bip « occupé » s'est remis en marche à bas bruit.

« Et voilà, ai-je pensé. C'était donc ça. »

CHRISSIE

Lundi, à l'école, on nous a fait asseoir en rangs sous le préau, pareil que tous les vendredis, sauf qu'on n'était pas vendredi, mais lundi. Ça sentait la viande hachée et les épluchures de crayon, le soleil éclairait la poussière dans l'air et formait des colonnes dansantes étincelantes. Quand ma classe est entrée, la classe 6 était déjà assise, et j'ai cherché Susan des yeux. On arrivait toujours à la repérer parce que c'était la fille qui avait les cheveux les plus longs de l'école. Jusqu'aux fesses. L'été, elle s'asseyait sur un coussin dans le jardin devant sa maison après son bain, sa maman s'installait sur un tabouret derrière elle, et elle lui démêlait les cheveux en bavardant avec la maman à Karen qui était dans le jardin d'à côté, et Steven, pendant ce temps-là, il crapahutait dans l'allée, et chaque fois qu'il passait près de sa maman, elle lui donnait un bisou. Des fois, je m'appuyais contre le muret, et je restais les regarder. À la fin, une fois les cheveux à Susan démêlés, ils avaient eu le temps de sécher au soleil et ils étaient jaune-blanc, alors sa maman passait les doigts dedans, comme si c'était du sable chaud. Après, elle rangeait le peigne dans sa poche et elle tapotait Susan sur la tête. Susan, elle venait pas souvent jouer dehors avec nous, même quand on faisait des trucs vraiment fendards, par exemple jouer aux sardines, ou quand on se faufilait chez Mrs Rowley pour lui piquer des trucs en passant par la porte de derrière qui était cassée. La plupart du temps, Susan restait assise dans la cour avec les autres filles de la classe 6 et elle les laissait à tour de rôle lui tripoter les cheveux.

Je me souvenais d'avoir vraiment parlé avec elle qu'une seule fois, à l'époque où moi j'étais en classe 2 et elle en 4. J'étais toute seule sur l'aire de jeux, j'essayais de faire le tour de la grille en mettant les pieds sur la barre du bas, et elle, elle descendait la rue avec une dame qui était pas sa maman.

« Chrissie ! » elle avait crié en me voyant. Je m'étais sentie toute fière, parce que les élèves de la classe 4 en général ne parlaient pas à celles de la classe 2. Elle s'est accrochée à la grille et s'est mise à sautiller. « Tu sais quoi ? » elle m'a dit. La dame qui était pas sa maman est arrivée derrière elle.

« Susie a une très bonne nouvelle. Allez, vas-y, dis-le à ton amie, poussin.

— J'ai un petit frère », a continué Susan. Elle m'a annoncé ça en remontant les épaules jusqu'aux oreilles, avec des étincelles dans les yeux. Moi, j'ai pas trouvé ça très excitant. Les gens avaient tout le temps des petits frères ou des petites sœurs qui débarquaient. J'étais un peu énervée contre elle, parce que j'avais vraiment cru qu'il s'était passé un truc super. Comme par exemple que le pasteur était mort.

« C'est un ange, pas vrai, poussin ? a continué la dame qui était pas sa maman.

— Mais Susan, c'est une fille, j'ai corrigé. Pas un poussin.

— Il s'appelle Steven, a dit Susan. Maman et papa

avaient choisi deux noms, Stewart et Steven, ils me l'ont dit et c'est moi qui ai décidé qu'on allait l'appeler Steven.

— C'est qui, la dame ? j'ai demandé, et la dame qui était pas la maman de Susan a rigolé.

— Je suis Joan, la tatie à Susie. Je suis venue donner un coup de main à sa maman et à son papa, le temps qu'ils fassent connaissance avec leur bébé. Et toi, mon chou, comment tu t'appelles ?

— Chrissie.

— Quel joli nom. Bon, ben faut qu'on aille faire les courses.

— Salut, Chrissie ! a fait Susan en s'éloignant. On doit acheter des trucs pour maman, papa et puis Steven aussi maintenant !

— Heureuse d'avoir fait ta connaissance, mon chou ! a dit tatie Joan.

— J'suis une fille ! » j'ai crié, mais je crois pas qu'elles m'ont entendue. Je les ai regardées partir jusqu'à ce que je voie plus que les longues tresses blanches à Susan, qui pendaient dans son dos pareil que deux cordes. Après, j'ai passé du temps à penser comment ma vie serait différente si j'avais les mêmes cheveux qu'elle – je serais très riche, parce que je ferais payer les gens pour toucher mes cheveux, et tout le monde m'aimerait. Même ma mère, peut-être.

J'ai fait la connaissance de Steven deux semaines plus tard, un vendredi. Quand je suis sortie de ma classe, il y avait un troupeau de mamans dans la cour de l'école, elles roucoulaient et battaient des ailes, gilets doux, ventres mous. J'ai couru voir pourquoi elles étaient toutes excitées comme ça.

« Qu'il est beau !

— Ça me donne envie d'en faire un autre…

— Tu as l'air en pleine forme !

— Est-ce qu'il tète bien ? »

En arrivant au milieu du groupe, j'ai vu la maman à Steven qui tenait la poignée d'un landau. Son visage semblait plus grand et plus éclatant que d'habitude, à croire qu'elle avait avalé un morceau de soleil, et elle souriait si fort, on aurait dit que sa bouche allait se déchirer. J'ai regardé dans le landau pour voir ce qui la rendait si heureuse. Un bébé était niché dans une couverture blanche, il avait l'air mal foutu et de mauvais poil. Tu parles d'une déception. Je m'attendais à un truc intéressant, un blaireau par exemple.

Susan a poussé tout le monde pour se frayer une place de l'autre côté du landau, elle a glissé la main à l'intérieur et elle a caressé la joue du bébé. « Salut, petit frère. Salut, Steven. Tu m'as manqué, pour de vrai. » Je voulais savoir comment c'était, une peau de bébé, alors j'ai tendu la main pour lui caresser l'autre joue. Mais bon, franchement, c'était juste de la peau, pareille que la mienne ou celle à Susan, ou n'importe quelle peau plus vieille. Encore une déception. Je comprenais vraiment pas pourquoi tout le monde faisait tout ce cirque autour de lui. Susan et sa maman dégueulaient d'amour pour lui, il en était tout gluant. C'était faire beaucoup d'histoires pour un truc si banal – même pas un blaireau ou un autre animal intéressant.

Il a bougé et frotté son poing sur sa figure. J'ai passé la main sur sa tête, et j'ai senti un drôle d'endroit tout mou. J'ai voulu savoir si c'était profond, du coup j'ai appuyé, mais sa maman m'a écartée : « Attention, Chrissie. Il est très fragile. Tu ne voudrais pas lui faire de mal. »

Susan était pas dans les rangs de la classe 6, ce lundi matin, ce qui voulait dire qu'elle était pas venue à l'école. Une fois que tous les élèves ont été assis les uns derrière les autres, Mr Michaels a dit qu'on avait peut-être entendu parler de quelque chose de triste qui était arrivé ce week-end : un petit garçon qui habitait dans le quartier avait eu un accident pendant qu'il jouait, et il était mort. J'étais assise à côté de Donna, je l'aimais pas parce que c'était une fayote et puis parce qu'elle était grosse. Pendant que Mr Michaels parlait, j'ai compté les plis de ses genoux, j'avais envie de toucher pour voir ce que ça faisait. J'ai essayé mais elle a repoussé mon doigt.

« Arrête », elle a chuchoté.

Je lui ai murmuré à l'oreille, en mettant ma main pour pas qu'on m'entende : « J'étais là. Quand ils l'ont trouvé. J'ai tout vu. »

Elle s'est retournée vers moi. Nos bouches étaient toutes proches, si proches que j'aurais pu l'embrasser, sauf que jamais de la vie je ferais ça parce que c'était une fayote et qu'elle était grosse. Son haleine sentait la confiture.

« De quoi il avait l'air ?

— Y avait des tonnes de sang. Ça pissait de partout. J'en ai même eu sur moi. » Je lui ai montré un rond brun-rouge sur le bas de ma robe. « Tu vois ça ? C'est du sang. » Elle a touché la tache du bout du doigt et elle a fait : « Waouh ! », alors Miss White nous a tapé sur l'épaule en nous disant d'écouter. En retournant en classe, Donna marchait devant, elle parlait à Betty, qui a dit : « C'est vrai ? », et elle s'est tournée vers moi. J'ai ressenti une espèce de bourdonnement chaud dans le bas du ventre.

Cette semaine-là, elle a été bizarre. Susan est pas venue à l'école, ni mardi, ni mercredi, ni aucun autre jour. À l'heure des mamans, elles attendaient toutes au portail, et dès que leurs mioches sortaient, elles leur sautaient dessus pour les serrer contre leur poitrine. On n'avait plus le droit de jouer dehors. L'après-midi, je me baladais dans les rues avec un bâton que je raclais contre les murs en brique et les grilles, tap-tap-tap. Des fois, je m'arrêtais et je regardais la télé par la fenêtre d'un salon. Quand je frappais aux portes, les mamans disaient que leurs gosses avaient pas le droit de sortir, et que moi non plus je devrais pas être dehors. « Ouais, mais j'y suis », je répondais. Elles soupiraient et me chassaient. Presque tous les jours, je finissais assise contre le mur de chez Mrs Whitworth, à regarder les mamans qui entraient et sortaient de chez Steven avec des gâteaux et des ragoûts. Je me disais qu'avoir un enfant mort, c'était pas si mal, en fait : on avait plein de gâteaux et de ragoûts.

Là-haut, à la fenêtre, je voyais Susan. Elle était toujours là, les mains appuyées contre la vitre. C'était pas comme si elle pleurait pour sortir, elle voulait juste sentir le froid sur sa peau. Je voyais jamais bien sa figure, mais j'apercevais le blanc de ses cheveux qui descendaient plus bas que ses fesses. J'ai pensé que Steven était pas encore revenu à la vie, parce que je regardais la maison tout le temps, et je le voyais jamais.

Le jeudi, à l'école, on a commencé à fabriquer des chapeaux de Pâques, et des paniers, et à apprendre des chansons de Pâques, parce que ça tombait bientôt. On devait apporter en classe un paquet de céréales vide, mais moi, j'en avais pas.

« Où est ta boîte de céréales, Chrissie ? m'a demandé Miss White.

— J'en ai pô.

— “Je n'en ai pas.”

— Ouais, c'est ça, j'en ai pô. »

Elle a croisé les bras. « Et pourquoi ça ? Je te l'ai rappelé hier soir à la sortie.

— On a pô de céréales.

— Ne sois pas ridicule, Chrissie. Tout le monde a des céréales chez soi.

— Pas moi. » Elle m'a donné une espèce de carton ondulé, qui était pas bien du tout pour faire un chapeau de Pâques, et ça, elle aurait dû le savoir, sauf que non, visiblement – en fait, j'étais la seule personne dans toute cette école qui savait vraiment les choses. Mes ciseaux arrivaient pas à couper le carton, on aurait dit un bébé qui mâchouillait un toast. Alors j'ai arrêté, et j'ai coupé le bout de la tresse à Donna. Elle a pleuré. Miss White m'a envoyée chez Mr Michaels, mais je m'en foutais. Ça faisait un bruit super joli quand j'avais coupé ses cheveux, et dans ma tête je me repassais le bruit encore et encore en attendant qu'on me dise de partir.

Après l'école, je suis allée chez Linda. Sa cousine lui avait donné un nouveau numéro de *Mirabelle*, le week-end d'avant, et on s'est allongées sur son lit pour le lire. Sur presque toutes les pages, y avait écrit ce genre de trucs : « Comment survivre à l'amour en gardant le sourire ? » Visiblement, c'était pas un très bon magazine, parce que la cousine à Linda le lisait depuis toujours, et je l'avais jamais vue sourire.

J'en avais tellement ras le bol que j'avais peur que ma cervelle me dégouline par les trous de nez pareil que de la morve, du coup je me suis levée du lit et j'ai tiré ma robe par-dessus ma culotte.

« Linda, j'ai dit. En voilà assez.

— Quoi, en voilà assez ?

— Ben assez. En voilà assez.

— Ça veut rien dire.

— Si, ça veut dire quelque chose. Ça veut dire que maintenant, on va jouer dehors. »

Elle s'est mise sur le dos, et elle a levé les jambes en l'air à la façon d'une mouche. « Non, on n'y va pas. C'est dangereux. On va mourir comme Steven.

— Mais non.

— Si.

— Ben si on meurt pas dehors, on va mourir d'ennui ici. Et moi, je préfère mourir en jouant que mourir en m'ennuyant. Alors je vais dehors. Tu fais ce que tu veux.

— Chut… maman va t'entendre. »

Chez Linda, je passais beaucoup de temps à m'assurer que sa mère m'entendait pas. C'était pas le genre de maman qui faisait des câlins. C'était le genre de maman qui sentait l'église et le repassage, et qui des fois passait des mois sans dire un mot à part « Fais attention », « Arrête ça » et « C'est l'heure de manger ! ». Si on tombait juste sous son nez, elle vous remettait sur vos pieds et vous frottait les genoux pareil que si elle enlevait de la terre, en marmonnant : « C'est rien, c'est rien. » Sauf avec moi. Si c'était moi qui tombais devant elle, elle venait pas me ramasser et me frotter les genoux. Je savais pourquoi elle m'aimait pas : parce que quand j'avais sept ans, je lui avais dit qu'elle avait plus de cheveux blancs que toutes les autres mamans (c'était la vérité), et que ça voulait dire qu'elle était plus vieille que toutes les autres mamans (c'était aussi la vérité). Voilà pourquoi chaque fois qu'elle me trouvait sur le paillasson en ouvrant la porte, elle croisait les bras bien serrés sur sa poitrine, comme si elle voulait m'empêcher de l'envahir.

J'ai descendu l'escalier et je suis sortie en marchant

si doucement que j'ai fait aucun bruit. Pas besoin de me retourner pour voir si Linda me suivait. Elle était toujours derrière moi. C'était tout l'intérêt de Linda. J'ai dit qu'on devrait aller chercher Donna, même si je l'aimais pas, parce que c'était la seule personne qui avait une chance d'être autorisée à sortir. Elle avait tellement de frères que sa maman se rendait même pas compte si y en avait un qui manquait. J'avais plein de raisons pour pas aimer Donna en dehors du fait qu'elle était grosse et que c'était une fayote, mais la principale, c'est que pendant les vacances de Noël, elle m'avait mordu le bras, juste parce que j'avais dit qu'elle avait une tête de patate (elle a vraiment une tête de patate). J'ai eu la marque violette de ses dents pendant une semaine. Donc, elle était grosse, c'était une fayote, et en plus elle avait une tête de patate, mais quand les temps sont durs, on choisit pas ceux qui viennent jouer dehors avec vous. Donc, on a sonné chez Donna, et d'abord sa maman a voulu nous chasser, et puis un de ses gosses a vomi par terre dans la cuisine, alors elle a changé d'avis. Elle a dit que Donna pouvait sortir, mais seulement si William venait aussi, parce qu'il avait douze ans, que c'était un grand garçon costaud, et qu'il pouvait veiller sur sa sœur en cas de problème. En vrai, William, c'était un vrai gringalet qui aurait été d'aucune utilité en cas de danger, à moins que celui qui nous menace, ce soit un bébé minuscule, ou une toute petite souris riquiqui – mais même dans ce cas-là, il nous aurait servi à rien parce qu'il avait peur des souris. Je me suis mordu la lèvre pour pas lui répondre ça. Donna avait une bicyclette rose avec un guidon bleu. Si elle sortait, je pourrais la persuader de me laisser faire un tour dessus.

« Où est-ce qu'on va ? a demandé William en passant devant l'aire de jeux.

— Chez les pauvres, j'ai répondu.

— Nan. Pas le droit. Not' maman voudra pas, a ajouté Donna.

— Vot' maman, elle est pas là.

— Elle nous laisserait pas, si elle y était.

— Ben elle est pas là.

— Ben je viens pas.

— Ben je voulais pas que tu viennes de toute façon.

— D'accord. Alors je viens. »

Chez les pauvres, c'était un endroit où il y avait des gens qui habitaient, comme dans nos maisons à nous. Sauf que c'étaient les familles les plus pauvres, et leurs maisons étaient en mauvais état, avec des moisissures plein les murs. Les enfants de là-bas, ils avaient de la morve dans les poumons parce qu'ils respiraient un air sale, ils avaient des piqûres sur le ventre parce qu'ils se faisaient bouffer par les punaises de lit, et ils avaient le nez sale parce qu'ils savaient pas se moucher. Maintenant, les maisons des pauvres, on les détruisait l'une après l'autre, et les familles, elles avaient plus d'endroit pour vivre. Après qu'elles seraient toutes démolies, on allait construire des grands immeubles tout neufs, qui ressembleraient à des boîtes empilées les unes sur les autres, mais les familles pauvres, elles pourraient pas vivre dedans parce que ça coûterait trop cher. Il y avait eu une réunion pour ça, à l'église. Les adultes prenaient la parole les uns après les autres pour dire ce genre de trucs : « C'est une tragédie, nous vivons dans une ville qui ne fait rien pour protéger ceux qui en ont le plus besoin. » Moi et Linda, on traînait au fond en grignotant des gâteaux posés sur des tréteaux, jusqu'à ce que le pasteur nous fiche dehors. Les gens avaient attaché des rubans blancs aux clôtures des maisons, chez les pauvres, comme ça tout le monde se souviendrait où Steven était mort. J'en ai retiré un et je l'ai attaché dans mes cheveux.

Devant la maison bleue, y avait des cônes de sécurité avec du scotch de la police qui empêchait de passer, mais y avait pas de policier, du coup c'était facile de se glisser dessous. William a trouvé une fenêtre qui avait pas encore été cassée et il a commencé à jeter des cailloux pour qu'on puisse se faufiler par là, après avoir enlevé les bouts de verre. On aurait pu entrer par la porte, mais si c'était pour faire des trucs aussi ennuyeux, ça servait à quoi de venir ici ? J'étais à moitié passée par la fenêtre, sauf que j'ai failli dégringoler, aussi j'ai posé la main sur le cadre pour me retenir. J'ai cru qu'on m'avait mordue. J'ai sauté par terre et j'ai senti un truc chaud qui me coulait sur les doigts. Une espèce de liquide rouge et huileux qui dégoulinait. Je me suis essuyée sur ma robe. J'ai pas pleuré. Je pleure jamais. Ça faisait juste une tache de plus pour faire croire que c'était le sang à Steven.

Tout le monde voulait voir où est-ce qu'il était mort, alors je les ai emmenés dans la pièce du haut. J'ai remarqué des trucs que j'avais pas vus le jour où j'étais venue là avec Steven : les coussins du canapé empilés près de la cheminée, et les saletés sur le côté. Le papier peint était décollé, et au pied des murs, y avait des bulles de rouille qui faisaient une bande de mousse comme du soda crème. Dans les coins, les maisons des pauvres se liquéfiaient.

« Comment tu sais que c'était là ? a demandé Donna.

— Elle était là quand le gars l'a sorti de la maison, a répondu Linda. Elle a couru plus vite que moi parce que je devais remettre sa couche à Paula. Elle regardait par la fenêtre. Elle a vu le gars le ramasser par terre, dans cette pièce, et le ramener en bas à sa maman. » Ce n'était pas tout à fait vrai, mais ça me donnait l'air important, du coup ça me plaisait. Donna m'a regardée, et j'ai vu qu'elle faisait un effort pour pas montrer qu'elle était jalouse, et pendant un moment j'ai eu envie de lui dire que c'était moi qui l'avait zigouillé, juste pour la rendre verte de jalousie. Mais je me suis mordu la lèvre à nouveau. Ça m'arrivait souvent depuis que j'avais tué Steven.

« C'est la vérité vraie ? elle a demandé.

— Ouais, j'ai répondu. J'ai tout vu. »

Je suis allée jusqu'à l'endroit juste en dessous du trou dans le toit, là où le soleil perçait et léchait le parquet de sa lumière jaune.

« C'est là qu'il est mort, j'ai dit. Exactement là. » Les autres se sont approchés et se sont rangés en cercle, laissant assez d'espace au milieu pour le corps d'un petit garçon.

« Comment est-ce qu'il est mort ? a demandé William.

— Ben il est juste mort. » J'ai craché sur mon doigt et j'ai frotté la blessure.

« Ça se peut pas, a dit Donna. Les gens meurent pas juste comme ça.

— Des fois, si, a répondu Linda. Mon pépé, il était venu chez nous manger du poisson, et il est mort comme ça. Il est resté assis sur sa chaise, avec une croquette de poisson sur les genoux. Et pis il est mort. » Elle nous a tous regardés, persuadée qu'y en avait un qui allait crier, ou tomber dans les pommes.

« Mais ton pépé, il avait peut-être cent ans. Steven, c'était qu'un bébé. C'est pas pareil.

— Si, c'est pareil.

— Non, c'est pas pareil. C'est vraiment con. »

Le rouge est monté aux joues de Linda tout à coup, et elle s'est mordu le coin de la lèvre, si bien que sa bouche était toute tordue. Faut dire la vérité : Linda, elle est un peu conne. C'est pour ça que y a pas beaucoup de gens qui veulent être amis avec elle. Elle est pas douée pour lire, pour écrire, pour lire l'heure, pour faire ses lacets, et des fois elle raconte de telles conneries qu'on se demande comment elle réussit simplement à se déplacer, parce que c'est dur à croire qu'elle en soit capable tellement elle est conne. Du fait de sa connerie, elle croit tout ce qu'on lui dit, et des fois c'est marrant. Quand on était en classe 3, elle a avalé une dent en mangeant un gâteau pendant la récré, et je lui ai raconté qu'elle avait une dent qui allait lui pousser dans l'estomac, et que sa nouvelle bouche engloutirait tout ce qu'elle mangerait, et qu'elle perdrait du poids et deviendrait de plus en plus maigre jusqu'à ce qu'elle en meure, et qu'y avait rien à faire. Elle s'est mise à pleurer très fort, et ses larmes se sont mêlées au filet de sang qui lui coulait sur le menton, alors Mrs Oakfield l'a envoyée à l'infirmerie et m'a demandé si je savais pourquoi elle était dans cet état, mais j'ai pas répondu. J'étais trop occupée à finir ses gâteaux.

Linda déteste qu'on la traite de conne parce qu'elle sait que dans le fond, c'est vrai, et moi je déteste ça aussi parce qu'elle le déteste, elle. J'ai poussé Donna avec brutalité.

« Ta gueule, tête de patate, je lui ai dit. Il est mort, c'est tout. Comme son pépé. C'est pareil.

— Je parie que c'était pas exactement pareil, l'a ramené William.

— Ouais, c'est sûr, a rajouté Donna.

— Écoutez-moi bien, vous autres, a fait Linda. Faut

écouter Chrissie. C'est la plus intelligente. Elle sait tout. » Ses joues sont devenues roses, parce que d'habitude elle dit pas ce genre de trucs : « Écoutez-moi bien, vous autres », surtout pas à Donna. Elle s'est rapprochée de moi et je lui ai donné la main.

« Ouais, que j'ai dit, faut m'écouter, et vous avez pas intérêt à être méchants avec Linda, parce que c'est ma meilleure amie, et si vous êtes méchants avec elle, je m'occuperai de vous. Mais faut d'abord m'écouter, parce que je suis la plus intelligente et que je sais tout. Et Steven, je sais qu'est-ce qui lui est arrivé, pour de vrai ! »

En réalité, je faisais autorité pas seulement parce que j'étais là quand on avait trouvé son corps. Mais parce que j'étais vraiment la seule à le savoir ! Parmi tous les enfants, tous les adultes, et même les policiers. À l'école, on nous avait raconté qu'il avait eu un accident en jouant chez les pauvres, que des planches pourries avaient cédé sous lui et qu'il était tombé de l'étage, et là, toute sa vie s'était renversée, comme un gobelet qui bascule. « Voilà pourquoi vous ne devez jamais aller jouer là-bas. Vous comprenez ? » qu'ils nous avaient dit. Même si je l'avais pas tué, j'aurais deviné que c'était pas vrai. Ils avaient trouvé son corps en haut, du coup il avait pas pu mourir en tombant à l'étage en bas, sauf s'il avait joué sur le toit, seulement personne jouait sur le toit des maisons chez les pauvres, même pas moi, alors que c'était moi la meilleure grimpeuse. Il pouvait pas être mort en se coupant avec du verre non plus, parce qu'il y avait pas de sang là où on l'avait trouvé, malgré ce que j'avais dit à Donna. Il était mort parce que j'avais serré mes mains autour de son cou, jusqu'à ce qu'il bouge plus.

Depuis, il y avait des voitures de police qui passaient tout le temps dans les rues. Le mardi, y en avait une qui s'était arrêtée devant le portail de l'école, deux policiers en étaient sortis et ils étaient allés parler aux petits de la maternelle. J'avais demandé la permission d'aller aux toilettes pour pouvoir écouter ce qu'ils racontaient, mais la porte était fermée et Mrs Goddard m'avait attrapée au moment où j'essayais de l'entrouvrir.

« Cesse de musarder, Chrissie, elle a dit. Tu sais très bien que tu ne devrais pas être ici. Retourne dans ta classe, s'il te plaît.

— Vous voulez dire de m'amuser.

— Comment ?

— M'amuser. Vous voulez dire "Cesse de t'amuser, Chrissie." "Musader", ça existe pas.

— Retourne dans ta classe, Chrissie. » Elle aimait pas ça, quand j'avais raison.

Les policiers ont pas parlé avec les grands de l'école ce jour-là, et c'était pas juste parce que moi, je voulais les voir de près, et que j'avais pas envie de faire mon travail. Après l'école, j'ai aperçu une de leurs voitures garée devant chez Steven encore une fois, et je me suis assise sur le mur de chez Mrs Whitworth en attendant qu'ils sortent. En arrivant au portillon, y en a un qui m'a vue en train de les regarder.

« Rentre chez toi, ma petite. Ta maman doit se demander où tu es passée.

— Ça, non, j'ai répondu.

— Bon, rentre chez toi regarder la télé.

— Y a pas d'électricité. »

Il a ouvert la portière de la voiture. « Allez, file. Les enfants ne doivent pas rester seuls dans les rues, c'est dangereux. » Il s'est plié en deux pour entrer dans la voiture et ils sont repartis. Je les ai suivis des yeux jusqu'à ce qu'ils tournent au coin. La police passait beaucoup de temps à chercher comment Steven avait été tué. Dès que j'y pensais, ça me faisait le même effet que les soucoupes volantes dans le bout de mes doigts, la même sensation que lorsque Betty avait dit que j'étais pas cap de sucer une pile pendant dix secondes.

Quand on n'a plus rien eu à faire dans la maison bleue, on est retournés dans la rue. Pendant ce temps, les mamans avaient étendu leur linge entre les maisons boîtes d'allumettes, et les draps et les manches des chemises nous faisaient coucou. J'ai dit à Donna de me prêter son vélo, mais elle a pas voulu, alors je l'ai frappée, et elle est rentrée en pédalant pour aller le dire à sa maman. William avait de l'argent dans sa poche, et après que Linda est rentrée dîner, il est allé s'acheter une tourte à la viande. On s'est assis sur l'aire de jeux, adossés à la balançoire, pendant qu'il la mangeait.

« Combien de temps tu crois qu'il va être mort, Steven ? » j'ai demandé. Il avait la bouche pleine et il pouvait pas répondre. Une larme de sauce lui a coulé sur le menton. Je sentais l'odeur – une odeur salée et marron – et mon estomac s'est recroquevillé. Il a mâché pendant longtemps, et puis il a pris une autre bouchée et il a mâché encore. Je lui ai donné un coup de pied dans la jambe pour qu'il m'écoute.

« Combien de temps tu crois qu'il va être mort, Steven ?

— Me tape pas !

— Je te tape si je veux. »

Il m'a flanqué un coup de poing entre les deux yeux, et ma tête a cogné contre le poteau de la balançoire.

Le bruit a résonné dans mes oreilles. J'ai pas pleuré. Je pleure jamais. J'ai essayé de lui donner un autre coup de pied, mais il a enlevé sa jambe.

« Il va être mort pour toujours, il a dit.

— Nan. » Je savais que c'était pas vrai. Il était déjà mort depuis longtemps, mais pour toujours, c'était encore plus long. J'ai pensé qu'il allait sûrement redevenir vivant à Pâques. Pâques, c'était un bon moment pour redevenir vivant. C'était pas possible qu'il reste mort pour toujours, quand même.

« Si, a répété William, pour toujours.

— Mais non ! » j'ai redit, et j'ai mis mes mains sur mes oreilles pour plus l'entendre. Mon estomac était tellement crispé que j'avais l'impression qu'il y avait un poing dans mon ventre qui serrait de toutes ses forces. « Donne-moi de la tourte », j'ai demandé. Il a secoué la tête sans me regarder. Il avait les joues tellement pleines qu'on aurait dit un hamster. « Si tu me donnes un bout de tourte, je te laisse mettre ta main dans ma culotte. »

Il a avalé et il a soupiré. « Bon, d'accord. Mais juste une bouchée. »

On s'est levés. J'ai remonté le devant de ma robe, j'ai pris sa main et je l'ai glissée entre mes jambes. Ses doigts étaient chauds et mous contre moi, il était tout près, tellement près que je pouvais compter les taches de rousseur sur son visage. Son haleine était chaude et sentait la viande. On est restés comme ça un petit moment. Ses doigts étaient toujours mous. J'ai lâché le bas de ma robe, et mes bras sont revenus le long de mon corps. En fait, tout ça, c'était super ennuyeux.

Il a enlevé sa main et il l'a fourrée dans sa poche, puis il m'a tendu le reste de tourte pour mettre son autre main dans sa poche. J'ai mangé vite. Ça avait goût de sel et de saindoux, avec de la viande caoutchouteuse qui couinait entre les dents. J'avais tellement faim que j'ai oublié de pas mâcher sur ma dent pourrie, et la douleur a fait un éclair jusque dans mon cou. Après que j'ai fini, on a grimpé sur la balançoire, mais on n'arrivait pas à aller aussi haut que d'habitude à cause de la graisse sur nos mains. William a dit qu'il allait rentrer à la maison et je lui ai répondu que s'il s'en allait, je lui courrais après et je lui ferais la pire brûlure chinoise de sa vie. Il s'est mis à pleurer. Je savais pas si c'était à cause de la brûlure chinoise ou parce qu'il avait mis sa main dans ma culotte. Ni l'un ni l'autre me paraissait une raison suffisante pour pleurer.

JULIA

Quand je suis arrivée en haut de l'escalier, le téléphone avait cessé de sonner. J'ai nettoyé le lait répandu autour du bol de céréales de Molly et je suis revenue à la porte. Je suis restée plantée devant, sans ouvrir. Mes pensées tournaient toujours autour du téléphone, et dès que j'avais l'esprit occupé ailleurs, j'étais tout bonnement incapable d'ouvrir toute seule une porte. Je pensais qu'en atteignant les trente ans je serais libérée de ce conditionnement qui me faisait ainsi attendre qu'un adulte vienne m'ouvrir avec une clé. À cet âge-là, j'aurais vécu plus longtemps en dehors de Haverleigh qu'enfermée entre ses murs.

Haverleigh était certes un « Foyer », mais du genre qui prend une majuscule et que borde une haute clôture – un endroit réservé aux enfants trop méchants pour qu'on les laisse dans leur « foyer » avec une minuscule. On m'avait transférée ici depuis la prison dans une voiture aux vitres fumées. Avant de quitter ma cellule, j'avais eu droit à une assiette de nourriture qu'un gardien m'avait apportée de la cantine : des saucisses à la peau brune éventrée, une rondelle de boudin noir, semblable à la terre au fond d'un pot de fleurs. J'avais mangé vite, avec les doigts, avalant des grumeaux qui tombaient telles des pierres au fond de mon estomac. Je ne savais pas si on me nourrirait à nouveau un jour. Le repas terminé, on m'avait embarquée dans un véhicule avec deux policiers, et le trajet avait duré des heures, par des routes qui tournaient sans cesse, et ça m'avait mis l'estomac à l'envers. Une fine couche de graisse s'était déposée sur mes gencives, sur ma langue, comblant les espaces là où j'avais perdu des dents. Dans ma bouche, un goût de viande, et quelque chose de plus amer, comme de l'essence, qui remontait de mes entrailles.

« J'ai mal au cœur, ai-je dit.

— Respire bien, m'a répondu la policière.

— On peut ouvrir la fenêtre ?

— Non. » Elle a fouillé dans la boîte à gants et m'a tendu un sac en papier. « Voilà, tu peux vomir là-dedans. »

J'ai passé le reste du voyage à essayer de me faire vomir, parce que je voulais en mettre plein la banquette arrière. De cette manière, ils seraient bien obligés d'ouvrir la fenêtre. Hélas il a fallu attendre qu'on s'arrête dans l'allée de Haverleigh et que la policière vienne m'ouvrir la portière. Choc de l'air froid en pleine figure. Je me suis penchée et j'ai dégueulé sur ses pieds.

« Oh, mon Dieu ! s'est-elle exclamée.

— Je vous ai dit que j'avais mal au cœur », ai-je fait en essuyant ma bouche avec ma main, que j'ai ensuite frottée sur la banquette de la voiture. Elle m'a attrapée par le coude et j'ai aperçu un ensemble de bâtiments carrés, râblés. Ça ne ressemblait pas du tout à une prison. Pointe de déception. J'imaginais des barbelés, des barreaux aux fenêtres. Je savais que ça impressionnerait Donna quand elle viendrait me rendre visite.

Les gens qui arpentaient les couloirs pour nous surveiller étaient moins des parents que des gardiens de zoo. Ils me réveillaient à la même heure tous les matins, m'emmenaient à la salle de bains, me regardaient prendre ma douche, me ramenaient à ma chambre, me regardaient m'habiller, m'emmenaient à la cantine, me regardaient manger, m'emmenaient en classe, me regardaient déchirer mon cahier et me cacher sous mon pupitre. Dans l'ensemble, ils étaient gentils. Ils m'appelaient « ma petite », « ma grande », « ma jolie », et m'apprenaient à ne pas céder aux accès de rage – respirer, compter, faire la liste des objets qui m'entouraient. En journée, ils étaient tout le temps avec moi, et je croyais qu'ils m'aimaient bien, mais dès que le soir tombait, ils commençaient à regarder leur montre et demandaient : « Est-ce que l'équipe de nuit est là ? » Quoi qu'on fasse ensemble, à l'arrivée des gardiens de nuit ils disaient : « Bonsoir et à demain. » C'est là que je me rappelais qu'en fait ils ne m'aimaient pas vraiment. Ils étaient juste payés pour s'occuper de moi. Alors, je balançais le plateau de jeu à travers la pièce, je déchirais mon livre, ou je tapais la tête d'un autre gosse contre le mur. Quand on se comportait mal, les gardiens débarquaient à quatre, un pour chacun de vos membres, et ils vous tenaient si fort que vous ne pouviez plus bouger. Je me comportais mal très souvent. C'était agréable d'être ainsi tenue. J'aimais me relâcher entre leurs mains et les entendre me dire : « Voilà. C'est ça, tu t'es calmée. C'est très bien, Chrissie. Tu es une bonne fille. » C'était presque comme si je n'étais plus méchante.

Haverleigh bourdonnait de toutes sortes de fracas – les alarmes qui hurlaient dans les couloirs, les gamins qui criaient dans leurs chambres –, mais le bruit principal, c'était le tintement des clés que portaient les gardiens sur d'énormes trousseaux accrochés à leur ceinture. Au début de ma nouvelle vie, je restais plantée devant les portes closes en attendant qu'une gardienne vienne m'ouvrir et m'autorise à passer. Chaque fois que je comprenais que je pouvais l'ouvrir toute seule, j'avais envie de hurler. Des gens ont dit que ce n'était pas juste que je puisse être libérée à dix-huit ans, que je devrais rester enfermée pour toujours. J'étais d'accord : ce n'était pas juste. Les personnes qui s'occupaient de moi m'avaient cachée, puis elles m'avaient renvoyée vers une vie que je n'étais pas prête à vivre, dans un monde que je ne savais pas comment appréhender. Les bruits des couloirs de Haverleigh me manquaient, ainsi que les gros cadenas de métal sur les portes.

« C'était mon foyer, avais-je envie de dire, mon foyer avec une minuscule. Ce n'était pas juste de me mettre dehors. »

Le temps froid a fait entrer une bourrasque d'ouvriers dans la boutique, et j'ai passé la journée à ranger des barquettes de frites dans des sacs en plastique et à faire sonner la caisse. Au déjeuner, j'ai pris une tarte poulet-champignon dans la vitrine chauffante et je me suis assise dans un coin de la cuisine. L'intérieur était grumeleux, enrobé dans une espèce de colle grise et salée. J'ai léché des miettes de pâte sur ma fourchette, avec un léger sentiment de déception après avoir terminé.

À quinze heures, Mrs G. est sortie de son bureau et m'a tapé sur l'épaule.

« Il y a une dame pour toi au téléphone. Une certaine Sasha. Elle a essayé de t'appeler chez toi, là-haut.

Elle est du service à l'enfance. Elle n'a pas dit ce qu'elle voulait. Tu peux venir répondre ? »

Dans ma bouche, ma langue s'est transformée en morceau de viande crue toute chaude. J'ai regardé Arun, l'implorant des yeux : « S'il te plaît, dis-moi de ne pas y aller. Que je dois passer la serpillière, faire frire du poisson, m'occuper d'autres clients. » Il y avait une vieille femme attablée dans un coin qui retirait la panure de son filet de morue. Arun a agité la main : « Oui, oui, vas-y, Julie », alors j'ai suivi Mrs G. Je me sentais comme une gosse qui sort de sa classe. Dans le bureau, elle m'a tapoté l'épaule, s'est installée sur le canapé et elle a repris son tricot. Je pensais qu'elle s'en irait dans la cuisine, mais non, dans le bol posé sur la table basse, elle a pris deux bonbons enrobés dans du papier rose, et elle s'est rassise.

« Ne fais pas attention à moi. Prends ton appel. Moi, j'écoute la radio. »

Mrs G. était très gentille mais elle fourrait son nez partout. Évidemment qu'elle n'écouterait pas la radio : elle m'écouterait, moi. J'ai pris le combiné du bout des doigts.

« Allô.

— Bonjour, Julia. » Sasha était l'une des seules personnes au monde à savoir qui j'étais vraiment. Elle faisait semblant de ne pas me détester, sans y parvenir – je l'entendais dans sa voix, sous le vernis brillant. La haine. « Comment allez-vous ? a-t-elle demandé.

— Ça va.

— Bien. Bien. Donc. Je viens juste d'avoir un coup de fil de l'hôpital. » Sensation qu'un hameçon descendait dans ma gorge et s'accrochait à mes amygdales pour essayer de me les arracher. « Comment va Molly ? Elle s'habitue à son plâtre ? »

Molly était outrageusement fière de son plâtre. Elle avait seulement eu le bras en écharpe pendant le week-end, et j'avais été heureuse de lui enfiler ses deux manches le lundi matin. Quand elle portait le bras en écharpe sous son manteau, la manche vide pendait tel un fantôme. Mais le lundi, j'avais glissé son bras à travers la manche ; le plâtre apparaissait au bout, alors elle avait retroussé le poignet pour que ce soit la première chose qu'on voie chez elle. Elle était arrivée à l'école la tête haute, comme si elle brandissait un trophée, et à la fin de la journée des dessins au feutre recouvraient toute la surface. Elle avait passé beaucoup de temps à me montrer les différents dessins en m'expliquant qui les avait dessinés et, en rentrant à l'appartement, elle m'avait demandé d'y mettre ma griffe à mon tour. Ce que j'avais décliné.

« Elle va bien.

— C'est juste parfait, a répondu Sasha. Donc, je me disais que ce serait une bonne idée si vous passiez me voir. Juste pour un petit rendez-vous rapide. Je pensais justement à demain matin. Ça irait ?

— Demain ?

— Le matin. À dix heures ? Est-ce que ça vous convient ?

— Mais Molly va mieux.

— On en discutera justement demain ? »

Je ne voulais pas en discuter demain. J'avais envie de lui dire que tous ses « juste » et « justement » ne rendaient pas son discours moins menaçant, et j'ai failli lui demander qui m'avait balancée. J'imaginais que c'était ce médecin aux yeux comme deux fentes, qui croyait que j'avais frappé Molly exprès. Mrs G. chantonnait en accompagnant la musique à la radio, et l'horloge du mur m'a rappelé que je devais bientôt partir chercher Molly à l'école, alors j'ai senti ma gorge se rétrécir pour devenir un tube de caoutchouc tout fin.

« Demain. D'accord. Au revoir. » J'ai raccroché. J'avais du mal à déglutir. Du mal à respirer. J'ai essayé de me détendre pour que ma gorge se desserre, mais rien à faire.

Si je n'avais pas entendu le cliquetis des aiguilles à tricoter de Mrs G. derrière moi, j'aurais demandé à Sasha si le but de ce rendez-vous était de m'annoncer qu'on allait me retirer Molly. Seulement elle se serait exclamée d'une voix aiguë que non, grand Dieu, et elle aurait changé de sujet. J'étais contente d'avoir échappé à ce sketch. Il y avait des années qu'ils voulaient me prendre Molly, mais ils n'avaient jamais trouvé de motif valable, sauf qu'à présent ils en tenaient un. Un gros, bien anguleux et couvert de dessins au feutre. J'ai pensé à la voix au téléphone. *Chrissie*. À cette personne qui avait retrouvé ma trace. Ils avaient dû parler avec quelqu'un qui me connaissait et qui me détestait. Sasha me connaissait. Et elle me détestait.

La douleur formait une barre en travers de mes épaules, se déployant depuis la base de mon crâne. Je me suis cambrée. C'était la même douleur que les autres années : elle surgissait avec les premiers bourgeons et ne se calmait pas avant que l'été vienne brûler les pelouses. Parfois, quand je la sentais remonter de mes épaules jusqu'à ma tête, je l'imaginais tel du sang dans l'eau. Des mains rouge sombre s'ouvrant à travers un liquide clair. Je massais alors mes vertèbres cervicales.

« Tu as un torticolis ? m'a demandé Mrs G.

— Ça va », ai-je répondu, mais déjà elle était derrière moi – une tête de moins et deux fois plus large. Elle a repoussé mes mains et j'ai senti ses doigts épais dans ma nuque. La peau épaisse à force de toutes ces années passées à tricoter. J'ai senti une odeur d'épices, de sciure, et tout à coup j'ai eu envie de pleurer. En sentant sa peau contre la mienne, j'ai soudain eu l'impression d'être jeune et vulnérable. J'ai serré les dents. Je ne pleure jamais.

« Tu as la nuque toute raide, ma chérie », a-t-elle dit. Ses pouces décrivaient de petits cercles à la base de mes cheveux. « Le cou et les épaules. C'est parce que Arun t'oblige à rester toute la journée penchée sur les friteuses. Je vais lui dire deux mots. Il faut que chaque jour tu restes allongée vingt minutes. Tu mets des livres sous ta tête et tu te couches par terre. Sans bouger. D'accord ? »

J'ai acquiescé en silence. Puis j'ai enlevé mon tablier, enfilé mon manteau, et je suis sortie dans l'après-midi froid.

Tout cela avait été vain. Ces mois passés à être malade, les vergetures, les années à nettoyer, à travailler, à m'inquiéter. Je lui avais acheté des baskets qui faisaient de la lumière, et je l'emmenais à l'église la veille de Noël, je lui apprenais à regarder à droite et à gauche avant de traverser : j'aurais aussi bien pu la balancer dans un coin quand elle était bébé et attendre qu'elle crève à force de pleurer. De toute façon, ça se terminait pareil : au bout du compte, je me retrouvais toute seule.

Une semaine avant qu'elle tombe de ce mur, au beau milieu du repas, elle s'était arrêtée de mâcher et m'avait dévisagée, les yeux écarquillés, les doigts dans sa bouche.

« Ma dent, ma dent, avait-elle glapi.

— Ça fait mal ?

— C'est bizarre.

— Bizarre désagréable ?

— C'est bizarre. »

Voilà le pire : le pire, c'était que Sasha était cruelle de me la prendre, qu'elle était méchante, mais qu'elle avait raison. Parce que toute enfant qui grandirait auprès de moi ne serait qu'un puzzle de pièces pourries jusqu'à la moelle. Si Molly restait avec moi, j'en ferais une nouvelle Chrissie.

Arrivée à mi-chemin, je me suis réfugiée dans une ruelle pour m'adosser à un mur. J'ai ouvert mon blouson en écartant les pans pour laisser le vent glacial refroidir la sueur qui s'accumulait sous mes aisselles. Je l'imaginais se transformer en stalactites qui se brisaient dès que je bougeais. Dans ma poitrine, mon cœur me paraissait tout petit et faiblard, comme une clochette accrochée au cou d'un chat. Il y avait une forte odeur de pisse, et ça a été pire quand je me suis accroupie. Pire encore quand je me suis mise à genoux. Pire encore quand j'ai plaqué le front par terre. Pire encore quand j'ai ouvert la bouche pour hurler.

CHRISSIE

Quand je me suis réveillée le lendemain matin, maman était debout devant mon placard.

« Tu ne vas pas à l'école aujourd'hui », elle a dit.

J'ai passé la main sur mon cou. « J'ai les oreillons ? » j'ai demandé. Y avait beaucoup de gens qui avaient manqué l'école parce qu'ils avaient les oreillons.

« Non. » Elle a sorti ma robe du dimanche du placard, l'a reniflée sous les bras, et puis elle l'a aspergée d'un parfum de fleur dans un joli flacon en verre. Je savais pas pourquoi elle sortait ma robe du dimanche alors qu'on était vendredi. J'ai gratté les croûtes autour de mes yeux.

« On va à l'église ? j'ai demandé.

— Non. Bien sûr que non. On est vendredi. Habille-toi.

— Tu as remis l'électricité ?

— Habille-toi. »

Elle est sortie mais je me suis pas habillée tout de suite. Je suis restée au lit, à frotter mes doigts repliés sur le xylophone de mes côtes, au-dessous du téton.

J'aimais pas trop aller à l'école, parce que j'aimais pas Miss White. Ni faire le travail. Ni être assise à côté de Richard. Par contre j'aimais être responsable du lait. Quand on était responsable du lait, on sortait de la classe à la pause et on allait chercher la caisse avec les petites bouteilles dans la cour, et ensuite on posait une petite bouteille et une paille sur chaque pupitre. Après que tout le lait avait été distribué, Miss White passait avec la boîte à biscuits et elle en posait un à côté de chaque bouteille. Ça faisait longtemps que j'essayais de convaincre Miss White de me laisser être responsable des biscuits, parce que ça aurait été mieux que responsable du lait, mais elle voulait jamais.

« La responsable des biscuits doit être une adulte.

— Pourquoi ?

— Parce que c'est un travail d'adulte.

— Moi je crois que ça devrait être un enfant. Je crois que ça devrait être moi.

— Chrissie, si tu étais responsable des biscuits, ce serait la porte ouverte au désastre. »

Je comprenais pas du tout ce qu'elle voulait dire.

On voyait tout de suite si ça allait être un bon jour ou un mauvais jour pour le lait rien qu'en regardant les bouteilles dans la caisse. Le mieux, c'est quand elles étaient recouvertes d'une fine couche de buée, comme de la sueur, parce que ça signifiait que le lait serait frais. C'était moins bien s'il était gelé, car il fallait le mettre sur le radiateur, à décongeler, et ça prenait longtemps. Le pire, c'était les jours où le soleil avait brillé toute la matinée, alors au lieu que ce soit blanc dans les bouteilles, ça devenait couleur de beurre. Ça voulait dire que le lait était aussi tiède que l'eau de mon bain, plus épais, avec un vague goût de fromage.

Le plus intéressant lorsqu'on était responsable du lait, c'était qu'après avoir distribué toutes les bouteilles on rapportait la caisse dans la cour, et là on pouvait boire celles qui restaient. Il y en avait presque toujours, parce qu'il y avait presque toujours des absents. Les bons jours, on pouvait compter cinq à six bouteilles en rab. Je déposais la caisse dans la cour, sous la fenêtre, et puis je m'accroupissais et j'enfonçais le pouce à travers les opercules. C'était plus marrant d'y planter une paille – ça faisait un super « pop » –, mais fallait faire vite, vite, vite pour tout boire, et avec les pailles, c'était lent, lent, lent. J'étais responsable du lait pour tout le trimestre du printemps, et à force j'étais devenue très rapide. Bouteille, pouce, glou-glou, fini. Je pouvais m'enfiler une bouteille d'un trait. En vrai, j'aimais pas trop ça, le lait, mais plus j'en buvais, plus c'était facile après de pas penser que j'aurais rien à manger, le soir, après l'école. Après la pause, je bougeais plus, parce que mon estomac était si rempli que je risquais de tout vomir si je m'agitais. C'était sûrement pour ça, d'ailleurs, que Miss White me laissait être responsable du lait – parce que après la pause, je restais tranquille.

Maman m'a crié de me dépêcher, et j'ai repoussé ma couverture en me disant que pas d'école, ça signifiait pas de lait, ni de repas à midi. Ça allait être une journée très très vide, mais bon, c'était comme ça, la vie, des fois. Il fallait garder la tête haute.

En me levant, j'ai regardé mes draps, qui étaient pleins de taches jaunes. Ça m'a rappelé la maladie de peau que j'avais eue sur les bras, l'herpès circiné : des ronds foncés sur les bords, avec des tailles différentes. Au milieu du lit, les draps étaient mouillés, et j'avais froid dans ma chemise de nuit qui me collait. Maman avait laissé le flacon de parfum sur le rebord de la fenêtre et j'en ai versé sur les taches les plus grosses. Ça n'a pas tellement amélioré l'odeur. Ça l'a même peut-être fait empirer. Alors j'ai remonté la couverture par-dessus, en espérant que ça serait sec, le soir.

Dans la cuisine, maman m'a tiré les cheveux pour me faire des tresses bien serrées. Elle y allait fort et j'avais l'impression que ma peau allait se fendre tellement elle tirait, mais j'ai rien dit parce qu'elle aurait tiré encore plus fort. Après avoir fini, elle a posé la main sur mon crâne et elle a murmuré : « Mon Père, protégez-moi. Mon Dieu, veillez sur moi. » Sa main était froide. On avait la même odeur toutes les deux : en premier, les fleurs, mais en dessous, la crasse. Après la prière, elle s'est essuyé la main sur sa hanche, comme si elle était sale après m'avoir touchée.

On est sorties de la maison et on est parties dans la rue. Ses chaussures faisaient clip-clop, clip-clop, pareil qu'un poney, et ses doigts laissaient des marques sur mon poignet. On a croisé des garçons au coin, qui jouaient avec un vieux pneu de vélo, mais la plupart des gens étaient à l'école. Dommage. J'aurais voulu qu'ils me voient passer dans la rue avec maman, toutes les deux avec nos habits du dimanche, en se donnant presque la main. Quand on est arrivées dans le centre-ville, mes chaussures du dimanche ont commencé à me faire mal aux pieds, j'ai voulu ralentir, mais maman m'a tirée plus fort pour que j'accélère. Dans la grand-rue, on est passées près du marchand de fruits et légumes, du boucher et du grand magasin Woolworth. J'ai demandé à maman où on allait, mais elle m'a pas entendue, ou elle a fait semblant. Tout à coup, au bout de la rue, elle m'a fait entrer quelque part, si vite que j'ai pas eu le temps de lire ce qu'y avait d'écrit dehors.

À l'intérieur, ça ressemblait pas du tout à un magasin. C'était une salle d'attente, façon dentiste ou médecin. J'avais vu ça dans des vidéos qu'on nous avait montrées à l'école. Il y en avait une qui s'appelait : « J'ai rendez-vous chez le docteur », et une autre : « J'ai rendez-vous chez le dentiste. » Dans cette salle d'attente, tout était doux, dans des couleurs pastel, et sur les murs il y avait des photos de familles qui souriaient de toutes leurs dents, alors j'ai pensé que peut-être maman m'avait amenée chez le dentiste, que peut-être elle voulait qu'on soigne ma dent pourrie. Elle m'a tirée vers un bureau où une dame parlait au téléphone. En nous voyant, elle a raccroché et elle a fait un sourire comme les gens sur les photos, sauf que ses dents à elle, on aurait dit des pavés jaunes jetés dans tous les sens. J'ai pensé que ce genre de personnes devraient pas être autorisées à travailler chez un dentiste. Qu'elles devraient même pas sortir de chez elles.

« Voilà ma fille, maman a dit. Elle s'appelle Christine. Je veux la faire adopter.

— Mmm, a dit la dame derrière le bureau.

— Oui, adopter.

— Euh, a dit la dame derrière le bureau.

— Il faut que je fasse adopter Christine.

— Tu l'as déjà dit plusieurs fois, j'ai dit à mon tour.

— Tais-toi. »

Sur la moquette, j'ai fait un dessin du bout de ma chaussure du dimanche. J'avais le visage rouge. Maman comprenait pas ce que ça voulait dire, adopter. Adopter, c'était s'occuper d'un enfant qui était pas le vôtre, comme la maman à Michelle qui l'avait adoptée parce que ses parents, à Londres, ils étaient méchants, et elle l'avait gardée avec elle même si c'était pas sa vraie fille à elle. Moi, pour commencer, j'étais la fille de ma mère. Elle pouvait me garder sans m'adopter.

Je détestais quand elle se trompait. Ça me rendait toute rouge. J'ai levé les yeux, et j'ai vu la dame ouvrir la bouche, alors j'ai pensé qu'elle allait expliquer à maman ce que ça voulait dire, adopter. Seulement, elle s'est tournée vers moi.

« Bonjour, mon chou. Christine, c'est un joli nom. Moi, je m'appelle Ann. Veux-tu t'asseoir un moment pendant que je parle un peu avec ta maman ? Tu veux un sirop à l'orange ? »

Je me suis assise sur une chaise bleue en mauvais état près de la fenêtre et Ann m'a apporté un gobelet en plastique avec du sirop. Il était tellement dilué qu'on aurait dit qu'elle avait juste rajouté de l'eau dans un gobelet où quelqu'un avait bu un vrai sirop avant. J'ai trempé les doigts dedans et je l'ai utilisé pour faire des dessins sur l'accoudoir de la chaise. Maman me regardait pas. Elle se tenait toute droite, un bras enroulé autour du ventre, l'autre tenant son manteau. Ses doigts étaient si crispés qu'ils étaient blancs.

Ann est revenue à son bureau, elle allait dire un truc à maman qu'elle voulait pas que je sache, lorsqu'une porte s'est ouverte au fond du couloir et qu'on a entendu des pleurs. C'étaient des pleurs étouffés, des cris tout bas, pareil que quand on tient son mouchoir par-dessus sa bouche, et au bout d'un moment une autre dame est arrivée dans le couloir en tenant un mouchoir contre sa bouche. Il était blanc, mais il paraissait tout gris parce qu'il était trop mouillé pour absorber encore des larmes, même si la dame continuait à en rajouter. Et puis elle nous a vues, maman et moi, alors elle s'est arrêtée et elle a vacillé. Elle a replié son mouchoir en deux, soufflé dedans, puis elle l'a encore replié et s'est essuyée sous les yeux. Elle arrêtait pas de cligner les yeux.

Elle était belle. Son visage était tout gonflé à force de pleurer et son maquillage avait coulé sous ses yeux, n'empêche qu'elle était belle. Elle avait des cheveux jaunes et de la poudre sur les joues. J'ai regardé ses jambes. Elle portait un collant couleur peau qui la rendait toute lisse – on aurait dit une poupée. Les jambes à maman, elles étaient pas lisses, et elle avait la grisaille parce qu'elle avait la peau sèche, comme moi. Maman, elle était pas belle. Comme moi. La dame, elle, elle était belle. On aurait dit un ange.

Quand elle a enfin réussi à plus pleurer, elle s'est approchée du bureau et a dit à Ann : « C'est fini. Ils laissent sa mère le garder. Après tout ce qui s'est passé. Ce n'est pas juste. Ils n'ont pas le droit d'infliger ça aux gens. »

Ann a fait une grimace et commencé à dire : « Oh, je suis tellement… », mais maman l'a interrompue : « Vous voulez adopter un gosse ? » La belle dame a hoché la tête tout en prenant un mouchoir propre dans la boîte posée sur le bureau. Maman s'est ruée vers moi, m'a attrapée par le coude, si brusquement que j'ai renversé mon sirop à l'orange sur moi. Elle m'a poussée vers elle et elle a dit : « C'est Chrissie. Elle est à moi. Mais elle est bonne à adopter. Vous pouvez la prendre. »

Ann a dit : « Eh… attendez… non… », et la belle dame a dit : « Oh… mais… je… » Maman a posé la main dans mon dos, puis elle l'a retirée – on aurait dit qu'elle avait touché quelque chose de brûlant, ou de tranchant, ou de dégoûtant. Comme si elle touchait une fille tout en verre cassé. Et puis elle est sortie. Dans la salle d'attente, plus un bruit. Dans mes oreilles, j'entendais encore la voix de maman qui disait : « Elle est à moi. » Elle avait jamais dit ça, avant.

J'ai regardé ma robe du dimanche, toute mouillée à cause du sirop, avec l'ourlet un peu défait. Je me suis demandé si la belle dame m'achèterait une belle robe neuve quand elle m'emmènerait dans sa maison. Michelle était un bébé grassouillet lorsque sa maman l'avait adoptée pour l'enlever à ses méchants parents de Londres, mais elle lui achetait toujours des robes et des jouets et des jolies chaussures avec des semelles souples. J'espérais que la belle dame ferait pareil avec moi.

« J'aimerais avoir une nouvelle robe, je lui ai dit, au cas où elle serait trop timide pour me le proposer. On peut passer la chercher sur le chemin du retour pour aller à vot' maison. »

Elle a sorti sa langue pour se lécher la lèvre comme un lézard, puis elle s'est retournée, et elle s'est appuyée contre le bureau pour parler à Ann. Je l'ai entendue dire : « ... allez la chercher... » et « ... pas l'air bien... » et « ... je crains de ne rien pouvoir faire... » et « ... veux un bébé... » et « ... beaucoup trop grande, oui, vraiment trop grande... ». Elle m'a regardée à nouveau, mais je m'étais rassise sur la chaise. Elle est venue vers moi, s'est arrêtée, a cligné les yeux. Puis elle m'a dit : « Je... », après, elle a poussé un rire débile, m'a fait un petit signe encore plus débile, et elle s'est précipitée dehors dans un nuage de poudre et de cheveux jaunes.

Ann a enfilé son manteau, pris son sac, et elle m'a parlé sur ce ton bavard qu'ont les adultes quand ils cherchent à vous empêcher de pleurer en vous noyant les oreilles avec du bruit. J'ai failli lui dire qu'elle était pas obligée de faire ça parce que je pleurais jamais, sauf que j'avais une drôle de sensation à l'arrière du nez, et que ma gorge était trop serrée pour que je puisse parler. J'avais peut-être attrapé un rhume. Ann a voulu prendre ma main, mais je l'ai fourrée dans ma poche, si brusquement qu'elle est carrément passée à travers la doublure. Dans la rue, je traînais derrière elle en raclant le bout de mes chaussures du dimanche sur le trottoir. Il pleuvait et les gens avançaient courbés en deux. Ann s'arrêtait tout le temps pour me dire de me dépêcher, ce qui me faisait juste ralentir. Une vieille dame qui avançait à l'allure d'une tortue à côté de moi s'est arrêtée la quatrième fois qu'Ann m'a dit de me presser, et elle m'a balancé : « Écoute un peu ce que te dit ta mère. C'est fini de traînasser ? » Je lui ai tiré la langue. « Jeune dame, ce ne sont pas des manières.

— D'abord, j'ai pas de manières, et puis je suis pas une dame, que j'ai répondu.

— Ah ça, c'est sûr ! »

Après avoir quitté le centre-ville, j'ai dû la guider, parce que Ann savait pas où j'habitais. C'était nul qu'elle soit là, à trotter bêtement derrière moi, avec ses dents tordues de débile. On est passées devant chez les pauvres, et elle a regardé la maison bleue. Je savais ce qu'elle pensait.

« J'étais là quand il est mort, vous savez », j'ai dit.

Ses sourcils sont remontés sous sa frange de débile. « Tu étais là quand il est mort ?

— Ben, quand ils l'ont sorti, j'étais là, ce qui est presque aussi bien. J'ai vu le monsieur qui l'a trouvé dans la maison et qui l'a ramené à sa maman. Il était tout couvert de sang. Ça lui sortait par la bouche, par les oreilles, partout. Sa maman, elle pleurait comme ça. » Et là je me suis mise à glapir pareil qu'un renard en train de crever, pour lui montrer comment elle avait fait, la maman à Steven. Ann est devenue toute grise.

« Cela doit être très effrayant pour toi de penser

à ce qui est arrivé à ce petit garçon, elle m'a dit de sa voix à la con en sucre glace. C'est horrible ce qui s'est passé pour un enfant. Mais tu sais que tu es en sécurité, n'est-ce pas ? La police va attraper celui qui lui a fait du mal, et il ne pourra plus s'en prendre à d'autres enfants. »

À nouveau, ça s'est mis à pétiller en moi. « Peut-être que si.

— Comment ça ?

— Peut-être qu'il va faire du mal à d'autres enfants. Celui qui a tué Steven. Il pourrait recommencer.

— Mais non. » Elle a voulu me tapoter l'épaule, mais j'ai reculé, et sa main s'est agitée pour rien. « Aucun autre enfant ne sera attaqué. Je te le promets. »

Les gens passaient leur temps à vous promettre des trucs, comme s'ils comprenaient pas que « promesses », c'était juste un mot débile.

« Vous pouvez pas promettre ça. Vous pouvez pas l'empêcher. Personne peut. »

Elle a ouvert le col de son manteau de débile pour dégager son cou de débile. La sueur commençait à lui couvrir le nez, même s'il faisait froid. « En fait, je pense que la police va faire en sorte que tous les enfants soient en sécurité. C'est ça qui est important. Oui, le plus important, c'est que tu sois en sécurité.

— J'ai jamais dit que j'étais pas en sécurité. » J'avais envie de lui dire que depuis que j'avais tué Steven, je me sentais vachement plus en sécurité qu'avant parce que c'était de moi que les gens devaient se méfier, et être celle dont il fallait se méfier, y avait rien de plus sécurisant. Mais j'ai pensé que c'était pas la bonne personne à qui raconter ça. Elle était trop débile.

Quand on est arrivées chez moi, elle m'a suivie dans

l'allée. Je me suis retournée et je suis restée plantée là, bloquant l'entrée. « Je voudrais juste entrer cinq minutes pour dire un mot à ta maman, Christine.

— Non, pas question.

— Tu n'as pas à t'inquiéter. » Elle a voulu forcer le passage. « Je veux juste avoir une petite conversation avec ta maman. Pour m'assurer que tout va bien pour chacune d'entre vous.

— Tout va bien pour chacune d'entre nous. Mais vous pouvez pas lui parler. Elle est occupée. Elle travaille.

— À la maison ?

— Ouais.

— Et quel est son travail, à ta maman ? »

La fenêtre était entrouverte, là-haut, et on entendait maman pleurer. Ann a levé les yeux, puis elle m'a regardée, moi, et elle a encore levé les yeux.

« Elle est peintre », j'ai répondu. Maman a poussé un gros sanglot très fort. Ann a écarquillé les yeux. « Des fois, avec ses peintures, c'est pas facile facile. »

Je croyais qu'elle allait nous laisser tranquilles, mais elle s'est avancée et elle a appuyé sur la sonnette. Il a fallu qu'elle recommence deux autres fois pour que maman descende, dans une robe de chambre qui montrait beaucoup trop ses jambes. J'avais plus envie d'entendre Ann raconter toutes ses bêtises, ni maman pleurer comme une imbécile, du coup je les ai poussées, je suis montée et je suis allée dans ma chambre. Ça puait toujours le pipi et le parfum. J'ai enlevé les draps du lit et je les ai fourrés dans le placard. Dessous, le matelas était toujours aussi sale et pourri, mais j'ai étalé la couverture par-dessus pour faire croire que c'était propre. Au bout de quelques minutes, j'ai entendu la porte d'entrée se refermer et maman remonter l'escalier pour aller dans sa chambre. Elle s'est pas remise à pleurer. On est restées chacune dans notre chambre, à s'écouter l'une l'autre.

Quand j'ai compris qu'elle ne viendrait pas me voir, même pas pour me crier dessus, je suis allée à la fenêtre pour regarder la pluie qui battait au-dehors. C'était l'heure du déjeuner, mais je pouvais aller frapper chez personne parce que tous les autres étaient à l'école. Le parfum de maman était toujours là, sur le rebord de la fenêtre, alors j'ai enlevé le bouchon, ouvert la fenêtre et je l'ai vidé sous la pluie. Après, je l'ai lâché. Je voulais qu'il se brise en mille morceaux qui déchireraient les pieds à maman la prochaine fois qu'elle sortirait sans chaussures, sauf qu'il est tombé dans l'allée avec un bruit sourd et qu'il a rebondi dans l'herbe.

J'avais de plus en plus faim, mais y avait rien dans les placards de la cuisine, à part du sucre et des mites. Je les ai ouverts et refermés en pensant aux bouteilles de lait dans les cartons à l'école. Il faisait froid ce jour-là, et c'était vendredi, ça voulait dire que le lait aurait été frais juste ce qu'il faut, et qu'on aurait eu du *fish and chips* à la cantine. Mon repas préféré. J'ai donné un grand coup de pied dans le bas de la cuisinière et un sachet de préparation pour crème dessert est tombé de derrière. Sur ma langue, la poudre était épaisse. Là-haut, maman a recommencé à pleurer – une espèce de miaulement de petit chat. J'essayais de pas l'écouter, mais ça s'est fourré dans ma tête, c'est rentré à l'intérieur de moi comme un serpent, ou le lierre qui pousse au pied des barrières. Je suis remontée en baissant les yeux, je regardais les cheveux, les cendres et la saleté par terre, mais en arrivant devant la chambre à maman, j'ai levé la tête sans réfléchir. La porte était ouverte. Elle l'était pas quand j'étais descendue à la cuisine, ce qui voulait dire qu'elle m'avait entendue, qu'elle était allée ouvrir la porte, et qu'elle était retournée à sa place. Elle était assise, adossée à la tête du lit, et elle gémissait. J'ai cherché la trace des larmes qui allaient avec le bruit, mais rien. Ses joues étaient toutes sèches. Elle se forçait à sortir de longs rubans de bruit, et de temps en temps ses yeux bougeaient, pour s'assurer que je regardais bien.

« Pourquoi tu pleures ? j'ai demandé. C'est parce que je suis revenue ? »

Elle a pas répondu. J'ai refermé la porte, parce que j'avais l'impression que c'était pire, sinon. J'ai entendu un hurlement, puis le bruit d'un truc lourd et dur qu'on balance contre un mur.

« Tu comprends rien ! elle a crié. Tu t'en fous. Oui, tu t'en fous, Chrissie ! »

Elle a très vite arrêté de pleurer après ça, sûrement parce que je pouvais pas la voir et qu'elle avait compris que je viendrais pas lui dire que non, je m'en foutais pas. Si les larmes marchaient pas, à quoi bon continuer ? Tout ça pour s'irriter la gorge et avoir les yeux rouges. J'ai serré les muscles dans mon ventre, je me suis penchée, et j'ai vomi la poudre à dessert par terre. Ça a dégouliné entre les planches du parquet. Maman aurait plus qu'à nettoyer. Je me suis essuyé la bouche avec ma main, puis j'ai enjambé la flaque couleur crème, et je suis retournée dans ma chambre. J'ai fermé la porte derrière moi et j'ai bondi sur mon lit. Puis je me suis dit que demain, je ferais du mal à quelqu'un, n'importe qui, et autant que je voudrais. Alors j'ai mis le coin de mon oreiller dans ma bouche et j'ai hurlé.

JULIA

Depuis six mois que Molly allait à l'école, jamais je n'avais été en retard pour venir la chercher. Le moment le plus tendu s'était produit le jour des vacances de Noël, parce que j'étais coincée dans un magasin, à la caisse. J'avais payé, couru jusqu'à la maison et caché la poupée dans mon placard, à côté d'une boîte contenant une botte de Noël remplie de petits jouets que je dissimulais là depuis le mois d'août. Je m'étais faufilée le long de la barrière à quinze heures trente, au moment où Miss King amenait dans la cour une chenille d'enfants de quatre et cinq ans. Molly s'était précipitée vers moi, des rubans argentés dans les cheveux, un père Noël en chocolat à la main.

« On a fait une fête, et y avait du gui où on embrasse les gens dessous, et moi et Abigail, on s'est pas embrassées, on a fait un bisou d'Esquimau, et est-ce que je peux le manger tout de suite ? »

J'avais été tellement aveugle et chanceuse ce jour-là. Je n'étais même pas vraiment en retard. Aujourd'hui, le portail était grand ouvert et j'étais à contre-courant du flot des mères et des gamins. Je me suis rangée sur le côté, pour les laisser passer. J'avais la sensation d'être une enveloppe dépourvue de substance intérieure, et que si la foule me bousculait, je m'écroulerais.

Molly patientait près de la fontaine avec Miss King, qui l'a laissée partir dès qu'elle m'a vue.

« T'es en retard, a dit Molly en arrivant devant moi.

— J'étais au téléphone. »

On est passées par le front de mer et elle a montré du doigt la fête foraine, ouverte mais déserte, avec les manèges gelés et les types qui fumaient leurs roulées dans les cabines où on vendait les tickets.

« On peut y aller ? a-t-elle demandé.

— Non.

— Pourquoi ?

— Parce que aujourd'hui, c'est un jour normal. La fête foraine, ce n'est pas pour les jours normaux.

— C'est pour quels jours alors ?

— Les jours spéciaux.

— Comme le premier jour du printemps ?

— Non. Pas du tout. »

J'ai tenté d'appuyer autour de mes yeux, mais je n'ai pu déloger la douleur accumulée dans mes orbites. Molly a donné un coup de pied dans un galet qui a atterri dans l'herbe, accompagné d'un bruit à mi-chemin entre grognement et gémissement. « Tu me laisses jamais faire des trucs bien, a-t-elle dit.

— Je suis désolée. »

Une femme et une fillette ont débarqué sur le sentier un peu plus loin devant nous. La fillette portait une robe à volants et des mocassins qui ne lui tenaient pas aux pieds. Je n'ai pu empêcher la machine à bons points de se remettre en marche dans ma tête.

Il fait froid, elle devrait porter un collant. Molly en a un. Elle n'a pas froid aux jambes. Un point.

Ses chaussures sont trop grandes, avec une semelle

plate, sans soutien. Ses pieds ne vont pas grandir harmonieusement. Molly porte des chaussures qui conviennent à des pieds d'enfant en pleine croissance. C'est ce que m'a expliqué la vendeuse, dans le magasin. Deux points.

Cette robe n'est pas pratique. Elle ne peut pas courir avec, et elle doit faire attention à ne pas se salir. Sa mère ne devrait pas l'habiller comme une poupée. Les vêtements de Molly sont parfaits pour vivre, pas pour se montrer. Trois points.

La femme s'est baissée et elle a pris la petite dans ses bras en la calant sur sa hanche. La fillette a enroulé ses jambes autour d'elle et posé sa tête sur son épaule.

Elle a une vraie mère. Pas Molly. Bientôt, Molly n'aura plus de mère du tout. Moins plein de points. Moins tous les points que tu as jamais gagnés.

J'ai regardé Molly qui sautait par-dessus les fissures du goudron. Le vent lui donnait des couleurs, ce qui la rendait plus jolie encore, car ainsi elle me ressemblait moins. Voilà où se trouvait le meilleur de Molly : dans les interstices entre elle et Chrissie, dans sa bouche adorable et ses yeux clairs. Parfois je me disais qu'il existait un modèle d'enfant, une fillette brune à la peau pâle, et que Molly et Chrissie étaient là pour montrer quelle différence il y avait entre une enfant bien nourrie et une enfant affamée, entre une enfant propre et une enfant sale. Depuis que j'étais entrée dans le monde réel, je me lavais tous les jours, je rognais mes aspérités les plus anguleuses, et cela me donnait des frissons tout chauds de savoir combien Molly me ressemblait. Cela m'empêchait de penser aux gènes qui n'étaient pas les miens.

L'homme qui m'avait fait don de Molly n'était encore qu'un garçon, et moins un garçon qu'un assemblage de membres dégingandés et de bravade. Il s'appelait Nathan : c'était marqué sur son badge. Le mien portait le nom de Lucy, c'était le premier dont on m'avait affublée après m'avoir laissée sortir, la première vie que j'avais connue. Nathan et Lucy mettaient des produits en rayon dans un magasin de bricolage où Jan, mon agente de probation, m'avait trouvé une place. Elle me disait toujours combien c'était super que je sois revenue dans le monde extérieur, car cette vie-là était tellement meilleure que la prison. Au moment de l'entretien d'embauche, on nous avait présenté un échantillonnage de vis, d'écrous et de poignées de porte en nous demandant de choisir ce que nous nous sentions le plus à même de « présenter » au groupe. Les gens s'étaient précipités, et la seule chose qui était restée, c'était un paquet de clous en acier. Je m'en étais enfoncé un dans le doigt en attendant mon tour de dire aux autres combien j'étais forte et solide, tout en pensant à Haverleigh. Certes, c'était une prison dans son genre. N'empêche, c'était moins pire que ça.

Nathan aimait bien me raconter dans quel pub il était allé le week-end, avec qui, et quel match ils avaient vu. Il bégayait, mais seulement sur les mots qui commençaient par T. Son pub habituel s'appelait La Taverne, son équipe de foot préférée était Tottenham, et tous ses amis semblaient s'appeler Tom ou Tony. Un jour, une des caissières m'a dit que je lui plaisais et j'ai rigolé parce que je ne pouvais plaire à personne. Par contre, je n'ai pas ri lorsqu'il m'a proposé d'aller boire un verre. J'ai dit oui.

On est allés au pub près de la gare. Je ne savais pas ce que je lui dirais s'il me posait des questions sur ma vie d'avant le magasin de bricolage. Heureusement, il ne l'a pas fait. Il ne semblait pas s'intéresser à moi, pourtant il m'a demandé si je voulais aller chez lui. J'ai dit oui.

Je portais mon polo de travail : bleu avec le logo Penton Supplies en travers de la poitrine. Il l'a passé par-dessus ma tête sans défaire les boutons, me frottant les oreilles au passage. Autour du cou il portait une croix au bout d'une chaîne d'argent, et quand on l'a fait, j'ai commencé à compter le nombre de fois où elle me cognait le visage. J'ai perdu le fil en tournant la tête sur le côté pour lire le nom des vidéos empilées près de la télé. J'avais la sensation qu'il poussait très fort sur moi, à croire qu'il essayait de percer un mur. J'ai songé combien il était effrayant d'être ainsi écrasée sous quelqu'un de plus grand et de plus fort que vous, dont le corps bloque la lumière et vous empêche de respirer. C'était horrible de se sentir ainsi effrayée. J'aurais voulu que ça fasse plus mal.

« Ça va ? demandait-il au-dessus de moi, encore et encore.

— Oui », disais-je au-dessous de lui, encore et encore. J'étais aplatie par terre, son poids forant mon corps, qui craquait, exsudait, telle une croûte qu'on étire. J'étais beaucoup de choses. Entre autres, celle qui disait oui.

« Oh », ai-je fait lorsque la douleur s'est transformée en coups de poignard. Une sorte de grondement sortait du fond de sa gorge. « Oh », ai-je répété. Il a encore grogné. C'était une sorte de grognement joyeux. J'ai pensé que je lui plaisais. Je me demandais comment on pouvait savoir que c'était fini, si ça continuait indéfiniment, s'il savait quand arrêter, s'il m'informerait que c'était fini. Au bout d'un long moment, il s'est immobilisé, a gémi et s'est retiré, et j'ai été soulagée de savoir qu'au moins la conclusion était claire : un vide piquant. On s'est écartés l'un de l'autre. J'ai remonté mon jean, replié mes genoux contre ma poitrine. Je me sentais ouverte et gluante, comme une plaie.

« Ah, ai-je pensé, c'est donc ça. »

On l'a refait cinq fois au cours des trois semaines suivantes. Après la première fois, ça n'a plus fait mal, cela revenait à s'étirer, à la manière d'un gant rempli d'huile chaude. Il aimait ça, et ça me plaisait qu'il aime ça. C'était presque pareil que s'il m'aimait moi. En revanche, je ne savais pas très bien si j'aimais ça, l'acte lui-même, les odeurs, les sons, cette proximité étouffante, mais cela m'apaisait, me donnait la sensation d'être remplie, et ça me plaisait. Je ne ressentais pas grand-chose pour lui, et il ne me donnait aucune raison de penser qu'il ressentait quelque chose pour moi. On ne parlait jamais de ce qu'on faisait. Et lorsqu'on le faisait, on ne se regardait pas. J'avais parfois l'impression que c'était parce qu'on essayait de ne rien dévoiler à l'autre.

Un mois après la première fois, je rangeais des boîtes de peinture sur des étagères quand la fille de la caisse m'a tapé dans le dos.

« Tu peux t'occuper de ma caisse pendant cinq minutes ? Il faut que j'aille à la pharmacie.

— D'accord.

— Merci, a-t-elle dit avant d'ajouter en se penchant à mon oreille : Pilule du lendemain.

— Ah », ai-je dit, me sentant soudain très mal, avec nausées et bouffées de chaleur. À la place du déjeuner, j'ai acheté un test de grossesse, et je me suis installée dans les toilettes du quatrième étage que personne n'utilisait – la fenêtre ne fermait plus et le robinet d'eau froide était cassé. Il y avait une affiche publicitaire pour des ampoules halogènes au dos de la porte, et en attendant je l'ai lue du début à la fin, pantalon et culotte sur les chevilles. C'était très instructif. Puis les deux lignes sont apparues, tels des doigts d'honneur.

« Ah, ai-je pensé, c'est donc ça. »

Nous avons traversé la rue devant le Fish'n'Chips – je tenais Molly par la manche. À l'intérieur, Arun remplissait le bocal d'œufs au vinaigre. Yeux globuleux dans le vinaigre brun boueux. Je les sentais depuis la rue, et l'écœurement m'a saisie, comme si une araignée poilue avançait pas à pas à l'arrière de ma langue. Pendant que je cherchais la clé de l'appartement, Molly est allée traîner devant la porte illuminée.

« Coucou, Arun, l'a-t-elle interpellé puisqu'il ne répondait pas immédiatement à ses signes.

— Bonjour, Miss Molly, a-t-il dit en essuyant ses mains sur son tablier pour attraper son Coca. Comment tu vas, cet après-midi ? Et ton pauvre bras ?

— Ça va. Combien tu as préparé de frites aujourd'hui ?

— Oh, c'était calme, aujourd'hui. On a fait que quinze mille.

— Hier, c'était vingt.

— Je sais. Et le jour d'avant, vingt-cinq. Qu'est-ce que j'y peux ?

— Chais pas.

— Aujourd'hui, même pas vendu tout ce qu'on a préparé. C'est un cauchemar. Tellement de restes. Dis-moi, est-ce qu'y a une petite fille qui a faim ? Mais non, je réfléchis, je connais pas… personne…

— Elle n'a pas faim », ai-je marmonné. J'ai trouvé ma clé, je l'ai glissée dans la serrure, mais Molly était déjà entrée. J'ai entendu le métal racler le carrelage quand elle a poussé un tabouret près du miroir.

« Moi, tu me connais, Arun.

— Molly, viens, s'il te plaît », ai-je appelé. Puisqu'elle n'était toujours pas là, je me suis penchée pour regarder à l'intérieur du snack. Elle était assise au comptoir, le visage appuyé contre la vitrine chauffante, et elle regardait Arun faire tomber les frites sur un papier blanc.

« Non, Arun, vraiment, ai-je dit. Nous avons à manger déjà. Elle n'a pas besoin de ça.

— C'est rien, Julia, c'est rien. » Il a emballé les frites dans un paquet qu'il a tendu à Molly, et elle l'a serré contre elle comme un nouveau-né. Là-haut, elle l'a posé sur la table et a commencé à retirer les couches de papier. Je respirais par la bouche. Dans l'espace du Fish'n'Chips, l'odeur de graillon ne tenait pas sur le carrelage, mais dans l'appartement, il y avait de la moquette, des rideaux, qui absorberaient l'odeur de graisse. J'ai ouvert la fenêtre.

En regardant Molly manger, j'ai ressenti une panique sourde. Il était seize heures. Ce n'était pas le moment de dîner. C'était celui de goûter, pour ensuite, à seize heures trente, passer à la lecture, puis à dix-sept heures regarder *Blue Peter*. Si Molly dînait à seize heures, le créneau de dix-sept heures trente serait vide – une demi-heure de temps inoccupé que je ne saurais remplir –, et puis elle aurait peut-être faim à nouveau au moment d'aller dormir, et j'ignorais s'il fallait ou non lui donner à manger, et quoi lui donner, s'il fallait à nouveau se brosser les dents et combien de temps attendre avant de se coucher.

Le téléphone s'est remis à sonner, et j'ai passé la tête par la fenêtre. L'air était frais, très doux, et je le buvais à travers mes mâchoires serrées. Dehors, un homme essayait d'entrer dans la maison voisine de la boutique de souvenirs. Il a frappé à la porte du plat de la main, puis a donné un coup d'épaule. On aurait dit une miche de pain pas cuite qu'on jette contre un mur : complètement inefficace. Il s'est lentement écroulé sur le sol, a essayé de boire à la bouteille, mais il a raté sa bouche. Puis il s'est mis à pleurer. La sonnerie du téléphone paraissait de plus en plus forte – bruyante, insistante – et j'ai imaginé la journaliste à l'autre bout de la ligne. Je humais son parfum, j'entendais le cliquetis de ses ongles sur la machine à écrire.

« Pourquoi t'as ouvert la fenêtre ? a demandé Molly. Il fait froid.

— Je prends un peu l'air. » Le téléphone a cessé de sonner et je suis rentrée pour m'appuyer contre la vitre. Une explication avait cristallisé dans mon esprit sur le chemin de l'école : le médecin avait appelé Sasha, qui avait appelé les journaux. J'ai fouillé en moi en quête de panique ou de trahison, mais je n'ai rien trouvé. Sasha avait dû recevoir une belle somme d'argent en échange de mon numéro de téléphone, plus qu'elle ne gagnait en une année. C'était horrible d'être pauvre. J'étais assommée.

« J'ai vraiment besoin d'une robe pour la fête, tu sais, a dit Molly.

— Quoi ?

— J'ai besoin d'une robe. Pour l'anniversaire d'Alice. »

J'ai porté la main à mon front : froid, spongieux, la peau d'une morte. Je suis allée dans la salle de bains et j'ai mis le tapis par terre. Molly a continué à gazouiller au sujet des robes, et son bavardage s'est mêlé au fracas de l'eau qui coulait dans la baignoire. Et puis j'ai songé que ça n'avait plus d'importance qu'elle soit propre, sa toilette ne me concernait plus puisque je n'allais pas la garder. Mais si je ne lui donnais pas son bain, cela me ferait encore plus de temps inoccupé sur les bras avant la nuit. J'ai donc laissé l'eau couler. En essayant de ne pas imaginer Molly en robe de princesse avec un petit sac orné de perles. Je me suis agenouillée près de la baignoire, j'ai posé la tête sur le rebord et j'ai regardé le niveau de l'eau monter.

Tout le temps où Molly grandissait dans mon ventre, je l'avais passé à regarder les toilettes en oblique. J'étais malade comme jamais, une première dans l'histoire du monde. La nuit, je me réveillais, des doigts de fer étreignant mon estomac, et je rampais jusqu'à la salle de bains où je posais la tête sur le rebord froid de la baignoire. Ma sueur était si salée que j'avais la sensation que des grains de sel me sortaient de la peau et que des cristaux moulus me coulaient dans le cou. Mon estomac se tordait et puis ça sortait, je m'étranglais dans la cuvette des W.-C., les vomissements si violents que je m'attendais à expulser le bébé dans une cascade de bile.

Depuis qu'ils m'avaient laissée sortir dans le monde réel, je faisais de mon mieux pour ne pas me faire remarquer, mais Molly m'avait transformée en enseigne au néon. Des inconnues me souriaient dans la rue, me demandaient si c'était un garçon ou une fille, pour quand était le terme, si j'étais fatiguée, et elles me laissaient leur place dans le bus. J'avais la sensation d'être un escroc. Si elles avaient su qui j'étais, elles m'auraient balancée sous les roues du bus. Plus j'enflais – dans des proportions comiques, absolument pas nécessaires, du jamais vu –, moins je sortais. Je considérais cette masse étrangère, plantée à l'avant de mon corps, et je pensais : « S'il te plaît, sors de là, s'il te plaît, sors de là, je vous en prie, sortez-la de moi. »

Puis le soir venait, et je me retrouvais par terre dans la salle de bains. Je gardais les mains posées sur mon ventre et je sentais les coups de poing et de pied à travers ma peau. Ce n'était pas une étrangère. Je la voyais comme une amie. J'avais été si seule jusque-là.

À Haverleigh, on avait planté des graines de tournesol, et j'avais dit aux gens qui s'occupaient de nous que la mienne serait toute rabougrie parce que moi, j'étais de la mauvaise graine, donc celle que je plantais l'était aussi. Ma fleur avait poussé, jaune vif, robuste. Difficile de croire qu'elle avait pour origine cette petite graine. Voilà à quoi je pensais, agenouillée dans la salle de bains le soir : à ces doux pétales éclatants. Les bébés étaient d'abord des graines. C'est ce qu'avait dit la sage-femme. Maintenant, je serrais les dents en priant. « S'il te plaît, reste à l'intérieur. S'il te plaît, reste à l'intérieur. Qui que tu sois, reste à l'intérieur. »

CHRISSIE

Comme Steven était mort depuis un moment, les mamans ont commencé à laisser à nouveau leurs enfants jouer dehors parce qu'il faisait de plus en plus beau, et qu'elles en avaient marre de les avoir tout le temps sur le dos après l'école. Maman, elle en avait toujours autant marre de moi, mais elle a pas réessayé de me donner à adopter. En général, elle était pas là quand je rentrais de l'école ou après avoir joué dehors, ou alors elle était dans sa chambre, avec la porte et la lumière fermées. On allait toujours à la messe tous les dimanches. Maman aimait bien le bon Dieu, même si moi, elle m'aimait pas. Chaque fois, on arrivait tard et on repartait vite fait, parce que maman, elle aimait pas les gens, et du coup, ils remarquaient à peine qu'on était là. L'église, c'était le seul moment où maman était vraiment heureuse, lorsqu'elle chantait *Lord of the Dance*, *Morning Has Broken* et *Bread of Heaven* les yeux clos, le visage tourné vers le ciel. Elle avait une jolie voix aiguë qui collait pas du tout avec le reste. Moi aussi, j'aimais beaucoup aller à l'église, parce que des fois je pouvais voler des pièces dans la coupelle, au fond, et j'aimais que le pasteur pose la main sur ma tête, pour la bénédiction, quand je venais tout devant. En rentrant à la maison, en général, maman se recroquevillait sur le paillasson. J'essayais de l'amener au salon, mais elle voulait pas bouger, et elle était trop lourde pour que je la porte. À la fin, je m'allongeais à côté d'elle par terre dans le couloir, je prenais une mèche de ses cheveux entre mes doigts et je me caressais la bouche avec. Ça faisait comme une plume. Je savais pas pourquoi elle était si triste en revenant de l'église, peut-être parce qu'il fallait attendre toute une semaine pour chanter à nouveau les cantiques.

La seule personne qui était toujours pas revenue jouer dehors, c'était Susan. Elle allait même plus à l'école. Je la voyais que le soir, debout à la fenêtre de sa chambre, les mains sur la vitre. J'ai jamais su si elle, elle me voyait. Après qu'elle avait été absente deux semaines à l'école, je suis allée voir une fille de la classe 6 à la récré pour lui demander où elle était passée.

« Susan ? Tu veux dire la fille dont le petit frère est mort ?

— Ouais.

— Chais pas. Elle est sûrement chez elle. » Puis elle est partie en courant parce que les filles de la classe 6 devaient pas parler à celles de la classe 4. Ça m'a tourné dans la tête : « Susan, la fille dont le petit frère est mort. » Avant on disait toujours : « Susan, la fille aux cheveux très très longs. »

Betty était pas non plus à l'école, mais c'était parce qu'elle avait les oreillons, pas un petit frère mort. Miss White a dit qu'il fallait lui dire tout de suite si on croyait qu'on avait les oreillons, nous aussi. Moi, je lui disais tous les jours, plein de fois, mais elle me répondait : « Arrête tes bêtises et fais ton travail, Chrissie. » L'après-midi, à la récré, je suis revenue en douce dans la classe, et j'ai cassé tous les crayons de couleur. Crac-crac-crac-crac. Je. Hais. Miss. White.

Le mardi, avec Linda, on est parties à la chasse aux bouteilles, après l'école. Beaucoup de gens jettent les bouteilles en verre dans leurs poubelles comme si ça valait rien du tout, nous, on les repêche, et on va les échanger contre des bonbecs. Des fois, y a encore des gouttes au fond, alors je les retourne pour les boire. Linda dit que c'est dégueu. C'est vrai qu'y a des gouttes de Coca qui sont dégoûtantes, avec un goût pourri, mais y en a d'autres qui sont bonnes et qui ressemblent à du sirop de sucre. Ça vaut le coup de tenter. Le lundi, on a emmené avec nous les cousins à Linda, mais ils nous ont pas vraiment aidées à trouver des bouteilles. C'étaient rien que des petits cons. Et puis c'était pas le bon jour pour les bouteilles, parce que les poubelles venaient d'être vidées, et personne n'avait eu le temps du boire du Coca après. Je demandais toujours à Miss White si je pourrais avoir les caisses avec les bouteilles de lait vides de l'école, mais elle répondait toujours non, ce qui était pas étonnant de sa part. Si j'avais pu avoir ces bouteilles, j'aurais été millionnaire à neuf ans. Ce jour-là, j'ai trouvé deux bouteilles d'eau gazeuse dans le caniveau, seulement y en avait une qui était cassée en deux. Je l'ai prise malgré tout. Linda en a trouvé qu'une seule, et les garçons ont juste fait des bruits de camions de pompiers.

« C'est nul, a dit Linda en retournant au magasin. Jamais on en a trouvé aussi peu.

— Ben c'est pas ma faute, hein, j'ai dit.

— C'est la faute à qui ?

— Chais pas. Sans doute au Premier ministre.

— Pourquoi ce serait sa faute ?

— Linda : tout est sa faute. » Parfois, c'était fatigant d'avoir une meilleure amie si conne.

Au magasin, Mrs Bunty a dit qu'elle nous donnerait

qu'un quart de livre de bonbons, ce qui était loin d'être assez, mais ça, c'était Mrs Bunty tout craché. Elle était méchante, méchante, méchante. Quand elle pesait nos bonbons, elle les déposait un par un sur le plateau d'argent de la balance, jusqu'à ce que l'aiguille effleure la quantité voulue, ensuite elle remettait bien en place le couvercle du bocal à bonbecs. Les jours où son genou lui faisait trop mal, c'était Mrs Harold qui la remplaçait, et elle, elle était pas méchante, parce qu'elle versait les bonbons directement sur le plateau de la balance jusqu'à ce que l'aiguille dépasse largement la quantité voulue, et après elle disait : « Ah, quelques bonbons de plus, ça ne peut pas faire de mal à une petite fille. » Mrs Bunty, elle faisait jamais ça, elle. Elle était méchante, méchante, méchante.

Linda et moi, on n'arrivait pas à se mettre d'accord sur quels bonbons on voulait. À la fin, on a choisi les réglisses mélangés, parce que c'était ce que je voulais, moi, et que c'était moi qui avais trouvé les deux bouteilles (avec celle qui était cassée, même si Mrs Bunty, elle en voulait pas). En plus, à la fin, on faisait presque toujours ce que je voulais, moi. Mrs Bunty a pesé les bonbons, et elle les a versés dans un sachet en papier blanc.

« Mais y a presque rien ! » j'ai dit. Elle a tortillé le bout du sachet pour le fermer.

« Si tu n'es pas contente, tu peux les laisser, Chrissie Banks. Franchement. Vous les gosses, vous savez pas où vous habitez. Les choses ont pas toujours été aussi faciles, vous savez. Pas quand j'étais mioche, en tout cas. C'était la guerre.

— Oh, j'ai dit. Pourquoi est-ce qu'on parle tout le temps de cette guerre débile ? »

Après on est allées à l'aire de jeux. Moi et Linda, on s'est assises sur le tourniquet pendant que les garçons couraient autour de nous. De temps en temps, ils venaient vers moi, les mains tendues pour avoir un bonbon, alors j'en coupais un en deux avec mes dents et ils se le partageaient. Ils étaient petits, ils avaient droit qu'à un petit morceau de bonbon.

J'étais allongée sur le dos et Linda m'a murmuré : « Regarde », en me tapant sur le bras. Elle a montré le portillon. Je me suis assise et j'ai vu la maman à Steven entrer. D'abord, je l'ai trouvée normale, parce qu'elle portait une robe normale avec un gilet, et puis j'ai vu qu'elle était pieds nus. Elle nous a pas regardées, elle s'intéressait qu'aux garçons. Ils avaient arrêté de courir et ils essayaient de grimper le long des poteaux de la balançoire. Elle a souri, comme si elle était endormie, et elle est allée vers eux. Elle s'est approchée tout près, elle s'est agenouillée en tendant les bras.

« Viens ici, Stevie, on l'a entendue dire. Je savais bien que je te retrouverais. »

Les garçons sont partis en pleurant et nous on a couru après eux dans la rue. Avant d'arriver au coin, j'ai regardé par-dessus mon épaule. La maman à Steven était assise par terre, au pied des poteaux de la balançoire. Elle faisait ce bruit de renard qui a une épine dans la patte, pareil que le jour où le monsieur avait sorti le corps à Steven de la maison bleue. J'ai essayé de retrouver l'effervescence dans mon ventre, mais y avait plus rien. En me rappelant tout ça, j'ai eu soudain super mal, ça m'a tordu le ventre, à croire qu'on me faisait une brûlure chinoise sur les intestins.

« Elle est folle », a dit Linda quand je l'ai rattrapée. Elle arrêtait pas de se retourner pour voir si la maman à Steven nous suivait, mais je savais qu'elle le ferait pas. « Tu crois que c'est qui, qui a tué Steven ? elle m'a demandé.

— Chais pas. Et puis ça a aucune importance. Il va bientôt revenir. Comme mon papa.

— Ton papa, ça fait hyper longtemps qu'on l'a pas vu.

— Pas si longtemps.

— Et je pense pas que Steven va revenir. Mon pépé, il est jamais revenu. »

J'avais pas envie d'expliquer à Linda que les gens mouraient et revenaient après, alors j'ai fourré tous les bonbons à la réglisse dans ma bouche pour que mes dents soient trop occupées pour parler. Elle m'a poussée.

« Eh ! T'es dégueulasse », elle m'a dit. Un filet de bave brune me coulait sur le menton. Elle est rentrée chez elle et j'ai tout craché dans le caniveau. Et puis j'ai passé ma langue dans ma bouche pour voir si j'avais craché aussi ma dent pourrie, mais elle était encore là, toute cassée dans ma gencive.

Le mardi, j'ai oublié de dire que j'avais les oreillons parce que la police est revenue à l'école, et cette fois ils ont parlé à toutes les classes, pas seulement aux maternelles. Je les ai vus à travers la porte en verre, avec leurs chaussures bien cirées et leurs boutons tout brillants. Dans mon ventre, c'était comme si on étirait un élastique au maximum, à la limite de le faire craquer, ou qu'on lâchait une poignée de soucoupes volantes dans un verre de Coca. Miss White les a fait entrer, et elle a dit qu'on devait écouter de toutes nos oreilles, du coup je me suis retournée vers le devant. Richard m'a donné un coup de pied et je l'ai frappé à la jambe. Miss White nous a dit de nous calmer et d'arrêter de faire des bêtises, et un des policiers m'a regardée avec un demi-sourire. L'élastique a craqué.

Les soucoupes volantes sont entrées en éruption. J'étais Dieu à nouveau.

Les policiers ont raconté la même chose que Mr Michaels, le lendemain de la mort de Steven : qu'on avait peut-être entendu dire qu'une chose très triste était arrivée à un petit garçon qui habitait dans le quartier, et qu'il ne fallait plus aller jouer du côté de chez les pauvres, que peut-être certains d'entre nous connaissaient ce petit garçon, et que si on l'avait vu le jour de sa mort, il fallait venir leur parler. Dès qu'ils ont terminé, j'ai levé la main, et Miss White a dit : « Chrissie, les policiers sont très occupés et il faut qu'ils aillent parler à la classe 5 et à la classe 6. Ils n'ont pas le temps pour les sottises.

— Je l'ai vu, j'ai dit en la regardant droit dans les yeux.

— Vraiment ? a-t-elle répondu en me renvoyant mon regard.

— Oui.

— Tu l'as vu ce jour-là ? a demandé un policier.

— Oui.

— Bien. Tu veux venir me voir un moment, ma grande ? »

Je me suis levée pour m'approcher. Je sentais que tout le monde me regardait, et ça créait une effervescence de pouvoir en moi. Le policier a posé la main sur mon épaule et on est allés s'asseoir dans le coin bibliothèque. Derrière, j'entendais des chuchotements, et Miss White qui disait aux autres de finir leur travail, mais par-dessus tout, j'entendais les petites bulles, le pschitt, le crépitement. Quand la maman à Steven était venue sur l'aire de jeux, j'avais cru que toutes ces sensations, c'était fini pour de bon, parce que c'était tout froid et silencieux à l'intérieur, mais maintenant c'était revenu, et c'était même encore mieux qu'avant. Personne faisait vraiment son travail. Ils me regardaient tous.

« Comment tu t'appelles, ma grande ? » a demandé un des policiers en s'asseyant. Ils étaient beaucoup trop grands pour les chaises du coin bibliothèque et ils débordaient de tous les côtés.

« Chrissie Banks », j'ai répondu. L'autre policier l'a écrit dans un carnet.

« Salut, Chrissie. Je suis l'OPJ Scott, et voici l'OPJ Woods. Donc, tu crois avoir vu Steven le jour de sa mort.

— Ça veut dire quoi, OPJ ? Officier de police pour les jeunes ?

— Pas tout à fait. Officier de police judiciaire. Donc, tu penses avoir vu Steven ?

— Oui, je l'ai vu. » Je me suis rendu compte alors que ma tête était complètement vide, je ne savais pas du tout ce que j'allais dire après. Les policiers me regardaient tous les deux très sérieusement, je voyais qu'ils voulaient que je continue, mais moi j'ai rien fait, que les regarder encore plus sérieusement.

« Tu peux nous en dire un peu plus ? a dit l'OPJ Scott.

— Je l'ai vu le matin.

— Très bien », il a dit, et l'OPJ Woods a écrit quelque chose. Sans doute : « Elle l'a vu le matin. »

« Où est-ce que tu l'as vu ? a continué l'OPJ Scott.

— Au magasin.

— Celui qui se trouve au bout de Madeley Street ? Qui vend les journaux ?

— Je sais pas s'il vend des journaux. Nous, on y achète des bonbons. »

Les coins de sa bouche sont remontés, comme quand

les gens essaient de pas rigoler. « D'accord. Et est-ce qu'il était accompagné ? »

Ils attendaient que je continue, mais j'ai rien dit parce que je savais plus quoi raconter.

« Avec qui était-il ? il a continué.

— Son papa. » À la manière dont ils se sont regardés en relevant les sourcils, j'ai compris que j'avais dit un truc très intelligent.

« Quelle heure était-il ?

— Chais pas.

— C'était à quel moment, en début de matinée ou près de midi ?

— Après midi.

— Après midi ? Tu es sûre ? Tu avais dit que c'était le matin.

— Non, en fait, je crois pas que c'était le matin. Je crois que c'était l'après-midi. Un peu avant le dîner. »

Ils se sont regardés à nouveau, et l'OPJ Woods a écrit quelque chose dans le coin de la page qu'il a montré à son collègue. Ils avaient l'air maladroit, assis sur les minuscules chaises du coin bibliothèque. J'avais l'impression que c'étaient mes poupées, grandeur nature.

« Chrissie, quel jour était-ce que tu as vu Steven ?

— Le jour qu'il est mort.

— Oui, mais c'était quel jour de la semaine ? Tu te rappelles ?

— Dimanche.

— Ah. Tu es certaine que c'était dimanche ?

— Oui. J'étais pas à l'école, et le matin on est allées à l'église.

— Ah », il a dit à nouveau. L'air est sorti par sa bouche, comme un ballon qui se dégonfle. Steven était mort un samedi, pas un dimanche. Personne avait pu le voir le dimanche parce qu'il était enterré sous la terre. J'avais amené les policiers à renifler et à baver sur une piste qui menait à rien, et ça, sans leur avouer le plus grand des secrets. Parce que le plus grand des secrets, c'était moi. Plus que jamais, j'étais Dieu.

« Bien, merci beaucoup pour ton aide, ma petite, a dit l'OPJ Scott.

— Je vous en prie », j'ai répondu. Il s'est levé et l'OPJ Woods l'a imité. J'étais pas sûre que ça soit un policier, lui, on aurait plutôt dit un secrétaire. « Vous allez attraper celui qui l'a tué ? » j'ai demandé. L'OPJ Scott a toussé, et regardé autour de lui les enfants qui le dévisageaient.

« Nous finirons par découvrir exactement ce qui s'est passé, a-t-il répondu à voix haute. Ne sois pas inquiète.

— Chuis pas inquiète. » Je suis retournée à ma place, et Richard m'a enfoncé son crayon dans le bras.

« Qu'est-ce que vous avez raconté ? » il a chuchoté. J'ai regardé les policiers parler avec Miss White. Je pouvais pas entendre ce qu'ils se racontaient, mais j'ai vu Woods jeter les pages de notes qu'il avait prises dans la corbeille près du bureau.

« Chut », j'ai dit. Richard se balançait sur sa chaise de mon côté, il s'appuyait contre mon bras et nos joues se touchaient presque. Il a reniflé plusieurs fois.

« Tu sens le pipi », il a dit. Je me suis brutalement retirée en arrière, si bien qu'il s'est ramassé sur mes genoux, et avant qu'il ait eu le temps de se redresser je lui ai donné un coup de poing sur l'oreille, comme un marteau qui enfonce un clou. Je tenais encore mon crayon à la main. La pointe s'est enfoncée dans le trou de son oreille. Il a glapi. Miss White a dit au revoir aux policiers, l'air fâché, et les policiers lui ont dit au revoir, l'air très content d'être des messieurs et pas des dames, parce qu'ils pouvaient être policiers et pas maîtresses d'école. Elle est venue nous voir, mais Richard pleurait trop fort pour lui raconter ce qui s'était passé.

« Il est tombé, maîtresse, j'ai dit. Peut-être que sa chaise s'est cassée. Ou peut-être que c'est parce qu'il est très gros.

— Christine Banks. On ne fait pas de remarques sur le physique des gens.

— Mais c'est la vérité. »

Richard a arrêté de chialer, et Miss White a dit qu'on pouvait faire des coloriages jusqu'à la récré parce que tout le monde était surexcité, et personne voulait finir son travail, mais finalement elle a dit qu'on pouvait pas faire des coloriages parce que tous les crayons de couleur étaient cassés. Elle a demandé qui était responsable. Elle savait que je savais qu'elle savait que c'était moi, et on savait toutes les deux qu'elle pouvait pas le prouver. Ah, mais quelle excellente journée !

On est sortis jouer, et tout le monde s'est rassemblé pour raconter ce qu'on pensait qui était arrivé à Steven. Roddy croyait qu'il y avait des voyous du côté de chez les pauvres, qu'ils s'étaient tiré dessus, et que Steven s'était pris une balle perdue. Eve a dit qu'il avait eu une crise cardiaque et qu'il était tombé raide mort, sans que personne ait su qu'il était malade. Y en avait dont les idées étaient si bonnes que moi-même j'étais convaincue. En fait, des fois, j'oubliais que je l'avais tué. Ça glissait tout seul hors de ma tête, et quand je regardais à l'intérieur, je retrouvais plus rien. Mais ça finissait toujours par me revenir, et chaque retour de souvenir me faisait des sensations différentes. Ça pouvait être un feu d'artifice qui explose, ou un morceau de plomb qui tombe, ou des éclaboussures d'eau glaciale. Ça pouvait aussi être une rage de dents, comme en voyant la maman à Steven sur l'aire de jeux, ou encore du beurre qui grésille dans une poêle, pareil que le soir où j'étais sortie en chemise de nuit et où j'étais allée à l'église. Ça me plaisait. Ça voulait dire que j'étais une tueuse, mais que j'avais des jours de vacances où je l'étais plus, et ça c'était bien, parce que c'était fatigant d'être une tueuse.

On s'est mis en rangs pour rentrer en classe et j'ai aperçu les policiers à travers la grille. Ils retournaient à leur voiture en discutant. J'ai ressenti une vague de tristesse si terrible que je me suis pliée en deux. Plus ils s'éloignaient, plus la puissance effervescente que j'avais ressentie en allant m'asseoir dans le coin bibliothèque faiblissait. Je voulais retrouver ça. C'était le même pouvoir que j'avais ressenti quand mes mains serraient le cou à Steven, que j'entendais sa respiration sifflante, que je voyais ses yeux exorbités. Mon corps était plein d'électricité.

« Je veux retrouver ça, j'ai pensé. J'en ai besoin. Faut que je recommence encore, encore, encore. »

Les rangs devant moi se sont mis à avancer pour rentrer en classe et Catherine m'a poussée parce que je suivais pas, alors je l'ai poussée à mon tour, et elle est tombée, et tous ceux qui étaient derrière elle sont tombés aussi. Pareils que des dominos. Elle a pleuré et Miss White m'a dit quelque chose, mais je l'ai pas entendue parce que le tic-tac de mon horloge intérieure battait trop fort.

Tic. Tac. Tic. Tac. Tic Tac.

Je voulais revoir les policiers après l'école, mais leur voiture était pas devant chez Steven, et je savais pas où chercher d'autre. Du coup je suis restée traîner devant chez lui pendant un bon moment, mais la police n'est pas revenue et je suis partie vers l'aire de jeux. J'étais presque arrivée quand j'ai vu Donna venir vers moi en tirant une petite fille par la main. Elle ressemblait à aucune petite fille que j'avais jamais vue en vrai. Elle portait une robe bleue bouffante, avec des chaussures bleues assorties et même un ruban bleu dans ses cheveux, qui étaient longs et orange, comme la fourrure d'un tigre. Elle avait pas les genoux sales. Même pas de terre sur ses chaussettes. Elle avait pas du tout l'air d'être du quartier.

Dans le quartier, tout le monde était pauvre. Y en avait qui étaient un peu moins pauvres que d'autres, et on les repérait parce qu'ils disaient que tel ou tel truc était « vulgaire ». Betty par exemple, elle était pas si pauvre que ça, et sa maman trouvait « vulgaires » les vêtements roses, les trucs brillants, les chaussettes qui montaient jusqu'au genou, le fait de dire « quoi ? » au lieu de « comment ? », les fruits au sirop, les shorts, la vinaigrette en bouteille, le fait de pas enlever ses chaussures en rentrant dans une maison, les tulipes, le fait de dire « les W.-C. » à la place des « cabinets », les feutres, le dentifrice avec des rayures, la musique très forte, les dessins animés et le glaçage sur les gâteaux. Sur l'étagère dans le couloir, chez Betty, y avait un grand bocal en verre où sa maman et son papa mettaient leurs pennies, pour pas que ça pèse trop lourd dans leurs poches. C'était une autre manière de savoir que les gens étaient pas pauvres : ils pensaient que les pennies, c'était pas du vrai argent ; ils pensaient que c'était la même chose que des cailloux ou des capsules de bouteilles. Un jour, j'ai demandé à Betty ce qu'ils faisaient une fois le bocal rempli.

« Je crois que maman l'emmène à l'église pour donner les pennies. Mais ça fait longtemps qu'il a pas été plein. Pas depuis que tu as commencé à venir à la maison.

— On ferait mieux de parler d'autre chose. »

Donc, je savais que Betty était plus riche que moi, et je savais que j'étais plus riche que les enfants du côté de chez les pauvres, n'empêche, on était tous pauvres. C'est pour ça que la petite fille elle avait l'air tellement différente, et c'est pour ça que je suis restée à la regarder. Elle avait pas l'air pauvre du tout, elle.

« Salut », a dit Donna. Elle a posé les mains sur les épaules de la petite fille pareil que les mamans quand elles veulent montrer à tout le monde comment elles sont fières de leur gosse. « Elle s'appelle Ruthie. Je m'occupe d'elle.

— Pourquoi elle est fringuée comme ça ?

— Sa maman aime bien lui mettre des beaux habits. Elle m'a montré ses tenues dans le placard. Elles sont toutes comme ça.

— Elle est riche ?

— Nan. Ils vivent dans un appartement. C'est pas grand. Ils attendent pour emménager dans une maison.

— Pourquoi qu'elle l'habille comme ça, alors ?

— Sa maman dépense tout son argent pour elle. Jusqu'à la moindre pièce. Tout est pour Ruthie.

— On dirait une robe de poupée.

— Ouais. Et ma robe, elle est belle, hein ? Elle est nouvelle. C'est ma mémé qui me l'a cousue. » Elle a pris le tissu entre ses mains pour le montrer, on aurait dit du tissu pour les rideaux, avec des espèces de glands sur les côtés. « Elle est aussi belle que celle à Ruthie. Tu trouves pas ?

— Non. Tu ressembles à une lampe. Il est où, son appartement ?

— C'est près de la grand-rue. Mais sa maman me

laisse l'emmener ici, même si c'est loin. Elle a dit que j'avais l'air d'avoir des cernements.

— Ça veut dire quoi ?

— Que je suis une grande et que je suis une bonne fille. Je ressemble vraiment à une lampe ?

— Ouais. »

Ruthie commençait à s'ennuyer. Elle se tortillait pour essayer d'échapper à Donna. Alors Donna s'est penchée vers elle, leurs visages se touchaient presque, et elle lui a dit d'une voix toute gentille : « Est-ce que tu veux aller à l'aire de jeux avec Donna, Ruthie ? Tu veux que Donna te pousse sur la balançoire ? »

Ruthie a fait un pas en arrière et elle a froncé le nez, comme si Donna puait de la bouche. J'ai commencé à l'apprécier un peu plus. Sur l'aire de jeux, elle s'est précipitée vers la balançoire pour les petits, vers le seul siège qui était encore accroché, et elle a essayé de grimper toute seule, mais c'était trop haut pour elle et elle arrêtait pas de glisser. Donna a voulu l'aider, mais elle l'a repoussée, du coup elle est revenue s'asseoir à côté de moi sur le tourniquet. À la cinquième tentative où elle est retombée par terre, elle nous a lancé un regard noir. Il a fallu qu'on s'y mette à deux pour l'installer sur le siège. Quand j'ai voulu la pousser, elle a hurlé et m'a tapé sur la main, aussi je lui ai tapé sur le bras. J'ai frappé un peu fort, elle avait une trace rose sur le bras, mais elle a pas pleuré. Elle avait l'air moitié fâchée, moitié impressionnée. Donna a essayé de la pousser, mais elle a hurlé encore plus fort, alors on est retournées s'asseoir sur le tourniquet et on l'a laissée battre des pieds en l'air tout seule.

« Elle a tellement de jouets chez elle, a dit Donna.

— Combien ?

— Plus que t'en as vus dans toute ta vie. Sa maman lui achète tout ce qu'elle veut.

— Pourquoi ?

— Chais pas. Ma maman, elle dit que c'est pas bien pour les enfants de leur donner tout ce qu'ils veulent. »

J'ai pensé que ce serait bien pour moi si j'avais tout ce que je voulais. J'ai regardé Ruthie qui se démenait sur la balançoire, froissant sa belle robe. Ce n'était pas une bonne personne. Si j'avais eu une robe aussi jolie, je serais restée sage toute la journée sans bouger pour pas la froisser ni la salir. Je connaissais pas vraiment Ruthie, et j'avais jamais vu sa maison, ni ses jouets, ni sa maman, mais même sans les avoir vus, je savais qu'elle les méritait pas. Elle ne méritait rien de tout cela.

Quand Ruthie en a eu marre de la balançoire, Donna a dit qu'elle allait la ramener chez elle parce que j'étais pas une fille avec des cernements, et la maman à Ruthie voulait pas qu'elle joue avec des filles comme moi. J'ai traité Ruthie de lente et Donna de lampe, mais Donna a pris la main à Ruthie et elle a dit : « Allez viens, Ruthie, on rentre voir ta maman. » J'ai dit que j'allais avec elles parce que je voulais voir tous les jouets à Ruthie, mais en arrivant au bout de la rue, j'ai vu deux policiers qui allaient vers l'église. Je voulais leur parler encore plus que voir les jouets, alors j'ai couru après eux. Ils étaient vachement loin, et avant que je les aie rattrapés, ils sont montés dans leur voiture, et ils sont partis. J'ai donné un coup de pied dans le trottoir, et je me suis cassé l'ongle du gros orteil. J'en avais rien à foutre. J'aurais voulu que Ruthie soit encore là. Pour la cogner contre le trottoir. J'aurais voulu voir de quelle couleur serait sa robe avec toute sa cervelle étalée dessus.

JULIA

« Tu sais quoi ? » a crié Molly. J'ai fermé le robinet et je suis retournée à la cuisine. « La semaine prochaine, on fait un spectacle. » Son élocution était entravée par la bouchée de frites qu'elle avait stockée dans ses joues.

« Ne parle pas la bouche pleine », ai-je dit.

Elle s'est penchée et a craché la bouillie de pomme de terre sur le papier d'emballage. « On fait un spectacle la semaine prochaine.

— Pourquoi tu as fait ça ?

— C'est toi qui m'as dit. »

Il était seize heures trente, alors j'ai sorti son livre du sac et je me suis assise à table, en face d'elle.

« Allez, c'est l'heure de la lecture », ai-je décrété.

Elle s'est agenouillée sur sa chaise et s'est étirée jusqu'à ce qu'une bande de peau apparaisse sous son polo. « J'ai envie d'être un chat.

— Quoi ?

— J'ai envie d'être un chat. Parce que j'aurais juste besoin de dire *miaou* et de faire des trucs comme ça. » Elle a recourbé la main et s'est mise à la lécher, puis l'a passée derrière son oreille. « On joue à ça, avec Abigail. C'est hyper drôle.

— Tu pourras être un chat plus tard. Pour l'instant, tu dois lire ton livre.

— Les chats, ça sait pas lire.

— Ce chat-là sait très bien.

— Miaou. »

Au bout d'un quart d'heure, j'ai proposé d'arrêter la lecture si elle arrêtait de miauler. Elle est allée à la salle de bains en trottinant avec un petit air victorieux et elle s'est arrêtée sur le tapis de bain, attendant que je vienne la déshabiller.

« Tu sais ce que je vais faire dans le spectacle de l'école ? a-t-elle demandé quand je lui ai retiré son maillot de corps.

— Non ?

— Le narrateur 4. » Elle était maintenant toute nue, ses côtes telles des cordes tendues sous la peau, au-dessus de son ventre. Ses genoux étaient marbrés de bleus, qui formaient une surface foncée, irisée. Je l'ai plongée dans le bain, installant son bras plâtré sur le tabouret.

« Waouh ! ai-je répondu.

— C'est le plus important de tout le spectacle.

— Combien il y a de narrateurs ?

— Quatre. Miss King dit que le narrateur 4, c'est le plus important. »

À entendre Molly, Miss King passait son temps à lui dire qu'elle était meilleure que tous les autres élèves de la classe. Je n'étais pas certaine que ce soit réellement un honneur d'être la dernière d'une succession de narrateurs. Linda avait été le narrateur 5 (sur cinq) trois années de suite, naguère, car elle ne savait pas lire et qu'elle pleurait chaque fois qu'elle devait parler devant des gens. La première année, j'étais assise à côté d'elle sur scène. Je connaissais son texte aussi bien qu'elle, parce que je connaissais le texte de tous les autres, et quand j'avais compris qu'elle était dans l'incapacité de prononcer un mot, je m'étais levée et je l'avais dit à sa place. J'étais surprise qu'il reste encore de l'espace dans ma tête pour ce genre de souvenir – j'avais l'impression que mon crâne était plein à ras bord de l'écho de la voix de Sasha et de visions de la nouvelle mère de Molly –, pourtant celui-ci avait trouvé le moyen de se faufiler. Linda était toute pâle. Ce silence avant que je vienne à sa rescousse. Sentir sa main, froide et moite, accrochée autour de mon poignet.

J'ai rempli d'eau une tasse en plastique, dit à Molly de mettre la tête en arrière, et je l'ai versée sur ses cheveux. Ils formaient à présent un fin serpent noir, et la chaleur rendait sa peau luisante et élastique. Parfois j'avais l'impression que le moment du bain était celui où je me sentais le plus proche de Molly, car lorsqu'elle était dans l'eau, elle redevenait la créature de mon esprit : faite de chair déchirée, une plaie en forme de petite fille. Telle qu'elle était quand elle s'était arrachée à moi, dans une vague de douleur qui m'avait donné envie d'attraper quelqu'un par le col et de lui dire : « Mais c'est pas vrai, c'est une blague, vous imaginez tout de même pas que je vais supporter ça », car il était impossible qu'un phénomène naturel fasse autant souffrir. Elle était sortie en hurlant, à croire que j'étais la cause de sa douleur, et j'avais eu envie de dire : « C'est pas juste. Tu n'as pas le droit de te conduire ainsi. C'est *toi* qui m'as fait mal. »

La douleur s'était amplifiée, puis elle avait diminué, et la sage-femme m'avait tendu le bébé telle une offrande.

« Peau à peau, peau à peau ! » disait-elle.

« Je veux pas de ce truc-là sur moi, avais-je pensé. Il m'a fait trop mal. »

« C'est le moment du câlin ! » avait-elle ajouté.

« Je veux pas lui faire un câlin, avais-je pensé. Il crie trop fort. »

« Quelle jolie petite fille robuste ! »

« Une fille, m'étais-je dit. Une fille, comme moi. »

Et puis je l'avais sentie, chaude et gluante sur ma poitrine. Son visage était plein de plis, et ça m'avait frappée car cela devait être ma punition. Pas les années derrière des portes verrouillées, ni une vie sous perpétuelle surveillance. Non, mon châtiment consistait à donner vie à un bébé sans visage, rien que des plis de peau. J'ai été prise de spasmes, et la sage-femme a glissé sous mon menton un haricot dans lequel j'ai vomi. Molly a cessé de hurler, bercée par les crispations qu'elle avait connues tous les soirs pendant neuf mois. Elle était encore couverte d'une fine membrane, et j'ai eu cette impression stupéfiante qu'elle était un de mes organes, et qu'on avait sorti mon cœur pour le poser sur ma poitrine.

« Bravo, maman ! » s'est exclamée la sage-femme.

« Je m'appelle pas comme ça », ai-je pensé.

« Eh, on dirait qu'elle a faim ! »

« Et si moi j'ai faim ? » ai-je pensé.

Elle a pris la tête de Molly et l'a fermement plantée sur mon sein.

« Et voilà ! Vous faites ça sans aucun mal ! » a-t-elle déclaré, mais ce n'est pas ce que j'ai entendu. J'ai entendu ce que j'avais toujours entendu : *À huit ans, tuer un enfant ? Ce n'est pas normal. C'est faire le mal.* J'ai regardé la sage-femme, en me demandant comment elle avait pu me démasquer. Elle a caressé la tête de Molly et a répété : « Oui, vous faites ça sans aucun mal. » Et cette fois, j'ai compris. Je me suis emparée de ces mots pareillement à tous les autres compliments que j'emmagasinais, tel un hamster qui stocke sa nourriture dans ses abajoues. Ma chemise d'hôpital était tombée lorsque la sage-femme avait déposé le bébé sur moi, et j'étais nue jusqu'à la taille. Soudain, j'ai éprouvé une sensation horrible à l'idée d'être ainsi à poil devant cette femme remuante que je ne connaissais pas. J'avais envie de pleurer. J'ai regardé Molly, couchée sur moi. Grâce à elle, je me sentais moins nue, et j'ai soudain pensé qu'elle le faisait exprès. Qu'elle tétait non pas pour se nourrir, mais pour moi, pour me servir de couverture, dérobant ma poitrine aux regards. Quand Molly s'est arrêtée, la sage-femme s'est approchée, a glissé son petit doigt entre ses lèvres et a décroché sa bouche de mon sein.

« Je vais la mettre là pour que vous puissiez vous reposer », a-t-elle dit en la déposant dans un berceau en plastique près de moi. Sans son poids sur moi, j'ai eu l'impression d'avoir rompu les amarres, comme si mon corps allait flotter là-haut, jusqu'au plafond. Mais elle s'est mise à geindre. « Tu veux retourner voir maman ? Vous la voulez ? » La sage-femme me l'a rendue, et je l'ai entourée de mon bras, la main autour de sa tête. J'ai songé que je m'y prenais mal. « Est-ce qu'elle a un nom, cette enfant ?

— Molly », ai-je murmuré. C'était le seul nom auquel j'avais pensé, et je me suis demandé si j'avais déjà perçu sa féminité dans mon ventre. Je n'avais jamais rencontré de Molly. C'était un nom nouveau, jamais utilisé. J'aimais sa douceur dans ma bouche, cette impression de mâcher de la soie.

« Très joli », a dit la sage-femme en s'en allant.

« Alors, est-ce que tu m'aimes bien ? » ai-je chuchoté

à Molly. Elle a bougé la tête tout en s'endormant. Ça ressemblait à un oui.

J'ai sorti Molly de son bain à dix-sept heures quinze et je l'ai séchée dans une grande serviette bleue. D'habitude, elle n'avait pas droit à plus d'une heure de télévision par jour, parce que trop de télé transformait la cervelle en compote, mais lorsqu'elle a été en pyjama, je lui ai mis les programmes pour enfants, et je l'ai laissée continuer jusqu'à la fin, à dix-neuf heures. Assise à la table de la cuisine, j'ai fini les frites, les engouffrant l'une après l'autre.

À un moment donné du programme, il m'est venu à l'esprit que je n'irais pas voir Sasha le lendemain matin. Il ne s'agissait pas d'une décision que je devais prendre : l'idée était arrivée déjà entièrement formée dans ma tête. Je ne serais pas dans les locaux des services à l'enfance à dix heures, car si j'y allais, cela revenait à leur remettre Molly, et je préférais me jeter dans l'océan plutôt que de la leur abandonner. La perspective de ce rendez-vous était un étau enserrant ma poitrine, et soudain débarrassés, mes poumons ont pu à nouveau respirer. Notre vie à Molly et moi était en permanence soumise à des règles impérieuses qui ponctuaient la journée car c'était ma manière à moi de conduire notre véhicule branlant. À présent, les roues avaient sauté ; nous avions dévié de notre route et nous tombions dans l'inconnu. La chute était inévitable – ils nous retrouveraient, ils me la prendraient –, mais tant que nous ne nous étions pas écrasées dans la poussière, nous étions libres. J'ignorais combien de temps il nous restait avant que les vautours ne s'abattent sur nous, et je ne voulais pas que le dernier souvenir que Molly garderait de sa mère soit celui d'un lynchage par une foule en colère. Donc, nous ne pouvions rester là. Nous devions fuir. Il y avait des choses que je m'étais juré de ne jamais faire, des endroits où je m'étais promis de ne jamais retourner, car je ne pouvais les laisser envahir la bulle de Molly. Mais tout cela n'avait plus d'importance. J'allais la perdre. Plus rien d'autre ne comptait.

À dix-neuf heures, j'ai arrêté la télé et je lui ai brossé les cheveux.

« Il est possible qu'on parte demain, ai-je dit en traçant sa raie du bout du doigt.

— Où ça ?

— Tu verras.

— C'est quelque part que je connais ?

— Non. » Molly n'avait vu que la côte. Elle était trop jeune pour se rappeler notre vie d'avant, la première, celle de Lucy/Nathan/magasin de bricolage. Dans cette vie-là, j'avais existé entre les trois pièces d'un rez-de-chaussée, et subsisté grâce à des boîtes de conserve dont la nourriture gardait un goût de métal. Après avoir découvert que j'étais enceinte, j'avais cessé d'aller travailler. De même que pour la décision de ne pas aller au rendez-vous avec Sasha, je n'avais pas eu besoin d'y réfléchir : c'était une évidence. Il était hors de question que Nathan soit au courant de ma grossesse. Or je ne pouvais continuer d'aller au magasin de bricolage sans qu'il s'en rende compte. Je ne pouvais plus travailler. Jan m'avait fait attribuer des aides et j'avais passé les huit mois suivants à dormir le jour et à vomir la nuit.

Ils nous avaient retrouvées alors que Molly était encore un petit paquet tout doux enroulé dans une couverture en bandoulière sur mon épaule. Ils s'étaient rassemblés devant chez moi avec des appareils photo qui cliquetaient comme une armée de criquets. Nous avions dû courir à travers le jardin recouvertes d'un drap, et la tête de Molly avait cogné contre mon menton si fort que je m'étais mordu la langue ; en arrivant dans la voiture des policiers, j'avais la bouche pleine de sang. Goût de sel et de graisse. Je l'avais craché dans mes mains. Molly m'avait regardée, j'étais heureuse qu'elle soit trop jeune pour se rappeler tout ça, ainsi que cette course folle vers la voiture, déguisées en fantômes.

Après Lucy, j'ai été Julia, et ils m'ont promis que jamais personne ne découvrirait que Julia avait naguère été Chrissie. Néanmoins, ils m'avaient déjà promis la même chose à propos de Lucy. « Promesse », c'était juste un mot, de même qu'un nom n'était qu'un nom, et je n'étais pas Chrissie, plus maintenant, plus au fond de moi, seulement les vautours s'en foutaient. Jan m'a trouvé l'appartement au-dessus du snack d'Arun, et avec ça, cet emploi qui consistait à faire frire du poisson et à passer la serpillière.

« Pas tout de suite, a-t-elle dit. Le jour où vous vous sentirez prête. Peut-être pas avant qu'elle aille à l'école. Les aides que vous toucherez suffiront à payer le loyer jusque-là, et lorsque vous commencerez à travailler, ils vous feront un prix. Ils sont gentils. »

Personne ne m'avait demandé si j'avais envie de faire frire du poisson ou de passer la serpillière. Quand on s'était naguère appelée Chrissie, on n'avait pas le choix. Jan trouvait que c'était parfait, car Arun et Mrs G. étaient le genre de personnes qui voyaient seulement ce que vous vouliez bien qu'ils voient, ils étaient capables de transformer les faits autant que bon leur semblait afin de continuer à croire à ce qu'ils avaient toujours cru : que les gens sont bons par nature.

Jan nous a conduites dans cette nouvelle ville et nous a aidées à transporter nos affaires jusque dans l'appartement. Ça n'a pas été long : nous n'avions pas grand-chose. Sur la table de la cuisine, Mrs G. avait laissé un gâteau enveloppé dans du film plastique. Couleur foncée, avec des graines, et à côté, un message : « Bienvenue, Julie. » Une fois la voiture vidée, nous sommes restées sur le trottoir, devant le Fish'n'Chips. Molly pleurait, je l'avais attachée contre ma poitrine, enroulée dans un tissu. J'aimais la porter comme ça, contenir tous les morceaux ensemble.

« Bon, a dit Jan. Je vais vous faire mes adieux. »

Les vautours qui nous avaient traquées m'avaient pris plus que mon appartement et mon nom ou les heures de sommeil que je commençais à regagner, la nuit. Ils m'avaient aussi privée de Jan. J'avais désormais une nouvelle conseillère d'insertion attachée au commissariat de cette ville. Moi qui commençais juste à apprécier Jan.

Elle a fait un pas en avant et posé la main sur le dos de Molly à travers le tissu. « Au revoir, Molly », a-t-elle dit. Puis elle m'a pris le bras : « Au revoir, Lucy. »

Je suis restée debout sur le trottoir quand elle est remontée dans sa voiture. Je l'ai regardée s'éloigner dans la grand-rue et disparaître. « Au revoir, Lucy », ai-je dit à mon tour.

« Combien de temps on va être parties ? a demandé Molly.

— Je ne suis pas sûre. Un moment.

— On sera revenues vendredi ? C'est le jour où on doit présenter un objet à la classe. Faut que je sois rentrée.

— Mmm. »

J'ai senti mes yeux se fermer. Mon cerveau semblait

plus mou dans mon crâne, comme une pêche abîmée dont le jus coule à travers la peau craquelée. Molly m'a suivie dans la chambre, j'ai retourné la couette et elle a grimpé dans son lit.

« Est-ce que je pourrai ramener un objet pour montrer à la classe, là où on va ? a-t-elle demandé.

— Bonne nuit », ai-je dit, et je me suis installée sur le matelas posé à côté de son lit.

Quand elle était bébé, je restais assise près de son berceau tous les soirs jusqu'à ce qu'elle s'endorme. Parfois elle me lançait des regards noirs à travers les barreaux en rugissant, mais d'après le livre que j'avais volé à la bibliothèque, je ne devais pas la prendre dans mes bras chaque fois qu'elle pleurait. Alors je fermais les yeux face à son petit visage rose et renfrogné en murmurant : « S'il te plaît, ne sois pas triste, s'il te plaît, ne sois pas triste, s'il te plaît, ne sois pas triste. »

Dès l'âge de trois mois, elle avait cessé de pleurer la nuit et son silence m'effrayait plus encore que ses hurlements. Je comptais les minutes me séparant du moment où j'aurais le droit de la reprendre et de la serrer contre moi pour qu'elle tète. Je l'allaitais assise par terre, les épaules adossées au mur. J'avais le droit de la prendre pour lui donner le sein car ça, c'était pour elle. Je n'étais pas autorisée à la prendre juste parce que j'en avais envie, pour éprouver le réconfort de sentir sa masse chaude dans mes bras. Voilà la règle que je m'étais fixée à sa naissance : je lui donnerais tout sans rien demander en échange.

Lire le chapitre sur le sevrage m'avait noué la gorge de peur. On voyait des photos de joyeux bébés mâchouillant des cuillères en plastique, et des paragraphes qui s'intitulaient « Après l'allaitement ». Cela me faisait le même effet que si on m'avait dit que je devais mettre Molly dans un carton et l'abandonner devant la porte en lui faisant au revoir et en claironnant : « Il est temps de passer à autre chose, Molly ! Il est temps de découvrir autre chose que moi ! » La nourrir de mon propre corps – savoir que même si nous n'avions pas d'argent, pas d'appartement, rien que l'une pour l'autre, elle n'aurait jamais faim – m'avait investie d'un minuscule pouvoir que je détenais à l'intérieur de moi. J'achetais des légumes que je réduisais en purée à la fourchette, puis que je finissais d'écraser au presse-purée, et que Molly étalait dans ses cheveux ou rentrait dans ses narines. Elle considérait les biberons avec dégoût, et quand je lui mettais la tétine dans la bouche, elle s'écartait et me frappait. Je la remettais dans son berceau. Me glissais hors de la chambre, fermais la porte, m'asseyais par terre, bras croisés sur ma poitrine gonflée.

« Elle ne va pas pleurer longtemps », pensais-je.

« Elle dormira bientôt. »

« Elle ne peut pas avoir si faim. »

« Le livre dit qu'il faut faire ainsi. »

Je regardais l'horloge sur le mur. J'écoutais pleurer Molly. Des cercles jumeaux apparaissaient sur mes vêtements, là où le tissu était trempé ; j'exhalais une odeur douceâtre et fétide, comme du melon pourri. J'enlevais mon pull avant d'ouvrir la porte, puis je retirais mon tee-shirt et je m'approchais du berceau en dégrafant mon soutien-gorge que je laissais tomber par terre avant de prendre Molly. Ses cils collés formaient de petits triangles noirs, sa main potelée, telle une étoile de mer, s'accrochait à mon sein tandis qu'elle buvait goulûment. Je lui ôtais son babygro pour qu'elle soit toute nue, que nous soyons peau contre peau. La sueur nous rendait glissantes. Elle tétait jusqu'à ce qu'elle s'endorme (pas souhaitable), alors je la couchais à côté de moi sur le matelas (impensable) et je m'enroulais autour d'elle ainsi qu'un croissant de lune (impardonnable).

Je l'ai allaitée jusqu'à l'âge de deux ans. Steven aussi avait deux ans à sa mort. J'ignore si sa maman l'allaitait encore, si en son absence ses seins avaient gonflé, dégoulinants et douloureux. Cela me causait de la peine de voir Molly prendre un gobelet, je sentais que je me desséchais à l'intérieur, et c'était bien. Je méritais de souffrir.

Quand elle a cessé de se réveiller la nuit, je n'ai pas arrêté pour autant de rester assise auprès d'elle. À Haverleigh, on verrouillait ma porte lorsque j'allais me coucher, mais une gardienne demeurait à l'extérieur, dans le couloir, ouvrant le judas toutes les dix minutes pour regarder ce que je faisais. Si j'avais besoin d'aller aux W.-C., je frappais, elle m'ouvrait et m'accompagnait, restant dans l'angle tandis que je faisais pipi. Puis on me ramenait à ma chambre, on verrouillait à nouveau la porte et on notait dans mon dossier que j'étais allée aux toilettes. Dès que je me retournais dans mon sommeil, on le notait dans mon dossier. Si je ronflais, on le notait dans mon dossier. Molly n'avait pas de dossier, mais elle m'avait, moi, à son chevet, la nuit, sur le matelas que j'avais sorti de mon lit. Voilà comment on prenait soin d'une enfant. C'est ce que Haverleigh m'avait appris.

Ce soir-là, j'ai attendu qu'elle s'endorme, puis je me suis glissée dans le lit à côté d'elle. Nous ne nous touchions pas, mais elle me faisait l'effet d'un minuscule radiateur et sa chaleur me donnait l'impression que nous ne faisions plus qu'une. J'ai passé la main sur mon ventre. La rondeur et la fermeté du temps de la grossesse me manquaient – cette proximité jamais plus envisageable, la certitude qu'à cette époque personne ne pouvait m'enlever ma fille. Lorsqu'elle avait emménagé là, mon corps était comme le quartier des pauvres de mon enfance – humide, crasseux, pourri –, et pourtant elle avait eu envie d'y vivre. Elle s'était accrochée, déterminée, refusant d'évacuer les lieux en une giclée de sang sur l'émail blanc. Je ne comprenais pas qu'elle veuille de moi – mais bon, je ne comprenais pas pourquoi je voulais encore de ma mère.

Après Haverleigh, j'avais éprouvé un immense besoin de la revoir. Je considérais que c'était ma part animale – douce, chaude, de chair et de fourrure. Chaque fois que je m'effondrais, je ne pouvais m'empêcher de retourner vers elle, tel un blaireau qui se réfugie dans son terrier. Chaque fois que je repartais, j'avais l'impression d'être enduite d'une couche de saleté si épaisse que je devais prendre une douche chaude et me frotter la peau si fort que ça piquait ; alors je me disais que je ne la reverrais plus. Les mois passaient. À nouveau j'allais frapper à sa porte. À nouveau je repartais à toutes jambes. Le besoin se faisait toujours sentir, tel un citron confit dont la chair jaune est parfaitement préservée sous le zeste. J'en étais venue à penser que je ne voulais pas d'elle, pas vraiment, pas telle qu'elle était. Je revenais malgré tout parce que j'espérais inlassablement qu'un jour elle pourrait changer et devenir celle qu'elle n'était pas.

Je l'avais vue pour la dernière fois trois semaines avant la naissance de Molly, j'avais la peau grise tellement j'étais malade, et j'étais épuisée jusque dans la moelle de mes os. Elle a ouvert la porte et m'a examinée des pieds à la tête.

« Putain de merde. T'es vraiment grosse.

— Je suis enceinte. Tu sais ce que c'est.

— Y a grosse et grosse. J'ai pas pris un kilo en trop quand je t'attendais. »

Elle aurait préféré prétendre qu'elle ne m'avait jamais portée dans son ventre, que j'avais grandi dans un bocal posé sur sa table de chevet. J'ai vécu deux heures d'un amer chantage affectif, et lorsque je me suis levée, elle a mis dans ma main un morceau de papier. C'était devenu un rituel.

« Tu déménages encore ?

— Ouais. Cet endroit me convient pas. Les voisins sont cons. La municipalité m'a trouvé mieux ailleurs. Des appartements tout neufs. Dans un immeuble.

— Ah. » J'ai regardé le papier et lu l'adresse. J'ai aussitôt reconnu le code postal : notre ancien quartier.

« Pourquoi tu retournes là-bas ? » ai-je demandé.

Elle a regardé d'un côté, puis de l'autre, à croire qu'elle cherchait une réponse dans l'espace. Elle a haussé les épaules. « C'est chez nous, pas vrai ? »

La naissance de Molly n'avait pas mis fin à ce besoin d'elle que j'éprouvais ; au contraire, j'avais encore plus besoin de ma mère. Pendant neuf mois, Molly avait été mon second cœur, mais quand la sage-femme me l'a arrachée, je n'ai pas songé à mon corps, soudain privé de son pendule. J'ai pensé : « Il y a vingt ans, j'étais Molly. Il y a vingt ans, maman, c'était moi », et je m'étais sentie plus proche d'elle que jamais, même à l'époque où nous vivions dans la même maison et respirions le même air. Molly s'est alors mise à pleurer, et j'ai eu envie d'aller frapper à la porte de ma mère avec mon mal de tête battant sous mon crâne, ma poitrine gonflée et mon bébé emmailloté. « C'est ça que tu as ressenti ? ai-je eu envie de lui demander. C'était aussi la folie pour toi ? Tu étais aussi fatiguée ? Tu avais le sentiment que les autres disposaient d'un livre secret qu'on ne t'avait jamais donné, à toi ? Est-ce que c'est pour ça que tu m'as traitée ainsi ? Est-ce qu'elle va devenir comme moi ? »

À côté de moi dans le lit, Molly a sursauté et soupiré dans son sommeil. J'ai pris une mèche de ses cheveux sur l'oreiller et je l'ai portée à mes lèvres. Une plume.

« C'est moi qui l'ai faite, ai-je pensé. J'ai fait ces cheveux, cette peau, le sang dans cette toile d'araignée de veines. J'ai tout fait. Tout cela vient de moi. » J'avais envie de l'entendre le dire – *me* le dire : « Oui, regarde-toi, regarde-la, tu as réussi. Tu as fait ça, Chrissie. Tu as fait quelque chose de bien. » Il fallait que ce soit sa voix à elle : éraillée, pareille à de la paille de fer. J'ai fermé les yeux et j'ai vu son visage gravé à l'intérieur de mes paupières.

Maman.

CHRISSIE

Le lendemain, après que j'avais parlé aux policiers, en rentrant de l'école j'ai trouvé une boîte sur la table de la cuisine. Elle était bleue avec un dessin de rubans dorés sur le dessus. Je l'ai ouverte : elle était remplie de chocolats bien rangés les uns derrière les autres. Je les ai emportés dans le salon, je me suis assise sur le canapé et j'ai commencé à les manger. Il fallait que je les mange tous, parce que maman les avait achetés pour moi, et lorsqu'elle m'achetait un truc, fallait que je mange tout, sinon elle pleurait en disant : « J'ai acheté ça spécialement pour toi, Christine. C'est quoi, ton problème ? Tu t'en fous ? »

Quand maman préparait à manger pour moi, c'était encore plus important que je finisse tout, sinon elle pensait que je m'en foutais encore plus. Elle ne faisait pas souvent la cuisine. La dernière fois, c'était à Noël, j'avais sept ans. Mr Godwin, le boucher, lui avait donné une dinde. Je sais pas pourquoi il lui avait donné ça. La dinde est restée pendant des jours posée dans la cuisine, énorme, horrible, avec sa peau blanche toute flasque et rugueuse. Le jour de Noël, maman l'a mise dans une casserole avec beaucoup d'eau et elle l'a fait bouillir, bouillir, bouillir. Ça sentait la viande dans toute la maison, les vitres de la cuisine étaient pleines de buée, et partout, sur toutes les cuillères et toutes les surfaces, y avait une couche humide et grasse. Je me suis assise par terre dans le couloir, avec autour du cou l'écharpe que j'avais reçue en cadeau à la fête de Noël à l'école du dimanche. Je m'étais pas beaucoup amusée, à cette fête. Elle avait eu lieu juste après le spectacle de Noël. Je m'étais pas beaucoup amusée non plus à ce spectacle parce que cette nulle de Mrs Samuels, elle avait pas voulu me donner le bon rôle. Je voulais vraiment jouer le petit Jésus, mais elle avait dit que ce serait une poupée ; alors après, j'ai demandé à être Hérode, mais elle a dit qu'il fallait que ce soit un garçon ; alors après, j'ai demandé à être un berger, mais elle a dit que ce serait uniquement ceux qui avaient apporté un torchon pour mettre sur leur tête. L'ange du Seigneur devait être joué par une personne qui était jolie, et Marie par une fille dont la maman avait donné une bonne bouteille de vin à Mrs Samuels. Du coup, j'ai joué une chèvre. Pour moi, c'était pas drôle du tout, et je lui ai fait comprendre en bêlant le plus fort possible chaque fois que quelqu'un avait une réplique à dire. J'en avais rien à foutre de gâcher leur spectacle merdique. Mon papa était même pas venu me voir.

Pendant que la dinde cuisait, j'ai fabriqué une guirlande de Noël en papier tandis que maman buvait du whisky – ça la mettait de bonne humeur. Elle était tellement heureuse qu'elle est montée chercher la radio dans sa chambre. Ça a fait un drôle de grésillement quand elle l'a allumée, et je me suis bouché les oreilles, parce que j'avais l'impression que quelqu'un était enfermé dans la radio, et ça me plaisait pas du tout, mais elle a tourné le bouton, et après elle m'a prise par la main et m'a fait tourner à travers la cuisine en chantant : *I saw three ships, I saw three ships, I saw three ships*, parce qu'elle connaissait pas le reste des paroles. Je me sentais si bien que ça me dérangeait même pas que mon papa soit pas là ni que j'aie pas de vrais cadeaux. La radio a commencé à jouer *O Little Town of Bethlehem*, j'ai enroulé mes bras autour de maman et j'ai appuyé mon visage contre son ventre. Y avait plein de jus de dinde sur son tablier, il était tout mouillé et il sentait les os, mais je m'en fichais complètement. Elle m'a pas repoussée. Elle m'a laissée lui faire un câlin. Ses mains se sont posées dans mon dos, et elle a frotté de bas en haut. Je l'avais jamais vue aussi heureuse – plus que Marie à la naissance de Jésus, même.

Il faisait noir quand elle a arrêté la cuisson de la dinde. Elle m'a dit de venir à table, et elle a posé un bol et une papillote devant moi : « Quel délice, hein ? De la dinde pour Noël. » Elle s'est assise en face de moi. Elle ne mangeait pas de dinde, elle avait juste le fond de sa bouteille de whisky. Mais le truc dans le bol, ça avait vraiment pas l'air délicieux. C'était gris, avec de la mousse autour. J'ai soufflé dessus longtemps, après j'ai pris des morceaux avec ma cuillère, et je les ai laissés retomber dans le bol.

« Arrête de t'amuser. Mange, a dit maman.

— Tu ouvres la papillote avec moi ?

— Mange. »

À la première bouchée, j'ai mordu dans quelque chose qui était pas vraiment de l'os, mais qui était pas vraiment de la viande non plus, une sorte de cartilage qui s'est écrasé entre mes dents. Ça avait goût de cire, de peau et de chiottes. J'ai tout recraché dans le bol. J'ai pas regardé maman. Je fixais les gouttes huileuses par-dessus le jus gris, qui montaient et descendaient, grossissaient et diminuaient, comme des bouches qui crient.

« Je crois que la dinde, elle était pas bonne, maman. Elle est restée trop longtemps dans le sac. Je crois qu'elle est pourrie. Elle a pas bon goût. »

Pas besoin de lever la tête pour savoir que sa bonne humeur s'était envolée. Je le sentais. Avec elle, le changement d'humeur entre heureuse et triste, c'était pareil qu'ouvrir grande une fenêtre en plein hiver.

« J'ai passé toute la journée à préparer ça, Christine. Reste assise et mange.

— Mais je crois qu'elle est pourrie, maman. Elle est pas bonne.

— Reste assise et mange.

— Tu veux ouvrir la papillote avec moi ? »

Elle a reculé sa chaise dans un crissement aigu. « Est-ce qu'un jour tu vas arrêter de demander des trucs, Christine ? elle a crié. Merde quoi, c'est Noël ! J'essaie de faire les choses bien. Je t'ai cuisiné cette dinde, je t'ai apporté des papillotes. J'ai même remis l'électricité pour qu'on puisse regarder la télé tout à l'heure. Je pensais qu'on pourrait voir une émission sympa ensemble. Pourquoi est-ce qu'avec toi ça n'est jamais assez ? Pourquoi est-ce que tu ne peux pas être une bonne fille ? »

Elle est sortie de la pièce et elle a traversé le couloir en marchant sur ma guirlande qui s'est retrouvée tout aplatie. J'avais l'impression que c'était ma tête qu'elle venait d'écraser, comme si elle avait posé le pied sur ma joue et appuyé jusqu'à ce que les os soient en miettes. J'ai pris ma papillote à deux mains et j'ai tiré. La main droite a gagné : un chapeau en papier bleu et un minijeu de cartes. Le papier avec la blague a glissé sous la table. La porte de la chambre de maman a claqué, alors j'ai pris mon bol et je suis sortie, j'ai traversé le jardin et je suis allée le poser dehors. J'espérais qu'un chien viendrait manger cette affreuse soupe grise. Je suis restée longtemps dans l'allée, appuyée contre la barrière. Je voyais les guirlandes lumineuses du sapin chez Betty, qui clignotaient à travers les voilages de la fenêtre du salon. Après je suis rentrée et j'ai regardé la télé jusqu'à ce qu'il y ait plus d'électricité.

D'habitude, les trucs que maman me donnait à manger étaient bien meilleurs que la dinde pourrie, parce qu'elle les préparait pas elle-même, elle les achetait tout faits, du coup c'était pas trop dur de tout manger. J'ai fini les chocolats, j'ai posé la boîte vide sur la table de la cuisine et je suis retournée sur le canapé. Après ça, y a rien eu à manger pendant une semaine. J'essayais de rester chez les gens tard pour qu'ils me laissent dîner avec eux, ou j'avalais ce que je trouvais dans les placards de la cuisine. Des boîtes de sardines avec des arêtes pareilles que des morceaux d'ongles qui me rentraient dans la gorge, des cuillerées de lait en poudre dans la grande boîte rouge. Un jour, on m'a envoyée dans le bureau à Mr Michaels parce que j'avais piqué le biscuit à Donna à la pause, mais je m'en foutais parce que je l'avais déjà avalé et qu'ils pouvaient plus me forcer à le rendre.

Je commençais à croire que maman avait déménagé parce que ça faisait des jours et des jours que je l'avais pas vue, même pas le dimanche pour aller à l'église. Je me trimballais à travers les pièces de la maison en passant les doigts sur les murs et en me demandant si j'étais orpheline. J'avais lu des trucs sur les orphelins.

Mais je savais pas si ça existait vraiment, comme Dieu, ou si c'étaient des trucs inventés, comme les sorcières.

Je m'étais habituée à l'idée d'être orpheline, une vraie orpheline vivante, quand en descendant, le samedi, j'ai trouvé maman dans la cuisine.

« Tu as aimé les chocolats ? elle m'a demandé.

— Ouais.

— Tu les as tous mangés ?

— Ouais.

— C'est bien. Je les ai achetés spécialement pour toi.

— Merci. »

Je ne savais pas trop quoi faire. J'ai mis mes chaussures et j'ai fait mes lacets en tirant très fort, jusqu'à ce que mes doigts soient blancs.

« Bon, ben je sors.

— C'est ça. Va-t'en et laisse-moi. Va-t'en et laisse-moi alors que je t'ai acheté des chocolats, avec mon argent à moi. Laisse-moi toute seule.

— Tu veux que je reste ?

— Fiche le camp, Chrissie. Je veux que tu fiches le camp et que tu ne reviennes plus jamais. Voilà ce que je veux.

— OK. » J'ai laissé la porte ouverte derrière moi. Je préférais être orpheline.

J'ai été chercher Linda et on a grimpé en haut de la colline rien qu'en marchant sur les murets des jardins. J'étais super douée pour marcher sur les murets. William m'avait chronométrée une fois, avant qu'on lui vole sa montre : de chez Mr Jenks jusqu'à la maison hantée, j'avais mis quatre minutes et trente-quatre secondes. Je voulais qu'il me chronomètre encore, pour que j'aille de plus en plus vite, et il disait qu'il le ferait si je l'aidais à trouver qui lui avait volé sa montre. Sauf que c'était moi, du coup j'étais obligée de dire que finalement j'avais plus envie qu'il me chronomètre. N'empêche, quatre minutes et trente-quatre secondes, c'était le meilleur temps de toute la rue.

En arrivant devant chez Steven, j'ai vu que les rideaux d'en bas étaient tirés. C'était la seule maison de la rue où ils étaient tirés, et ça rendait l'intérieur vachement plus intéressant que quand les rideaux étaient ouverts. Le tricycle à Steven était toujours dans le jardin. La peinture jaune du siège s'écaillait. J'ai sauté en bas du muret.

« Si on allait frapper à la porte ? j'ai dit.

— Faut pas, a répondu Linda. Ma maman dit qu'il faut les laisser tranquilles.

— Pourquoi ?

— Chais pas. La maman à Donna, elle voulait lui apporter des fleurs, et elle a demandé à ma maman si elle voulait aller avec elle, mais elle a dit non. Elle pense que c'est pas bien que toutes les mamans lui apportent tout le temps des trucs. »

Elle a essuyé une griffure sur sa jambe avec la manche de son gilet avant que le sang coule sur sa chaussette blanche.

« Ma maman, elle dit que c'est brutal : "C'est brutal ce que cette femme doit endurer. Tu ne souhaiterais pas ça à ta pire ennemie." Voilà ce qu'elle dit. »

J'ai pensé que la maman à Steven aurait préféré que ce soit l'enfant de quelqu'un d'autre qui soit mort, surtout si c'était à la place du sien. Elle aurait préféré que ce soit n'importe quel gosse au monde, même celui de sa meilleure amie. En général, quand les gens disaient qu'ils souhaiteraient pas quelque chose aux autres, même à leur pire ennemi, ça voulait dire le contraire, et même qu'on rigolerait si ça lui arrivait.

Y avait pas grand-chose que j'aurais pas souhaité à Donna.

Linda continuait toujours à parler, même si en fait elle disait rien de nouveau – c'était fréquent avec elle, malheureusement.

« Et aussi que c'est pire parce que c'était la prunelle de leurs yeux. J'ai demandé qu'est-ce que ça voulait dire, et elle m'a expliqué que c'était lui, le préféré. J'ai dit que ça, on le savait. Toi et moi, on le savait, pas vrai ? Hein, Chrissie, on le savait ? On savait qu'ils faisaient tout un cirque avec lui. C'est ce qu'on a toujours dit, hein ?

— Linda, faut vraiment que tu arrêtes de parler maintenant. Tu me donnes mal à la tête dans les oreilles.

— Oh. Pardon. »

J'ai traversé le jardin de chez Steven et j'ai frappé trois coups forts à la porte. Pendant longtemps, personne n'a répondu. J'ai pensé que la maman à Steven devait être si triste qu'elle s'était couchée par terre et qu'elle était morte. J'aurais bien laissé tomber, seulement dans ce cas Linda aurait eu raison, et je pouvais pas supporter que Linda ait raison, alors j'ai encore frappé, et j'ai continué jusqu'à ce que la porte s'ouvre.

La maman à Steven était dans un état pire que quand on l'avait vue sur l'aire de jeux. Sa tête avait la couleur grise de la peau qu'on trouve dans les poissons panés des fois, et ses joues étaient toutes molles, comme si elles étaient plus attachées à ses os, et elles se balançaient sous ses yeux roses et laiteux.

« Qu'est-ce que tu veux ? » elle m'a demandé de sa voix grise. Je savais plus quoi dire. Je m'attendais pas à ce qu'elle ait une tête pareille. Je me souvenais même plus pourquoi j'avais voulu frapper à la porte.

« Bonjour, j'ai dit.

— Qu'est-ce que tu veux ?

— La police, elle est venue beaucoup chez vous. Pourquoi ?

— Va-t'en. Arrête de te mêler de ce qui ne te regarde pas. »

Je m'apprêtais à lui dire que la mort de Steven et l'enquête des policiers pour savoir qui l'avait tué, c'étaient des choses qui me regardaient de près puisque c'était *moi* qui l'avais tué, mais j'ai ravalé ma phrase. Et puis j'ai pensé que c'était sûrement pas ce qu'elle avait envie d'entendre. Elle allait refermer la porte mais je l'ai repoussée.

« Est-ce qu'il est encore mort ? » j'ai demandé. C'étaient pas des paroles en l'air : je voulais vraiment savoir. Il y avait tant de jours qu'il était mort que j'avais perdu le fil, et je pensais qu'il allait bientôt revenir. Il était petit, du coup j'étais certaine qu'il redeviendrait vivant plus vite que les adultes. Le visage de la maman à Steven est retombé comme un ballon qui se dégonfle, à croire que tous les os avaient disparu ou qu'ils s'étaient liquéfiés.

« Tu sais ce que tu es, Chrissie Banks ?

— Quoi ?

— De la mauvaise graine. »

De la mauvaise graine ! Ça me plaisait, ça.

« Est-ce qu'ils ont trouvé qui c'est qui l'a tué ?

— Va-t'en. » J'ai pensé au minuscule corps d'oiseau de Steven, sorti de la maison bleue par le grand costaud. Lisse et immobile, pareil que s'il dormait, entre ces bras si gonflés de muscles qu'ils auraient pu l'écraser. Derrière la maman à Steven, la porte du salon s'est ouverte, et son papa est sorti. Je sentais son odeur de là où j'étais. Il sentait vraiment très fort – la peau et l'air rance. Il s'est arrêté dans le couloir et m'a regardée par-dessus l'épaule de la maman à Steven.

« Est-ce que Susan est là ? j'ai demandé.

— Susan ? il a répété comme s'il savait pas qui c'était.

— Est-ce qu'elle est là ? »

Sans même bouger ni reprendre sa respiration, il a crié : « SUSAN ! » si fort que j'ai sursauté. Pas de réponse.

« Elle est sortie, il a dit.

— Vous savez où elle est ?

— Elle est quelque part.

— Ben oui, tout le monde est quelque part. » Le papa à Steven a traversé le couloir pour aller dans la cuisine. Il a refermé la porte derrière lui, mais y avait quand même toujours une mauvaise odeur. La maman à Steven allait refermer la porte elle aussi, alors j'ai dit : « C'est un monsieur qui l'a tué, hein ?

— Comment ?

— C'est un monsieur qui a tué Steven. Le monsieur que j'ai vu. » C'est sorti tout seul. C'était juste une autre version de ce que j'avais déjà raconté aux policiers à l'école.

« Quel homme est-ce que tu as vu ? »

Soudain, j'ai senti qu'elle était là. Du coup j'ai haussé les épaules et j'ai dit : « Oh. Rien. C'est pas important.

— Quel est cet homme que tu as vu ?

— C'était un monsieur, qui s'en allait de chez les pauvres ce jour-là. Le jour où Steven a été tué.

— Ce jour-là ? Tu es sûre ? Le samedi ? »

J'ai encore haussé les épaules. Quand elle avait ouvert la porte, je la sentais toute froide, un peu morte, mais là, de fantôme elle est redevenue une personne, et je me suis sentie revivre moi aussi. « À peu près sûre, ouais.

— Tu l'as dit à la police ? Ils sont venus à l'école, hein ? Tu leur as parlé ?

— Peut-être. Chais plus. »

Elle a fait un pas vers moi, elle était si proche que j'ai dû tourner la tête. « Il faut leur dire, elle a repris. Tu dois leur dire tout ce que tu as vu, Chrissie. Surtout ce jour-là. Tu m'écoutes, Chrissie ?

— Je croyais que je devais pas me mêler de ce qui me regardait pas ? » Au fond du couloir, le papa à Steven est ressorti de la cuisine, et l'odeur avec lui, si forte que ça m'a fait tourner la tête. J'ai imaginé la cuisine toute noire et bourdonnante de mouches. Je les voyais comme un essaim autour des fleurs entassées sur la table, des pommes toutes ridées dans la coupe à fruits, mais surtout autour des ragoûts et du jambon que les mamans avaient apportés, et qui suintaient au soleil.

J'ai couru dans l'allée, jusque dans la rue, que j'ai remontée à toutes jambes, Linda sur mes talons. La maman à Steven a crié nos noms, mais on s'est pas arrêtées, et quand je me suis retournée, elle nous suivait pas, elle était juste debout sur le trottoir. On n'a pas ralenti avant d'être en haut de la colline. Linda était tout essoufflée, et j'ai frotté mes doigts repliés contre le muret des jardins, assez fort pour que ça fasse des perles de sang sur la peau. Alors je les ai mis dans ma bouche. Ils avaient goût de fer et de poussière. En arrivant au mur où on faisait le poirier, on s'est assises par terre.

« T'as vraiment vu un monsieur ? a demandé Linda après avoir repris son souffle.

— P'têt' ben.

— Tu vas le dire à la police ?

— P'têt' ben. » Là, j'ai dû faire le poirier pour qu'elle arrête de me poser ses questions à la con. Elle a fait pareil, parce qu'elle faisait toujours tout pareil que moi. Pendant que j'avais la tête en bas, j'ai repensé à la maman à Steven, assise dans la maison avec son papa qui avait l'air d'un mort vivant, et puis à ce tricycle jaune dans le jardin. Je me suis dit qu'une autre fois je retournerais leur demander si je pouvais avoir le tricycle, vu qu'ils en avaient plus besoin. Il était petit, mais moi aussi, et c'était dommage de gâcher un tricycle en parfait état juste parce que son propriétaire était mort.

Après avoir fait le poirier si longtemps qu'on était toutes rouges, on a joué à la télé. C'était pas très marrant de jouer avec Linda. Elle arrêtait pas de me demander ce qu'elle devait dire après, et quand elle le disait, ça ressemblait pas du tout à la vraie télé. La seule personne qui était presque aussi bonne que moi à ce jeu-là, c'était Donna, et ça c'était vraiment chiant parce qu'en fait, à la télé, on voit jamais des gens avec une tête de patate.

« Si tu pouvais être une personne célèbre, tu serais qui ? j'ai demandé à Linda.

— Juste toi, sans doute.

— Mais je suis pas célèbre.

— Mais tu es presque toujours la meilleure partout.

— Ouais. Je sais. Je serai sûrement célèbre un jour. »

On savait plus à quoi jouer, alors on est retournées chez Linda. Sa maman a grogné et soupiré parce que j'étais là à l'heure du dîner, et puis elle a fini par nous donner de la soupe et du pain avec de la margarine. J'ai mangé ma soupe même si elle était encore trop chaude, et ça m'a brûlé l'intérieur de la bouche comme du papier de verre. Je parlais pas beaucoup. J'avais la figure toute grise de la maman à Steven dans la tête, et elle voulait pas s'en aller, même quand je secouais très fort la tête.

Je suis restée chez Linda jusqu'à ce que sa maman l'emmène prendre son bain, en haut. Je suis restée encore, assise toute seule dans le salon. Je regardais les photos sur la cheminée, celles des Noëls, et des vacances, et de la première communion à Linda. J'ai entendu « encore là », et puis « mets-la dehors », et puis « ça fait combien de temps », et puis « tu le saurais si tu descendais de ton petit nuage une fois de temps en temps ». Le papa à Linda est arrivé dans le salon et il a dit : « Eh, v'là notre Chrissie. Tu veux que je te raccompagne jusque chez toi ? » Je voulais pas qu'il me raccompagne, alors j'ai dit que je m'en allais, même si en vrai j'avais envie de rester.

Ça m'a pas étonnée que la porte d'entrée soit verrouillée. Maman faisait toujours ça après m'avoir crié dessus. Il fallait que je fasse le tour et que je grimpe par la fenêtre de la cuisine qui fermait pas parce qu'elle était cassée. Fallait vraiment se tortiller pour rentrer, et c'est là que j'ai pensé à un truc : c'était peut-être pour ça que maman me donnait pas beaucoup à manger, parce qu'elle savait que si je devenais trop grosse, je pourrais plus me faufiler par la fenêtre de la cuisine quand j'en avais besoin. En fait, c'était sa manière à elle de s'occuper de moi, voilà ce que j'ai pensé en mettant les pieds dans l'évier. Ça montrait juste à quel point elle veillait sur moi.

Le lendemain, je suis sortie très tôt, à l'heure où on entendait encore résonner partout le tintement des bouteilles de lait. Le laitier m'a vue et m'a fait coucou, mais il a pas déposé de bouteille devant chez nous. Par contre, il l'a fait chez Mrs Walter. Elle habitait juste à côté. Elle avait des oiseaux dans des cages et elle était si vieille qu'elle grandissait à l'envers : elle était complètement ratatinée, à peine plus grande que moi. Le laitier a déposé deux bouteilles devant sa porte, il est remonté dans sa camionnette et il est reparti. J'ai pas pris la bouteille avant qu'il ait tourné au coin de la rue. Mrs Walter m'avait grondée une fois parce que je criais trop fort dans le jardin, et puis elle était beaucoup trop vieille de toute façon. Elle avait pas besoin de tout ce lait. J'ai bu des grandes gorgées en marchant, la crème me nappait la bouche.

En arrivant au mur à poirier, j'ai vu Susan assise par terre avec un livre, adossée aux briques. Ses cheveux étaient tout emmêlés. Je me suis assise et elle m'a regardée de ses yeux couleur de rien.

« Pourquoi tes cheveux y sont aussi horribles maintenant ? » j'ai demandé. Je serrais la bouteille de lait contre mon genou. Elle regardait la queue de rat qui pendouillait sur son épaule.

« C'est comme ça.

— C'est vraiment emmêlé.

— Ouais.

— Ta maman, elle a perdu son peigne ?

— Chais pas. » Sur ses genoux était ouvert *Le Jardin secret*, elle regardait la page mais je crois pas qu'elle lisait vraiment. Chaque fois que j'avais vu Susan, ces derniers temps, elle avait *Le Jardin secret* avec elle, et c'était toujours ouvert à peu près au même endroit. Avant la mort de Steven, elle se trimballait avec un livre différent chaque semaine.

« Pourquoi t'es pas chez toi ? je lui ai demandé.

— Et toi ? » J'ai fait rouler la bouteille contre mon

genou pour trouver l'endroit le plus froid. Susan a de nouveau regardé son livre, mais sans tourner la page. Elle portait un gilet avec des manches qui tombaient sur ses mains, elles étaient tout effilochées à force d'être mâchouillées. Alors elle a mis un des fils dans sa bouche et elle a recommencé à les mâchouiller. Je sais pas si elle se rendait compte de ce qu'elle faisait.

« Ta maman, elle est venue à l'aire de jeux l'autre jour.

— Je sais.

— Comment que tu sais ?

— La maman de Vicky l'a ramenée à la maison. Elle a raconté à mon père ce qui s'était passé.

— Elle pleurait ? »

Elle a agité la tête d'avant en arrière d'une manière bizarre, comme un robot, et elle a mis d'autres fils de laine dans sa bouche.

« Ça lui arrive de faire autre chose que pleurer ?

— Elle dort.

— Est-ce qu'elle faisait autre chose que s'occuper de Steven quand il était vivant ? Ou bien son seul boulot, c'était d'être sa maman ?

— *Susan* et Steven. » Il y avait quelque chose de dur dans sa voix, pareil qu'une lame de rasoir au milieu d'une balle de coton. J'ai pas compris ce qu'elle voulait dire.

« Hein ?

— *Susan* et Steven. C'était notre maman à tous les deux. Son boulot, c'était de s'occuper de nous deux.

— Ouais, d'accord.

— Mais de toute façon, elle fait plus rien du tout.

— Tu veux du lait ? » j'ai proposé. Elle a pris la bouteille et a avalé le reste en quelques gorgées sonores. Après avoir fini, elle a essuyé sa bouche du revers de sa main et elle a laissé la bouteille rouler dans le caniveau. Je lui ai pas dit que Mrs Bunty donnait des bonbons si on lui rapportait les bouteilles en verre. Je regrettais déjà de l'avoir dit à Donna.

« Est-ce que la police vient toujours autant chez toi ?

— Ouais.

— Qu'est-ce qu'ils font quand ils sont là ?

— Ils posent des questions à maman et à papa.

— Quel genre de questions ?

— Sur Steven.

— Et toi, ils te posent pas de questions ?

— Non.

— Et comment tu sais ce qu'ils leur demandent ?

— Parce que j'écoute à la porte.

— Ils savent qui c'est qui l'a tué ?

— Non. »

Cette fois le souvenir est revenu, tout chaud ; un feu miniature dans mon ventre. « Tu crois qu'ils vont trouver ?

— Chais pas.

— Moi, je crois pas. »

Elle a haussé les épaules. Elle était aussi passionnante qu'une feuille de salade mouillée. J'ai gratté l'intérieur de mes bras avec mes ongles, et ça a fait de la poussière blanche, alors j'ai pensé au tube de crème sur l'étagère dans le coin de l'infirmerie à l'école. Quand mon eczéma saignait, Miss White m'envoyait là-bas et Mrs Bradley me passait de la crème sur les bras, en couche si épaisse que je pouvais écrire mon nom dessus. Des fois, je me grattais jusqu'au sang, sous mon bureau, lorsque Miss White regardait pas, juste pour pouvoir aller à l'infirmerie et avoir les bras recouverts de crème, pareil que des manches blanches. Pendant que Susan faisait semblant de lire *Le Jardin secret*, je me suis grattée comme si je passais du papier de verre.

Je m'imaginais sautant dans une baignoire remplie de crème qui apaiserait mes irritations.

« Il est quelle heure ? j'ai demandé.

— Chais pas, a répondu Susan sans regarder sa montre.

— Fais voir, j'ai dit en saisissant son poignet.

— Elle marche plus. Elle s'est arrêtée.

— Tu devrais demander à ta maman de t'amener chez Woolworth. Là-bas, ils changent les piles des montres. Elle pourrait sûrement trouver un nouveau peigne, aussi. »

Elle a hoché la tête pareil qu'un robot une nouvelle fois, et en même temps elle s'est mise à pleurer. Ça faisait pas de bruit. Les larmes sortaient juste de ses yeux. Elle les a laissées couler sur son visage, jusque sur son menton, et puis elles sont tombées. J'avais jamais vu quelqu'un pleurer de cette façon. J'ai regardé, encore et encore. C'était vraiment bizarre, cette manière de pleurer.

« Il est vraiment chiant ce bouquin, hein ? » j'ai dit en montrant *Le Jardin secret.* Elle a reniflé et s'est essuyé la figure avec sa manche.

« Tu l'as lu ? elle m'a demandé.

— Miss White nous lit des morceaux quand on a fini notre travail assez tôt. Je le déteste. C'est trop chiant.

— Moi, j'aime bien. Il y a un joli jardin dedans.

— Mais y a plein de gens avec des tas de problèmes. T'arrêteras jamais d'être triste si tu lis des bouquins pareils. Tu devrais lire un livre marrant. Ça te ferait rigoler.

— J'ai pas le droit.

— Mais si. Tu peux lire tout ce que tu veux. Sauf si c'est des obscénités. Mais les livres marrants, c'est pas des obscénités. Y en a dans la bibliothèque, à l'école.

— Non, j'ai pas le droit de rire.

— Pourquoi ?

— Parce que mon petit frère est mort.

— Ah. » Je l'ai vue essuyer ses larmes une fois de plus, et puis un peu de morve. « T'en parles vraiment beaucoup, de ton petit frère mort, tu sais. »

C'est vrai, Susan était aussi marrante qu'un chou-fleur moisi, fallait que je me tire ailleurs avant de mourir d'ennui. Je me suis dit que je pourrais aller du côté de chez Donna en faisant semblant d'être tombée dans la rue, à côté de chez eux, parce que sa maman me mettrait peut-être un pansement et me préparerait un petit déjeuner. Donna était vraiment ma pire ennemie, mais chez elle y avait toujours plein de choses à manger et plein d'électricité. Si j'arrachais la croûte épaisse sur mon genou, je pourrais faire couler beaucoup de sang, et si j'avais du sang partout, sa maman me dirait pas de m'en aller. Je ferais ça juste avant d'être devant chez eux.

« Bon ben salut, j'ai dit.

— Salut », a répondu Susan.

Quand je suis arrivée chez Donna, sa maman m'a laissée m'asseoir sur le canapé avec Donna et ses frères, pour regarder les dessins animés à la télé avant la messe. Elle m'a donné un chiffon mouillé pour mettre sur mon genou et un bol de Frosties. Les pétales de maïs nageaient dans un épais lait crémeux et j'ai eu l'impression que mon estomac protestait : « S'il te plaît, ça suffit, le lait, ça suffit ! » Je l'ai ignoré. J'ai tout mangé jusqu'à ce qu'il n'y ait plus rien dans le bol : je mastiquais, j'avalais, et je serrais les dents sur la cuillère en métal.

JULIA

Le café de la gare s'appelait Chou-Chou. On voyait bien qu'auparavant, c'était Tchou-Tchou – on distinguait encore les T malgré la nouvelle couche de peinture. Je me demandais si cela valait réellement la peine de changer pour garder un nom aussi ridicule. En commandant un chocolat chaud et un paquet de gâteaux à la crème pour Molly, j'ai remarqué la banderole « Bon anniversaire » au-dessus du comptoir et j'ai demandé à la vieille dame à la caisse de qui c'était l'anniversaire. Je me suis étonnée moi-même : j'étais incapable de me souvenir de la dernière fois où j'avais adressé la parole à quelqu'un que je ne connaissais pas. Ma question a semblé la surprendre.

« De personne.

— Alors pourquoi cette banderole ?

— Oh, elle est là depuis l'été dernier. C'était l'anniversaire du café. On est ouverts depuis dix ans. Et puis on a eu la flemme de la détacher. De toute façon, c'est l'anniversaire de quelqu'un tous les jours, non ? »

J'ai compté l'argent sans sortir ma main du sac. Je ne voulais pas qu'elle voie l'intérieur, car il contenait tout ce que je possédais. Elle m'a rendu la monnaie et a demandé en désignant Molly, assise à une table près de la fenêtre :

« Vot' mouflette, elle a fait la guerre ? Qu'est-ce qui lui est arrivé ? »

Je me suis retournée : Molly s'était extirpée de son manteau. Elle avait posé son bras plâtré sur la table et caressait les dessins. J'ai pris les gâteaux et le gobelet en polystyrène.

« C'est rien », ai-je répondu.

Molly a bu son chocolat et mangé deux tartelettes et demie, tandis que j'inspectais la rue pour voir si la police était à nos trousses et mangeais une demi-tartelette, puis nous avons jeté un coup d'œil aux livres d'occasion, dans un coin du café. Ça me manquait, les vieux bouquins aux pages couleur de thé, devenues si douces qu'elles avaient une texture de pétales. Quand Molly était plus jeune, chaque samedi je lui donnais une livre et nous allions dans une boutique solidaire, et pendant qu'elle regardait les bibelots et les jeux, j'inspectais les livres de poche, je les humais pour retrouver cette odeur d'amande et de poussière. Un jour, j'ai vu la tête de Steven, lisse, avec le nez en trompette, qui souriait en couverture d'un livre. *Steven, mon petit frère : un ange ravi par le démon*. Le livre de Susan, l'ouvrage qui m'avait ramenée à la une, alors que je commençais à revivre dans l'ombre ; cela avait marqué le début de la traque qui avait abouti à ce que Molly et moi nous nous réfugiions dans une voiture de police, cachées sous des draps, et mis fin à mon existence en tant que Lucy. Peut-être était-ce cela que voulait Susan : me prendre une partie de moi-même ainsi que je l'avais fait pour elle. Nous avons cessé de fréquenter les boutiques solidaires après ça, car l'idée de tomber à nouveau sur ce livre était trop effrayante. La chaleur et l'odeur de moquette humide me manquaient, tout comme manquaient à Molly ses vieux bibelots qu'elle traitait en véritables trésors. Elle m'avait demandé pourquoi on n'y allait plus, et j'avais eu envie de lui répondre : « Demande à Chrissie, pas à moi. C'est elle qui se faufile en douce dans ta vie pour te piquer tes affaires. C'est elle, qui est célèbre. Tout est sa faute. » J'avais déclaré que nous n'avions plus le temps.

Je consultais un livre de cuisine végétarienne quand une autre mère est entrée dans le café avec sa progéniture, un garçon et une fille, qui se sont attablés et se sont extraits de leurs doudounes tandis que la mère leur achetait des boissons et des roulés au bacon. Elle était plus âgée que moi, une vraie adulte. Après avoir disposé la nourriture et les gobelets devant les petits, elle a sorti de son sac un livre et l'a ouvert à une page marquée. Je les observais en douce.

« Donc, où en étions-nous ?… Ah oui. Nous venions juste de lire le chapitre sur le dragon, hein ? Vous vous rappelez ? »

La fillette a hoché la tête et approché sa chaise pour être plus près de sa mère. De temps en temps, elle montrait l'image, et la femme tournait le livre pour que le garçon voie mieux. Molly a passé la tête derrière l'étagère de livres pour voir les images, elle aussi.

Regarde-la, qui fait la lecture à ses enfants. Regarde la manière dont sa fille est appuyée contre elle. Tu n'as rien apporté pour distraire Molly. Ton corps n'est pas un coussin pour elle. Tu es trop anguleuse, accidentée. Moins un point. Moins deux points. Moins trois points.

« Molly », ai-je dit d'une voix plus forte que je ne l'escomptais. L'autre fillette a tourné la tête, nous a regardées, puis s'est nichée à nouveau contre sa mère. « Tu veux choisir un livre ?

— Ici ?

— Oui. Prends-en un avec des images. Et des chapitres. Un long.

— Pourquoi ?

— Parce que je veux te le lire. »

Elle a lancé à l'autre mère et aux gamins un long regard, puis elle s'est approchée de moi et à voix basse : « Pourquoi tu la copies ? » J'ai senti le rouge me monter aux joues.

« Mets ton manteau. On risque de rater notre train. »

Pendant la première heure dans le train, Molly a boudé, tandis que moi, j'essayais de me contenir. J'ai fait la liste de ce que je voyais autour de moi, et je suis allée aux W.-C. pour faire couler de l'eau froide sur mes poignets en me concentrant sur ma respiration, si profondément que j'ai eu l'impression de n'être plus une personne, mais un immense rugissement qui se répétait à l'infini.

Dix heures ont sonné : nous étions dans le train depuis une heure et demie. Incessant battement dans ma tête. Mon temps avec Molly ne s'étendait pas vers l'horizon tel un ruban ; il avait une fin déterminée, là où le sol se redressait brutalement pour arrêter notre véhicule privé de roues. À des kilomètres de là, Sasha avait dû se rendre à la réception, à notre recherche. Elle devait m'attendre. Dans une demi-heure, elle comprendrait sans doute que je ne viendrais pas, et dans une heure, elle préviendrait la police. Le battement dans ma tête était un compte à rebours.

Molly a soufflé un nuage de buée sur la vitre et dessiné un visage triste. « Voilà comment je me suis sentie quand tu as dit que je pouvais pas avoir un livre. Alors que tu avais dit que j'en aurais un.

— Merci pour l'information.

— Où on va ?

— Là où je vivais avant. »

Elle a tourné la tête : « À ton école ?

— Non, ai-je dit en sentant quelque chose se resserrer dans ma poitrine. Pas là. Cet endroit n'existe plus. Il a été détruit. »

J'avais perdu Haverleigh lors d'une succession d'événements rapides. Le premier s'était produit au Noël de mes dix-huit ans. J'étais allongée sous le sapin, dans le salon, les yeux presque fermés pour que les lumières de la guirlande forment une espèce d'arc-en-ciel. À la télé, *Le Magicien d'Oz*. À la fin du film, je m'étais redressée et j'avais vu Mr Hayworth debout à la porte, agitant la main pour que je vienne. Les petites ampoules colorées clignotaient toujours devant mes yeux. Il m'avait emmenée en salle de réunion, où je m'étais assise à la grande table ovale pour écouter des adultes m'expliquer ce qui allait advenir de moi.

« Nous sommes certains que c'est la bonne décision – de te laisser sortir, je veux dire, a dit mon responsable. Nous en sommes tous convaincus. Seulement nous ne pouvons pas garantir qu'il en sera de même pour les autres. Certaines personnes croient que les enfants qui ont commis des crimes devraient rester en détention aussi longtemps que les adultes, et elles ne seront pas contentes qu'on te libère. Si tu ne changes pas d'identité, il y en aura beaucoup qui se donneront pour mission de découvrir où tu vis, et alors…

— Ce serait t'envoyer à la mort, ma grande, a dit la supérieure.

— Donc il faut que je fasse semblant de pas être moi ? ai-je demandé.

— Tu auras une nouvelle identité. On te fournira tous les documents nécessaires pour que tu puisses recevoir des allocations et chercher un emploi. Tout. On t'aidera à trouver un logement, et on te confiera à un conseiller d'insertion que tu verras régulièrement. Et là… oui. Tu vivras comme une autre personne. Ce sera un second départ.

— Mais si les gens prononcent mon nouveau nom, je saurai pas qu'ils me parlent à moi. Je me retournerai pas. Je croirai qu'ils parlent à quelqu'un d'autre.

— Il te faudra un temps d'adaptation, a dit mon responsable, mais tu seras surprise de voir à quel point on s'habitue vite.

— Quand est-ce que je pars ?

— Mercredi, a répondu Mr Hayworth.

— Et si je voulais être là pour Noël ?

— C'est pour mercredi.

— Et si je veux continuer à être Chrissie ? » Personne n'a répondu. Ils ont commencé à tripoter leurs papiers, à se lever, et je suis restée là, recroquevillée sur ma chaise, j'avais la sensation d'être un secret ambulant.

À la naissance de Molly, tout mon corps était avec elle, je l'allaitais, la changeais, la posais, la reprenais, mais mon esprit arpentait sans relâche les pièces du Foyer. Le souvenir de Haverleigh réchauffait l'espace que Molly avait laissé vide dans mon ventre en sortant. Je m'y accrochais ainsi qu'à la clé d'une issue de secours, et je me disais que si jamais les choses tournaient mal, vraiment mal, nous pourrions toujours aller là-bas et demander au gardien de nous laisser entrer. « Je peux travailler, m'imaginais-je dire. Je peux tout faire : la cuisine, le ménage. Molly peut aller à l'école ici, et vous prendrez soin d'elle, et moi je continuerai à la voir. » Ce serait mieux pour toutes les deux, songeais-je : le personnel s'occuperait d'elle comme il fallait, et je pourrais toujours m'asseoir à côté de son lit, la nuit. « Une chambre nous suffit. On a l'habitude de partager l'espace. »

Alors que Molly était âgée de quelques mois, nous étions assises dans le bureau de Jan au commissariat de police lorsqu'elle m'a appris la nouvelle : « Le centre pour jeunes va fermer. Celui où vous étiez. Haverleigh. » Ces mots m'ont fait l'effet d'un coup de poing dans le ventre, j'en ai eu la respiration coupée.

« Je suis navrée, a-t-elle poursuivi. Je sais que c'est un endroit où vous étiez bien, n'est-ce pas ? Vous vous y sentiez en sécurité.

— C'était pas si génial que ça. »

Reste avec nous, Chrissie. Qu'est-ce que t'en dis ?

Bureau. Tapis. Secrétaire. Dossiers de police.

« Il me semble que vous ne vouliez pas partir, a dit Jan.

— C'est eux qui ne voulaient pas que je parte. Ils m'ont préparé un gâteau avec un glaçage rose, et c'était écrit dessus : "Au revoir, Chrissie." Je l'ai coupé, ils ont tous chanté *For She's a Jolly Good Fellow* et tout le monde a applaudi. Et quand ils m'ont emmenée dans la voiture, on entendait les autres qui criaient partout à l'intérieur. Ils me disaient au revoir, et il y en avait même qui pleuraient.

— Waouh, quel départ en fanfare.

— Je ne mens pas.

— Je n'ai pas dit ça. Il semblerait que vous vous soyez bien habituée, là-bas. Cela doit être dur pour vous de savoir que l'établissement va être détruit.

— En fait, je m'en fous. Est-ce qu'on a fini ? Je dois aller faire les courses. »

À la fin de l'entretien, j'ai repris l'ascenseur avec Molly, nous avons traversé le hall et nous sommes ressorties dans la rue. Elle s'arc-boutait dans sa poussette et frottait ses poings minuscules sur son visage. J'essayais de ne pas penser au petit Steven, ce jour-là dans la cour de récréation, où il se tortillait dans son landau – hélas la porte s'était ouverte, laissant passer des bribes d'un passé que je gardais d'habitude enfermé à double tour. Steven trottinant dans la rue. Le visage blême de Susan derrière la vitre. L'odeur des couloirs de Haverleigh – la pâte à modeler, le cirage, les manteaux d'hiver mouillés –, combien je m'enivrais de cette odeur chaque fois que nous rentrions d'une excursion à l'extérieur.

Le jour où j'ai quitté Haverleigh, on a eu des saucisses et des pommes de terre au déjeuner, et ensuite la cuisinière nous a apporté un roulé, coupé en tranches épaisses. C'était le genre de gâteau qu'on trouvait dans les épiceries : une génoise sèche au goût de cacao, avec du sucre à l'extérieur. Elle l'a posé au centre de la table en disant : « Écoutez tous, c'est le gâteau de Chrissie, donc c'est elle qui se sert la première. Pigé ? » Tous les autres ont grogné en me fixant d'un regard d'aigle lorsque je me suis servie. Je n'ai pas fait attention si c'était la plus grosse part. Le gâteau avait goût de cuir.

Après le repas, j'ai apporté ma valise dans le hall, et Mr Hayworth l'a installée dans la voiture. Il a posé sa grosse main sur mon épaule. « Au revoir, ma grande. » Les autres jouaient à un genre de cricket dans le jardin. Ils n'ont pas interrompu leur partie pour me dire au revoir.

En sortant de la gare j'ai trouvé l'air différent de celui du bord de mer – plus épais, plus crasseux – et tellement étouffant que l'atmosphère semblait figée dans ce moment qui précède l'orage. Tout était gris. Nous avions l'habitude du gris des vagues, des nuages au-dessus, des rochers, mais notre gris à nous se déclinait en une infinité de nuances et de formes, il changeait au moindre souffle de vent. À notre arrivée, nous avons découvert un gris de la couleur des choses mortes, de celles qui n'ont jamais été vivantes.

Il était midi. Désormais, Sasha avait compris que je n'étais pas simplement en retard. Elle avait dû téléphoner au Fish'n'Chips et apprendre que je n'étais pas allée au travail, appeler l'école et découvrir que Molly n'était pas assise sur le tapis à écouter Miss King lui dire qu'elle était la meilleure de la classe. La police devait nous chercher. J'ai commencé à ressentir une espèce de démangeaison dans la mâchoire, qui s'est propagée à mes dents, mes gencives, mes lèvres. Soudain, ma langue a été visqueuse et enflée, comme une limace, ou du poisson pas cuit. Je me suis penchée et j'ai vomi sous un parcmètre. Mes yeux se sont mis à couler. En me redressant, j'ai vu des étoiles qui dansaient en décrivant des arcs, je me sentais légère et fragile, à croire que j'avais vieilli dans le train, que mes os étaient devenus creux. Adossée au mur, Molly me regardait.

« Tu es malade ? a-t-elle demandé.

— Non.

— C'est le train qui t'a rendue malade ?

— Non.

— Moi non plus. J'ai faim. »

Il y avait un café sur la grand-rue, le genre d'établissement rempli de vieux messieurs solitaires, avec des tables en plastique collantes. J'ai amené Molly à l'intérieur et je lui ai commandé un petit déjeuner anglais complet. L'assiette qui est arrivée débordait, le gras formait un lac autour des saucisses et nappait le jaune gluant des œufs. Elle s'y est attaquée avec une détermination tranquille. Dès qu'elle a terminé, j'ai payé le garçon derrière le comptoir et j'ai ficelé Molly dans son manteau. Je savais bien que j'aurais dû tirer le meilleur parti possible de ce moment où elle était contente, où nous étions ensemble, mais je voulais en finir avec tout ça.

Tandis que le bus se frayait un chemin à travers les rues, les noms des arrêts me revenaient en tête comme une comptine. Donna et Linda, un été, les avaient appris par cœur et les chantaient sur l'air de *Ring a Ring o' Roses* : « Morley Park et Morley Shops, Conway Road et Hepton Street, CLOVEdale Way, COPley Close et Sel-ton Green. » Quand l'église est apparue, ma bouche s'est remplie d'une fine salive au goût de penny et j'ai appuyé pour demander l'arrêt. J'ai poussé Molly à travers les portes pliantes et j'ai craché au pied de la statue de l'ange.

« Faut pas cracher là, m'a-t-elle dit. C'est un ange. Et une église. C'est la maison de Dieu. On peut pas cracher dans la maison de Dieu.

— Je ne crois pas en Dieu, ai-je répondu.

— Miss King, elle croit en Dieu.

— Je ne suis pas Miss King.

— Je sais », a-t-elle déclaré tristement. Elle est passée devant moi, a pris l'allée qui coupait par le cimetière et s'est installée sur un banc, au bout. Je me suis redressée lentement. Je ne savais pas si le froid que je ressentais dans mes entrailles était glacé ou bouillant, le genre de froid qui vous engourdit les doigts, ou celui qui vous cause des ampoules, et dont vous réalisez seulement plus tard qu'il était de feu. Je savais seulement que j'avais mal. Des éclairs de douleur me sont remontés dans les jambes en allant vers le banc, je me sentais loin du sol, comme si j'étais montée sur des échasses et que mes pieds ne touchent plus l'allée. Des touffes de pâquerettes bien délimitées poussaient dans l'herbe. En m'asseyant, j'en ai cueilli deux, et je les ai tressées ensemble pour les donner à Molly. Elle a tourné la tête. Je les ai laissées choir et les ai écrasées de mon talon.

« Tu sais qui habite ici ? ai-je demandé. Pas à l'église. Mais à côté. Dans les parages.

— Qui ça ?

— Ma maman. Ta grand-mère.

— Tu m'as jamais dit ça, avant.

— Tu veux qu'on aille la voir ? »

Elle s'est penchée, a ramassé deux pâquerettes et tenté de les tresser ensemble. Hélas, elle a mal fendu la tige, et quand elle a compris qu'il n'y avait plus rien à faire, elle s'est mise à arracher les pétales. Je l'ai regardée retirer les pétales blancs du cœur jaune pour les éparpiller sur ses genoux.

« Est-ce qu'elle habite toujours là où tu vivais avant ? a-t-elle demandé.

— Non. Plus maintenant. »

Maman avait dû déménager après mon entrée à Haverleigh. À la suite de mon arrestation, des gens avaient tagué les murs et lancé de la nourriture pourrie contre les fenêtres ; pendant le procès, les choses n'avaient fait qu'empirer. Une nuit, quelqu'un avait glissé un cocktail Molotov dans la boîte aux lettres. Elle me l'avait raconté lorsqu'elle était venue me voir, avec ses yeux comme des fentes et cet air de me dire :

« Regarde un peu ce que tu as fait. » J'ignorais si quelqu'un avait acheté la maison depuis. Difficile à imaginer. Les journaux l'avaient baptisée « Le repaire de Satan », et même si les agents immobiliers s'en étaient abstenus, ils ne pouvaient changer les représentations des gens. Une réputation drapée dans son manteau de boue.

Lors de sa dernière visite à Haverleigh, maman m'avait remis le premier d'une longue suite de petits papiers.

« C'est mon adresse. Et mon numéro de téléphone. Au cas où. Vaut mieux que tu les aies. »

J'avais replié le papier, et je l'avais rangé dans ma poche. « Je pense pas que j'en aurai besoin.

— Non. Moi non plus. Je voulais pas vraiment te donner ça. Mais les gens d'ici m'ont dit qu'il fallait. »

Le même jeu auquel nous jouions depuis dix-huit ans : mesurer jusqu'à quelle distance nous pouvions nous éloigner, tout en nous accrochant du bout des doigts.

« Donc, tu vas sortir. Sortir pour vivre dans le monde réel. Comme nous autres.

— Mmmm.

— Ben alors, sois contente. C'est ce que tu voulais, non ? La liberté.

— Mmmm. »

La première nuit de ma première nouvelle vie, je suis restée allongée, les mains entre les jambes, à écouter des bruits qui n'étaient plus là. Pas de pas dans le couloir, de tintement de clés quand on ouvre ou ferme des portes. Pas de cris. Pas de pleurs. Pas de gardiens pour me protéger. J'avais l'habitude de nuits remplies de sons métalliques, de hurlements, de sirènes, et je ne parvenais pas à comprendre pourquoi cet appartement me paraissait trop bruyant pour que je puisse dormir. C'était assourdissant ce bourdonnement du frigo dans la cuisine, le grondement des voitures dehors, dans la rue. J'avais l'impression d'avoir vécu pendant dix ans dans une maison dont on avait soudain retiré les murs. L'air froid et le danger sifflaient autour de moi. Je gardais les yeux grands ouverts en me répétant l'adresse et le numéro de téléphone de maman encore et encore dans ma tête, comme une berceuse, un lien entre celle que j'étais et celle que j'avais été. Les mots perdaient leur sens et de nouveaux émergeaient à leur place. *Pourquoi tout est si grand ? Si bruyant ? Qu'est-ce que je vais faire, maintenant ?* J'ai essayé de compter, de respirer, d'écouter les sons autour de moi. À la fin, je suis allée aux toilettes et je me suis assise, la tête entre les mains. Je me suis sentie mieux. Il y avait un verrou sur la porte. À Haverleigh, tout le monde me connaissait, il n'y avait rien à cacher. Mon ventre se crispait en pensant à cette cage aux barrières si hautes, dans laquelle je me déplaçais sans baisser la tête, où je me tenais droite sans avoir à me faire toute petite, parce que la liberté, ce n'était pas la même chose que la sensation d'être libre.

Molly a jeté le cœur de la pâquerette dans l'herbe et épousseté ses genoux. « Y a une télé dans la maison à grand-mère ? a-t-elle demandé.

— Je pense que oui, ai-je répondu.

— OK alors, on peut y aller. »

CHRISSIE

Steven était mort depuis si longtemps que j'avais perdu le compte des jours, n'empêche, y avait de plus en plus de policiers dans la rue. J'avais pris l'habitude d'aller m'asseoir sur le toit plat de la salle paroissiale, on pouvait y grimper en prenant l'issue de secours, par-derrière. Les policiers garaient toujours leurs voitures le long de la salle, et ils revenaient là pour discuter et boire leurs petites bouteilles de thé, et depuis le toit, je les voyais et je les entendais, mais eux, ils pouvaient pas me voir. En vrai, je me sentais tout le temps comme ça : pareille à un fantôme.

Un après-midi, j'étais donc sur le toit, quand j'ai vu mon papa tourner au coin et remonter la rue avec un gros sac gris sur l'épaule. Maman m'avait dit qu'il fallait pas que je l'appelle papa, que si on me demandait, je devais dire que c'était mon oncle Jim, son frère à elle, qui venait chez nous, des fois.

« Mais c'est pas mon oncle, j'avais répondu.

— Non. Mais s'ils croient que tu n'as pas de papa, je peux avoir de l'argent parce que je m'occupe de toi toute seule.

— Mais tu t'occupes pas de moi.

— Fous le camp, Chrissie ! »

En voyant papa dans la rue, je suis redescendue à toute vitesse et j'ai couru vers lui en criant « Papa ! ». Il s'est retourné, et pendant un instant il a eu l'air bizarre, à croire qu'il me reconnaissait pas, et puis il s'est souvenu que c'était moi, à quel point il m'aimait, et il m'a souri. Il aurait souri plus s'il avait pu. Mais des fois, si on sourit trop fort, ça fait mal aux joues, alors il a juste souri un peu, pour pas que ça lui fasse mal. Sans ça, il m'aurait fait un grand sourire qui lui aurait coupé le visage en deux, parce qu'il m'aimait beaucoup beaucoup. Il m'a tendu les bras. C'était très différent de maman : elle me tendait les bras, des fois, quand les gens regardaient et qu'elle voulait faire croire qu'elle m'aimait. Ses mains pointaient en avant pareilles que des ciseaux, et elle se raidissait comme si elle devait saisir quelque chose dans le feu. Les bras à papa étaient tout doux, ses mains fortes sous mes aisselles. Il m'a soulevée facilement, à croire que j'étais qu'une plume. J'ai niché mon nez dans le creux entre sa tête et son épaule, là où la peau était froide et humide. J'avais envie d'y mordre.

Il m'a reposée, a écarté les cheveux dans mes yeux et il a pris mon menton entre ses doigts. Il était si grand que sa tête montait à moitié jusqu'au ciel. « Qu'est-ce que tu fiches par ici ? » il a demandé, parce que la salle paroissiale était en bordure de rue. J'ai enroulé mes bras autour de lui pour pas avoir à répondre. Il m'a décrochée, et on est repartis ensemble, en se donnant la main.

« Tu es redevenu vivant ? » j'ai demandé. C'était un des trucs spéciaux de mon papa : il mourait et après il revenait à la vie. La première fois, j'étais encore dans la classe de Miss Ingham. Papa vivait avec nous depuis un moment, il faisait des trucs normaux de papa, par exemple il venait me chercher à l'école. Il attendait pas dans la cour à la fin de la journée pareil que les mamans, et il était pas toujours là, mais des fois, à l'heure où Miss Ingham nous laissait sortir de la classe, je le voyais passer devant la grille, alors je criais : « Papa ! Papa ! » Il faisait semblant d'être surpris de me voir, mais c'était juste une blague. En vrai, il était là pour moi. Et même s'il venait pas me chercher, je le voyais toujours le soir. Enfin, presque. Il entrait, et il s'écroulait sur le canapé, et moi je me collais contre lui. Il sentait la sueur, et puis autre chose, c'était doux, comme une odeur de pain. Les jours où y avait de l'électricité, on regardait la télé, et les jours où y en avait pas, on restait juste assis ensemble. En fait, la télé, je m'en fichais un peu quand papa était là. S'il s'endormait, je soulevais son bras et je me glissais dessous. Il l'aurait passé autour de moi lui-même s'il n'avait pas été aussi fatigué. Je l'aidais, c'est tout.

Un jour, je suis rentrée de l'école, et il était pas là. Je me suis assise sur le rebord de ma fenêtre à regarder la rue, et chaque fois que je voyais un monsieur arriver en haut de la rue, mon cœur faisait un bond dans ma poitrine, mais c'était jamais lui. La nuit est tombée, mes paupières sont devenues lourdes, mais il était toujours pas là. Les lampadaires se sont allumés, et ça a fait des ronds de lumière jaune par terre, mais il était toujours pas là. Ma tête est partie en avant, et je me suis réveillée en sursaut, juste au moment où j'allais tomber. Mais il était toujours pas là.

Finalement, j'ai quitté le rebord de la fenêtre et je me suis mise au lit. Je dormais presque lorsque j'ai entendu la porte d'en bas claquer. Je me suis réveillée tout de suite et je suis allée sur le palier. Je savais que c'était papa. J'ai entendu ses pas lourds. J'allais me précipiter pour lui sauter dans les bras, mais maman et lui se sont mis à crier. Je me suis allongée sur le ventre, sur le palier, et je les ai regardés, la joue appuyée contre le plancher crasseux. Papa a tiré maman dans le couloir en l'attrapant par ses vêtements et il l'a projetée contre le mur comme un sac de patates, et puis il est reparti. Maman, elle bougeait plus, elle regardait là où il était juste avant, et moi, je restais immobile, et je regardais là où elle était, elle. Tout le temps que je la regardais, elle a pas bougé. À la fin, je suis descendue sur la pointe des pieds. En arrivant devant elle, j'ai vu ses larmes, qui faisaient une flaque par terre.

« Tu es morte ? » j'ai murmuré. Elle a pas répondu, mais elle a reniflé. « On peut pas renifler quand on est mort, donc, t'es pas morte », j'ai dit, et puis je suis remontée. Je me suis allongée sur mon lit en pensant que je l'entendrais bientôt se remettre à bouger. Mais la maison est restée silencieuse. J'ai essayé de dormir. J'ai fermé les yeux et j'ai pensé à mes trucs à moi pour faire dodo, à ces trucs que j'imaginais et que je gardais de côté pour le soir. J'ai imaginé que je gagnais à l'émission *New Faces*. Que la reine venait rendre visite à la classe 4 et disait à Miss White que j'étais la meilleure élève et qu'elle avait pas intérêt à trop me gronder. Que maman et papa allaient me chercher ensemble à la sortie de l'école, pareil que la maman et le papa à Vicky qui viennent toujours la chercher tous les deux, et qu'après on partait tous les trois dans la rue, main dans la main. J'ai imaginé que j'avais tous les bons numéros à la loterie et que j'étais si riche que je pouvais faire des piles de billets qui montaient jusqu'au plafond.

J'ai pensé à tous mes trucs pour dormir, mais j'étais toujours réveillée, alors je me suis remise à écouter maman. Elle faisait pas de bruit. Je suis redescendue et j'ai pris une couverture dans le placard. Elle fermait les yeux, et elle a pas bougé quand j'ai mis la couverture sur elle. Peut-être qu'elle était morte, en fait, mais j'y croyais pas trop. Elle était pas du genre à mourir.

Le matin, j'ai regardé sur le canapé, mais papa était pas là. Maman était dans la cuisine, elle se traînait, tête baissée, et je voyais pas son visage. Sur la table, y avait un verre avec un truc brun-jaune qui ressemblait à du jus de pomme. J'en avais bu qu'une fois, chez Betty, à son anniversaire, et je me rappelais encore le goût, comme du sirop, des bonbons fondus – j'ai voulu le boire. Maman a été si rapide pour attraper le verre que je l'ai à peine vue.

« Laisse ça », elle m'a dit. C'est là que j'ai vu son visage. La moitié était gonflée, bleu-violet, pareil que la peau craquelée d'une prune pourrie. J'ai voulu y toucher, mais elle m'a donné une tape sur la main. « File à l'école.

— Où il est, papa ?

— Il est pas là.

— Quand est-ce qu'il va revenir ?

— Il reviendra pas.

— Il reviendra pas du tout ?

— Non, il ne reviendra jamais. »

J'ai senti une chaleur qui me montait dans le cou, jusque dans les oreilles. J'ai touché mon visage, mais il était pas chaud ; on aurait dit de l'argile froide. Si froide que ça me picotait. Si froide que j'ai dû m'asseoir par terre.

« Il est mort ? » j'ai demandé. Maman a lâché un grognement un peu comme un rire et elle a avalé tout le jus de pomme d'un seul coup.

« Ouais, c'est ça. Il est mort. »

Toute la journée, ces mots-là ont résonné dans ma tête. *Papa est mort. Papa est mort. Papa est mort.* J'ai pas pleuré parce que je pleure jamais, mais à l'école j'ai été encore plus insupportable que d'habitude.

« Mais qu'est-ce qui t'arrive aujourd'hui, Chrissie Banks ? a dit Miss Ingham.

— Ça *m'arrive* pas, c'est le contraire : c'est parti.

— Arrête de dire des sornettes.

— C'est pas des sornettes, Miss Ingham.

— T'es têtue, Chrissie.

— Et toi tê*toi*. »

Elle est retournée à son bureau et elle a pris un cachet pour le mal de tête.

Après l'école, je suis allée jouer avec Stacey et Shannon. Shannon a dit qu'elle voulait pas jouer à *Star in Their Eyes*, alors je lui ai donné un coup de pied dans le ventre. Stacey a dit qu'elle allait le dire à sa maman, et je l'ai cognée à son tour. Fort. Elle est tombée. Je les ai laissées par terre, qui pleurnichaient. Je m'en foutais qu'elles aillent tout raconter.

Il fallait frapper les gens quand ils vous emmerdaient trop, pour leur donner une bonne leçon. Y avait plus personne pour donner une bonne leçon à maman maintenant que papa était mort. Et ça, c'était un vrai problème.

Papa est resté mort pendant des semaines, et puis un jour, en rentrant de l'école, je l'ai trouvé dans la cuisine, qui buvait une bière. Je suis entrée et il m'a fait coucou.

« Ça va, Chrissie ?

— Papa ?

— Comment tu vas ?

— Tu es revenu.

— Ouais.

— T'es revenu de chez les morts. »

Il a éclaté de rire et pris une grande gorgée de bière. « Ouaip. C'est exactement ça.

— Comment t'as fait ? »

Il a fouillé dans sa poche et il en a sorti une bille énorme comme une boule de mammouth. « Tiens, je t'ai ramené ça. » Il l'a posée dans ma main. Une langue de soleil est arrivée par la fenêtre de la cuisine, et quand elle a touché la bille, j'ai vu qu'elle avait toutes les couleurs du monde à l'intérieur. Des rubans de rose, de bleu, de jaune, de vert et de blanc étincelant, qui tous se pressaient vers la surface. J'ai enroulé mes doigts autour, un par un, et j'ai serré si fort que mes os se sont recourbés. C'était le plus beau cadeau qu'on m'avait jamais fait.

Après ça, papa est mort beaucoup d'autres fois, mais ça m'embêtait plus autant parce que j'avais ma bille pour me souvenir que c'était pas pour toujours. Je la serrais fort dans mon poing, je la faisais rouler dans ma main, ou je la mettais dans ma bouche et ça tirait sur ma joue. Jamais je laissais personne jouer avec, ni même la toucher. Papa finissait toujours par revenir à la vie au bout du compte, et dès qu'il était vivant, la première chose qu'il faisait, c'était de venir me voir. Voilà comment il m'aimait. Des fois, en me retrouvant, il me regardait des pieds à la tête, et il se frottait le menton. Ça faisait le même bruit que les ongles à maman sur sa lime – *scratch-scratch-scratch*. Il regardait la maison – les placards vides de la cuisine, les rideaux déchirés du salon – et il frottait, frottait, frottait.

« Faut juste que j'arrange mes affaires, tu sais, Chris. Que je me remette en selle, et après, je t'emmènerai loin d'ici. On ira s'installer dans un endroit nouveau.

Juste toi et moi. Mais faut d'abord que j'arrange mes affaires.

— Où est-ce qu'on ira ?

— Où tu voudras.

— À la mer ?

— Si t'as envie.

— Elle sera comment notre maison ? »

Je lui posais toujours des questions pour qu'il me raconte comment ça serait lorsqu'il m'emmènerait loin d'ici, mais il répondait jamais. Il disait seulement : « Ouais, ouais, quand je me serai remis en selle, dès que mes affaires seront réglées, Chris. » Après, il allait au pub. En général, une fois qu'il était au pub, maman descendait, elle était coiffée et maquillée.

« Ton papa est venu ? J'ai cru l'entendre parler.

— Oui, il était là. Il est parti au pub, maintenant. »

Dès que j'avais dit ça, je voyais son visage tomber. Le maquillage restait, vissé comme un joli masque, mais y avait plus personne dessous. Sa bouche formait une ligne droite, ses yeux étaient éteints, pareils à du plastique qui imite le verre. Et puis elle remontait là-haut.

Enfin bref, voilà comment je savais qu'être mort, c'était pas pour toujours. Pas définitif. Les gens qui disaient le contraire, soit ils mentaient, soit ils étaient bêtes, parce que moi, je connaissais deux personnes qui étaient vraiment revenues de chez les morts. Le premier, c'était mon papa, le deuxième, c'était Jésus.

Y avait presque personne qui jouait dehors lorsque papa et moi on est passés dans la rue. J'aurais bien aimé qu'ils soient plus nombreux parce que j'aurais voulu que tout le monde nous voie ensemble. Il s'est arrêté pour m'acheter un sachet de bonbons au magasin – au moins, Mrs Bunty, elle nous a vus ensemble.

Je serrais son bras quand il a payé en la regardant droit dans les yeux. Les coins de la bouche à Mrs Bunty ont fait un pli horrible et elle a rendu sa monnaie à papa en disant : « Je vous dois quarante pence, *monsieur* », sur un ton qui voulait dire qu'elle croyait pas que c'était un vrai monsieur.

Au Bull's Head, ça sentait la bière et la fumée, tout était collant, les piliers de comptoir étaient assis dans leurs coins, où ils discutaient de leurs voix grisonnantes. Papa m'a posée sur un tabouret et m'a commandé un soda crème.

« Alors, quoi de neuf ? il a demandé après avoir sifflé la moitié de sa pinte et roté en se détournant.

— Plein de trucs. Plein d'exercices. Mrs Bunty, elle nous donne pas assez de bonbons en échange des bouteilles en verre, et Donna, elle m'a mordue. Et puis y a le petit garçon qui est mort.

— Quoi ?

— Maman dit qu'il faut que je t'appelle oncle Jim », j'ai dit, parce que c'était un jour de vacances où j'étais pas celle qui avait tué Steven, et j'étais vraiment pas d'humeur à être une tueuse. Papa a ricané et avalé le reste de sa pinte en une seule gorgée. Je me demandais combien il allait en boire d'autres, j'espérais que ce serait pas trop pour pas qu'il se mette à crier. J'avais des drôles de souvenirs qui me revenaient de la dernière fois où il était redevenu vivant, et tous ces souvenirs sentaient la bière et ils étaient pleins de cris. Je réfléchissais à un truc excitant à lui raconter, seulement un copain à lui lui a tapé sur l'épaule, et il m'a tourné le dos pour lui parler. Ils ont discuté pendant très longtemps et papa a bu beaucoup d'autres bières. J'ai aligné mes bonbons en rang sur le morceau de comptoir devant moi.

Au bout d'un moment, papa a quitté ses amis en titubant entre les tables et il est sorti, alors j'ai sauté à bas du tabouret et je l'ai suivi. On aurait presque cru qu'il m'avait oubliée, sauf que bien sûr c'était pas possible. C'était pour moi qu'il redevenait vivant, chaque fois. Quand je l'ai rattrapé, il m'a prise par le bras, et on a marché ensemble, il arrêtait pas de trébucher et il me tirait si fort sur le bras que j'avais peur qu'il se déboîte. Mais ça m'était égal. Ça m'aurait pas dérangée qu'il m'arrache le bras et le garde pour lui. Je lui aurais dit : « Tu peux prendre le reste aussi. Mon autre bras, et puis mes jambes, et mon ventre, ma figure, mon cœur. Tout ça, c'est pour toi, si tu veux. »

Maman était pas à la maison. On n'était pas arrivés depuis très longtemps lorsque quelqu'un a frappé à la porte et papa m'a dit de monter dans ma chambre. J'ai grimpé l'escalier et je me suis allongée sur le palier. J'ai entendu le monsieur à la porte qui disait « Steven », et j'ai senti mon estomac se retourner. Je me suis approchée le plus doucement possible, jusqu'à l'endroit précis où je pouvais voir qui était à la porte sans qu'on me voie, moi, un peu comme sur le toit de la salle paroissiale. C'était plus facile pour comprendre ce que les gens disaient quand on voyait leur bouche. Le monsieur à la porte était un policier.

« Je voulais parler à… Christine ? Christine Banks. C'est votre fille, Mr Banks ?

— Non.

— Ah.

— Je suis son oncle.

— Ah, je vois, désolé, je…

— Qu'est-ce que vous lui voulez, à Chrissie ? Elle a huit ans.

— Nous allons voir tous les enfants du quartier.

Ça fait partie de l'enquête sur la mort du petit Steven Mitchell.

— Parler aux gosses, vous perdez votre temps.

— Est-ce que Christine est à la maison, Mr Banks ? J'ai juste quelques questions à lui poser. Ça ne sera pas long.

— Non.

— C'est très important que…

— Elle est pas là.

— Ah. Et où est-elle ?

— Partie avec sa maman.

— Partie ? De manière définitive ?

— Chais pas. Peut-être une semaine, peut-être un an. On sait jamais, avec la maman à Chrissie. »

Le policier a sorti son carnet de sa poche et écrit quelque chose. Sans doute : « Chrissie n'est pas là. »

« Est-ce que vous savez si Christine était là le 20 mars, Mr Banks ? À peu près à cette heure-ci ?

— Je sais pas. J'étais enchristé.

— Oh.

— Mais je pense pas. Chrissie et sa maman, elles sont pas souvent là. C'était pendant les vacances ?

— Non, mais c'était le week-end, un samedi.

— Alors elles devaient pas être là. Elles devaient être chez sa sœur.

— Votre autre sœur ?

— La sœur à sa mère. C'est la fille de mon frère.

— Je vois. Je peux vous demander le nom de votre belle-sœur ? »

Une voiture très bruyante est passée dans la rue, si bien que j'ai pas entendu ce que papa répondait. Peut-être Alison, ou Abigail, ou Annabel, ou Angela. Un nom dans le genre.

« Et où est-ce qu'elle habite ?

— Chais pas. J'ai jamais demandé.
— C'est dans la région ?
— Je crois pas, non. Il me semble que c'est sur la côte. Quelque part au bord de la mer.
— Et vous pensez que Christine était chez sa tante le 20 mars ?
— Je pense rien. Mais c'est possible.
— D'accord. Je vois. Donc, merci pour votre aide. Je repasserai un autre jour. Pour essayer de la voir. »
Le policier a remonté l'allée et il est sorti du jardin. Papa a levé son doigt du milieu dès qu'il a eu le dos tourné. Lorsque je suis arrivée en bas, il était déjà sorti, lui aussi. Appuyé au mur du jardin, il était enveloppé d'un nuage de fumée.
« Pourquoi t'as dit au policier que j'étais pas là ? j'ai demandé en me hissant sur le mur à côté de lui.
— C'est tous des salopards, Chris. Des putains de salopards. Et notre putain de job à nous, c'est de les empêcher d'avoir ce qu'ils veulent.
— Et tu voulais dire que tu étais avec le Christ ?
— Hein ?
— Quand ils ont demandé si j'étais là le jour où Steven est mort. Tu as dit que tu étais enchristé. Donc tu étais avec le Christ ? »
Il s'est raclé la gorge et il a craché par terre. Ça faisait plein de minibulles blanches. « Ouais. C'est ça que je voulais dire. Tu le connaissais, le petit gars qui a calanché ?
— Ouais. Il habitait sur Marner Street.
— Tu jouais avec lui ?
— Des fois. »
J'ai eu l'impression qu'on pouvait voir à travers moi, que n'importe qui voyait, à travers mes vêtements et ma peau, mon cœur qui battait et mes poumons qui

respiraient. Le policier avait transformé mon jour de vacances en jour de tueuse, et ce souvenir-là, c'était comme une lame effilée qui se glissait dans mon cou. J'étais sûre que papa voyait que j'avais tué Steven, et je me suis demandé si c'était pour ça qu'il avait menti au policier. Une partie de moi espérait qu'il savait, et qu'il avait menti pour pas que le policier me découvre. Quand on veut protéger une personne, ça veut dire qu'on tient à elle.

« Quel monde pourri, hein ? a dit papa en soufflant un fin jet gris.

— Ouais. Quel monde pourri. »

CHRISSIE

Pendant les vacances de Pâques, le temps a perdu sa forme et sa mesure. Papa est resté deux semaines. La plupart de ses journées, il les passait au Bull's Head, et il revenait presque tous les soirs pour crier sur maman et dormir. Ses cris, ça m'empêchait de faire dodo. Je les entendais à travers les murs et le plancher – pas exactement les mots, c'était plus comme des bulles de haine sous l'eau. En général ça se terminait par une claque, soit de la porte, soit de maman. Une fois, après la claque, j'ai entendu craquer les marches de l'escalier, et maman s'est glissée dans mon lit avec moi. J'ai fait semblant de dormir, mais elle s'est mise à pleurer, alors j'ai dû me retourner pour essuyer ses larmes. Après j'ai léché mes doigts. Au matin, elle était partie et mon oreiller était sec. Dans la bouche, j'avais encore un petit goût salé.

Les vacances se sont terminées et je suis retournée à l'école, ça voulait dire déjeuners et exercices, donc c'était à la fois bien et pas bien. Il se passait pas grand-chose d'intéressant, à l'école, et j'aurais même pas vu que les jours passaient s'il avait pas fait de plus en plus chaud dans la classe, et si le lait avait pas été de plus en plus jaune. Les policiers sont pas revenus. Je les voyais dans les rues, des fois, et Linda m'a raconté qu'ils étaient venus chez elle pour lui parler. Ils lui avaient posé les mêmes questions qu'à l'école, est-ce qu'elle jouait avec Steven ? Est-ce qu'elle avait joué avec lui le jour où il était mort ? Je regrettais que papa leur ait dit que j'habitais plus là. Je voulais vraiment leur parler encore. J'ai décidé que si jamais ils revenaient pour me voir, je leur dirais que, le jour de sa mort, j'avais vu Steven aller du côté de chez les pauvres avec Donna. Ce serait une bonne vengeance, vu qu'elle m'avait mordu le bras.

L'anniversaire à Linda est tombé un dimanche, c'était pas de chance parce que ça voulait dire qu'elle devait aller à l'église le matin. Je suis allée chez elle après, et je lui ai donné un exemplaire de *Beano* comme cadeau. En fait, c'était son magazine à elle, que j'avais piqué dans sa chambre le jeudi en le cachant sous mon tee-shirt. J'avais fini de le lire, alors j'en avais plus besoin. Elle a froncé les sourcils en l'ouvrant.

« Mais je l'ai pas déjà, celui-là ?

— Ben non, t'es bête.

— Ah. Pardon. Et merci. »

Après le dîner, on s'est assises dans le salon avec ses nouveaux jouets et je lui ai demandé si sa maman et son papa se disputaient souvent quand elle était couchée, le soir.

« Chais pas. » Elle essayait de retirer sa nouvelle poupée de la boîte en plastique, mais elle était attachée avec des fils durs.

« Mais ils le font, des fois ?

— Ouais. Peut-être. » Elle a essayé d'arracher les fils durs avec ses dents. Ça a fait un raclement.

« À propos de quoi ils se disputent ?

— Juste moi et Pete.

— Pourquoi ?

— Maman est fâchée contre papa parce qu'il passe trop de temps dans son atelier et qu'il va pas me chercher à l'école. Et ils se disputent à cause de ma lecture. Parce que papa dit qu'il faut pas s'inquiéter et maman dit que si. Et des fois ils se disputent à cause du pied à Pete qui marche pas bien. Ce genre de trucs.

— Ah.

— Et toi, ils se disputent, tes parents ?

— Des fois.

— À propos de quoi ?

— Juste moi. Par exemple pour savoir lequel va venir me chercher à l'école. Parce qu'ils veulent y aller tous les deux. Alors ils se disputent.

— Mais personne vient jamais te chercher à l'école.

— Des fois t'es tellement bête que je crois que je vais mourir.

— Oh. Pardon. »

La maman à Linda a apporté son gâteau d'anniversaire sur une assiette en porcelaine, son papa est arrivé avec Pete dans les bras, et on a tous chanté « Joyeux anniversaire ». J'ai regardé les bougies jusqu'à ce que je voie des taches jaunes qui bougent en fermant les yeux. Moi et Linda, on a emmené notre morceau de gâteau dans le jardin et on s'est assises sur les briques, près de l'atelier.

« C'est quoi, ton vœu ? je lui ai demandé.

— Je peux pas te dire.

— Ça marche quand même si tu le dis à une seule personne.

— T'es sûre ? » J'étais pas sûre, mais je voulais vraiment savoir, alors j'ai fait oui. « J'ai demandé d'avoir un petit frère ou une petite sœur en plus. » Elle a léché le glaçage sur ses doigts.

« Mais pourquoi t'as fait ça, comme vœu ? Les bébés, ça pleure tout le temps. Et en plus, ça pue.

— Pete, il pue pas. Et moi j'aime bien les bébés. Pete est trop grand, maintenant. Je veux un nouveau bébé. »

J'étais contente que Linda m'ait dit son vœu d'anniversaire, parce que ça voulait dire que ça se produirait pas, et puis de toute façon c'était un vœu débile, du gâchis. Je comprenais pas qu'on ait envie d'avoir un frère ou une sœur, et deux encore moins. Dès que vous aviez un frère ou une sœur, votre maman et votre papa pouvaient plus s'occuper de vous que la moitié du temps, parce que l'autre moitié, ils s'occupaient du bébé. Si maman avait eu un autre bébé, le peu de temps qu'elle avait pour moi serait devenu tellement riquiqui qu'il aurait fallu une loupe pour le voir. Heureusement, elle détestait les enfants, donc y avait presque aucune chance qu'elle essaie d'en avoir un autre.

« Si tu pouvais seulement avoir soit moi, soit Pete, qui c'est que tu choisirais ? » j'ai demandé à Linda.

Elle a froncé les sourcils. « Mais Pete, c'est mon frère.

— Et si tu pouvais avoir qu'un de nous deux ?

— Alors, Pete. »

Je pensais qu'elle avait pas bien compris ma question. Encore un problème avec Linda : souvent elle avait du mal à comprendre ce qu'on lui demandait, même quand c'était pas compliqué.

« Non mais, si tu pouvais seulement garder un de nous deux. Moi, ou Pete. Tu pourrais me choisir moi, et je serais toujours ta meilleure amie et la meilleure en tout, sinon tu pourrais avoir Pete, qu'est rien qu'un vieux bébé débile qui sait même pas faire le poirier, ni marcher sur les murs, ni empêcher les gens d'être méchants avec toi à l'école.

— J'ai dit Pete.

— Mais je suis ta meilleure amie.

— C'est mon frère. »

Quelque chose de froid s'est infiltré en moi, pareil que de l'eau d'hiver qui coule à l'intérieur d'un tuyau. J'avais envie de rentrer chez moi, mais je savais que si je partais, j'avais aucune chance d'avoir un autre morceau de gâteau. Ça valait pas le coup de courir le risque. Le dimanche, y avait pas d'école, et pas d'école ça voulait dire pas de repas.

« Je pense que tu devrais aimer Pete un peu moins.

— Pourquoi ?

— Comme ça, ce sera plus facile pour toi quand il sera plus là.

— Pourquoi il serait plus là ?

— Il pourrait se perdre ou mourir.

— Ça peut pas arriver. On s'occupe trop bien de lui.

— Ouais. C'est sûr. T'as raison. Ça va être vraiment dur pour toi le jour où il va mourir.

— Et toi, quel vœu tu feras pour ton anniversaire ? elle m'a demandé en grattant une piqûre d'insecte sur sa jambe.

— Le mien, c'est dans super longtemps. » J'ai passé mon doigt dans mon assiette pour récupérer les dernières miettes. Si ça avait été mon anniversaire tout de suite, là, à la seconde, j'aurais souhaité que Linda me donne le reste de sa part de gâteau.

« Alors, ce sera quoi, ton vœu, la prochaine fois ?

— Chais pas, j'ai répondu en passant l'orteil à travers le trou là où la semelle de ma chaussure se décollait. Sans doute avoir des ailes, ou une camionnette de glacier. Un truc dans le genre.

— Ah ouais, c'est des bons vœux, ça. »

Mais c'était pas vrai. J'aurais souhaité que maman et papa se disputent à cause de moi quand j'étais dans mon lit, la nuit.

Quelques semaines après l'anniversaire à Linda, c'étaient les vacances, et elle est allée rendre visite à sa mémé sur la côte. Le jour où elle est rentrée, je me suis assise très tôt sur le pas de sa porte, et en voyant la voiture arriver, je me suis levée et j'ai fait coucou. Elle a ouvert la porte en criant : « Chrissie ! » et elle a couru dans l'allée jusqu'à moi. Elle sentait pas la lessive comme d'habitude, elle avait plutôt une odeur de maison de vieille dame, mais c'était normal vu que sa mémé c'était une vieille dame et qu'elle avait été chez elle. Ça me gênait pas, cette odeur. Ça m'avait fait drôle que Linda soit pas là, à croire qu'y avait un morceau de moi qui était plus là. Pas un gros morceau. Disons pareil qu'un doigt, un pouce. N'empêche, ça me manquait.

« Chrissie, a dit la maman à Linda en remontant l'allée. Nous aurions apprécié d'avoir un peu de temps pour défaire nos valises et nous installer avant d'avoir de la visite. » Elle a ouvert la porte et elle est entrée avec Pete.

« Dommage que je sois déjà là, alors », j'ai dit en lui emboîtant le pas.

Linda et moi on a mangé un petit gâteau et bu du sirop et après on est montées dans sa chambre et on s'est allongées par terre avec sa collection de verres de mer tout autour de nous. Chaque fois que Linda allait chez sa mémé, elle revenait avec plein de verres de mer nouveaux, et on les triait par couleurs avant de les ranger dans des bocaux sous son lit. J'en piquais toujours quelques-uns pour moi – autant que je pouvais m'en remplir les poches sans que ça fasse du bruit quand je marchais. Ce jour-là, j'avais pas beaucoup d'endroits pour les ranger parce qu'il faisait une chaleur à crever et que je portais une robe d'été qui tournait mais qui avait pas de poches. Je préférais les vêtements avec des poches parce que comme ça je pouvais avoir tout le temps la bille de papa avec moi, seulement des fois il faisait trop chaud pour les poches. J'ai fourré du verre de mer dans ma culotte lorsque Linda est allée faire pipi. C'était froid contre ma peau secrète.

On venait de terminer de remplir le bocal vert au moment où la maman à Linda est entrée. Elle avait le visage rouge, en sueur, et le devant de sa robe était plein de farine. J'ai pensé qu'elle avait préparé des scones. Elle était toujours en train de faire des scones.

« Oh Chrissie, elle a dit en me voyant allongée par terre. Tu es toujours là.

— Ben oui. » Linda s'est assise, l'air d'avoir fait quelque chose de mal, mais moi je suis restée à plat ventre. Ma robe était remontée jusque sur mon dos, mais je l'ai pas baissée. La maman à Linda a regardé mes jambes nues et ma culotte toute grise, avec l'élastique qui tenait plus trop, et elle est devenue encore plus luisante, encore plus rouge, encore plus fâchée. Je serais bien restée par terre, à la laisser bouillir jusqu'à ce qu'elle explose, mais j'ai eu peur qu'elle voie les verres de mer dans ma culotte, alors je me suis assise. Les jambes grandes ouvertes. Elle a détourné les yeux.

« Linda, est-ce que tu peux emmener Peter faire un tour ? Je sens la migraine venir.

— Ouais », a répondu Linda en mettant ses chaussures.

J'ai adressé à sa maman un grand sourire mielleux : « Je vais l'aider. »

La maman à Linda a mis la main sur son front, comme si son mal de tête empirait, et elle est redescendue.

« Elle peut pas me sacquer, j'ai dit à Linda.

— Ouais, je sais.

— Pourquoi ? j'ai demandé, même si je savais que c'était à cause de l'histoire des cheveux blancs.

— Elle aime pas ta maman. » On aurait dit qu'on m'avait aspergé le visage d'eau brûlante. J'avais qu'une chaussure aux pieds, et je m'en suis servie pour lui flanquer un coup dans la jambe, laissant une marque rouge de la forme de mon talon. Elle a glapi et ses yeux se sont remplis de larmes. Bien fait.

« Elle connaît même pas ma maman, j'ai répondu. Elle devrait pas dire du mal d'elle. Personne n'a le droit.

— D'accord, d'accord. » Elle s'est remise à faire ses lacets en respirant fort. « C'est même pas la seule raison pour quoi elle peut pas te sacquer. Y a un autre truc.

— Quoi ? j'ai demandé, prête à lui flanquer un autre coup de pied.

— À cause de toi, j'ai attrapé des poux. »

Je ne l'ai pas frappée. J'ai souri. « Ah ouais. C'est vrai, ça. »

Ça me faisait plaisir de me rappeler les poux. Ils s'étaient installés sur ma tête quand j'avais sept ans, ils me mordaient, me suçaient le sang, et ça me démangeait tellement que j'avais envie de m'arracher les cheveux : pire que l'eczéma. Je grattais, je grattais, jusqu'à ce que mes ongles arrachent des grosses croûtes suintantes, et ils étaient toujours là, des machins noirs que je devais secouer de mon oreiller tous les matins. Un jour où on jouait, avec Linda, elle m'avait tellement énervée que j'avais pris sa tête entre mes mains, je l'avais collée contre la mienne, et j'avais frotté, frotté. Elle m'avait donné des coups de pied, elle avait essayé de tourner la tête pour me mordre, mais j'avais tenu bon. Dès le lendemain, elle se grattait. À la fin de la semaine, elle avait raté l'école pour rester tremper dans la baignoire pendant que sa mère lui passait les cheveux au peigne fin, s'étranglant chaque fois qu'un pou mort tombait dans l'eau. Pour moi, ça s'était pas passé de la même façon. Maman m'avait rasée.

Linda était penchée sur ses chaussures, elle soufflait comme si elle avait couru jusqu'en haut de la colline pour aller chez les pauvres. Les boucles qu'elle faisait avec ses lacets étaient si lâches et si larges que quand elle avait fini d'un côté, l'autre s'était déjà défaite.

Je me suis approchée à genoux. « Je vais te le faire », j'ai dit. Je lui ai attaché ses lacets en faisant mon nœud spécial, celui qui se défait jamais, même si on court toute la journée. Ça se terminait toujours pareil : c'était moi qui faisais ses lacets à Linda, de même que je parlais à sa place en public, et lui faisais ses exercices à l'école si elle séchait. J'ai fini de lui attacher ses chaussures et je lui ai tapoté le pied.

« Voilà, j'ai dit. Maintenant, ils se déferont plus.

— Tu es trop intelligente, Chrissie.

— Je sais. »

Dès qu'on est sorties, une vague de chaleur nous a englouties, à croire qu'on nageait dans de la soupe. Ma robe me collait dans le dos. C'était le genre de journée où le lait serait devenu aigre, avec un goût de fromage, si on avait été à l'école. Y avait beaucoup de mamans assises dehors avec leurs jupes remontées sur leurs cuisses, certaines avec un bébé tout nu, couvert juste par sa couche et sa bave. Pete portait un chapeau de soleil qui avait appartenu à Linda. On aurait dit un gros champignon. Je trouvais ça ridicule, mais certains adultes pouvaient juger ça mignon, alors on l'a emmené au magasin à Mrs Bunty, au cas où elle ferait partie de cette catégorie-là. Ben non. Elle en faisait pas partie. On a soulevé Pete, mais elle a dit : « Pas question. Je connais tes combines, Chrissie. Ça marchera pas aujourd'hui.

— Mais j'ai pas de combines », j'ai répondu. (C'était pas vrai. J'étais la championne des combines.) « On surveille Pete. Sa maman a la migraine. Il veut des bonbons à la réglisse.

— Bien sûr. Allez, oust ! »

Pete a commencé à chouiner quand Linda l'a fait sortir du magasin, et j'ai lancé un regard noir à Mrs Bunty qui disait : « Vous voyez qu'est-ce que vous avez fait ? Maintenant, tout le monde est triste, et c'est votre faute. » Elle avait même pas l'air d'avoir honte.

« Fiche le camp, Chrissie, elle a dit. Et n'essaie pas de me jouer d'autres tours aujourd'hui. Je t'ai à l'œil. Et lui aussi, là-haut. »

J'ai mis mes mains sur mes oreilles. « J'aimerais que les gens arrêtent de parler tout le temps de ce vieux croûton de Dieu ! » j'ai crié – et je suis sortie du magasin en courant.

Sans bonbecs ni rien à faire, la journée m'a paru vraiment très, très longue. On est allées à l'aire de jeux parce qu'on savait pas comment s'occuper. Donna et Betty étaient là. Elles jouaient à des jeux de tape-mains à l'ombre de l'arbre.

« Elle est où la petite fille que tu avais ramenée l'autre fois ? j'ai demandé à Donna.

— Ruthie ?

— Ouais.

— Sa maman aime pas trop qu'elle aille jouer dehors. Elle trouve ça trop dangereux. »

Je regrettais que Ruthie soit pas là. Je me souvenais quand je l'avais frappée. Ça m'avait bien plu. Linda est allée jouer avec les autres. Pas moi. Les jeux de tape-mains, c'étaient pour les bébés. Alors j'ai grimpé dans l'arbre, je me suis accroupie sur une branche et de là j'ai regardé du côté de chez les pauvres. Je voyais un bout de la maison bleue, et ça a déclenché un bouillonnement dans mon ventre. Je suis descendue en restant accrochée par les mains dans le vide.

« Eh, regardez-moi ! » j'ai crié. Donna a à peine ralenti le jeu.

« Tout le monde sait faire ça, elle a dit. Y a rien d'extraordinaire.

— N'empêche que moi, je sais un truc extraordinaire, espèce de lampe. » Mes bras menaçaient de se déboîter, mais j'ai pas lâché.

« Quoi ? a demandé Betty.

— Je sais qui a tué Steven. » C'était pas dur à se rappeler ; c'était inscrit là, sur le devant de mon cerveau. Le dire, ça a été comme un feu d'artifice perpétuel qui se déclenchait en moi.

« Oh, la ferme, Chrissie, a dit Donna. Arrête de faire ton intéressante. Ça fait hyper longtemps qu'il est mort, Steven. Tout le monde s'en fout. »

Mes doigts ont glissé et je suis tombée. Donna a éclaté de rire. J'ai senti la rage monter en moi, pareille à un lasso puissant. Je lui ai donné un coup de pied dans le dos. Betty a crié et m'a donné une tape sur la cheville, alors je lui ai flanqué un coup de pied à elle aussi. Elles se sont mises toutes les deux à pleurer, et je les ai traitées de bébés, et vu que Linda prenait leur défense, je l'ai traitée de malade. C'était pénible de les voir chialer. J'ai attendu pendant au moins sept heures, et puis j'ai dit à Linda de venir, qu'on allait faire une compète de cochon pendu sur les balançoires.

« Non, faut que je m'occupe de Pete.

— Betty, tu viens ? j'ai demandé.

— Non, j'ai mal au dos.

— La lampe ?

— Non, je t'aime pas. Et je m'appelle pas comme ça.

— MAIS POURQUOI PERSONNE M'AIME ? » j'ai rugi. Aucune d'elles ne disait ce qu'elle était censée dire après – qu'en vrai, elles m'aimaient bien –, du coup je me suis assise en tailleur sous l'arbre et j'ai arraché l'herbe.

« N'empêche que si, les gens, ça les intéresse encore de savoir qui c'est qu'a tué Steven, j'ai lancé quand tout le monde a arrêté de pleurnicher.

— Alors, c'est qui ? » a demandé Betty. Donna lui a donné un coup de coude pour lui montrer que c'était pas le truc qu'il fallait dire.

« Je te le dirai pas », j'ai répondu. J'allais pas gâcher mon secret pour elles.

« Tu vois, a dit Donna. En fait, tu sais pas.

— Si, je sais. Mais je vous le dirai pas. Viens, Linda, on va jouer ailleurs. »

Elle a roulé sur le dos, levé les jambes en l'air et aidé Pete à tenir en équilibre au-dessus d'elle. Il a glapi et s'est accroché à ses mains.

« Je reste là, a-t-elle répondu.

— Ben pas moi.

— Tu peux t'en aller si tu veux. Moi, je reste. Pete s'amuse bien. Je reste avec lui. »

Le tic-tac s'est fait plus fort. Chaque fois, j'avais l'impression d'une porte qui claque. J'ai regardé les jambes et les bras potelés de Pete, sa tête penchée vers la poitrine à Linda.

« T'as l'air complètement débile, Linda. Et tout le monde voit ta culotte. » Elle a reposé Pete et tiré sur sa robe. « Eh, on joue à cache-cache ! »

Pete a tapé dans ses mains. « Casse-casse ! Casse-casse ! »

Tic-tac, tic-tac. De plus en plus fort. Effervescence. Battement.

« Allez, j'ai dit. Linda, c'est toi qui colles. »

Elle a paru surprise parce que d'habitude, quand on jouait à cache-cache, c'était moi qui commençais par coller, puis des fois aussi la deuxième, la troisième, la quatrième fois, et si je voulais, y avait que moi qui collais.

« D'accord. Pete, viens là, tu es dans mon équipe.

— Non, j'ai dit en lui attrapant le poignet. Il est avec moi. »

Il a grogné et voulu aller vers Linda, mais je me suis penchée vers lui et j'ai murmuré à son oreille : « Si tu viens avec moi, je te donnerai des bonbons oursons. » Il a arrêté de chouiner et il a frappé dans ses mains. J'avais pas d'oursons. Mais il le savait pas.

« Tu es sûr que tu veux aller avec Chrissie ? » lui a demandé Linda.

Il a fait oui. « Casse-casse ! il a gazouillé.

— Tu peux pas l'emmener dans un endroit où c'est dangereux, elle m'a dit.

— Je sais.

— D'accord. Je compte jusqu'à trente ou quarante ?

— Jusqu'à cent.

— Quoi ? Mais on compte jamais jusqu'à cent. C'est trop long.

— Non, c'est pas trop long. Et comme ça, on pourra trouver des meilleures cachettes. Allez, vas-y, compte. »

Elle a regardé Betty, qui était occupée à réparer sa guirlande de marguerites, et puis Donna – elle, elle était occupée à avoir l'air d'une lampe avec une tête de patate. Linda s'est tournée vers l'arbre pour coller.

« Un… deux… trois… »

Donna et Betty sont parties en courant vers les buissons, au fond de l'aire de jeux. J'ai tiré Pete dans l'autre direction. Vers le portillon. On a remonté la rue et on a tourné. Le tic-tac dans mes oreilles était tellement fort, j'étais sûre que tout le monde pouvait l'entendre. Pete trottinait pour marcher à la même vitesse que moi, mais je voulais qu'il avance plus vite. Quand on aurait tourné au coin, on verrait plus l'aire de jeux, et j'entendrais plus Linda compter. J'essayais de garder le fil dans ma tête, à chaque tic-tac je comptais. Je pensais qu'elle en était à trente. J'avais encore soixante-dix tic-tac avant qu'elle se mette à chercher.

Au bout de Copley Street, Pete s'est mis à traîner son mauvais pied. On arrivait en vue de chez les pauvres, mais on n'était pas encore assez près. Si Linda partait à notre recherche maintenant, elle nous rattraperait avant qu'on soit là-bas. Pete a réussi à se dégager et il s'est arrêté en pleine rue.

« Allez, viens, je lui ai dit.

— Oursons ? il a dit en tendant la main.

— Tu en auras un une fois à la cachette, j'ai répondu en désignant la maison bleue. Tu vois ? Là-bas ? C'est là qu'on doit aller. C'est notre cachette. » Je l'ai pris dans mes bras et j'ai fait quelques pas, mais il était trop lourd, et il arrêtait pas de glisser.

« Allez, marche ! » je lui ai dit quand il est retombé par terre pour la troisième fois. Il a secoué la tête, froncé le menton et mis ses poings sur ses yeux.

« Linda, il a dit.

— Elle arrive. Elle nous retrouve là-bas. Viens. »

On était presque au bout de la rue. Tout ce qui nous séparait de la maison bleue, c'était le terrain vague qui menait chez les pauvres, mais au moment où on est passés devant la salle paroissiale, un policier est sorti de sa voiture et s'est planté au beau milieu de la rue, nous bloquant le passage.

« Tout va bien ? il a demandé d'une voix qui voulait dire qu'il pensait le contraire.

— Oui, j'ai répondu. Ça va.

— Où est-ce que vous allez ? »

J'ai dû réfléchir à toute vitesse. On était au bout de la rue, et les seules directions possibles, c'était soit l'église, soit chez les pauvres.

« À l'église.

— Alors vous êtes du mauvais côté de la route.

— Je sais. On allait traverser, mais vous nous avez empêchés.

— Drôle d'idée d'aller à l'église maintenant. On n'est pas dimanche.

— Notre maman est là-bas. Elle aide le pasteur à préparer l'école du dimanche. Elle nous a dit de venir après avoir joué sur l'aire de jeux. »

Il a hoché la tête comme font les gens quand ils savent pas s'ils doivent vous croire. « Vous n'aviez pas l'intention d'aller par là-bas, par hasard ? il a demandé en montrant la direction de chez les pauvres.

— Non. On n'a pas le droit. C'est dangereux.

— Exactement. Ce n'est pas un endroit pour les enfants.

— Non, c'est vrai. » J'ai senti mon estomac se nouer et je me suis demandé si on aurait le temps d'aller jusqu'à la maison bleue avant que Linda ait fini de compter. J'avais pas besoin de beaucoup de temps. C'était pas très long à faire. Le policier s'est penché pour regarder Pete. Il avait cessé de pleurer et il l'observait.

« Ça va, petit ? Pourquoi tu pleures ?

— C'est mon frère. Il pleure tout le temps. Et il sent pas bon. »

Le policier a ri. « Ah, c'est ton frère ? Comment tu as dit que tu t'appelais ?

— Linda. Linda Moore. Et ça, c'est Pete. »

Il nous a regardés tous les deux en faisant la moue. « Vous vous ressemblez pas beaucoup, hein ? »

J'ai fait un pas vers lui en mettant mes mains autour de ma bouche. Il s'est penché lentement pour que je lui parle à l'oreille.

« C'est pas mon vrai frère. Ma maman et mon papa l'ont adopté. C'est pour ça qu'ils m'aiment plus que lui. Mais il faut pas qu'il le sache. »

J'ai reculé, le policier s'est redressé. Il m'a adressé un signe qui voulait dire : « Ton secret est en sécurité avec moi », et il a souri à Pete.

« C'est bon, les enfants. Je vais vous emmener jusqu'à votre maman. Pour être sûr que tout va bien.

— Quelle heure il est, monsieur ? » j'ai demandé. Ça m'embêtait de l'appeler « monsieur » parce que je l'aimais pas, mais j'ai pensé que ça serait mieux. Il a regardé sa montre.

« Il est midi et quart.

— Alors maman, elle est plus à l'église.

— Ah bon ? Je croyais que c'était là que vous deviez la retrouver.

— Oui, c'est vrai. Mais vous nous avez retenus. Elle a dit que si on n'arrivait pas avant midi, il fallait rentrer directement à la maison. Mais je savais pas quelle heure il était. Y a notre déjeuner qui nous attend. Faut qu'on se dépêche. »

J'ai tiré Pete dans l'autre sens, mais le policier m'a prise par l'épaule. « Où est-ce que vous habitez ?

— Selton Street. Au 156. C'est tout au bout. »

Il a réfléchi à la longueur de la rue, en se disant que s'il nous accompagnait, il lui faudrait remonter tout du long après, jusqu'à sa voiture. C'était un petit gros. « D'accord. Mais vous rentrez directement à la maison maintenant. Et il ne faut pas venir jouer par ici. Surtout avec un bébé.

— Oui. Je le dirai à maman. Au revoir. »

J'ai pris le bras à Pete et on est retournés vers l'aire de jeux.

« Ourson ? il m'a demandé en tendant la main.

— J'en ai pas. »

On a entendu Linda crier avant même de tourner au coin de la rue. Elle était debout à côté du tourniquet, les mains sur ses yeux, pareille que Pete lorsqu'il s'était mis à chouiner dans la rue. Donna et Betty couraient à travers les buissons en appelant : « Pete ! Pete ! » Alors qu'on arrivait devant le portillon, Betty nous a vus et elle a crié : « Linda, il est là ! » Linda a retiré les mains de son visage. Elle a pas bougé. On aurait dit qu'elle allait vomir. Pete a poussé le portillon et il a couru vers elle, elle l'a attrapé dans ses bras et elle s'est remise à pleurer. Fallait vraiment qu'elle soit conne : si on est contente, on pleure pas.

Donna m'a donné une tape sur le bras : « Où c'est

que tu l'as emmené ? Linda était tellement inquiète, elle a failli mourir.

— On meurt pas parce qu'on est inquiète, j'ai répondu.

— Ben si, parce que Linda, elle a failli. Où vous étiez ?

— On cherchait une bonne cachette.

— Mais vous êtes sortis de l'aire de jeux, a dit Betty. Vous avez pas respecté les règles.

— Si. C'est moi qui décide les règles. J'ai jamais dit qu'il fallait pas sortir de l'aire de jeux.

— C'est toi qui décides tout ! a lâché Donna.

— Ben oui. Évidemment. »

Linda s'était effondrée sur le sol, le visage contre l'épaule de Pete. Elle reniflait, sanglotait, arrêtait pas de dire : « Pete, Pete, Pete. » Pas une fois elle s'est tournée vers moi pour voir si j'allais bien. Pas une fois elle a prononcé : « Chrissie, Chrissie, Chrissie. » Je me suis approchée d'elle. J'allais lui donner un petit coup de pied, juste pour lui rappeler que j'étais là, mais elle m'a demandé : « Pour-quoi-tu-l'as-em-m'né ? » Voilà comment faisait sa voix, en détachant chaque syllabe, parce que comme elle pleurait, elle pouvait en prononcer qu'une à chaque respiration. Elle avait l'air tellement débile.

« On jouait à cache-cache. Je l'ai emmené se cacher.

— Mais-tu-l'as-fait-sor-tir…

— On voulait juste trouver une super cachette. C'est pour ça que je t'ai dit de compter jusqu'à cent. Pour qu'on trouve des super cachettes.

— Mais-on-doit-pas-sor-tir-pour-se-ca-cher-de-hors…

— Mais tu veux même plus de lui. » Tout à coup, elle m'a regardée pour de bon et elle a arrêté de faire ce bruit à la con. Pete s'est tortillé pour se débarrasser d'elle et il a filé jusqu'au tourniquet. Betty l'a suivi pour le pousser, mais Donna est restée là à nous regarder parce qu'elle aime bien fourrer son nez partout.

« Quoi ? a dit Linda.

— Tu me l'as dit. Le jour de ton anniversaire.

— Dit quoi ?

— Que tu voulais un autre bébé. Que Pete était grand et que tu en avais marre de lui.

— J'ai jamais dit que j'en avais marre de lui.

— Tu as dit que tu voulais un nouveau bébé. C'est pareil que de plus vouloir de l'ancien.

— Non, c'est pas pareil. C'est même pas du tout la même chose, a dit Donna.

— La ferme, tête de patate.

— Mais Pete, je l'aime. C'est mon frère, a dit Linda. T'aurais pas dû l'emmener.

— Je fais ce que je veux. Je suis la mauvaise graine.

— Tu es quoi ?

— J'en ai ras le bol. » J'ai quitté l'aire de jeux en claquant le portillon et j'ai descendu la rue. Je savais que Linda et Donna me regardaient. Je sentais rien de spécial. Juste comme si y avait un truc qui me grattait.

J'ai traîné un bon moment dans la rue. Je voulais pas rentrer à la maison parce que je faisais semblant d'être perdue pour toujours, pour donner une leçon à maman, mais j'avais plus d'endroits où aller parce que plus personne m'aimait. Quand la nuit a commencé à tomber, je suis retournée au mur où on faisait le poirier. J'ai pas vu Susan avant de quasiment lui tomber dessus. Elle avait une espèce de tissu sale enroulé autour de la main, qu'elle frottait contre son visage. Ses cheveux lui arrivaient au menton.

« Qu'est-ce que tu as fait à tes cheveux ? j'ai demandé.

— Je les ai coupés.

— Chez le coiffeur ?

— Non, moi toute seule.

— Nan, t'as pas fait ça.

— Si.

— Tu avais des poux ? » Elle a secoué la tête. « Alors pourquoi tu l'as fait ? » Elle a haussé les épaules. Ses mèches avaient des longueurs différentes, c'était inégal, mal foutu. Je l'ai imaginée en train de les couper avec les ciseaux de la cuisine. Je comprenais pas. Elle devait pourtant savoir que c'était ce qu'elle avait de mieux. « T'as eu beaucoup de problèmes ? j'ai demandé.

— Avec qui ?

— Avec ta mère.

— Elle a pas vraiment fait attention.

— Mais elle est tout le temps à s'occuper de tes cheveux.

— Ça, c'était avant.

— T'en as fait quoi ? j'ai demandé en imaginant qu'elle pourrait me les donner.

— Je les ai balancés. »

J'ai donné un coup de pied dans le mur. « Quel gâchis.

— M'en fiche. » Elle a lissé le tissu en l'appuyant contre sa joue.

« C'est quoi ? j'ai demandé en m'asseyant à côté d'elle.

— C'était à Steven. » Elle en a mis un bout dans sa bouche et elle s'est mise à le sucer. De plus près, je voyais que c'était le genre de tissu blanc qui était devenu tout gris à force qu'on le traîne partout, qu'on le suce et qu'on pleure dessus – le blanc finit par céder à l'eau sale.

« C'est dégueulasse, ce truc.

— Non. Moi, j'aime bien. Ça sent bon. »

L'air était plus frais maintenant que le soleil avait disparu. La sueur qui m'avait collé ma robe dans le dos avait séché, ma peau était tendue et ça me démangeait, comme s'il y avait une couche de sel dessus. Je me suis grattée contre le mur.

« Il te manque ? j'ai demandé.

— C'est ma maman qui me manque.

— Elle est morte aussi ?

— Nan. Mais elle reste tout le temps dans son lit.

— Encore ?

— Ouais.

— Ah. Ben elle va sans doute bientôt se lever. Ça fait longtemps, maintenant.

— Je lui ai demandé quand est-ce qu'elle allait redevenir normale. Elle s'est juste retournée. Là j'ai dit que j'en avais marre qu'elle pleure et qu'elle reste au lit tout le temps, et qu'elle soit plus une vraie maman. Et elle m'a dit de m'en aller.

— C'est pas gentil.

— Elle est très méchante maintenant.

— Alors peut-être qu'elle mérite que Steven soit mort.

— Je pense pas, non. »

La nuit était vite tombée, comme un gant noir planté sur nos têtes. Je voyais plus trop Susan, ni le tissu, même si j'étais assise à côté d'elle. Je savais seulement qu'elle était toujours là parce que je l'entendais sucer son chiffon. Je sentais un truc dur dans mon ventre, à croire que mes intestins étaient plus mes intestins mais juste un gros machin froid, une pierre brute. Depuis que j'avais tué Steven, j'avais eu beaucoup de temps pour y penser, et en général j'avais très envie de recommencer. Je voulais ressentir cette effervescence dans mes mains, le tic-tac dans ma tête, la sensation d'être un petit morceau de Dieu. Et puis, en entendant Susan, j'ai plus eu autant envie que ça. Peut-être que recommencer trois fois, ça me suffirait, ou deux fois, ou même une seule. Si je le refaisais juste une fois, tout irait sûrement mieux. Je serais sans doute suffisamment bien après ça.

« Pourquoi tu traînes toujours dehors ? m'a demandé Susan.

— Parce que j'ai envie.

— Ta maman t'oblige pas à rentrer ?

— Non.

— Elle s'en fiche ?

— Est-ce que des fois tu penses que ta maman, elle aimait plus Steven que toi ? Parce que moi, c'est ça que je penserais : "Elle est tellement triste tout le temps maintenant, pourtant elle m'a toujours, moi, y a que Steven qui est plus là. Ça veut dire qu'elle aimait seulement Steven, et pas moi." Tu crois pas que si elle t'aimait davantage, elle serait pas si triste tout le temps ? Tu crois pas ? »

C'est sorti tout seul, d'un coup, comme si je vomissais les mots. D'ailleurs, ils avaient un goût de vomi : aigres et roses.

Susan s'est levée : « Je rentre chez moi. Maman veut que je rentre.

— Bien sûr que non. Elle s'en fout. Elle s'intéresse qu'à Steven. Y a que lui qu'elle a envie de voir revenir. »

Je croyais qu'elle allait se retourner pour me hurler

dessus, ou partir en courant, en pleurs, mais elle s'est juste éloignée.

« Elle s'en fout, de toi ! » j'ai crié. Je sais pas si elle m'a entendue.

Quand j'avais entraîné Pete du côté de chez les pauvres, je me sentais en pleine ébullition, ça rugissait en moi, seulement maintenant, c'était fini, et je pouvais pas retrouver cette sensation. J'ai pensé à ce que Donna avait dit : « Ça fait hyper longtemps qu'il est mort, Steven. Tout le monde s'en fout. » Et puis j'ai repensé à Linda qui serrait contre elle le petit corps de Pete, même qu'on aurait dit que j'étais pas là, moi. J'ai enroulé ma robe autour de mes jambes et je me suis allongée sur le côté. Autour de moi, la nuit était vaste et fluide. Mon dos frottait contre les briques. J'ai fermé les yeux.

« Maman va sûrement bientôt venir me chercher, j'ai pensé. Je vais l'entendre remonter par les rues en m'appelant. Dans quelques minutes sans doute. Sans doute. »

JULIA

En sortant du cimetière, j'ai pris la direction du centre-ville. Je savais que maman vivait dans un immeuble, mais il n'y en avait pas dans ces rues-là, c'étaient juste des petites maisons. Je ne pouvais prendre le risque de dire à Molly que je ne savais pas exactement où nous allions. Déjà, je marchais sur des œufs.

« Est-ce que grand-mère vit dans une maison ou un appartement ? a-t-elle demandé.

— Un appartement.

— Comme nous ?

— Ce n'est pas au-dessus d'un Fish'n'Chips. Je pense que c'est dans un immeuble. Un grand immeuble qui s'appelle Parkhill. Ouvre bien les yeux.

— Je croyais que tu savais où est-ce qu'on allait ?

— Oui, je sais. Mais tu peux regarder aussi. »

Nous avons commencé à grimper la colline qui, en haut, faisait une fourche allant d'un côté vers le centre-ville, de l'autre vers chez les pauvres.

« Elle est gentille ? a demandé Molly.

— Maman ?

— Grand-mère.

— Il y a longtemps que je ne l'ai pas vue.

— Et elle était gentille quand tu l'as vue ? »

J'ai repensé à maman, assise dans la salle des visites, à Haverleigh. Elle m'aimait mieux à présent que j'étais une meurtrière. Aucun psychologue, psychiatre ou psychothérapeute ne me l'avait dit. Je l'avais deviné toute seule. Avant, j'étais une bonne petite fille et c'était elle la méchante, parce que j'étais son enfant, et qu'elle aurait dû m'aimer. Après que j'étais devenue une tueuse, les rapports s'étaient inversés. J'étais la gamine que personne ne pouvait aimer, et elle, celle qui avait tout compris depuis le début. Grâce à moi, elle était soudain dotée d'une sorte de prescience, et elle m'en remerciait en me rendant visite à répétition dans le plus grand désordre. Parfois, elle venait à Haverleigh tous les jours, assise à l'accueil dès dix-huit heures, à l'heure où démarraient les visites. Ça se maintenait à ce rythme pendant une semaine ou deux, ensuite je ne la voyais plus pendant des mois. Elle avait d'autres phases où elle arrivait tous les jours à dix-huit heures quarante-cinq et faisait une scène si on osait lui demander de s'en aller au bout d'un quart d'heure. Parfois, elle ne venait qu'en semaine. Ou bien seulement le samedi, ou encore les jours où il faisait beau.

Une fois là, elle passait le plus clair de son temps à me raconter ce qui n'allait pas dans sa vie. Son nouvel appartement avait une salle de bains humide. Elle avait mal à la gorge. Un aphte. Un voisin avait tagué une fourche sur le mur de son jardin. Si j'avais le malheur de dire ou de faire quelque chose qui ne lui plaisait pas, elle repartait telle une furie en criant : « Plus jamais je ne reviendrai te voir ! », et je ne la revoyais plus pendant si longtemps que je finissais par y croire. Mais ça n'était jamais définitif. Elle revenait toujours. Nous étions liées par quelque chose de plus épais que le sang : une sombre poix de haine/désir/besoin.

« Alors, quand tu l'as vue, est-ce qu'elle était gentille ? a demandé Molly.

— Elle était comme les autres. Gentille des fois, et pas gentille d'autres fois.

— Et avec moi, est-ce qu'elle sera gentille ?

— J'imagine. Et si elle ne l'est pas, on s'en va. »

Arrivée en haut de la colline, j'ai appris deux choses : ce qu'on appelait autrefois « chez les pauvres » était devenu le lotissement de Parkhill, et c'était là en effet que maman vivait. En traversant ce nouveau quartier, j'en aurais presque oublié que naguère j'avais emprunté le même chemin pour aller à la maison bleue. Il y avait là deux immeubles, séparés par un terrain de basket. Trois garçons maigrichons faisaient du vélo en bordure du terrain, montrant bien qu'ils faisaient l'école buissonnière. Ils nous ont observées de sous leurs capuches, avec des regards prudents.

L'ascenseur était en panne. J'ai ouvert la porte de l'escalier et l'odeur de pisse et de crasse s'est abattue tel un sac plastique sur notre tête. Molly s'est bouché le nez.

« Aaah, ça pue !

— Respire par la bouche, lui ai-je dit.

— Je veux pas aller là. Ça sent pas bon.

— Je sais. Mais il faut qu'on passe.

— Pourquoi on prend pas l'ascenseur ?

— Il est cassé.

— Y en a pas d'autre ?

— Non, c'est le seul. Allez, viens.

— On peut pas aller voir si y a un autre ascenseur ?

— Il n'y en a pas. Et même s'il y en avait un, ça sentirait sûrement aussi mauvais qu'ici.

— Mais je veux pas…

— *Molly !* »

Je n'avais pas crié très fort, mais j'étais debout dans l'escalier, entourée de surfaces nues. L'écho nous a renvoyé cent versions tronquées de son nom. Je suis passée devant elle et j'ai grimpé jusqu'au sixième étage sans même m'arrêter pour reprendre ma respiration. En arrivant sur le balcon, j'ai été prise de vertige. Molly était encore à mi-chemin, s'assurant que chaque pas exprimait bien sa rage.

« Allez, ai-je dit en tenant la porte ouverte. Dépêche-toi. » Ma voix se coulait dans ces mots comme un pied dans une chaussette de la veille. Je me suis demandé combien de fois je les avais prononcés par le passé. « Dépêche-toi, on va être en retard à l'école », « Dépêche-toi, c'est bientôt l'heure d'aller au lit », « Dépêche-toi, ça prend beaucoup trop longtemps ». Soudain, j'ai pensé qu'il était démesurément cruel de ma part d'avoir tant de fois houspillé Molly.

« C'est au numéro soixante-six », ai-je annoncé lorsqu'elle est sortie de la cage d'escalier. Elle a regardé les numéros sur les portes autour de nous.

« C'est plus loin, a-t-elle dit.

— Je sais. » Je me montrais mesquine, à croire qu'en me rapprochant de maman, je redevenais petite enfant.

Molly est partie devant en courant, comptant les numéros à voix haute : « Soixante-deux. Soixante-trois. Soixante-quatre. Soixante-cinq – c'est là, soixante-six. Je peux frapper ?

— Attends », ai-je dit. Je me suis agenouillée devant elle, j'ai léché mon pouce et j'ai tenté d'essuyer les restes de nourriture autour de sa bouche. Dans mon ventre, un hublot s'était ouvert, et savoir que maman était de l'autre côté de ce mur le faisait s'agrandir.

« Est-ce que je peux frapper à la porte ? a redemandé Molly en virevoltant sur le bout d'un pied.

— Oui, vas-y. »

Elle a cogné, et nous avons attendu cinq respirations. J'ai compté. Pas de réponse : elle a levé les yeux vers moi.

« Réessaie. » Elle a frappé plus fort, huit coups secs. Nous avons encore attendu. Personne. Il ne m'était pas venu à l'esprit qu'elle puisse ne pas être là. Je n'avais aucune idée de ce que nous ferions si elle n'ouvrait pas, et la pensée de son absence était comme du plomb fondu qu'on me versait dans les poumons. Molly a voulu frapper à nouveau, mais j'ai posé la main sur son épaule. « Attends. » Nous avons entendu des pas à l'intérieur, le cliquètement de la porte qu'on déverrouille, un bruit de frottement quand elle s'est ouverte. Le plomb s'est durci dans mes poumons.

Visiblement, nous avions réveillé maman. Elle était en robe de chambre, le visage bouffi. Lorsqu'elle me rendait visite à Haverleigh, elle se teignait en blonde, mais c'était mal fait et ses racines se déployaient à partir de sa raie tels des doigts sombres. À présent, elle ne faisait plus de couleur, et elle était poivre et sel. Pas de poudre faisant un masque sur son visage. Je voyais les taches de rousseur et les marques. Elle semblait avoir vieilli de bien plus de cinq ans depuis la dernière fois que je l'avais vue, mais ça n'avait rien d'étonnant – parfois j'avais l'impression d'avoir pris vingt ans depuis la naissance de Molly. J'ignore si elle a pensé la même chose en me voyant. Elle n'avait même pas l'air de savoir qui j'étais.

« Oh, a-t-elle dit.

— Salut.
— C'est toi.
— Oui.
— Euh… » Elle a regardé Molly, la bouche serrée comme la peau d'une pomme à la base de la queue. « Elle a le bras cassé.
— Le poignet. » J'avais la bouche horriblement sèche. Parler me donnait la sensation de mâcher des feuilles mortes. « On a mis du temps pour venir jusqu'ici. On peut entrer ? »
Elle avait toujours les yeux fixés sur Molly. « Mon Dieu. C'est ton portrait craché. »
Quelque chose s'est allumé en moi. J'ai passé un bras autour des épaules de Molly, qui s'est mise à me tripoter les doigts. Il y avait longtemps que nos mains ne s'étaient pas touchées. La sienne était plus chaude que dans mon souvenir.
« Est-ce qu'on peut entrer ? »
Maman s'est écartée et nous a fait signe de venir. « Tu me laisses pas beaucoup le choix, hein ? »
L'appartement était propre mais il y régnait une odeur étrange : ça sentait la levure, comme dans les replis de peau pas lavée. Cela m'a rappelé la fois où Molly avait attrapé une angine et où sa gorge était marbrée de filaments d'un blanc jaunâtre – l'odeur aigre-douce de l'infection. Dans le salon, le canapé et la table basse donnaient l'impression de sombrer dans l'océan, car le tapis était d'une épaisseur ahurissante. À tel point qu'on avait l'impression de marcher sur une éponge. Maman était devant nous, mais quand on est entrées, elle s'est glissée derrière pour effacer les traces de nos pas sur le tapis. Elle a aussi essayé d'effacer les siennes, mais n'a fait qu'aggraver les choses. Je me suis demandé combien de temps elle y passait

lorsqu'elle était seule : marcher en cercle pour effacer ses propres empreintes.

À côté de la télé, il y avait une fausse cheminée sur laquelle étaient posés une foule de cadres. En m'approchant, j'ai vu qu'ils étaient presque tous garnis de photos découpées dans des magazines. Les bébés animaux constituaient une forte thématique : chatons, chiots, et à côté un petit tableau représentant Jésus. J'ai imaginé maman, assise à la table basse, découpant les images pour les glisser ensuite dans les cadres. Il n'y avait qu'une vraie photo dans le lot : un cliché en noir et blanc montrant une femme et un bébé. Je l'ai prise.

« Est-ce que c'est toi et moi ? ai-je demandé.

— Non.

— Alors qui est-ce ?

— Moi et maman. »

J'ai regardé les cadres qui étaient derrière. « Pourquoi tu n'en as pas une seule de moi ?

— J'en ai pas, c'est tout.

— Mais pourquoi ?

— J'en ai pas, c'est tout. »

J'ai considéré les bébés animaux et Jésus. Si j'avais été seule avec elle, je les aurais tous flanqués par terre. Mais avec Molly, je ne pouvais pas. Ça lui aurait fait peur. Elle avait l'air déjà assez effrayée, nous regardant alternativement, maman et moi, sa petite main s'accrochant à la poche de mon blouson.

« Pourquoi ça sent mauvais ici ? ai-je demandé.

— C'est l'humidité. Y en a partout. À tous les appartements de l'étage. On essaie de les obliger à faire quelque chose.

— C'est dégoûtant.

— C'est pas si mal.

— Les meubles sont sûrement moisis. »

J'avais envie de l'aiguillonner, de la pousser hors de ses retranchements pour qu'elle occupe l'espace que j'avais préparé pour elle. Mais elle semblait trop lourde pour bouger et mordre à l'hameçon.

« Je sais pas ce que vous voulez faire, a-t-elle dit en prenant un bol de céréales posé sur l'accoudoir du canapé. Y a des magazines, là. Y a la télé. Moi, je vais laver ça. »

Elle est sortie avant que j'aie eu le temps de lui demander pourquoi elle présentait son salon à la manière d'une salle d'attente. Les magazines en question étaient posés sur une étagère, sous la table basse. La plupart étaient consacrés aux chevaux. J'ai passé en revue les chaînes de télé jusqu'à ce que je trouve un programme pour enfants plein de bruits stridents. Avant de laisser Molly s'asseoir sur le canapé, j'y ai étalé mon blouson. Je n'en avais pas réellement envie, mais je voulais que maman voie que je l'avais fait.

« Tu vas rester là, ai-je dit.

— Tu vas où ?

— Dans la cuisine. Il faut que je parle à ta grand-mère.

— Elle est fâchée.

— Ouais. Ne viens pas. Si tu as besoin, tu m'appelles, d'accord ?

— Ouais. »

Elle a passé sa main valide sous son plâtre pour le serrer contre elle.

« Ça va, ton poignet ?

— Ouais. » Elle l'a regardé, et passé le doigt sur un message illisible. « C'est Rosie qui l'a écrit. Ça dit : "Tu iras mieux bientôt, Molly."

— Mais c'est bête. Tu vas bien.

— Mais mon poignet, il va pas bien.

— D'accord. Ne viens pas dans la cuisine. Si tu as besoin, tu cries, et je t'entendrai.

— D'accord. »

J'ai posé la main sur la raie dans ses cheveux, qui formait une ligne blanche. J'ai pensé à maman, faisant la même chose : sa paume sur mon crâne, murmurant une prière. « Mon Père, protégez-moi. Seigneur, mettez-moi en sécurité. » Voilà ce qu'elle avait dit le jour où elle avait essayé de me faire adopter, et à nouveau chaque fois qu'elle avait tenté de se débarrasser de moi. Je n'avais pas vraiment prêté attention à ces mots. C'était une prière, les mots de Jésus, entassés dans un coin de ma tête avec les paroles que marmonnait le pasteur et les remontrances de Mrs Bunty. J'y ai repensé au contact de la tête chaude de Molly. Maman demandait à Dieu de la protéger. Elle aurait pu lui demander de me protéger moi, ou nous deux, en utilisant exactement le même nombre de mots.

Elle ne l'avait jamais fait.

CHRISSIE

Les policiers sont revenus chez moi le lendemain. Ils ont sonné tôt le matin, j'étais encore en chemise de nuit. J'étais rentrée tard la nuit d'avant, parce que j'avais passé beaucoup de temps allongée contre le mur à poirier à attendre que maman vienne me chercher. Elle était pas venue, mais elle avait coincé la porte avec le paillasson, si bien que j'avais pas eu besoin de me faufiler par la fenêtre de la cuisine, et en y réfléchissant, c'était presque encore mieux.

C'était le même policier qui avait parlé à papa, mais cette fois il avait un ami avec lui, un plus petit, avec des chaussures qui brillaient. Mon ventre s'est mis à danser quand j'ai ouvert la porte et que j'ai vu leurs boutons d'argent. J'avais l'impression d'être au milieu d'une scène où il faisait noir, et que soudain, on allumait les projecteurs. Ils m'ont demandé si maman était là et j'ai répondu qu'elle dormait là-haut, ce qui était peut-être vrai, mais peut-être pas. Ils ont demandé si je pouvais la réveiller, mais j'ai dit que je pouvais pas parce qu'elle était malade – ça, c'était pas vrai du tout. Le policier le plus grand a soupiré et fait mine de partir. Je voulais qu'il reste. Je voulais ressentir le pétillement des soucoupes volantes, comme lorsque j'étais dans le coin bibliothèque. Les journées étaient longues, sans rien de prévu et je n'avais rien de mieux à faire.

« Vous cherchez celui qui a tué Steven, pas vrai ? » j'ai dit en m'appuyant au cadre de la porte. Le grand s'est retourné. « Je l'ai vu. Le jour où il est mort. Je viens de m'en souvenir. Il était avec Donna. Ils allaient vers chez les pauvres. »

Les policiers se sont regardés, le petit a sorti son carnet, tourné les pages et montré quelque chose au plus grand. J'ai pensé que ça pouvait être les notes de l'OPJ Woods, lorsqu'ils m'avaient parlé à l'école, et puis je me suis souvenue qu'il les avait balancées à la poubelle. Ces policiers-là, ils savaient même pas que les autres m'avaient déjà parlé. Les gens arrêtaient pas d'oublier que j'existais. C'était pas bien, ça.

« Donna Nevison ? a demandé le grand.

— Ouais. Elle est dans ma classe. Elle habite sur Conway Road. Elle a une porte verte.

— Où est-ce que tu les as vus ?

— Ils remontaient la rue à Steven. Presque au bout. Là où ça tourne vers chez les pauvres.

— Tu es sûre que c'était elle ?

— Je crois que oui. C'était une fille aux cheveux jaunes. » J'ai pensé qu'en disant ça, ils pourraient s'intéresser à Betty après avoir compris que c'était pas Donna, parce qu'elle aussi, elle avait des cheveux jaunes, et je l'aimais pas beaucoup non plus. Je me suis demandé, si jamais ils découvraient que c'était Donna qui avait tué Steven, s'ils l'emmèneraient directement en prison. Et puis alors je me suis souvenue. Cette fois, ça ressemblait à la queue d'un ballon de baudruche : on tire dessus, ça fait une fente, et l'air sort en sifflant. Pour la première fois, j'ai presque regretté que ce soit pas Donna qui l'ait tué à ma place. C'était de plus en plus dur d'avoir des jours de vacances où j'y pensais plus ; chaque fois que j'essayais, le souvenir me traversait, comme de la bruine ou comme une ombre. Sans jours de vacances, c'était trop fatigant.

Les policiers se regardaient, ils se parlaient avec leurs yeux. Et je savais pas ce qu'ils se disaient. Le grand est parti dans l'allée et il est sorti du jardin, mais le petit est resté là, sur la première marche, et il a rangé son carnet dans sa poche intérieure.

« Tu vas souvent chez ta tante, Christine ?

— Oui.

— Où est-ce qu'elle habite ?

— Chais pas.

— C'est près d'ici ?

— Non. C'est au bord de la mer, quelque part.

— Est-ce que parfois tu rates l'école quand tu vas chez elle ?

— Oui.

— Tu étais à l'école le jour où les officiers sont passés ?

— C'est quoi, les officiers ? » j'ai demandé. Je savais à peu près la réponse, mais je voulais qu'il reste le plus longtemps possible.

Il a souri. « Les officiers sont des policiers, comme nous.

— Ah. Non, je crois pas que j'étais là. »

Il a hoché la tête et il a pris l'allée. C'est alors qu'un troisième policier est arrivé au coin de la rue en tapotant son carnet. Je me souvenais de lui : l'OPJ Woods. Le grand policier a posé une question au petit, qui a répondu : « Non, elle n'était pas présente quand nous sommes allés visiter son école. Elle devait être chez sa tante. » L'OPJ Woods m'a regardée et il a dit : « Mais si, elle était là. On lui a parlé. » Ils se sont tous retournés vers moi. J'étais surprise qu'ils n'entendent pas cette effervescence en moi, de là où ils étaient.

Ils ont discuté à voix basse, et puis le grand policier et l'OPJ Woods ont remonté l'allée. « Donc, Christine, a commencé le grand, l'OPJ Woods pense que…

— Ah ouais, j'étais là. Je m'en souviens, maintenant. Je m'étais trompée avant. C'est tout.

— Tu t'es un peu embrouillée le jour où tu nous as parlé à l'école, pas vrai ? a dit Woods. Si ma mémoire est bonne, tu croyais avoir vu Steven le jour… ce jour-là. Mais en fait, c'était un autre jour ? Un dimanche ? Le dimanche de la semaine d'avant ? C'est ça ?

— Ouais. Mais en fait, c'était bien ce jour-là. Le jour où il est mort.

— Le samedi ?

— Ouais. Je l'ai vu le samedi. Le matin.

— Avec son père ? a ajouté Woods.

— Son père ? a relevé le grand.

— Non. C'était pas son papa. En fait, c'était une fille. Je me suis trompée. C'était Donna. »

Les policiers se parlaient beaucoup avec les yeux, mais je comprenais pas ce qu'ils se racontaient. Finalement, l'OPJ Woods a sorti son carnet, il a écrit des trucs dedans, et il l'a montré au grand. Je me suis penchée pour voir, mais il l'a refermé d'un coup sec. J'espérais que ça disait : « Si on arrêtait de parler comme ça avec nos yeux et qu'on disait les choses à haute voix pour que Chrissie nous entende. »

« Christine, a repris le grand d'une voix très sérieuse. Tu comprends que c'est très grave, hein ? Ce n'est pas un jeu. On fait tout ce qu'on peut pour trouver ce qui est arrivé à Steven. On doit le découvrir parce qu'on veut que toi et les autres enfants vous soyez tous en sécurité dans la rue. Mais on ne peut pas réussir si on nous raconte des mensonges. Tu comprends ?

— Je suis en sécurité », j'ai répondu. On aurait dit que c'était pas la réponse qu'il attendait.

« Justement, on veut s'assurer que vous soyez tous en sécurité.

— Moi, je suis en sécurité. Et moi, je raconte pas des mensonges.

— D'accord. Bon, Christine, je crois qu'on va revenir pour parler un peu avec ta maman quand elle ira mieux.

— Pourquoi quand elle ira mieux ?

— Tu nous as dit qu'elle était malade ?

— Ah. Ouais. Elle est très malade. Elle est même sûrement morte maintenant.

— Quoi ? a fait Woods.

— Il est arrivé quelque chose à ta maman, Christine ? a demandé le grand.

— Ben non. Évidemment. Elle a juste la goutte », j'ai répondu. Je savais pas trop ce que c'était, mais je savais que c'était une mauvaise maladie, parce que le mari à Mrs Bunty, il avait ça, et elle racontait tout le temps comment il allait pas bien, sauf lorsqu'elle parlait de la guerre ou de Dieu. « Est-ce que vous allez parler à Donna ?

— Nous parlerons à toutes les personnes à qui nous avons besoin de parler, a répondu Woods. Ne t'inquiète pas. »

J'ai soupiré assez fort pour être sûre qu'ils m'entendent, parce que j'en avais ras le bol que les gens croient que je m'inquiétais alors que moi, j'avais jamais été aussi peu inquiète. « C'est vous qui devez vous inquiéter. Vous devez vous inquiéter de Donna.

— D'accord, Christine », a dit Woods, et il a redescendu l'allée jusqu'au portillon où l'attendait le petit policier. Ils ont commencé à s'en aller, mais le grand, il est resté là, sur le pas de la porte. Il avait son carnet dans sa main et il feuilletait les pages. J'ai essayé à nouveau de voir ce qu'il y avait dedans, mais il le tenait tout contre sa poitrine. Ça m'a pas surprise. J'avais appris beaucoup de trucs depuis que Steven était mort, par exemple, que ce que les policiers préféraient au monde, c'étaient leurs carnets de notes.

« Encore une chose, Christine. Cette tante chez qui tu vas. Comment s'appelle-t-elle ? »

Tout à coup, ma langue a gonflé dans ma bouche. Le grand policier me regardait et je faisais tous les efforts pour me rappeler ce que j'avais entendu papa dire quand la police lui avait posé des questions sur la fausse tante.

« Euh. Abigail. »

Il a regardé ses notes d'une manière qui me faisait penser qu'il voulait surtout que je le voie les regarder, pas parce qu'il avait besoin de les lire, en fait.

« Ah. C'est drôle. Ton papa croyait qu'elle s'appelait Angela.

— Oh. Oui. C'est ça. Angela. C'est Angela. Tata Angela. Je me suis…

— Embrouillée ?

— Ouais. Je me suis embrouillée. »

Il a refermé le carnet d'un coup sec et l'a rangé dans sa poche.

« D'accord, Christine. À bientôt. » Avant d'aller rejoindre les autres policiers dans la rue, il m'a parlé avec les yeux, et ça, même moi je l'ai compris : « Je t'ai à l'œil. »

Après la visite des policiers j'étais pleine d'électricité, et dès qu'ils ont disparu je me suis habillée et je suis allée chercher Linda. On est passées au magasin et j'ai chargé Linda de distraire Mrs Bunty en lui demandant de descendre les bocaux de bonbons à la pomme, puis les *jelly beans*, puis ceux à la framboise, et chaque fois elle disait : « Non, non, je voulais pas dire celui-ci, mais celui-là. » J'ai chouré un sachet de caramels et je l'ai caché sous ma robe, après j'ai fait signe à Linda de dire : « En fait, je veux pas de bonbons aujourd'hui. C'est trop dur pour choisir.

— Au revoir, Mrs Bunty, j'ai fait en sortant tout en agitant la main. Merci pour les bonbons. » Elle a eu l'air de pas comprendre, et puis elle a explosé de colère. On a couru, tourné au coin de la rue et remonté la colline jusque chez les pauvres.

La maison bleue avait toujours la même odeur de moisi que la dernière fois où j'étais venue, avec Donna et William, et au rez-de-chaussée y avait toujours une couche de bouts de verre à cause des vitres cassées. Ça faisait un bruit pareil à des os minuscules qui se brisaient sous mes pas. On est montées et toutes les deux on a regardé la partie du plancher sous le trou dans le toit, qui avait gonflé avec l'humidité. La pluie était rentrée dans le bois, le soleil l'avait chauffée et les planches étaient devenues molles comme du papier mouillé. Je me suis avancée lentement, en sentant bien mes pieds aller plus doucement et le bois devenir tout mou. Quand je suis arrivée là où c'était le plus sombre, Linda a dit : « Fais gaffe. Tu risques de passer à travers. » Je l'ai pas écoutée. J'ai appuyé mes orteils au milieu, j'ai soulevé une épaisseur de bois, et là j'ai vu des cloportes qui grouillaient sur ma chaussure. J'ai secoué le pied et ils se sont dispersés, courant à toutes pattes vers les coins de la pièce, sauf un qui est resté coincé dans une fissure. J'ai tendu mon talon, il s'y est accroché, alors je l'ai écrasé et j'ai frotté mon pied par terre. Lorsque je l'ai soulevé, y avait plus de cloporte, juste une traînée argentée.

J'avais un crayon de couleur dans ma poche, et pendant que Linda mangeait les caramels, j'ai écrit des choses sur les murs blancs. Écrire sur les murs, c'était un de mes trucs préférés, parce que c'était jamais, jamais autorisé, et ça mettait toujours, toujours quelqu'un en colère. Je savais pas qui ça mettrait en colère que j'écrive sur les murs de la maison bleue, mais je savais qu'il y aurait quelqu'un. J'ai commencé par des lignes, ensuite, des images, et puis des mots. Je les ai écrits aussi grand que j'ai pu, étirant mon bras comme l'aile d'un aigle. Jusqu'à ce que j'aie usé toute la couleur de mon crayon et que le bout soit tout plat. Après j'ai reculé et j'ai regardé le mur. Et puis j'ai lu les mots. Effervescence.

« Tu devrais pas dire ça, a dit Linda derrière moi.

— Quoi ?

— Ça, elle a répété en montrant le mur.

— Pourquoi ?

— C'est malpoli.

— C'est pas malpoli. *Ça*, c'est malpoli. » J'ai traversé la pièce, et je lui ai montré un mot plus court, gribouillé en oblique, avec des lettres de plus en plus grosses. Elle a incliné la tête pour voir, ses tresses restant bien verticales par rapport au sol.

« Ah ouais. Ça, c'est vraiment malpoli. » Elle arrivait pas à le lire.

L'effervescence me donnait l'impression d'être une bombe de peinture, à croire que mes entrailles étaient serrées dans un étui de métal étroit. Je savais que si on m'avait appuyé sur la tête, mes intestins auraient explosé pour remplir les murs de mots et de dessins. Je me suis mise à faire des bonds sur place en criant, comme un cri d'oiseau avec une bouche qui sourit. Le cri a ricoché à travers la pièce et il m'est revenu, pareil qu'une réponse. Je sentais battre l'énergie en moi, je la sentais pulser dans des endroits où je savais même pas que c'était possible, faim, excitation, fureur au fer rouge, lave dans mon ventre, qui poussait contre ma peau. J'ai couru au bout de la pièce, j'ai poussé sur le mur avec mes mains et mes pieds, puis j'ai couru à l'autre bout, aller, retour, aller, retour, et chaque fois que je touchais un mur, je pensais : « Je peux remonter ce mur en courant, je peux courir au plafond, je peux faire le tour de la pièce en courant sur les murs. » La bille de papa cognait contre ma jambe à travers ma poche. Mon souffle était plus court et mes pieds fatiguaient, ils battaient à force de me faire rebondir contre les murs, aussi je me suis arrêtée au milieu de la pièce, pareille à une voiture poussée par le vent quand il retombe. Mes jambes tremblaient, j'avais mal dans la poitrine, et toujours ça bouillonnait dans mon ventre. J'ai remonté ma robe, je me suis accroupie et j'ai fait pipi. L'effervescence s'en est allée dans un sifflement, et puis elle a ruisselé jusqu'au bois pourri au milieu du plancher. Ça sentait le rance et le secret.

Après, je me suis relevée en écartant les jambes, pareil qu'un bébé. J'avais pas baissé ma culotte. Elle était trempée. Je me sentais plus calme. Plus au chaud. Linda était plus blanche que les murs sous mon crayon. Je suis sortie, et elle m'a suivie sans rien dire. En bas, on a traversé sur les bouts de verre qui s'écrasaient sous nos pieds et on est arrivées sur le terrain vague où on avait rendu Steven à sa maman. Je me suis retournée pour regarder la pièce du haut. Du dehors, je voyais pas les mots que j'avais écrits sur les murs, mais je savais qu'ils étaient là.

Je suis là, je suis là, je suis là. Vous m'oublierez pas.

On a entendu du bazar dans la rue, et plus on s'approchait, plus c'était fort, avec le bruit des chaussures sur la chaussée et les voix qui criaient. On les a vus, au bout de Marner Street, une foule de mamans et de papas et d'enfants, qui avançaient avec des pancartes qu'ils levaient haut au-dessus de leurs têtes. Ça disait : RENDEZ NOS RUES SÛRES, PROTÉGEZ NOTRE VILLE, PROTÉGEZ NOS MIOCHES. C'était écrit en majuscules sur des draps et des cartons de boîtes de céréales ouverts. Quand la foule est arrivée tout près, j'ai vu la maman à Steven sur le devant. Elle donnait le bras à la maman à Betty et elle tenait une photo de Steven contre sa poitrine. Je voyais que la maman à Betty, elle était contente d'être tout devant avec elle. Elle pleurait comme on pleure uniquement lorsque les gens vous regardent et que vous voulez qu'ils voyent bien vos larmes. La maman à Steven, elle pleurait pas, elle. Et elle avait des chaussures aux pieds. Je me suis demandé si y avait encore de la viande pourrie dans sa cuisine.

La foule a grimpé en haut de la rue et moi et Linda on a été entraînées avec. Les gens gueulaient : « Trouvez le tueur, arrêtez-le, qu'il paye pour le sang de Steven ! » Je me suis jointe à eux. J'ai crié jusqu'à en avoir mal à la gorge. Le monsieur à côté m'a donné sa pancarte, écrite en lettres majuscules sur un carton de corn flakes, et puis il m'a hissée sur ses épaules. Je levais la pancarte très haut et je hurlais à tout vent : « Trouvez le tueur, arrêtez-le, qu'il paye pour le sang de Steven ! » Sur ma pancarte, c'était écrit : ŒIL POUR ŒIL, DENT POUR DENT.

Quand on est arrivés chez Vicky, tout le monde est entré. Moi et Linda, on était à l'arrière, et on n'a pas réussi à faire assez vite pour être embarquées à l'intérieur avec les autres, et lorsqu'on a atteint le portillon du jardin, la porte d'entrée s'était refermée. J'ai avancé pour aller sonner, mais Linda m'a retenue.

« Mais qu'est-ce que tu fais ? elle m'a demandé.

— Ben je vais frapper.

— Pourquoi ?

— Parce que je veux entrer.

— Tu peux pas, t'as pas été invitée.

— M'en fous.

— Tu peux pas aller chez des gens s'ils t'ont pas invitée.

— Qui c'est qui a dit ça ?

— Ma maman. »

J'ai levé les yeux au ciel. « Franchement, Linda, ta mère, c'est pas le bon Dieu, tu sais. »

Je suis donc allée jusqu'à la porte et j'ai frappé très fort. La maman à Vicky a ouvert, une carafe de sirop à la main, l'air un peu fâché.

« Oui ? elle a fait.

— Vous nous avez laissées dehors.

— Quoi ?

— On a participé à la marche aussi, nous. Tout le monde est entré, mais nous, on est restées derrière. Par accident.

— Je ne suis pas tout à fait sûre que c'est ça qui s'est passé.

— Mais vous inquiétez pas, on est là maintenant. »

J'ai fait un pas en avant, et elle a dû me laisser entrer – Linda s'est engouffrée derrière moi en regardant par terre. Tout le monde était dans le salon, les mamans sur les canapés et les chaises, les enfants entassés près de la fenêtre. Les mamans nous ont toutes regardées quand on est entrées. La maman à Donna, elle a dit : « Coucou, vous deux », et la maman à Vicky a répondu : « Elles viennent d'arriver », et Mrs Harold a ajouté : « C'est très bien que vous soyez là, entrez donc et prenez quelque chose à manger » – la maman à Vicky, on aurait dit qu'elle allait se mettre à hurler.

C'était vraiment une bonne idée d'être venues. La maman à Vicky avait préparé des gâteaux et des friands à la saucisse, des sandwiches au corned-beef et de la limonade sur une table dans un coin. C'était une des meilleures collations que j'avais jamais vues, du même niveau que celles de la maman à Steven pour les anniversaires à Steven et Susan. Soudain, j'ai pensé que si la maman à Steven arrêtait jamais d'être triste, elle ferait peut-être plus jamais de goûter d'anniversaire pour Susan. J'y avais encore jamais réfléchi. Ça m'a mise en rogne pour de bon, ça. J'ai rempli mon assiette à ras bord, tellement que la maman à Vicky m'a tapé sur l'épaule et m'a grondée parce que j'étais trop gloutonne. Après, moi et Linda on s'est assises par terre avec les autres enfants pour manger et boire de la limonade. La maman à Steven était assise sur le canapé avec d'un côté la maman à Vicky et de l'autre celle à Donna. La maman à Vicky lui a frotté le bras en lui demandant : « Comment ça va, ma chère ? Tu es tellement courageuse.

— Oui », a dit la maman à Donna en posant son thé si vite que la tasse a failli se renverser, et puis elle a passé le bras autour des épaules de la maman à Steven : « Ma pauvre amie. Quelle dure journée pour toi. »

La maman à Steven a fait oui, et puis elle a dit : « Mmmm » – on aurait dit qu'elle allait les frapper. Je savais ce qu'elle ressentait. Lorsqu'il vous arrivait des mauvais trucs, les gens vous disaient toujours « Ah, ma pauvre » et « Tu es tellement courageuse », et c'était censé vous faire aller mieux, sauf que ça empirait les choses, parce qu'on n'avait pas envie d'être pauvre ou courageuse, on voulait juste que le mauvais truc s'arrête. C'était comme à l'époque où j'étais encore en classe 4, j'étais la seule dont le papa et la maman étaient pas venus voir notre spectacle, et Miss White m'avait dit : « Maman et papa ne sont pas là, Chrissie ? Ma pauvre petite », et je lui avais flanqué un coup de pied dans le tibia si fort que je lui avais craqué son collant. Après, elle avait voulu m'empêcher de participer au spectacle, sauf qu'elle pouvait pas, parce qu'il y aurait eu personne pour dire mon texte. Ni celui à Linda.

Les mamans étaient en plein dans leurs commérages habituels quand celle à Steven a fondu en larmes, alors tout le monde s'est mis à s'agiter. Je me suis penchée par-dessus Donna pour regarder.

« Qu'y a-t-il, Mary ? a demandé Mrs Harold.

— Ce n'est pas lui.

— Comment ça, ce n'est pas lui ? a fait la maman à Vicky.

— Ce n'est pas lui.

— Qu'est-ce que tu veux dire ? » a dit la maman à Donna.

La maman à Steven s'est penchée et elle a sorti un journal de sous la table basse. Je me suis mise à genoux pour voir, mais ces débiles de mamans s'étaient attroupées et elles m'empêchaient de voir, et il a fallu que je me lève et que je fasse le tour. Sur le journal, y avait la photo d'un petit garçon, et au-dessus de lui, c'était écrit : PLUSIEURS MOIS DÉJÀ, PAS D'ARRESTATION : L'ÉTRANGLEUR DE BÉBÉS COURT TOUJOURS. La maman à Steven tapotait la page, mais elle avait tourné la tête, le menton planté sur son épaule. Dans son cou, on voyait saillir une veine, comme un ver violet.

« Ce n'est pas lui.

— Oh, mon Dieu, c'est Robert ! » a fait la maman à Robert. Elle a posé la main sur sa poitrine et s'est mise à respirer par saccades. « C'est mon Robbie.

— Mais nom d'un chien, comment ils ont fait ? a dit la maman à Vicky.

— Ils étaient ensemble sur la photo. C'était à la fête de l'école. Là, on voit le bras de Steven. Les gens croyaient qu'ils étaient jumeaux.

— Donc ils ont coupé la photo en deux, et ils se sont trompés ? a dit la maman à Donna.

— Quelle bande de feignasses ! Ça leur aurait pris combien de temps pour vérifier, hein ? a fait la maman à Vicky.

— Ils devaient être pressés, a commenté Mrs Harold.

— C'est mon Robbie », a dit sa maman à lui.

La maman à Steven a fait un bruit pareil que si elle éternuait. Elle avait lâché le journal, mais ses mains restaient crispées, à croire qu'elle le tenait encore, et des larmes coulaient sur ses joues, des vrais ruisseaux. Je suis retournée vers la table où y avait à manger, j'ai pris un cupcake et une serviette en papier, je suis retournée vers les mamans et j'ai donné la serviette en papier à la maman à Steven. Les autres ont arrêté de jacasser. La maman à Steven m'a regardée, elle a pris la serviette en papier et elle a essuyé ses larmes.

« Merci, elle a dit.

— C'est très gentil de ta part, Chrissie », m'a dit Mrs Harold. Tout le monde semblait vachement surpris que j'aie fait quelque chose de gentil. J'ai englouti le cupcake dans ma bouche et j'ai essayé d'avaler, mais ça voulait pas passer. La maman à Vicky est venue me taper dans le dos. Tout est sorti de ma gorge et j'ai recraché dans mes mains une espèce de bouillie gluante. Je lui ai tendu.

« J'en veux plus, j'ai dit.

— Oh, Chrissie, elle a dit en faisant la grimace. Mais quelle horreur ! Va jeter ça à la poubelle. » Elle m'a poussée vers la cuisine. Ça me plaisait pas qu'elle me traite d'horreur. J'ai fait le tour de la poubelle et j'ai planqué le cupcake mâchouillé dans l'espace entre le frigo et le four, histoire de lui donner une leçon. Je l'ai entendue dans l'autre pièce, qui ramassait les tasses dans un concert de tintements.

« Franchement, je l'ai entendue dire, une bonne baffe, ça lui ferait pas de mal, à cette gosse. » Je savais qu'elle parlait de moi et je suis revenue dans le salon.

« Non, j'ai dit.

— Non quoi, ma grande ? a demandé Mrs Harold.

— J'ai pas besoin d'une bonne baffe.

— Oh. Je ne crois pas que…

— C'est pas du tout ça que j'ai besoin.

— Il me semble que peut-être…

— Personne a besoin d'une bonne baffe.

— Bien sûr…

— D'ailleurs, une baffe, c'est jamais bon », j'ai dit.

La maman à Steven s'est levée très lentement en soupirant, comme si son corps était une montagne de sable mouillé qu'elle devait transformer en château. Toutes les autres mamans se sont mises à s'agiter et à jacasser, et j'ai décidé que l'histoire de la baffe m'intéressait pas assez pour que je continue là-dessus. Je pensais pas que la maman à Vicky elle m'en flanquerait une, même si elle pensait que j'en avais besoin. Elle avait trop peur de moi. La plupart des gens avaient peur de moi, au moins un petit peu. Juste ce qu'il fallait.

Quelqu'un a dit que la maman à Steven devrait pas rentrer toute seule, et tout le monde s'est tourné vers la maman à Betty parce c'était elle qui s'en occupait pendant la marche, en faisant attention que tout le monde la voie. Elle a eu l'air contrariée : elle savait que si elle raccompagnait chez elle la maman à Steven, elle allait rater tous les commérages qui allaient démarrer dès qu'elles seraient sorties. Je la voyais qui cherchait une bonne raison pour pas y aller, seulement elle en a pas trouvé, alors elle est partie elle aussi, l'air fâché. J'ai pensé qu'elle allait larguer la maman à Steven chez elle, et qu'elle rappliquerait ici aussitôt après.

« La pauvre chérie, a dit la maman à Donna dès qu'elles ont plus été là. C'est terrible ce qui s'est passé.

— Entre tous, il a fallu qu'ils le confondent avec mon Robbie ! a fait sa maman à lui.

— C'est à vous rendre dingue, hein ? a dit la maman à Vicky. Quand ils vont l'attraper, vous pouvez être sûres qu'ils vont pas se tromper de photo, là ! Ils vont pas le confondre avec un autre salopard d'assassin.

— Elle est tellement maigre, a dit Mrs Harold.

— C'est vrai. Je lui avais apporté un ragoût, mais elle l'a sûrement jamais mangé.

— Oui, a dit la maman à Donna. Moi, je lui ai apporté une tourte à la viande, un sauté de poulet, un gâteau au café et puis de la soupe à mettre au congélateur.

— Oh, c'est vraiment gentil de ta part.

— Je ne lui ai rien apporté à manger encore, mais Robbie a fait un très joli dessin pour elle, a dit sa maman à lui.

— C'est vrai ?

— Oui. Et tu sais quoi ? Je pense que c'est exactement de ça qu'elle avait besoin. »

J'ai pensé que si votre gosse était mort, un dessin fait par un autre môme qui l'était pas, c'était pas vraiment du tout ce dont on avait besoin. Mais bon, j'avais pas d'enfant, alors je pouvais pas réellement savoir.

« Quelle odeur horrible, quand j'y suis allée, a dit Mrs Harold. Ça sentait vraiment la pourriture. Je lui ai dit : "Mary, si vous me laissiez faire un peu de ménage ?" Mais elle n'a pas voulu. Elle n'a même pas voulu me laisser entrer dans la cuisine pour faire du café.

— Ils ont parlé aux mioches, non ? » a dit la maman à Vicky à voix basse. Elle a fait un signe de tête dans notre direction, au cas où les autres mamans auraient oublié que leurs gamins étaient là. Vicky et Linda faisaient des bulles en soufflant dans leur limonade et elles rigolaient, du coup j'ai fait mine de faire pareil, pour pas que les mamans sachent que je les écoutais. « Ils sont venus questionner Harry, l'autre jour. Harry ! "Vous êtes bien conscients qu'il a cinq ans ?" j'ai dit !

— Et Donna aussi, a dit sa maman à elle. Ils sont passés ce matin pour parler à Donna. Ils avaient l'air de croire qu'elle l'avait vu ce matin-là, mais ils n'ont pas voulu me dire pourquoi. Je les ai envoyés paître, pour sûr. "On était chez ma mère tout le week-end, alors elle n'a rien pu voir", que je leur ai dit. »

Et toutes les autres mamans se sont mises à raconter à leur tour comment la police était venue interroger leurs gosses. Je sentais la mauvaise humeur me tirailler le ventre. Je regrettais que Donna soit allée chez sa mémé ce week-end-là. Ça voulait dire qu'elle irait pas en prison, c'était clair.

« En voyant la frimousse à Robbie sur ce journal… a dit sa maman à lui. Ça me rend triste à mourir. J'en suis malade. Franchement.

— Jennifer, lui a dit la maman à Donna d'un ton sec. Meurs ou sois malade. C'est l'un ou l'autre.

— Facile à dire pour toi. Tu n'as pas eu le choc que j'ai eu. Son minois qui me regardait… Ça fait réfléchir, non ? Le pire, ce n'est pas que Steven soit mort. Ce n'est pas le fait qu'on ait enterré un petit garçon. Mais qu'on ait enterré toute une époque. Toutes ces fois où on a laissé les gosses jouer dehors en croyant qu'ils étaient en sécurité, on pensait pas qu'une chose pareille pourrait se produire par nos rues. Voilà ce qu'on a perdu. Notre innocence. Ce qui est arrivé à Steven : c'est comme ça qu'on l'a perdue. »

Elle s'est tue au moment où je pensais qu'elle allait jamais s'arrêter, mais continuer à parler, à parler, pareil que le pasteur le dimanche. Les autres mamans se regardaient, en faisant des têtes qui disaient : « C'est vraiment ça ? », ou « Pourquoi elle dit tout ça ? », ou « Vous croyez qu'elle a perdu la tête ? », et puis la maman à Vicky a dit : « Je pense qu'il vaudrait mieux que tu évites de dire ce genre de choses devant Mary, Jennifer. »

Il commençait à faire noir dehors, et la maman à Vicky s'est mise à débarrasser – c'est ce que font les gens quand ils ont décidé que c'est le moment pour vous de partir. La maman à Robert regardait à nouveau le journal. J'ai pensé qu'elle allait le mettre dans son sac pour pouvoir montrer à d'autres personnes Robert-pas-Steven, et leur dire comment ça lui donnait envie de mourir ou de vomir. Elle avait l'air bien plus intéressée par la photo de Robert que par le vrai Robert, qui était en train de lécher une prise de courant sur le mur.

« On va faire le poirier contre le mur ? » j'ai proposé à Linda en sortant. Il faisait pas encore complètement noir, et la nuit était une nuit d'été, pâle et légère.

« Je peux pas. Il fait presque noir. Maman va m'attendre à la maison. »

J'ai pris la peau de son bras entre mon pouce et mon index et je l'ai pincée. « *Maman va m'attendre à la maison* », j'ai répété d'une voix ridicule.

Elle a continué à marcher en se frottant le bras. « Des fois, t'es vraiment pas sympa pour une meilleure amie, Chrissie. »

J'ai regardé les coins de sa bouche qui faisaient des plis tristes vers le bas. « N'empêche, c'est moi, ta meilleure amie », j'ai dit. Elle s'est essuyé les yeux, l'air pas convaincu. Mon cœur a sauté un battement. « Tu es ma meilleure amie. Toujours. Et je suis une bonne meilleure amie, en vrai. Mieux que les autres. Je fais toujours attention à ce que personne soit méchant avec toi. Et personne d'autre veut être ta meilleure amie de toute façon. Donc je suis toujours ta meilleure amie, d'accord ?

— Ouais. » Elle avait l'air fatiguée.

En rentrant à la maison, j'ai appelé papa. J'espérais qu'il serait peut-être sur le canapé à boire de la bière. Mais non. J'ai pensé qu'il était sûrement mort, encore une fois. Il me manquait, ça me faisait pareil qu'une brûlure de cigarette dans le ventre : un trou, avec les bords noircis.

Dans la salle de bains, j'ai fait couler de l'eau dans la baignoire. Elle est sortie en crachotant, brunâtre à cause de la rouille dans les tuyaux. La vapeur s'élevait et me mouillait la figure. J'ai enlevé ma robe mais j'ai gardé ma culotte. Quand je suis entrée dedans, ça m'a brûlé la peau. J'ai frotté le morceau de savon sur mes bras et mes jambes, et mes poils se sont recourbés comme des petits vers dans du lait. Dans l'eau, j'ai retiré ma culotte, j'ai mis plein de savon dessus, je l'ai rincée et je l'ai mise à sécher sur le bord de la baignoire. Mes cheveux faisaient des paquets de nœuds au bout, alors je les ai mouillés et j'ai essayé de défaire les plus gros.

Après m'être lavée, je suis restée assise, les bras enroulés autour des jambes, en appuyant la bouche contre mes genoux, de plus en plus fort, jusqu'à ce que je sente mes dents s'imprimer dans la pâte à modeler de ma lèvre. Au moment où je croyais qu'elles allaient percer ma lèvre et entamer l'os de mon genou, j'ai entendu le plancher craquer dans le couloir. Je suis sortie de la baignoire et j'ai entrebâillé la porte. Maman était là, sur le palier, devant l'entrée de sa chambre. J'ai ouvert la porte en grand et je me suis plantée là, les jambes écartées. Elle m'a examinée de la tête aux pieds.

« Où est papa ? j'ai demandé.

— Pas là.

— Où il est ?

— Je ne sais pas.

— Quand est-ce qu'il revient ?

— Pourquoi tu veux le voir ? »

J'ai pris une serviette et je l'ai enroulée autour de moi. Parfois, maman disait des trucs juste pour me piéger, pour se donner une excuse pour crier. J'ai regardé son visage pour voir si c'était le cas cette fois. Mais visiblement non. Lorsqu'elle essayait de me piéger, sa lèvre se recourbait d'un côté et ça creusait une ride au coin de son nez. Pas cette fois. Ses lèvres étaient serrées, et c'est entre ses sourcils qu'est apparue une ride.

« Je veux le voir, c'est tout.

— Mais tu m'as déjà, moi. »

Ça n'avait aucun sens. C'était comme de dire que je n'avais pas besoin de brosse à dents parce que j'avais une brindille, ou que je n'avais pas besoin d'un édredon parce que j'avais une couverture de survie. Les deux choses se valaient pas : ce que je voulais, j'en avais besoin ; ce que j'avais était beaucoup moins bien.

« C'est pas toi que je veux, c'est lui », j'ai dit.

Ça, elle a eu du mal à l'avaler, tout son cou s'est tendu, et pendant une seconde j'ai cru qu'elle allait se mettre à crier.

« Chrissie. Ce petit garçon. »

Mon cœur s'est mis à voleter dans ma gorge. Il ne pulsait pas. C'était beaucoup plus rapide que ça. Flap-flap-flap, un battement d'ailes de papillon de nuit. Mes muscles étaient de glace.

« Ouais, j'ai répondu.

— Tu… »

Je croyais qu'elle allait continuer : « Tu le connaissais », ou « Tu jouais avec lui », ou même : « Tu l'as tué. » Mais elle a rien dit. Elle m'a juste regardée. Mâchoires serrées, avec un nerf qui bougeait, comme un insecte coincé sous la peau. Puis elle est retournée dans sa chambre et elle a fermé la porte.

JULIA

Dans la cuisine, maman était assise près de l'évier. La pièce était étroite, avec une petite table et deux chaises au bout. J'ai ouvert un des placards au-dessus du plan de travail, m'attendant à le trouver vide. Des paquets de gâteaux s'entassaient jusqu'au fond. Trois boîtes d'œufs étaient empilées les unes sur les autres.

« Alors donc, tu achètes à manger maintenant. Maintenant que tu es toute seule.

— Tu veux un verre ? » a-t-elle demandé. Elle a sorti un verre à whisky de l'étagère et s'en est versé quelques centimètres.

« Je ne bois pas. »

Elle a vidé son verre cul sec. « Pourquoi ?

— À cause de Molly. »

Elle a froncé les sourcils, comme si elle ne comprenait pas le lien, et s'est versé son deuxième whisky. Puis elle s'est assise à table, me tournant le dos. J'ai ouvert les placards un par un, jetant un vague coup d'œil, à peine intéressée, mais je voulais qu'elle m'entende le faire. Je voulais qu'elle sente mes mains fouiller partout dans ses entrailles.

Je me suis assise en face d'elle, mais elle n'a pas

levé les yeux. Elle était recroquevillée sur elle-même, toute petite dans sa robe de chambre.

« C'est ici que tu as déménagé la dernière fois que je t'ai vue ? ai-je demandé.

— Ouais. Ça fait cinq ans.

— Pourquoi tu es revenue ?

— J'avais envie. Ailleurs, je me sentais jamais chez moi. Au moins ici, je sais ce qu'il en est.

— Et tu te sens chez toi ? »

Elle a haussé les épaules et pris une respiration saccadée. J'ai cru qu'elle allait se mettre à pleurer, ce que j'ai trouvé répugnant. Je cherchais le moyen de la faire basculer de la tristesse vers la rage.

« On t'embête encore ? » ai-je demandé.

Lorsqu'elle venait me rendre visite à Haverleigh, elle adorait me raconter tous ses ennuis. Elle m'apportait les mots qu'on glissait dans sa boîte aux lettres, cris de haine griffonnés à la hâte. DEHORS LA MÈRE DE LA MEURTRIÈRE. LA FAISEUSE DE DIABLE IRA EN ENFER.

Elle a bu une gorgée. « Rien d'important. Je touche du bois. » Elle a tapoté la table, qui visiblement était en plastique. On n'a rien dit pendant un moment. Lorsque je m'étais représenté cette rencontre, je n'avais pas imaginé ça ainsi : des mots serrés, entre de longs blancs béants. Je m'étais figuré des cris, des larmes, je mettais Molly en avant : « Regarde. Regarde ce que j'ai fait, maman. Je l'ai faite, elle. J'ai réalisé quelque chose de bien. » Et maman, tombant à genoux, écartant les cheveux du visage de Molly : « Oui. Tu as réussi. Bravo. Elle est magnifique, Chrissie. Magnifique. » Je me suis détestée d'avoir cru que cela puisse se produire, et plus encore de continuer à l'espérer.

« Tu as un boulot maintenant ? ai-je demandé.

— Des ménages. Dans des bureaux, en ville.

— D'accord.

— J'y vais tôt le matin. Je me lève vers quatre ou cinq heures. Je reviens dormir à midi. C'est pour ça que j'étais couchée quand vous êtes arrivées. Normalement, je ne le fais pas, tu vois. Je dors le jour seulement si je travaille tôt.

— D'accord. »

Un tic agitait le coin de son œil. Elle a plongé un doigt dans son verre, puis l'a appuyé là où ça vibrait. Ça n'a rien changé. Elle a parcouru le bord du verre de son doigt mouillé. Je me suis rappelé que papa faisait ça – ce joli bruit qui emplissait l'air.

« Tu sais où est papa ? ai-je demandé.

— On a perdu le contact. Il peut être n'importe où.

— Ah.

— Bon débarras, a-t-elle conclu en revenant soudain à la vie. C'était un vrai connard. »

Papa ne m'avait pas rendu visite à Haverleigh avant mes seize ans. Il avait débarqué trois jours après mon anniversaire et s'était ramené dans la salle des visites avec un sachet de bonbons emballés que les gardiens avaient tous défaits pour vérifier qu'il n'y avait pas de drogue ou de lame de rasoir cachées. En arrivant devant la table, il avait lâché le paquet devant moi. Les bonbons s'étaient presque tous répandus par terre. Ni lui ni moi ne les avions ramassés.

« Bon anniversaire, a-t-il dit.

— Merci.

— T'as drôlement grandi.

— Ouais.

— Et t'as grossi. »

J'ai gardé le silence.

« Ça va, ici ? » a-t-il demandé en désignant la fenêtre.

Dehors, on apercevait la clôture haute de plus de trois mètres.

« Super. »

Il a collé son pouce contre ses dents, et on a regardé la télé qui était fixée dans un coin de la pièce. Je me sentais réchauffée en moi-même par une petite flamme de défi. Il était venu. Il était venu me voir. Il était venu me voir et m'avait apporté des bonbons. Il était venu me voir et m'avait apporté des bonbons pour mon anniversaire. Il était exactement tel que dans mes souvenirs et j'avais envie de me précipiter de l'autre côté de la table pour nicher mon visage dans le creux de son cou, là où la peau est fraîche et moite.

Quand l'émission s'est terminée, il s'est raclé la gorge. « Bon, ben je vais y aller.

— Mais tu viens seulement d'arriver.

— Ça fait presque une demi-heure.

— Non, c'est pas vrai.

— J'ai des trucs à faire.

— Je veux que tu restes. »

Il s'est rassis, a pris un bonbon, l'a déballé et l'a mangé. Je l'ai entendu le croquer. On a regardé une autre émission de télé. À la fin, il a posé les mains sur la table.

« Bon, ben à bientôt, a-t-il dit.

— Tu vas revenir ?

— Ouais. Je suppose.

— Il me reste plus que deux ans ici. Après, je sortirai. Tu reviendras avant que je sorte ?

— Bien sûr que je viendrai.

— Merci. » Je savais qu'il ne le ferait pas, mais j'étais reconnaissante de cette petite heure passée en compagnie d'un adulte qui n'était pas payé pour être avec moi. Il a repoussé sa chaise, j'ai fait le tour et je me suis serrée contre lui. Quand j'étais enfant et que je lui faisais un câlin, mon visage lui arrivait au niveau du ventre, mais maintenant, mon nez touchait sa poitrine. J'ai tourné la tête, et ma joue s'est collée contre sa chemise. Il m'a tapoté le dos, puis il m'a attrapée par les épaules pour me repousser, pas pour me faire tomber en arrière, mais parce qu'il avait besoin de mettre de l'espace entre nous. Parfois, il est nécessaire de mettre un peu d'espace entre soi et les autres, même lorsqu'on aime vraiment l'autre, comme par exemple parce qu'on a trop chaud, ou qu'on a besoin de respirer. Ce n'était pas pour ça que papa m'avait repoussée, mais parce qu'il ne voulait pas que mon corps soit contre le sien. Parce que j'avais eu beau germer, grandir, étirer mes membres, n'empêche, j'étais toujours la mauvaise graine.

« Il est venu me voir quelques fois, ai-je répondu à maman. Il n'était pas si mauvais.

— Si.

— Il valait mieux que toi.

— Quand est-ce qu'il s'est comporté mieux que moi ? Il était jamais là.

— Si. Parfois il était là.

— Tous les trente-six du mois.

— Ce n'était pas sa faute. Il avait d'autres trucs à faire. C'était ton boulot à toi de veiller sur moi, pas le sien.

— Pourquoi ?

— Parce que tu étais ma maman. » Elle n'a rien répondu, et le silence m'a laissé assez d'espace pour que je m'entende moi-même dans ma tête – geignarde, dans l'illusion –, ce qui m'a mise en colère plus que tout ce qu'elle aurait pu me dire. « Il n'avait pas besoin d'être là pour être meilleur que toi. Lui au moins, quand je le voyais, il était gentil avec moi. »

Elle a émis une espèce de ricanement. « Ouais. Gentil avec toi ! »

Autre souvenir, d'un gris translucide, semblable à un négatif de photo. J'ai sept ans, j'aperçois papa depuis la fenêtre de ma chambre, je descends en courant, je me jette dans ses bras. Maman est à la porte, dans l'allée, elle crie en nous voyant nous éloigner main dans la main. « Papa, elle t'appelle. » « Continue à marcher, t'arrête pas. » Maman, à la maison ce soir-là, assise dans l'escalier, contre le mur. « Va te coucher, Chrissie. » « J'ai pas sommeil. » « Mais putain, tu vas aller te coucher, oui ! » Dans ma chambre, je les entends crier : « Et donc tu vas repartir, comme ça ? » « J'ai vu ma gosse, j'ai fait ma part. » « Et moi ? J'existe pas ? » « Ne sois pas ridicule. » « Et *moi* alors ? » « Eleanor, arrête, on dirait une gamine. » Le portillon qui grince. Souffle chaud sur la vitre froide. Papa qui s'en va, maman, pieds nus, dehors. « Reviens, reviens, s'il te plaît, *reviens !* » Sa voix qui se brise, les bords lacérés. Bruits de pas dans l'escalier. Maman est dans ma chambre, elle me frappe, une douleur tel un éclair, un bruit de fouet qui claque. « Tout ça, c'est à cause de toi ! » Ma main sur ma joue, chaude, tendre comme de la viande. « Ouais, tout ça, c'est à cause de moi, à cause de moi qu'il vient. Il est venu pour me voir, moi. Pas toi. T'as pas entendu ce qu'il a dit ? »

J'ai reculé pour me lever et la chaise a grincé. « Je vais voir ce que devient Molly. » Elle était là où je l'avais laissée : sur le canapé, le visage éclairé par une émission d'Histoire.

« Ça va ? » lui ai-je demandé. Elle n'a pas bougé lorsque je me suis assise à côté d'elle sur l'accoudoir.

« Pourquoi elle t'appelle Chrissie ?

— On m'appelait comme ça quand j'étais petite.

— Et plus maintenant ?

— Non.

— Pourquoi ?

— Parce que j'ai changé.

— Et moi aussi je vais changer Molly ?

— Non. » Et alors j'ai pensé que je ne savais pas ce qui arriverait à son nom lorsqu'elle serait chez ses nouveaux parents. Quelque part, j'espérais qu'ils lui donneraient un autre prénom. Je ne supportais pas l'idée de ces douces syllabes dans leurs bouches. Je me suis demandé si, en prison, j'éprouverais toujours le besoin de prononcer son nom un certain nombre de fois par jour pour me sentir entière. Je m'imaginais le psalmodier, toute seule, recroquevillée sur ma paillasse.

En retournant à la cuisine, je me suis arrêtée pour regarder dans la pièce qui jouxtait le salon. Il y régnait davantage de désordre que dans le reste de l'appartement, le lit était couvert de collants et de chemisiers en bouchon. Au milieu on voyait une forme humaine se creuser, et j'ai imaginé maman recroquevillée là, comme une souris enfouie dans son nid.

Elle était toujours à la table de la cuisine, la tête appuyée contre sa main. En longeant le comptoir, j'ai fait glisser mes doigts le long des boîtes de céréales alignées contre le mur.

« Tu achètes à manger, maintenant, ai-je dit en me rasseyant.

— Pourquoi tu n'arrêtes pas de répéter ça ?

— Parce que tu ne le faisais pas à l'époque où je vivais avec toi.

— Ah bon ?

— Non. Je n'avais jamais assez à manger. Je crevais de faim. La nuit, je fourrais le drap dans ma bouche pour avoir quelque chose à mâcher.

— Mais je me souviens que je t'achetais des choses. Des bonbons, des trucs. Je m'en souviens.

— C'était quoi ? Une fois par mois ? Le reste du temps, il n'y avait rien.

— Ben je savais pas. Je ne me rappelle pas avoir eu faim.

— Tu n'avais pas faim. »

C'était la vérité : même quand les placards étaient vides, maman avait assez à manger. Parfois, lorsqu'elle rentrait en pleine nuit, j'attendais qu'elle soit dans sa chambre pour me glisser au rez-de-chaussée et inspecter le sac à main qu'elle avait laissé choir dans le couloir. Il y avait toujours quelque chose qui traînait au fond, un sachet de chips ou un cornet de frites. J'espérais toujours que ce soient des frites, pour sucer le ketchup. Maman et moi, nous étions une famille d'oiseaux qui avait mal tourné : elle allait chercher des restes à l'extérieur, et moi j'attendais dans le nid. De temps en temps seulement, elle me rapportait un bout de vermisseau à moitié mâchouillé, et toutes les cochonneries qu'elle me donnait, je les avalais. En y repensant, à présent, j'ai trouvé ça froidement humiliant.

« J'avais faim, ai-je dit.

— Ça va. J'ai compris. C'était juste de la bouffe. »

Un éclat de colère s'est planté à l'endroit tendre où ma mâchoire rencontrait mon cou. Je me suis trouvée incapable de lui expliquer que la bouffe n'était plus juste de la bouffe lorsqu'on n'en avait pas, que plus la faim enflait, se boursouflait, plus vous rétrécissiez. C'étaient des vivres. Ça devenait la mesure de vos heures, le critère qui déterminait une mauvaise journée ou une bonne. Les vivres étaient une chose capitale qu'on stockait quand on en avait, et sur lesquels on pleurait quand on n'en avait pas. Je me sentais incapable de lui expliquer ce qu'était la faim, et je n'étais même pas certaine que cela serve à quelque chose. C'était impossible à comprendre si on ne l'avait pas vécu soi-même. J'aurais voulu lui dire combien la faim m'avait façonnée, fabriquée, parce qu'elle était immense, et j'étais si petite, qu'elle était toujours là, comme une présence constante, qui toujours me rongeait. Il aurait été extrême de conclure que j'avais tué car j'étais affamée, seulement cette faim était une forme de folie. Elle était la cause de tant de choses que j'avais faites à cette époque. Parfois, je me demandais si elle n'avait pas ralenti le développement de mon cerveau, puisque aucune nourriture ne me permettait de créer de nouvelles cellules.

À Haverleigh, on mangeait tous ensemble, assis sur des bancs, de part et d'autre de la table. Elle était assez large pour qu'on ne puisse pas donner de coups de pied à ceux d'en face, donc, on s'en prenait aux voisins. Ils essayaient de nous placer auprès de gens qu'on aimait bien pour éviter qu'on les frappe, seulement moi, personne ne m'aimait, et je cognais tout le monde. Sauf que j'arrêtais toujours quand le repas arrivait. Nos gardiens déposaient au milieu de la table des platées de sandwiches, et j'en prenais autant que mes mains pouvaient en attraper pour les empiler dans mon assiette, puis j'en prenais encore d'autres, je les empilais par-dessus les premiers, et je faisais un bouclier avec mes bras pendant que je les enfournais dans ma bouche.

À Haverleigh, je ne goûtais pas à ce qu'on me donnait ; ce n'était pas le but. Manger non plus. L'objectif, c'était d'accumuler, de garder, de remplir. Parfois, on faisait de la cuisine avec les employés. Chaque fois je me faufilais dans le garde-manger. Mes pieds faisaient un bruit collant sur le lino, j'ouvrais très discrètement la porte qui poussait un léger soupir. Le problème n'était pas de se faire prendre – je me faisais attraper chaque fois –, mais de réussir à avaler le plus de nourriture possible avant que l'affreux néon s'allume au-dessus de moi. Différents aliments glissaient dans ma gorge avec des sensations variées : les corn flakes grattaient, la confiture dégoulinait, le beurre glissait. En me découvrant, les gardiens soupiraient distinctement, beaucoup plus fort que la porte du garde-manger. Ils m'emmenaient dans la salle de bains et me débarrassaient de mes gants poisseux. Je hurlais.

« Tais-toi, Chrissie !

— Mais ça fait mal !

— Où as-tu mal ?

— Au ventre ! J'ai mal au ventre !

— Évidemment que tu as mal au ventre ! Tu as trop mangé. Tu n'aurais pas dû te goinfrer comme ça.

— Mais j'ai mal ! J'ai mal ! J'ai mal ! »

Ils soupiraient de plus belle, et je hurlais encore plus fort car ils ne comprenaient pas. J'éprouvais une douleur à bas bruit, nauséeuse, comme si une main de fer me serrait les entrailles, et j'avais mal ailleurs aussi, dans des endroits secrets, à la gorge, à la tête, dans la poitrine. J'avais mal parce que mon papa me manquait, et Linda, et le mur où on faisait le poirier, et ma bille. Je criais tant et si bien que j'étais malade, et après, je me calmais. Je me sentais mieux lorsque j'avais vomi. Pas les gardiens. Parce qu'en général je leur vomissais dessus.

Au bout d'un moment, ils ont mis un verrou à la porte du garde-manger, alors je me suis mise à voler de la nourriture à la table du petit déjeuner. Je faisais des stocks d'écureuil dans mon placard, que je mangeais dans mon lit, la nuit.

« Pourquoi est-ce qu'il y a de la confiture de framboises sur tes draps, Chrissie ? m'a demandé un gardien un dimanche matin en regardant par-dessus mon épaule tandis que je défaisais mon lit.

— Quelle confiture de framboises ?

— Ça, là.

— C'est pas de la confiture de framboises, c'est du sang. J'ai saigné du nez.

— Mouais, a-t-il dit en me reprenant le drap. Tu as des graines de framboisier dans le sang, toi ? Intéressant.

— Ben, je suis la mauvaise graine. »

Quand j'ai quitté Haverleigh, j'avais appris à redouter la force et l'ampleur de mon appétit, car tout ce que j'avais englouti s'était attaché à mon corps. Chaque fois que je m'aspergeais le visage d'eau, mes mains touchaient les rondeurs de mes joues et de mon menton. Après, j'ai presque cessé de manger, et mes os sont revenus à la surface, ainsi que le caillé se sépare du petit-lait. Mais la faim était toujours là, ses poings tambourinaient contre la protection étanche que j'avais apposée autour d'elle, et je ne cessais de la réprimer. C'était trop douloureux d'être grosse. Trop grosse pour entrer dans les vêtements qui portaient l'odeur de Linda et des rues. Trop grosse pour me cacher. Trop grosse pour aimer.

« Y a une raison particulière pour que tu sois venue ? » a demandé maman.

J'ai posé les coudes sur la table et appuyé sur mes yeux. J'avais tellement mal à la tête que je voyais des ronds de lumière bleus et roses chaque fois que mes paupières se fermaient. Je me représentais chaque cellule de mon cerveau rouge, pulsant de douleur et de colère. Je ne voulais pas lui dire que j'avais besoin d'elle. Elle ne le méritait pas.

« Ce n'est pas comme si j'étais jamais venue te voir. Je venais tout le temps.

— Pendant des lustres, tu n'es plus venue. Des années.

— Tu n'as jamais vu Molly. »

J'avais envie qu'elle morde à l'hameçon et me réponde : « Mais oui bien sûr, ta fille, ta petite fille. Elle est incroyable, Chrissie. D'ailleurs je m'en vais dans le salon sans attendre rien que pour la regarder. »

Elle avait rentré une main dans sa manche. Elle s'est gratté le bras, à la manière d'un couteau qui écaille un poisson. « Mais pourquoi maintenant ? a-t-elle demandé.

— Parfois on sent que le moment est venu de faire quelque chose. De même que le jour où tu as décidé de me faire adopter. »

Cette fois, j'ai atteint mon but : elle a cessé de se gratter, plus de bruit. Elle a lentement retiré sa main, et j'ai vu une fine poussière de peau accumulée sous ses ongles.

« Je ne pensais pas que tu te rappelais de ça.

— Je n'étais plus un bébé. J'avais huit ans, quand même.

— Bon, qu'est-ce que tu veux que je dise. Je ne savais pas m'occuper de toi. Comment je l'aurais su, hein ? Personne m'avait appris. Ma mère s'était jamais occupée de moi. Tu peux pas savoir les choses si personne te les apprend.

— C'est pas si difficile.

— Mais tu n'étais pas une enfant facile.

— Et tu n'étais pas une maman facile.

— Arrête, Chrissie. Pourquoi tu laisses pas tomber tout ça ? »

Je sentais qu'elle se rapprochait. Je me suis raccrochée à la liste de questions que j'avais préparée dans le train. « Tu savais ? l'ai-je interrogée.

— Quoi ?

— Que c'était moi. Pour Steven. Avant que les autres le découvrent. »

Elle s'est renfoncée contre son dossier et a détourné le regard. Je voyais qu'elle essayait de revenir dans le passé, de se remémorer ce qu'elle savait à l'époque.

« Ouais, je crois.

— Comment ?

— Eh bien, je n'en étais pas sûre. Mais je me souviens qu'on était à l'église et qu'elles... tu sais, ces fouineuses de bonnes femmes. Elles faisaient des messes basses, et y en a une qui a dit : “Ils parlent à tous les mioches, hein ?” et une autre a répondu : “Ouais, ils pensent qu'il s'est passé un truc vraiment grave.” Quelque chose du genre. On devinait ce qu'elles voulaient dire : que tout le monde commençait à penser que c'était un enfant qui avait fait ça. Et là je me souviens d'avoir pensé : “Oh. Alors c'est elle.”

— C'est tout ?

— Tout ce dont je me souviens.

— Tu as dû ressentir quelque chose ?

— Comme si je l'avais toujours su.

— Pourquoi tu ne l'as raconté à personne ? Si tu

le savais tout du long, pourquoi n'es-tu pas allée voir la police ?

— J'en sais rien.

— Tu aurais été débarrassée de moi plus vite. C'est bien ce que tu voulais, pas vrai ? » Je savais que tout ça, c'était pour obtenir une preuve de son affection, pour l'entendre dire : « Je ne voulais pas me débarrasser de toi. Je voulais te garder auprès de moi. Tu comptes pour moi. Tu es ma Chrissie. » Elle a retroussé les manches de sa robe de chambre et posé les mains sur ses cuisses.

« Je ne sais pas vraiment ce que je voulais. C'est pas si clair dans mon esprit. Si je t'avais balancée aux flics, ça aurait été compliqué, un gros bordel. Je crois que je m'en foutais. Je me disais… De toute façon, il est mort. Alors qu'est-ce que ça peut faire ?

— Ah. » Il y avait quelque chose d'humiliant à se voir accorder si peu d'importance.

« Mais je me suis pas contentée de rien faire. J'ai tenté quelque chose.

— Quoi ?

— Tu sais ce que je veux dire. »

J'ai entendu la porte du salon s'ouvrir et je suis allée voir Molly, que j'ai trouvée debout dans le couloir. « Tout va bien ? ai-je dit.

— La télé, elle est bizarre », a-t-elle dit en désignant l'écran. Il était en effet barré de rayures grises. Je me suis accroupie derrière le poste et j'ai regardé les nœuds de câbles jusqu'à ce que je découvre celui qui était mal enfoncé.

« C'est mieux ?

— Ouais. »

Au moment où j'allais me lever, j'ai aperçu une boîte carrée en métal dans l'espace juste derrière le meuble télé. J'ai soulevé le couvercle et j'ai trouvé un épais paquet de cartes d'anniversaire à l'intérieur, exhibant toutes des images écœurantes. Des nounours, des cœurs, des gâteaux avec des bougies jaunes. Mon sac était posé juste à côté : je l'ai fourrée dedans en m'assurant que Molly ne voie rien. Mes genoux ont craqué quand je me suis relevée.

« On s'en va bientôt, ai-je dit.

— D'accord », a répondu Molly qui s'était rencognée dans le canapé et dont le regard était vissé sur l'écran. Dans la lumière bleuâtre, ses joues et ses lèvres paraissaient lisses, comme une poupée de porcelaine. Les images se reflétaient et dansaient dans ses yeux. Soudain, je me suis sentie furieuse qu'elle soit si parfaite – si loin devant ces centaines de milliers de gosses ordinaires à travers le monde. Il était certain que je la perdrais. Il était écrit que l'histoire finirait ainsi. C'était une injustice criante qu'elle soit si parfaite.

Maman n'a pas levé les yeux à mon retour.

« Tout va bien. Y avait juste un problème avec la télé. Je l'ai réglée.

— Ah oui. Elle est vieille.

— Elle ne t'intéresse pas vraiment, hein.

— C'est pas mon enfant.

— Non. Mais moi, je suis ton enfant. Et Molly est mon enfant à moi. Donc tu devrais te sentir concernée. »

Elle a soupiré bruyamment et relâché un peu la ceinture de sa robe de chambre. « Tu n'es plus une enfant. Ça fait même des années.

— Je veux dire que je suis ton enfant à toi ! Pas *une* enfant. *Ton* enfant. »

Alors je me suis rappelé ça : cette tactique du double jeu, je t'aime/je te hais. C'était pareil à l'époque où nous vivions ensemble : elle pleurait pour que je reste/elle hurlait jusqu'à ce que je parte. La situation basculait si vite de l'un à l'autre que je ne comprenais jamais par quel stratagème s'opérait le renversement. Lorsqu'elle me rendait visite à Haverleigh, j'avais à peu près réussi à mettre le doigt sur ces riens qu'elle transformait en tout. Cette fois, je n'en étais pas sûre, car j'avais perdu l'habitude, mais sans doute était-elle froissée que je préfère m'assurer que Molly allait bien plutôt que de rester avec elle.

« Tu es venue me voir pour me montrer que tu es une meilleure mère que moi ? a-t-elle demandé.

— Quoi ? Je n'ai jamais dit que j'étais une bonne mère.

— T'as pas besoin de le dire. Tu es tout le temps après elle. Tu veux m'en remontrer, c'est ça ?

— Je m'occupe d'elle, c'est tout. C'est une môme. Les mômes ont besoin qu'on s'occupe d'eux.

— Pas tant qu'on le croit.

— Si. Autant qu'on le croit. Et sans doute plus, même. Je ne suis pas venue te faire la leçon. Je voulais juste que tu la connaisses. C'est à elle que j'ai consacré tout mon temps ces dernières années. Sûrement la meilleure chose que j'aie jamais faite.

— Ah. Ça doit être super pour toi. De ne pas avoir une fille qui a rendu le monde encore pire qu'il n'était. »

Elle avait anéanti ma couche protectrice en se montrant si vulnérable, me laissant aussi dépourvue d'armure qu'un grain de raisin pelé. La flèche m'a atteinte en plein cœur. Ça brûlait.

« Mais alors, pourquoi tu m'as faite ? Tu ne voulais pas d'enfants. Tu aurais pu te débarrasser de moi. Tu ne me voulais pas. »

Elle a émis un grognement de dérision, à croire qu'il s'agissait d'une question à laquelle elle était incapable de répondre. « Je ne sais pas. Je voulais quelque chose. Peut-être ton père. Peut-être que j'ai pensé : "Si j'ai un gosse, il restera." Et même si ça ne s'est pas passé comme ça, j'ai peut-être cru : "Bon. J'ai toujours ma gamine. Elle m'aimera." Et puis tu es née. Et tu ne m'aimais pas.

— Parce que tu n'as jamais rien fait pour moi. Les bébés ne naissent pas en aimant leurs parents. Ils en ont besoin, évidemment. Mais l'amour vient après. Il faut le gagner, cet amour.

— Mais je te l'ai dit. Personne ne m'a appris comment faire. Je ne savais rien.

— Moi non plus, personne ne m'a appris. On ne m'a rien enseigné du tout. Mais avec un peu de volonté, on finit par trouver des choses. Et puis le lendemain, on apprend un peu plus. Et ainsi de suite, chaque jour. La plupart du temps, c'est vraiment dur, et chiant, mais ce n'est pas impossible. Il faut juste le vouloir.

— Bien sûr. » On aurait dit qu'elle n'avait plus d'air dans les poumons. Elle a sombré dans les plis de sa robe de chambre et j'ai remarqué un nounours brodé sur la poche. « Donc, tu dis que je ne le voulais pas. Pas assez.

— Qu'est-ce que tu veux ? Aujourd'hui, je veux dire. Qu'est-ce que tu veux vraiment ?

— Oh, beaucoup de choses.

— Lesquelles ? »

Elle a commencé à mordiller ses lèvres sèches. Je l'ai vue détacher une peau morte, qui a disparu sur sa langue. Puis elle l'a retirée du bout du doigt et essuyé sur la table.

« Donc, pour commencer, ce serait sympa que les

gens ne me crachent pas dessus dans la rue. D'avoir une maison où je me sente vraiment chez moi. D'être plus jeune, j'imagine. Mais bon, sans doute que tout le monde veut ça. J'aimerais avoir vingt-cinq ans, comme toi. Pour avoir la vie devant moi. J'imagine que j'ai envie de tout recommencer à zéro. »

Jamais sans doute elle ne s'était montrée aussi honnête avec moi, et c'était trop gros pour que je puisse digérer. Je me suis levée, mais je n'avais pas assez d'espace. C'était trop énorme : les mots de maman, l'appartement moisi, cette terre d'où remontaient les souvenirs de la maison bleue. Mon visage me faisait l'effet d'un ballon rempli d'eau bouillante, alors je suis allée vers le frigo, j'ai ouvert la porte et je me suis accroupie devant pour en absorber la fraîcheur. Il y avait une étagère remplie de canettes de Coca. J'ai imaginé la cascade froide dans ma gorge, l'impression de craie sur mes dents nappées de sucre. À Haverleigh, on ne nous laissait en boire qu'à Noël, si bien qu'à ma sortie je ne buvais plus que ça, et pendant quelques semaines j'avais eu l'impression que c'était Noël tous les jours. Après Haverleigh, j'avais fait n'importe quoi, j'étais dans un état de santé déplorable. Je mettais tant de sel dans mes aliments que cela m'irritait les gencives, ensuite la nuit je me réveillais tellement j'avais soif, et j'attrapais la bouteille de Coca de deux litres que je gardais au pied de mon lit. Quand il déferlait sur mes dents, je sentais l'émail se déliter en fines couches. Parfois, j'avais l'impression de faire une expérience : tester jusqu'où je pouvais maltraiter mes entrailles pour atteindre la limite où elles cesseraient de fonctionner. Le jour où j'ai découvert que j'étais enceinte, j'ai avalé quatre litres de Coca. Puis plus rien pendant neuf mois. Je me forçais à boire de l'eau, m'étranglant devant cette étrange absence de goût. Mon ventre s'était vidé de son effervescence pour se remplir de Molly, et chaque jour je sentais qu'elle recollait les morceaux rouillés à l'intérieur.

Peut-être que c'était ça le plus énorme : avoir trouvé maman dans un bon état de conservation. Elle était plus petite, plus tranquille, mieux qu'avant. Elle était propre. Stable. Elle gagnait de l'argent et remplissait ses placards. La même chose m'était advenue en découvrant que j'étais enceinte de Molly, sauf qu'il s'agissait de l'inverse. Je m'étais reconstruite parce que Molly était arrivée. Maman, parce que j'étais partie.

À force d'être accroupie, j'ai eu des fourmis dans les jambes, aussi j'ai refermé la porte du frigo, je me suis assise et penchée en avant pour appuyer le front sur le plastique froid. J'étais remplie, jusqu'au bout des doigts, de l'écho de ses paroles : « Donc, c'était elle. Qu'est-ce que ça peut faire ? J'aimerais avoir vingt-cinq ans, comme toi. Je n'ai pas *rien fait*. J'ai essayé. » Je comprenais ce qu'elle voulait dire, et j'éprouvais un véritable sentiment d'horreur, mais il y avait d'autres choses à l'œuvre, encore plus puissantes : je tremblais de colère à l'idée que des gens lui crachent dessus dans la rue – et puis ce reste de chaleur à l'idée qu'elle se rappelait que j'avais vingt-cinq ans.

CHRISSIE

Le samedi, en voyant maman, j'ai cru qu'elle était malade. J'étais assise sur le paillasson, dans le couloir, où je faisais mes lacets – les nœuds qui ne se défont jamais –, quand elle est sortie du salon. Je savais même pas qu'elle était là. Elle avait les joues rouges et les yeux très brillants, et elle tordait sa bouche de manière super bizarre. Je me suis levée.

« Coucou », elle a dit. Elle s'est approchée de moi. J'ai pensé qu'elle avait peut-être envie de me faire un câlin, mais qu'elle arrivait pas à se forcer. Alors elle m'a tapoté l'épaule. De tout près, elle dégageait une forte odeur de dame – sang, viande et chiottes. J'ai respiré par la bouche parce que je voulais pas que l'odeur rentre en moi.

« Tu es malade ? j'ai demandé.

— Non.

— T'as pas la goutte ?

— Pourquoi j'aurais la goutte ?

— Chais pas. Le mari à Mrs Bunty, il a la goutte.

— Je vais bien. Est-ce que tu vas jouer dehors ? »
J'ai fait oui de la tête, en respirant toujours par la bouche. « Tu vas jouer avec qui ?

— Linda.

— Ah. Oui. Linda. D'accord. » Elle savait pas vraiment qui était Linda. Elle a sorti un tube de Smarties de derrière son dos. « J'ai pris ça pour toi. Pour que tu les manges. Pendant que tu joues. »

Je les ai pris. Elle m'a abandonné le tube. Il était tout lisse dans ma main.

« D'accord », j'ai dit. J'ai voulu ouvrir la porte, mais elle m'a attrapée par le bras et m'a tirée en arrière, en serrant si fort que j'ai senti que ses doigts allaient me laisser des bleus.

« J'ai acheté ces bonbons-là pour toi, tu comprends ? Avec mon argent à moi, et ils sont uniquement pour toi. Alors ne va pas les partager avec les autres. Pigé ? »

J'ai hoché la tête pour lui dire que je ne partagerais pas, et c'était la vérité, car l'idée m'avait même pas traversé l'esprit. Elle s'est penchée et m'a embrassée sur la joue, un baiser sec et rapide. Ses lèvres étaient comme de l'écorce d'arbre sur ma peau.

« Tu manges tout, toute seule, hein ? Tout.

— Oui, oui. » Elle a posé la main sur ma tête, fermé les yeux et murmuré : « Mon Père, protégez-moi. Seigneur, faites que je sois en sécurité. » J'aurais voulu la regarder de près pour vérifier que c'était bien maman, et pas une autre dame qui lui ressemblait, mais juste après sa prière elle est allée à la cuisine et elle a fermé la porte. Je suis partie, les doigts posés sur ma joue, là où elle m'avait embrassée.

J'ai été chercher Linda et on a grimpé la colline jusqu'à l'aire de jeux. Les Smarties faisaient gling-gling dans ma poche.

« C'est quoi, ce bruit ? a demandé Linda.

— Je te dirai pas. » Je faisais rouler sur ma langue la coquille sucrée du secret.

William, Richard et Paula étaient déjà sur l'aire de

jeux. William et Richard jetaient des cailloux contre un arbre et Paula mangeait de l'herbe.

« Regardez ce que maman m'a donné ce matin », j'ai dit en exhibant le tube.

Richard a fait *tss-tss*. « Ça a rien d'extraordinaire. Ma maman m'en donne tout le temps. Elle m'achète plein de bonbons. » Je savais que c'était vrai parce qu'il était gros, n'empêche que je lui ai flanqué un coup de pied dans la cheville. Il a rigolé et il est parti vers le tourniquet, qui a grincé quand il a sauté dessus.

« Donne-nous-en un », a demandé William en tendant la main. Paula l'a imité.

« T'en veux un ? » j'ai interrogé Linda. Elle a fait oui et elle a avancé sa main à son tour. J'ai regardé les lignes de leurs mains, deux longues, une courte, et les visages réjouis. « Ben vous en aurez pas. » J'ai couru m'asseoir près des grilles. Je savais qu'ils me suivraient.

« C'est pas juste ! » a dit William en me rattrapant. Il a donné un coup de pied dans la grille. « Moi je partage mes trucs avec toi.

— Jamais.

— Si. Je t'ai donné un bout de ma tourte à la viande l'autre fois, pas vrai ?

— Seulement parce que je t'avais laissé mettre ta main dans ma culotte. » Ses oreilles sont devenues couleur jambon.

« Tu l'as laissé faire quoi ? a dit Linda.

— T'as entendu. »

William a donné un nouveau coup de pied dans la grille, si fort que j'ai cru entendre ses orteils se casser. Paula a souri et tendu la main.

« Non, t'en auras pas. » Je me suis assise et j'ai ouvert le tube. William a voulu emmener Paula plus loin, mais elle a crié en tendant le doigt. Alors il l'a prise dans ses bras et l'a conduite jusqu'au tourniquet. Linda s'est assise à côté de moi.

« Laisse-moi juste en prendre un. Je suis ta meilleure amie.

— Va-t'en. Maman me les a donnés rien que pour moi. Elle m'a dit de partager avec personne.

— Menteuse. Elle a jamais dit ça. Les mamans, elles disent jamais qu'il faut pas partager.

— Ben la mienne, si. C'est rien que pour moi.

— Si tu m'en donnes pas un, je t'inviterai pas à ma fête.

— Je voulais pas venir de toute façon. Tes fêtes, elles sont nulles. »

Elle m'a pincée. Je l'ai giflée. Elle est partie en criant : « T'es plus ma meilleure amie, Chrissie Banks ! » Je m'en foutais. Les fêtes à Linda étaient vraiment nulles, parce que sa maman disait que chat glacé, c'était trop bête, chat perché, trop dangereux, et que les chaises musicales, ça faisait trop de bruit. Le seul truc que la maman à Linda trouvait acceptable, c'étaient les coloriages, sauf que les coloriages, c'était pas un truc de fête. Voilà pourquoi ses fêtes étaient nulles, et c'était bien qu'elle le sache. En plus, il fallait beaucoup plus qu'un Smarty pour qu'on soit plus meilleures amies.

Pendant qu'ils étaient tous sur le tourniquet, j'ai fait glisser les Smarties dans ma main. Ils étaient différents de l'image sur le tube : tout gris et riquiqui. Au lieu d'être brillants, ils étaient poudrés. J'en ai mis un dans ma bouche, je l'ai croqué et une espèce de colle au goût de craie s'est répandue sur ma langue. J'ai pensé que maman avait dû les acheter il y a longtemps et oublier de me les donner, qu'ils avaient tellement traîné au fond d'un tiroir qu'à l'intérieur le chocolat s'était transformé en poussière. Sur le tourniquet, Linda me regardait, la mâchoire serrée, alors j'en ai mangé deux autres. Mon ventre a fait un nœud.

J'ai avalé la moitié des Smarties. C'était plus facile en regardant le ciel et en les avalant tout rond, mais des fois ils restaient coincés dans ma gorge. J'essayais de tousser discrètement, pour que Linda, William et Richard ne remarquent rien (Paula, elle, était trop occupée à manger des pissenlits). S'ils n'avaient pas été là, j'aurais jeté les bonbons à la poubelle, mais ils arrêtaient pas de me regarder, et ça voulait dire qu'il fallait que je continue à manger mes Smarties. Quand j'ai plus eu de salive pour avaler, j'ai rangé le tube dans ma poche et j'ai couru jusqu'au tourniquet. Linda m'a tourné le dos, mais les autres ont oublié qu'ils étaient fâchés contre moi. Paula a appuyé la tête contre ma jambe, laissant une trace de morve sur ma robe. Richard a poussé pour nous faire tourner, et j'ai fermé les yeux en essayant de ne pas penser à mon ventre qui s'agitait, ni au goût amer dans ma bouche. J'ai décidé que la prochaine fois que je choisirais des bonbons, je prendrais pas des Smarties. En fait, j'en mangerais plus jamais.

Richard en a eu marre de pousser le tourniquet si vite, et personne d'autre a voulu le faire à sa place, alors on est allés aux balançoires. Moi et Linda, on s'est assises par terre, et William et Richard ont fait une compète de cochon pendu. J'aurais voulu participer parce que j'étais la meilleure au cochon pendu, sauf qu'en me levant tout s'est mis à tourner devant moi. J'ai appuyé ma figure contre un des montants de la balançoire. Le métal était frais contre ma joue.

« Ça va ? m'a demandé Linda. T'as l'air bizarre. T'as pas la tête de la bonne couleur. »

« Qu'est-ce que tu veux dire ? » j'ai voulu répondre, sauf que c'est pas bien sorti. J'ai réessayé : « Qu'est-ce que tu veux dire ? », mais ma langue était toute gonflée dans ma bouche. J'ai senti de la bave qui me coulait sur le menton et de la sueur sur mon front. Je me suis penchée, et j'ai tout vomi par terre d'un coup. William et Richard sont descendus des montants de la balançoire, et Richard a attrapé Paula juste avant qu'elle pose la main dans mon vomi. Elle aurait sans doute mangé ça aussi.

« Elle a les oreillons ? a demandé William.

— Non, a répondu Richard, elle est pas grosse du cou.

— Mais toi, t'es gros du cou, mais t'as pas les oreillons », a répliqué William, et Richard l'a poussé. J'entendais ce qu'ils disaient, je voyais ce qu'ils faisaient, mais c'était comme si j'avais été plongée dans un mètre d'eau. J'avais terriblement soif. J'ai voulu demander à boire, mais j'ai dégueulé à nouveau. J'en avais plein ma robe, ça faisait une mare à mes pieds. J'ai entendu un bruit de pas qui s'éloignaient en courant, et j'ai pensé que tout le monde m'abandonnait parce que j'avais pas voulu partager mes Smarties, et que même avant, j'étais pas gentille, alors personne m'aimait vraiment. Et puis j'ai senti des doigts chauds sur mon bras. Linda a relevé les cheveux dans mon cou et elle a soufflé sur ma peau moite.

« T'inquiète pas, Chrissie. Ça va aller. Tu es juste un peu malade. Richard est parti chercher sa maman. Tu es toujours ma meilleure amie, en vrai. Tu peux venir à ma fête. Et on fera pas des coloriages. »

Au bout d'un moment, j'ai vu une petite personne

pareille à de la gelée rose qui s'en venait vers nous, et derrière elle, une traînée de personne plus grande et plus foncée. La gelée rose agitait les mains et faisait des bruits aigus, et la traînée sombre a passé un bras sous mes épaules, un autre sous mes genoux, et m'a soulevée en me serrant bien. Quelqu'un a demandé : « Est-ce qu'elle a mangé quelque chose d'inhabituel ? » Et quelqu'un d'autre a sorti de ma poche le tube de Smarties. « Juste ça. » Gling-gling des Smarties dans une main. « Ce ne sont pas des bonbons, regardez ça, non, ce ne sont pas des bonbons. » Et alors je me suis retrouvée dans une voiture, ou une fourgonnette, ou une camionnette de laitier, et puis dans une grande pièce où tout était blanc et où tout le monde était inquiet. Et ensuite, j'ai dormi, ou un truc de ce genre. On aurait dit qu'on avait jeté sur moi une couverture toute douce.

J'ai su que j'étais pas à la maison avant même d'ouvrir les yeux parce que mon lit était sec. C'était toujours mouillé à mon réveil, chez moi. J'ai bougé les jambes sous les draps et j'ai écouté les bruits qui faisaient frémir l'air – claquements, raclements, voix de dames. Une odeur de produit nettoyant très forte dans mon nez. J'ai ouvert les yeux : une dame avec un chapeau blanc et un tablier blanc était penchée sur moi. Elle était juste sous la lumière blanche qui tombait du plafond et ça faisait une auréole autour de sa tête.

« Bonjour, Christine », elle a dit. Ses dents étaient aussi blanches que son tablier. « Comment tu te sens, mon chou ? »

J'ai essayé de m'asseoir, mais la douleur m'a éclaté dans la tête comme quand on tire trop sur un élastique et qu'il se casse. Dans ma bouche, un goût de choses mortes.

« Soif, j'ai murmuré.

— Bien sûr, mon chou. Je vais t'aider à te redresser et je vais t'apporter de l'eau. Et un petit déjeuner. Ça te va ? »

J'avais pas faim. C'était tellement bizarre de pas avoir faim que je me suis demandé si on m'avait pas jeté un sort pour me transformer en quelqu'un d'autre pendant que je dormais. La dame m'a dit qu'elle était l'infirmière Howard, et elle a passé la main sous mon bras et m'a mise en position assise. J'étais dans une salle remplie de lits en métal avec des draps blancs qui recouvraient des corps d'enfants. Y avait d'autres infirmières qui avançaient en faisant claquer leurs talons par terre et qui parlaient à voix trop basse pour pas que je les entende. Dans le lit d'en face, un garçon, un bras dans le plâtre, essayait d'attraper des corn flakes dans un bol avec une cuillère.

L'infirmière Howard m'a redressée, elle a arrangé mes draps et elle a quitté la salle blanche en faisant claquer ses talons. J'ai baissé les yeux. Mon ventre était rond comme si j'attendais un bébé, sauf que moi, j'étais remplie de maladie. C'était vert et ça gargouillait. À croire que ça faisait pas partie de moi. J'avais la peau si tendue que j'avais peur qu'elle se fende. Je me suis demandé ce qui se passerait alors, si je me répandrais partout sur le lit, avec mes boyaux, ma maladie, mes secrets.

L'infirmière Howard est revenue avec un plateau, en faisant toujours clac-clac. Elle l'a posé devant moi. Il y avait une tasse d'eau et un bol de porridge recouvert de sucre.

« J'ai pas très faim, j'ai dit.

— Je pense que ça te ferait du bien d'essayer de manger un peu, mon chou. Tu n'as rien avalé depuis hier. Ça calmerait ta gorge irritée et ton pauvre petit ventre. »

J'aurais voulu crier, jurer, tout renverser par terre, seulement j'étais trop fatiguée pour être méchante. L'infirmière est repartie vers une autre fille, clac-clac-clac, et j'ai pris une cuillerée de porridge. Il était si ferme qu'il gardait sa forme dans la cuillère, mais quand je l'ai introduit dans ma bouche, il m'a paru moins mauvais qu'il en avait l'air. J'ai avalé, et ma gorge s'est nappée d'une couche collante de lait épais, et j'ai pas eu mal à ma dent pourrie parce qu'y avait pas besoin de mâcher. L'infirmière est revenue alors que je ramassais avec mon doigt les derniers grains de sucre.

« Bon, tu avais tout de même un peu faim, hein ?

— Pourquoi je suis ici ?

— Tu sais que tu es à l'hôpital, n'est-ce pas ? » J'ai hoché la tête. En fait, je ne le savais pas avant qu'elle me le dise, mais je voulais pas avoir l'air d'une conne. Elle a posé par terre le plateau et s'est assise sur le bord du lit. « Tu es à l'hôpital parce que hier tu as avalé quelque chose que tu n'aurais pas dû. Des médicaments. Tu t'en souviens ? Ils étaient dans un paquet de bonbons. Tu as dû croire que c'étaient des bonbons. Tu t'en souviens ?

— C'étaient des Smarties.

— En fait, non, ce n'étaient pas des Smarties, mon chou. C'étaient des médicaments. Certains adultes les utilisent pour s'endormir plus facilement. Ce n'est pas du tout pour les enfants. Donc, tu les as avalés, et ça t'a rendue malade.

— Oh.

— Quelqu'un t'a donné ces Smarties ? » Elle m'a pris la main. J'ai regardé ses ongles, courts et arrondis. Les miens avaient des longueurs différentes, certains étaient à ras, d'autres si longs qu'ils se retournaient presque, et ils étaient tous sales. J'ai refermé ma main pour les cacher.

« Je sais plus comment je les ai eus. J'ai dû les trouver quelque part. Par terre, peut-être. Je me rappelle plus. » L'infirmière Howard a paru déçue. Elle a repris le plateau et s'est levée, laissant un creux au milieu du drap.

« D'accord, a-t-elle dit. Peut-être que tu pourrais essayer d'y réfléchir ?

— Est-ce que j'ai été morte ? Avant d'être à l'hôpital. Quand j'ai pris les médicaments. J'étais morte ? »

Elle s'est mise à rire. « Bien sûr que non. Si tu étais morte, tu ne serais pas là en train de me parler, non ? » Encore une qui visiblement ne comprenait rien aux différentes sortes de mort. En pensant aux gens qui revenaient à la vie, j'ai senti ma gorge se nouer, et j'ai regardé de l'autre côté du lit.

« Qu'y a-t-il ? a-t-elle demandé.

— Ils sont où, mes habits ?

— Ceux que tu portais à ton arrivée ? On les a rangés quelque part. Ne t'inquiète pas. Ils ne sont pas perdus.

— Je les veux maintenant. » Ma voix était intense et mouillée, je détestais ça, mais il fallait que je continue à parler. « C'est important.

— Pourquoi ?

— Il y a un truc important dans mes poches.

— Ah bon ? J'imagine que…

— J'en ai besoin tout de suite ! » j'ai crié. L'infirmière Howard a ouvert de grands yeux, puis elle est partie en faisant clac-clac. Elle a disparu derrière la porte, au fond de la salle blanche. J'aurais voulu courir après elle, mais elle est revenue très vite avec mes vêtements bien pliés.

« Les voilà, a-t-elle dit en les posant sur le lit. Ça va mieux ? »

J'ai pas répondu. J'étais trop occupée à fouiller les poches de ma robe. Mes doigts se sont refermés sur la bille, et j'ai hoché la tête. « Ouais. Ça va mieux. »

Maintenant que j'avais ma bille, j'avais plus vraiment besoin de mes habits, alors je les ai flanqués par terre, et je suis remontée vers le haut du lit. On avait repris le plateau du petit déjeuner au garçon au bras cassé et il tournait les pages d'un livre avec sa bonne main. Par terre, à côté de lui, il y avait un cabas rempli à ras bord de jouets, de livres et de paquets de bonbons. Je tenais ma bille dans ma main, du coup, s'il regardait par ici, il penserait que quelqu'un m'avait apporté des jouets à moi aussi.

C'était chiant d'être au lit avec rien à faire et personne à qui parler, du coup j'ai été contente quand est entré un monsieur en blouse blanche accompagné d'infirmières qui faisaient toutes clac-clac. Il avait un stéthoscope autour du cou – je savais que ça s'appelait comme ça parce qu'y en avait un dans la panoplie de docteur que la mémé à Donna lui avait offerte à Noël et qu'elle permettait jamais à personne d'autre de l'utiliser. Le docteur avec la blouse blanche m'a pas parlé à moi, juste aux infirmières qui hochaient la tête, s'agitaient nerveusement et gribouillaient des trucs sur des papiers.

« À plat sur le lit, s'il vous plaît », il a dit en faisant claquer une paire de gants en latex. Deux infirmières se sont avancées, ont soulevé le drap qui me recouvrait et m'ont allongée le plus possible, pareil que dans un cercueil. Le docteur a remonté ma chemise d'hôpital et appuyé sur mon ventre gonflé avec ses doigts fins. Je portais rien sous la chemise d'hôpital, même pas une culotte. Je me sentais toute nue et mon visage est devenu tout chaud. Il a sorti un bâton en forme de crayon qui s'est allumé dans un clic, et il l'a dirigé en plein dans mes yeux. J'ai continué à voir une tache grise longtemps après qu'il avait rangé son crayon. Il a écouté ma poitrine par-devant et par-derrière avec son stéthoscope, a enlevé ses gants blancs en les faisant claquer à nouveau et puis il les a donnés à une des infirmières. Elle les a pris du bout des doigts et les a jetés dans la poubelle, au pied du lit, comme s'ils étaient sales après m'avoir touchée.

« Bien, a dit le docteur, tu as eu beaucoup de chance, jeune fille. Si on ne t'avait pas transportée à l'hôpital si rapidement, tu ne serais plus là maintenant.

— Ben non, évidemment. Je serais toujours sur l'aire de jeux », j'ai répondu.

Ses sourcils se sont relevés, avec les coins de ses lèvres. « Plus de bêtises, hein ? » Je sais qu'il attendait que je fasse oui, mais j'ai pas bougé. Je l'ai regardé droit dans les yeux en serrant ma bille sous le drap, jusqu'à ce qu'il reparte dans un fracas de froissements et d'infirmières.

Après son départ, le temps s'est figé à nouveau, aussi ferme que mon porridge. J'ai regardé par la fenêtre au bout de la salle, mais tout ce que je voyais, c'étaient des toits et de la pluie. J'ai dit à une infirmière que j'avais envie de faire pipi, et elle m'a apporté une espèce de bassine en métal. Elle a remonté ma chemise et m'a aidée à m'asseoir dessus, là, dans la salle blanche, avec tout le monde qui regardait. Quand le pipi s'est mis à couler, on aurait dit que c'étaient des lames de rasoir qui sortaient. J'ai pas pleuré. Je pleure jamais.

Après des années de temps aggloméré, les portes de la salle blanche se sont ouvertes et maman est apparue.

« Chrissie ! Ma Chrissie ! Ma précieuse petite fille ! Mon pauvre agneau ! »

Elle s'est jetée vers mon lit et m'a enveloppée dans ses bras. Je mangeais du riz au lait avec de la confiture dans un bol, et il est tombé. Je l'ai vu se renverser par terre, ça faisait des grumeaux roses. J'espérais qu'on m'en apporterait d'autres. Maman sentait le parfum aspergé par-dessus la crasse, et son odeur de dame m'a donné envie de vomir. Ma chemise a été mouillée par la pluie qu'elle avait sur ses vêtements. Par-dessus son épaule, j'ai vu l'infirmière Howard venir vers nous.

« Bonjour, a-t-elle dit lorsque maman m'a lâchée. Vous devez être Mrs Banks.

— Oui. Oui. C'est moi.

— Heureuse de faire votre connaissance, Mrs Banks. Nous prenons bien soin de Chrissie. »

Maman a hoché la tête et m'a caressé la joue. « Merci, madame. J'étais tellement inquiète. Je suis venue dès que j'ai appris la chose. J'étais partie travailler loin, et ma sœur m'a seulement appelée ce matin pour m'apprendre la nouvelle. Je suis venue tout de suite. Ma pauvre et courageuse Chrissie… »

Maman, elle avait pas de sœur qui habitait en bord de mer, et encore moins qui lui avait dit que j'étais à l'hôpital. C'était une grosse menteuse puante. L'infirmière Howard a souri, parce qu'elle ne savait pas que c'était une grosse menteuse puante. Maman s'est approchée et elle a passé un bras autour de moi. Sa main se trouvait juste au-dessus de mon coude, à la limite de ma manche.

« Christine s'est montrée très courageuse. Comme votre sœur a dû vous le dire, elle était dans un état grave en arrivant ici. Elle a réussi à mettre la main sur des médicaments – des somnifères – et elle en a avalé un bon nombre. Nous pensons qu'elle a cru que c'étaient des bonbons. »

Derrière moi, j'ai senti le bras de maman se tendre. « Ah, ça, c'est ma Chrissie tout craché, a-t-elle répondu d'une voix trop forte. Elle est gourmande. Et ne fait pas attention. Elle met n'importe quoi à la bouche, tout ce qu'elle trouve, même des médicaments.

— Ils se trouvaient dans un emballage de bonbons », a précisé l'infirmière. Sa voix à elle était plus tranquille que celle de maman, n'empêche, ça l'a fait taire. « Nous avons fait un lavage d'estomac à Chrissie, et ce matin elle semble beaucoup mieux. Naturellement nous voulons découvrir comment elle a obtenu ces médicaments, car si quelqu'un les lui a donnés intentionnellement, alors cela regarde la police. » Son regard est allé de maman vers moi, et sa voix s'est faite plus douce : « Il faut que je te repose la question, mon chou : as-tu réfléchi à la manière dont ces bonbons sont entrés en ta possession ? Où les as-tu trouvés ? »

Les doigts de maman m'ont pincée très fort juste au-dessus du coude. J'ai serré les dents. « Je me rappelle pas, j'ai répondu. Je crois que je les ai trouvés, c'est tout. Je sais plus. » Maman m'a tapoté le genou.

« Ah, madame l'infirmière, c'est ce que je vous disais. Elle met n'importe quoi à la bouche. Il y a de mauvaises personnes là où on habite. Vous avez sûrement entendu parler de l'histoire de ce petit garçon. J'essaie de faire de mon mieux pour protéger Chrissie, mais des fois je travaille loin, et son papa n'est pas là aussi souvent que je voudrais. Il y a toujours quelqu'un pour s'occuper d'elle, mais on ne sait pas à quel point les gens font attention, pas vrai ? J'ai dit à ma sœur :

“Fais bien attention à elle, elle est très précieuse.” Je ne peux pas faire plus, n’est-ce pas ? Ce n’est pas ma faute si elle ne s’occupe pas correctement d’elle quand je m’en vais loin pour le travail. »

Je voyais que l’infirmière Howard écoutait pas vraiment ce que maman disait. Elle l’examinait, depuis les nœuds dans ses cheveux jusqu’aux échelles de ses collants. Je savais pas si elle comprenait que tout ce qu’elle disait, c’étaient des mensonges, rien que des mensonges. Je savais pas si j’avais envie qu’elle le comprenne. Lorsque maman a plus su quoi dire, l’infirmière Howard lui a adressé un sourire pincé et elle est repartie en faisant claquer ses talons. Maman s’est tournée vers moi et elle a coincé une mèche de cheveux derrière mon oreille. Elle m’a pas regardée dans les yeux. Elle m’a dit d’une voix chantante et haut perchée :

« Oh, ma pauvre petite Chrissie. Pauvre Chrissie qui n’a pas eu de chance. C’est vrai, quelle malchance pour une gamine d’avoir un paquet de bonbons qui en fait sont des médicaments. Quelle terrible malchance. Et quel dommage qu’elle ne se rappelle pas comment elle les a trouvés. » Elle a pris mon visage dans sa main et serré si fort mes joues que ma bouche s’est ouverte. « Parce que c’est vrai, hein, elle arrive plus du tout à se rappeler. Pas vrai ? » J’ai secoué la tête.

« Bien », elle a ajouté. Elle m’a lâchée, mais je sentais toujours là où ses doigts avaient appuyé mes joues contre mes dents. « Très bien. Parce que si jamais Chrissie se rappelle comment elle a eu ces médicaments, elle s’apercevra qu’il y a d’autres souvenirs qui remontent à la surface. Des choses qu’elle a pas envie que les gens sachent. »

Elle s’est approchée de mon oreille. Je sentais son

odeur, plus forte que jamais. Une odeur de sang. Une odeur de rance. « À propos de Steven », elle a chuchoté.

Elle s'est écartée et elle m'a regardée dans les yeux. On s'est observées l'une l'autre, jusqu'à ce que l'air se mette à battre entre nous. Elle avait posé ses mains sur le lit, et j'ai arrêté le duel des yeux pour les contempler. J'en ai pris une et je l'ai portée à mon visage. Elle m'a laissée faire, et son bras a suivi le mouvement façon pantin. J'ai appuyé sa main sur ma joue et j'ai posé les miennes par-dessus, puis je me suis penchée vers elle jusqu'à ce que ma tête soit contre sa poitrine. Elle savait ce que j'avais fait. Elle était la seule personne au monde à le savoir. J'ai eu envie de revenir dans son ventre, parce que voilà à quel point on était proches toutes les deux, ensemble, liées par le secret.

Elle m'a laissée comme ça pendant un moment, et je sentais sa poitrine qui se gonflait et se dégonflait lorsqu'elle respirait. Puis elle s'est levée. J'ai gardé la tête baissée. Je ne l'ai pas vue prendre son sac et s'en aller entre les lits. J'ai seulement su qu'elle était partie en entendant la porte de la salle s'ouvrir puis se refermer.

La petite fille dans le lit d'à côté s'était redressée et elle pleurait. Je me suis rallongée en lui tournant le dos, recroquevillée en point d'interrogation. Je sentais un peu de chaleur au fond de mon ventre, pareil que le reflet d'une bougie qui vient de s'éteindre. Maman savait ce qui était arrivé à Steven. Elle le savait, et pourtant elle n'en avait parlé à personne. Elle n'avait rien dit parce qu'elle ne voulait pas que j'aille en prison, elle voulait que je reste avec elle, elle voulait me protéger. Quand on protège quelque chose, c'est qu'on l'aime.

JULIA

Quand je suis revenue dans le salon, Molly ne regardait plus la télévision. Elle faisait le poirier sur le canapé. Je n'étais pas certaine que ce soit la meilleure chose à faire avec un poignet cassé, mais j'avais le cœur trop lourd pour l'en empêcher. Appuyée contre le mur, maman m'a regardée lui passer le bras dans son blouson. Ma dernière visite s'était terminée dans les cris – « Sors de ma maison ! » « Jamais je ne remettrai les pieds ici ! » – mais nous étions en sécurité car tout ça n'était qu'en surface. Nous nous hurlions dessus, mais il y avait toujours dans le fond ce sentiment partagé qui disait : « Je reviendrai. J'ai besoin de toi et toi de moi. » Pas de feu d'artifice cette fois. Nous n'avions pas de raison de crier. Nous savions toutes les deux que je ne reviendrais pas. Elle nous a raccompagnées jusqu'à la porte, et en sortant je me suis sentie pareille à une grosse ampoule : la peau trop fine, pleine à craquer. J'ai avancé sur le balcon sans me retourner.

« On rentre à la maison, maintenant ? a demandé Molly dans l'escalier.

— Oui.

— Promis ?

— Promis. »

Comme si « promis » était autre chose qu'un mot débile.

Nous avons repris le chemin de l'arrêt de bus. En passant devant l'aire de jeux, Molly a fait glisser ses doigts le long de la grille. « Ils ont l'air bien, les jeux », a-t-elle dit, pour elle-même, mais aussi à mon intention. J'ai regardé par-dessus la grille. Le ciment avait été recouvert de cette matière souple qu'on trouvait également dans la cour de l'école de Molly, sous les agrès où grimpaient les enfants, et les nouveaux équipements étaient si solides et pleins d'éclat qu'on avait du mal à se rappeler les vieux poteaux en métal austères que j'escaladais autrefois avec Linda, Donna et William.

« Vas-y, si tu veux, ai-je dit.

— Quoi ?

— Tu peux aller jouer si tu as envie.

— C'est vrai ?

— Oui. Un petit moment. »

Elle a ouvert le portillon et couru vers le tourniquet qu'elle a commencé à pousser avec le pied, gagnant de la vitesse, jusqu'à ce qu'elle saute dessus, puis redescende pour le pousser à nouveau sans attendre qu'il ralentisse. Les mots s'accumulaient dans ma gorge – « Attention à ton poignet, plie les genoux, pas si vite » – mais je les ravalais. Je l'ai ensuite poussée sur la balançoire, et elle criait « Plus haut ! Plus haut ! », et je la poussais dans le dos, jusqu'au ciel. Ça n'avait aucune importance qu'elle décolle et fasse un vol plané dans l'air. Ce ne serait qu'échanger un accident pour un autre.

Quand elle en a eu assez de la balançoire, je me suis assise sur le banc, j'ai posé mon sac sur mes genoux et j'ai sorti la boîte en métal que j'avais trouvée chez maman derrière la télévision. Au soleil, les cartes avaient l'air encore plus kitsch. J'ai pris celle du dessus.

« Ma chère maman,

« Je te souhaite un bon anniversaire. J'espère que tu es aussi heureuse que tu le mérites.

« Maman, tu me manques tellement, ici. Je pense à toi tout le temps, et je voudrais tellement que tu puisses venir me chercher pour me ramener à la maison. Je sais que c'est ma faute si nous sommes séparées. Je voudrais pouvoir me racheter. Je regrette tellement ce que j'ai fait.

« Je t'aime très fort, maman,

« Chrissie. »

Je les ai sorties, l'une après l'autre, les empilant à côté de moi sur le banc à mesure que je les lisais.

« Je t'aime de tout mon cœur, maman. »

« Tu n'as rien fait pour mériter une si mauvaise fille. »

« Je pleure tous les jours en pensant à la peine que je t'ai faite. »

« Tu es la meilleure maman du monde. »

Toutes étaient écrites à l'encre noire, en lettres qui enflaient et rétrécissaient à travers la page, en lignes irrégulières. Et aucune d'entre elles n'était de ma main. C'était l'écriture de ma mère. C'étaient ses mots à elle.

Au fond de la boîte, une photo de nous deux pliée. Nous étions debout devant la maison, elle en robe de chambre, moi dans une robe à carreaux verte. C'était la robe de Linda. Sa maman l'avait lavée et repassée, puis me l'avait donnée à emporter chez moi, avec un maillot de corps propre, une culotte propre et des chaussettes propres.

« Pourquoi vous me donnez ça ? » avais-je demandé lorsqu'elle m'avait tendu le sac où elle les avait rangés avec soin. J'étais debout devant leur porte, et j'essayais de rester un peu plus longtemps.

« C'est ton premier jour d'école, demain. Il faut être propre et bien habillée. J'ai fait la même chose pour Linda.

— Pourquoi ?

— La première fois qu'on va à l'école, tout le monde porte des habits propres.

— Mais vous m'aimez pas », avais-je déclaré.

Elle m'avait regardée de travers. Je ne savais pas si elle allait soupirer, me crier dessus ou me chasser avant de retourner dans sa cuisine préparer des scones. Alors que j'allais renoncer à obtenir une réponse, elle s'était mise à genoux et m'avait serrée sur sa confortable poitrine. Je ne pouvais pas mettre mes bras autour d'elle, même si je l'avais voulu, parce que d'habitude, elle était méchante avec moi et se montrait de mauvaise humeur, et que je ne l'aimais pas beaucoup. Pourtant, j'ai posé la tête sur son épaule. C'était agréable. Ça sentait le lait chaud et les dimanches après-midi.

« Oh, Chrissie. Qu'est-ce qu'on va faire de toi ? »

Le lendemain, en enfilant les vêtements propres, ça m'a fait une drôle de sensation : c'était doux et raide à la fois. Je suis sortie dans la rue pour attendre Linda et sa maman. Elles ont grimpé jusqu'en haut de la colline en se tenant la main, et le papa de Linda était là lui aussi, si bien qu'elle donnait la main à ses deux parents. Ils portaient tous leurs habits du dimanche.

Je traversais le jardin quand j'ai entendu maman derrière moi, qui jetait les ordures dans la poubelle.

« Bonjour, Chrissie ! m'a crié le père de Linda depuis la rue.

— Pourquoi vous portez vos habits du dimanche ? ai-je demandé.

— C'est un grand jour, non ? Le premier jour d'école, ça n'arrive qu'une fois ! Est-ce que quelqu'un t'a prise en photo ?

— Non. » Maman a fait mine de rentrer, mais le père de Linda l'a interpellée : « Attendez une minute, Eleanor, je vais faire une photo de vous deux en vitesse. » Elle s'est retournée lentement, espérant sans doute que si elle prenait son temps, il changerait d'avis et ne voudrait plus d'elle sur la photo. Il s'est contenté de patienter. Une fois face à lui, elle est restée très droite, pétrifiée, et j'ai pris la même posture. Il a porté l'appareil photo devant son visage et appuyé sur le bouton.

Sur ce cliché, nous nous tenions donc côte à côte sur la première marche, regard fixe, sans nous toucher. Il y avait un espace bien net entre nous, que rien n'obstruait. Pas un bras. Pas une main. La robe de Linda m'allait comme un sac propre et repassé, tandis que la chemise de nuit de maman lui faisait un décolleté profond. Nous avions l'air de deux fantômes.

J'ai repris la première carte. Elle n'avait pas tenté de déguiser son écriture : les pointes et les obliques de ses lettres correspondaient aux adresses qu'elle m'avait successivement données par écrit chaque fois qu'elle avait déménagé. Je les avais conservées, en une liasse tassée dans mon sac. Soudain j'ai réalisé que c'était aussi la même écriture que les lettres d'insultes qu'elle m'apportait à Haverleigh, ces mots pleins de haine que, disait-elle, on avait glissés sous sa porte. Je me suis demandé si maman s'était jamais sentie écrasée sous le poids de ses tristes mensonges étranges. Cela n'avait aucun sens pour quiconque, en dehors de moi. « Je suis là, je suis là, je suis là, disait-elle en griffonnant des lettres de menaces envers elle-même. Vous ne m'oublierez pas. »

J'ai tout rangé dans la boîte, avec la photo du premier jour d'école par-dessus. Je me rappelais encore ce jour-là : les cheveux gris de Miss Woodley, le lait et le repas de midi. Ce dont je me souvenais le mieux, c'était le froufrou de la robe de Linda autour de mes genoux, et qu'on avait prétendu être sœurs car nos vêtements portaient la même odeur.

Molly a poussé un gémissement théâtral lorsque je lui ai dit qu'il était temps de s'en aller, mais j'ai ajouté que la première qui repérait cinq voitures rouges avait gagné, et elle s'est radoucie. Tout en avançant dans la rue, je regardais les maisons en songeant aux personnes qui y vivaient à l'époque où j'étais Chrissie. Donna et William. Betty. Mrs Harold. Vicky et Harry. Je savais que la plupart d'entre eux avaient déménagé, mais cela me faisait plaisir de penser qu'il demeurait encore quelque chose d'eux entre ces murs, comme si la vie dans la rue s'était arrêtée après mon départ.

Il m'a fallu un moment pour reconnaître la maison, car la porte avait été repeinte et la façade rénovée. Nous avons emprunté l'allée, appuyé sur la sonnette, et elle est apparue, un bébé dans les bras, un « Bonjour ! » sur les lèvres qui a disparu lorsqu'elle m'a reconnue.

« Linda », ai-je dit. Le bébé a enfoui son petit visage au creux de son cou.

« Tout va bien, lui a-t-elle dit.

— Maman, a-t-il fait.

— Je sais. On croyait que c'était ta maman, hein ? C'est pas grave. Elle sera là dans quelques minutes.

— C'est qui ? » a-t-il demandé en me montrant du doigt. Elle lui a fait baisser le bras.

« On ne montre pas du doigt, tu le sais. C'est une autre dame. Que Linda connaît. »

Elle ne me regardait pas. Elle se balançait sur place, et je ne savais pas si c'était pour apaiser le bébé ou elle-même. Molly a tiré sur mon blouson.

« Qu'est-ce qu'y a ? ai-je fait à voix basse.

— Pipi.

— Tu ne peux pas attendre ?

— Non !

— Mais entrez donc, a dit Linda d'une voix normale.

— Ça ira, elle peut attendre, ai-je répondu.

— Mais non, bien sûr. Elle a besoin d'aller aux toilettes. Allez, viens, ma jolie. »

Elle a reculé et Molly est entrée. J'ai refermé la porte derrière nous. La maison était telle que dans mon souvenir, mais en plus moderne, repeinte couleur crème, et remplie d'un joyeux zoo de mômes. Il semblait y en avoir partout, sortant de chaque placard, de derrière chaque porte, la plupart gaiement déshabillés. Il y avait des dessins accrochés aux murs, des jouets empilés dans les coins, et une odeur tiède de pommes de terre cuites.

« C'est cette porte-là, tu la vois d'ici, a dit Linda à Molly. En haut de l'escalier. Il n'y a pas de verrou, mais ne t'inquiète pas, personne ne va ouvrir.

— C'est ma fille », ai-je dit quand Molly est montée, comme si jusqu'ici son identité avait été un mystère. Je n'étais pas certaine d'avoir jamais prononcé ces paroles – les mots étaient empesés, durs dans ma bouche. Linda était déjà au courant de son existence, naturellement. Les journaux l'avaient rendue publique lorsqu'ils nous avaient trouvées, nous avions fait l'objet de débats à la radio. Des hommes dont les voix sonnaient grasses et dégarnies se demandaient : « Est-ce qu'on peut vraiment laisser une meurtrière d'enfants élever sa propre progéniture ? » L'émission passait dans une épicerie alors que je comptais ma monnaie pour acheter une boîte de serviettes hygiéniques. En entendant ça, j'avais aussitôt repris le landau et fait demi-tour. Je n'avais pas eu le courage de m'arrêter dans une autre boutique, jusqu'à ce que je sente le sang inonder ma culotte et couler le long de mes jambes en un filet collant.

« Ben oui, c'est Molly, c'est bien ça ? a dit Linda. Molly Linda.

— Oh, tu les as reçues. »

Au cours de mes différentes vies, j'avais toujours écrit à Linda. Depuis chacune de mes différentes chambres à Haverleigh, puis à l'époque où j'étais Lucy. Je lui racontais toutes ces choses que personne ne devait savoir : mon adresse, mon numéro de téléphone, chacun de mes nouveaux noms. De l'encre noire remplissant des rectangles blancs. Plus j'étais petite et plus mes lettres étaient avides. « Est-ce que tu as déjà une nouvelle meilleure amie ? Est-ce que c'est Donna ? Est-ce que ta maman a eu un autre bébé ? Est-ce que tu viendras me voir ? » Je donnais les lettres à la directrice, je lui demandais si elle connaissait l'adresse de Linda, si elle la connaissait *vraiment*, elle me répondit que oui, oui, Christine, elle aura ta lettre, ne t'inquiète pas.

Elle ne m'a jamais répondu. J'ai continué à lui

écrire, et elle a continué à ne pas me répondre. Parfois j'imaginais que mes lettres s'empilaient sur une étagère dans le bureau de la directrice, entourées d'un élastique, parce qu'elle ne connaissait pas vraiment l'adresse mais qu'elle ne voulait pas l'avouer. Comme ça, je me sentais mieux. Ce n'était pas parce que Linda se moquait bien de moi. Mais seulement parce qu'elle n'avait jamais su à quel point, moi, j'avais besoin d'elle. La dernière fois où je lui avais écrit, Molly était bébé et je venais de devenir Julia. « Tu n'auras sans doute jamais cette lettre. Tu n'habites certainement plus à cette adresse. Je voulais juste te dire que j'ai eu une petite fille. Je l'ai baptisée Molly Linda. »

Au moment où Molly redescendait, la sonnette a retenti à nouveau et Linda m'a pris le bras : « Écoute, ça va être le bazar pendant une demi-heure. On vient chercher en même temps tous les gamins que je garde.

— On va y aller, ai-je répondu.

— Tu n'es pas obligée. Pas si tu as envie de rester. Si tu peux m'accorder une demi-heure pour préparer tout le monde, après ce sera plus calme. Molly peut jouer avec les autres. Ils sont… tu sais… » a-t-elle fait avec un geste vague – et je me suis demandé ce qu'elle voulait dire : « Ils sont intenables » ? « Ils sont presque tout nus » ? « Ils se multiplient pendant que nous parlons » ? – « Mais tu n'es pas obligée de rester si tu n'as pas envie. C'est comme tu veux. Il faut que j'aille ouvrir. »

Linda a accueilli la femme qui était à la porte et lui a remis le bébé dans les bras. Il a aussitôt commencé à chouiner. Molly est venue près de moi.

« Est-ce que tu as envie de rester un peu ? » lui

ai-je demandé. Elle a regardé dans le jardin, où des enfants tous semblables jouaient avec des balles et des cerceaux dans la lumière déclinante.

« Ouais », a-t-elle répondu, puis elle m'a emmenée à l'intérieur de la maison.

CHRISSIE

Au bout de deux jours, on m'a renvoyée de l'hôpital. Je voulais pas partir. J'ai fait semblant de tousser, d'éternuer, j'ai raconté que j'avais mal au ventre, à la tête, partout. N'empêche, ils ont dit à maman qu'elle pouvait me ramener à la maison. Quand on est parties, l'infirmière Howard m'a dit : « Prends bien soin de toi, Chrissie. » J'aurais préféré qu'elle dise : « Prenez bien soin de Chrissie, maman. » Dans le bus, maman a pas prononcé un mot. Elle était toute raide, à fumer ses cigarettes, la bouche tremblante. Le bus nous a déposées devant l'église et elle est partie sans moi. J'ai pas essayé de la rattraper.

Dans les jours qui ont suivi, Linda a été super gentille avec moi, parce que j'avais été si malade. Même sa maman a été plus gentille que d'habitude. Je suis restée pour le dîner, et elle m'a donné autant à manger qu'à Linda (ce qu'elle faisait pas, d'habitude), et elle a pas demandé à Linda de se laver les mains après avoir joué avec moi (ce qu'elle faisait, d'habitude). Linda a dit à Donna que j'avais été si mal que j'avais failli mourir, car c'était ce que moi je lui avais raconté. Donna a pas voulu le croire, mais elle a été réellement impressionnée : elle m'a même laissée faire un tour sur son vélo la première fois que je lui ai demandé. Si j'avais su que les gens seraient si gentils avec moi juste parce que j'étais allée à l'hôpital, j'aurais essayé ça plus tôt.

Je suis retournée à l'école le lundi, mais Miss White, elle a pas été vraiment gentille avec moi, et encore moins avec Linda. Pendant qu'on faisait des maths, elle lui a demandé de lire l'heure sur la pendule de la classe, alors qu'elle sait très bien que Linda, elle a du mal à lire l'heure. Linda, elle fixait la pendule, encore et encore, et Miss White arrêtait pas de lui dire : « Linda, quelle heure est-il ? », et Linda, elle savait pas répondre. J'entendais presque son cœur cogner à l'autre bout de la classe. À la récré, on est tous sortis jouer, mais Miss White a obligé Linda à rester. Elle a dit qu'elle resterait là, toute seule dans la classe déserte, tant qu'elle lui aurait pas dit quelle heure il était.

Dès que je suis arrivée dans la cour, je suis allée regarder par la fenêtre de la classe. Je voyais Linda de profil. Sa bouche était retournée à l'envers, comme si elle allait se mettre à pleurer, et sous son pupitre, elle avait ses doigts noués, si serrés que le bout était rouge. Je le voyais pas de l'extérieur, ça, mais je le savais, parce que c'était pareil chaque fois que Linda nouait ses doigts. À la fin, elle a réussi à sortir parce que Miss White voulait aller en salle des maîtres boire une tasse de thé. J'ai dit à la maîtresse qui surveillait la cour que j'avais besoin d'aller aux toilettes. Sauf que j'y suis pas allée. Je suis retournée en classe, j'ai grimpé sur une chaise, j'ai descendu la pendule du mur et je l'ai balancée par terre. Elle s'est pas cassée parce qu'elle était en plastique, alors j'ai sauté dessus, jusqu'à ce que les chiffres soient cachés par les craquelures du cadran. Je l'ai laissée par terre et je suis retournée dans la cour. Quand Miss White a vu ça, elle a regardé Linda, mais elle savait bien que Linda ferait jamais une chose pareille. Il n'y avait qu'une seule personne dans la classe assez mauvaise pour faire ça. Elle a attendu que tout le monde soit penché sur ses exercices et m'a appelée à son bureau. Elle avait la pendule devant elle.

« Tu sais ce qui est arrivé à notre pendule, Chrissie ?

— Elle est cassée.

— En effet. As-tu une idée de la manière dont elle a pu se casser ?

— Elle a dû tomber du mur.

— Et comment cela a-t-il pu se produire ?

— Elle a dû être emportée.

— Emportée ?

— Ben oui. Par le vent.

— Le vent ? »

Je lui ai montré une feuille balayée par le vent à travers la cour. « Y a du vent, aujourd'hui. Regardez les arbres. »

Elle a soupiré. J'ai eu envie de lui dire : « Vous l'avez peut-être emportée avec un de vos soupirs, Miss White », mais j'ai pensé que c'était pas une bonne idée.

« Tu vas t'attirer de sérieux ennuis, un jour, Chrissie Banks.

— Parce que je suis la mauvaise graine ? » j'ai demandé.

Elle a ricané. « Quelqu'un t'a dit ça ?

— Ouais. Je suis la mauvaise graine. N'empêche que j'aurai pas d'ennuis.

— Ah ? Parce que tu vas faire des efforts pour te comporter correctement ?

— Non. Parce que personne m'attrapera jamais.

— Retourne à ta place.

— Vous savez que j'ai été à l'hôpital, madame ? C'est vrai. On m'avait donné des bonbons, mais en réalité c'étaient des médicaments. Ça m'a empoisonnée.

— Et qui te les a donnés ? »

J'ai repensé à maman me fourrant le tube de Smarties dans la main, puis à son baiser. Ses lèvres, comme de l'écorce sur ma joue. Et ce sentiment pareil à une plume qui s'agite dans mon ventre. *Peut-être qu'elle m'aime bien maintenant. Peut-être que je suis bonne.*

« Quelqu'un. C'est ça qui m'a empoisonnée. J'ai eu mal au ventre pendant des jours. J'ai failli mourir. »

Miss White a pris un paquet de feuilles d'exercices et s'est mise à barrer et marquer des points. « Mais oui, Chrissie. Mais oui. »

Le lendemain, à la pause, j'ai voulu aller chercher les bouteilles de lait dans la cour, mais Miss White a dit : « Non, Chrissie. Tu n'es plus responsable du lait. Caroline, tu peux t'en charger ? »

Elle s'est levée lentement en me regardant.

« Mais c'est moi, la responsable. Le lait, c'est mon boulot.

— C'était ta responsabilité, à présent c'est au tour de quelqu'un d'autre, a dit Miss White.

— Mais je l'ai fait hier.

— Oui. Tu as eu beaucoup de chance, non ? Tu as été responsable du lait pendant très longtemps. Voilà pourquoi à présent c'est au tour de quelqu'un d'autre. » Elle a frappé dans ses mains. « Allez Caroline. *Spit spot.* » Caroline est sortie et elle a traîné la caisse de bouteilles jusque dans la classe. Elle soufflait parce que c'était trop lourd pour elle, alors j'ai voulu le faire à sa place, mais Miss White a posé la main sur mon épaule. « Christine. Combien de fois faut-il te le dire ? C'est au tour de quelqu'un d'autre maintenant. Reste assise à ta place et attends qu'on t'apporte ta bouteille de lait. Allez, Caroline. C'est bien trop long. *Spit spot.* »

Je suis restée près de Miss White tandis que Caroline distribuait les bouteilles de lait. Je regardais son gros visage moche. « Vous dites *spit spot* comme Mary Poppins, mais vous êtes pas du tout comme Mary Poppins. Elle, elle est gentille. Elle est pas méchante comme vous. Vous êtes la plus méchante de toutes.

— Ça suffit, Christine. » Son visage était tout rouge. Mary Poppins n'était jamais toute rouge. « Va t'asseoir dans le couloir. Tu es privée de récréation aujourd'hui. Tu reviendras quand tu auras décidé d'être de meilleure humeur.

— Et mon lait ?

— Je pense que tu as eu assez de lait pour un bon moment.

— Et mon biscuit ?

— Ça aussi, tu peux t'en passer. Ça ne va pas te tuer. »

Je me suis dirigée vers la porte, mais en passant près de la dernière rangée de pupitres, j'ai tendu le bras et renversé toute une rangée de bouteilles de lait, j'y ai mis tant de force qu'elles sont parties dans toutes les directions. Y avait du lait partout. Les élèves ont glapi. Miss White a crié. Je me suis retournée.

« Je vais m'asseoir dans le couloir, comme vous avez dit ! J'ai renversé les bouteilles par accident. C'est que du lait, hein ? Ça va tuer personne. »

Dans le couloir, je me suis laissée glisser par terre au pied des portemanteaux, et je me suis assise les genoux ramassés contre ma poitrine. Il faisait chaud ce jour-là.

En quittant la classe, j'avais senti l'odeur un peu rance du lait jaune, des gouttelettes s'étaient incrustées par terre. Bientôt ce seraient les grandes vacances. Six semaines sans école. Six semaines sans pause avec lait et biscuit, sans repas à l'école, sans bonbons pour l'anniversaire de quelqu'un. Mon ventre a fait un bruit pareil qu'un train lointain.

Une famille nouvelle emménageait au numéro quarante-trois. Le samedi, je me suis assise sur le mur d'en face et j'ai regardé le papa transporter des cartons depuis une fourgonnette. Il les attrapait deux par deux, un sous chaque bras, et faisait des allées et venues, jusqu'à ce que la fourgonnette soit vide et la maison remplie. Je savais qu'ils avaient une enfant, parce que certains cartons (beaucoup de cartons, la plupart même) étaient remplis de jouets, et je savais que c'était une fille parce qu'un des jouets était un gros poupon avec une robe rose à volants. Les garçons ne jouaient pas à la poupée, surtout avec une robe rose à volants. Le papa est ressorti de la maison avec deux mugs de thé et deux tranches de gâteau sur des assiettes. Il a donné un mug et une assiette au conducteur de la fourgonnette, et il est resté appuyé dessus pendant qu'ils discutaient. J'étais trop loin pour entendre ce qu'ils disaient, mais au bout d'un moment le conducteur lui a rendu l'assiette vide et le papa lui a fait au revoir. La fourgonnette est passée à côté de moi dans un vrombissement métallique et le papa est rentré dans la maison.

Si je l'avais pas vu donner du gâteau au chauffeur, je serais peut-être pas allée frapper à la porte du quarante-trois, mais mon ventre était crispé par des crampes acides, et à cet instant-là y avait rien au monde que je désirais plus qu'une part de gâteau sur une assiette. Alors j'ai sauté au pied du mur et je suis allée jusqu'à la porte verte. J'ai frappé trois coups bien fort. J'ai entendu un bruit de pas à l'intérieur.

C'est la maman qui m'a ouvert, et en me voyant elle a eu un grand sourire jusqu'aux oreilles. Elle avait des cheveux qui partaient dans toutes les directions, jaunes, pareils que ceux à Steven, pas foncés et pleins de nœuds comme ceux de maman. Derrière elle, le couloir était plein de caisses que le papa avait sorties de la fourgonnette, certaines étaient déjà à moitié déballées. J'ai pensé que c'était sûrement pour ça que ses cheveux partaient dans tous les sens.

« Bonjour, ma grande », elle a dit. J'ai pas répondu tout de suite parce que je venais de comprendre une chose, puis très vite une autre. La première, c'est qu'il s'agissait de la dame qui avait pas voulu m'adopter ; cette belle dame qui était là quand maman m'avait laissée à l'agence d'adoption, et qui avait dit que j'étais trop grande pour qu'elle m'aime. La seconde, c'est qu'elle ne se souvenait pas de moi. Elle me regardait, la tête inclinée sur le côté, avec ses cheveux jaunes qui formaient une frange sur son front, et ses yeux étaient clairs, pas perturbés façon « j'essaie de me rappeler un truc », mais lumineux, comme lorsqu'on rencontre quelqu'un pour la première fois.

« Je peux t'aider, ma grande ? elle a ajouté, puisque je disais rien.

— Je m'appelle Chrissie. J'habite dans la rue. Au numéro dix-huit.

— Ah c'est vrai ? C'est chouette, ça. On emménage justement aujourd'hui, ainsi que tu peux le voir ! » D'un geste de la main, elle a désigné les cartons.

« Je sais. J'ai vu la fourgonnette. Je venais voir si

vous avez besoin d'aide pour déballer vos affaires. » C'était un mensonge car je n'avais pas du tout envie de vider des caisses, mais je voulais vraiment qu'elle m'invite dans sa maison et me donne une part de gâteau sur une assiette. Et surtout, maintenant que je savais qui c'était, j'avais envie de voir quelle enfant elle avait préférée à moi.

« Oh, que c'est gentil ! C'est vraiment sympathique de ta part. Eh bien, nous n'avons pas besoin que tu nous aides à défaire nos cartons. Mon Pat s'en occupe. Mais entre ! Il y a un cake aux fruits dans la cuisine, et je sais que ma petite fille sera contente de faire ta connaissance. »

Ma petite fille. Ma petite fille. Ma petite fille. Au moins, elle aurait pu choisir un garçon. Ça aurait été moins douloureux.

Dans le couloir, j'ai fait attention où je mettais les pieds pour pas marcher sur les trucs sortis des caisses. Y en avait une qui était pleine d'assiettes avec des décorations de fleurs, une deuxième avec des serviettes en tissu et des torchons, mais toutes les autres étaient remplies de trucs de gosses. Des albums qui avaient encore toutes leurs pages et dont les coins étaient pas mâchouillés. Une mallette de docteur dans une boîte rouge, comme celle à Donna, mais plus neuve, plus brillante, avec une poignée qui était pas cassée. Le gros poupon rose était dans un autre carton avec un landau de poupée, un berceau de poupée, une chaise haute de poupée. Je me suis penchée pour mieux voir, et la belle dame s'est mise à rire en posant la main sur mon épaule.

« Quelle folie, n'est-ce pas ? Tous ces jouets pour une fillette. Je suis sûre qu'on va en faire une enfant gâtée. Mais j'imagine que ta maman fait pareil avec toi. » Elle a ouvert la porte qui donnait dans le couloir, du coup elle a pas vu que je secouais la tête. Elle m'a pas non plus vue mettre la main sur l'endroit tout chaud où la sienne s'était posée. Elle a pris la caisse avec les trucs de poupée et elle est entrée dans une pièce qui, je le savais, était le salon, parce que toutes les maisons de la rue étaient exactement pareilles.

« Mon cœur ! elle a dit. J'ai une surprise pour toi ! Regarde : il y a une grande fille qui est venue te voir ! Une grande fille qui habite aussi dans la rue. »

Une grande fille. Une fille trop grande. Trop grande pour être aimée.

Elle m'a fait signe d'approcher et je me suis frayé un chemin à travers les cartons jusqu'à la porte. Il n'y avait pas grand-chose dans le salon, à part un canapé tout neuf le long du mur, et une télé sur son meuble, contre le mur d'en face. La petite fille était assise par terre, au milieu d'un tapis rond et blanc. Elle avait des cheveux de tigresse. C'était Ruthie.

La belle dame s'est agenouillée et m'a fait venir plus près. J'avais l'impression qu'on me montrait un chiot acheté très cher, et j'ai failli lui dire qu'elle n'avait pas besoin de nous présenter parce que je connaissais déjà Ruthie. Je savais même tout d'elle, de ses centaines de jouets, de sa maman qui l'habillait comme une poupée et lui achetait tout ce qu'elle voulait. Seulement je ne savais pas que sa maman était la belle dame qui aurait dû être ma maman à moi.

« Quel âge elle a ? j'ai demandé.

— Tu as trois ans, n'est-ce pas, mon ange ? » a répondu la belle dame en se penchant pour prendre dans sa main le visage de Ruthie. Ses cheveux avaient été ramenés en deux couettes, attachées avec des rubans du même rose que sa robe. Elle était exactement pareille que le jour où je l'avais vue sur l'aire de jeux avec Donna : propre et lisse, elle me rappelait les poupées que la maman à Linda avait disposées dans la vitrine de son salon. On aurait dit que Ruthie était en porcelaine, et la belle dame la touchait exactement de la même manière que la maman à Linda touchait ses poupées de vitrine : lentement, avec les doigts, pas les mains. J'ai eu envie de demander à la belle dame si elle avait choisi Ruthie et pas moi parce que Ruthie était jolie et que j'étais moche, ou parce qu'elle avait trois ans, et moi huit, et dans ce cas, à quel âge un enfant devenait trop grand pour être aimé ?

Ruthie se foutait pas mal des câlins. Elle n'a pas dit à la belle dame qu'on s'était déjà rencontrées, ni que je l'avais tapée sur le bras, ni arrachée du tourniquet. Elle avait pas l'air de beaucoup s'intéresser à moi, mais seulement à son xylophone en métal, et là, elle se déchaînait.

« Que tu es intelligente, ma chérie ! Tu montres à Chrissie que tu sais bien jouer du xylophone ! » Ruthie a fait la grimace et s'est remise à taper dessus. Si ça c'était bien jouer, alors j'espérais ne jamais entendre quelqu'un qui jouait mal. On aurait dit qu'on jetait des canettes dans une poubelle. Je savais que j'étais censée regarder Ruthie, sauf que moi, je regardais la belle dame regarder Ruthie. Elle la buvait des yeux. Ruthie lui coulait jusque dans les os, pareil à un bonbon à la menthe qu'on tourne et qu'on retourne sur sa langue, ou une canette d'eau gazeuse un peu salée parce qu'on a les lèvres pleines de transpiration.

« Bon, qui veut une tranche de gâteau ? » a demandé la belle dame. Elle se frottait les mains l'une contre l'autre, mais ça faisait pas le bruit de grattement comme avec maman. Elle avait la peau douce, et ça faisait un bruit tout doux. J'ai hoché la tête pour lui dire que je voulais du gâteau, Ruthie aussi, mais au moment où la belle dame s'est tournée pour aller à la cuisine, Ruthie a hurlé : « Maman, je veux du gâteau au chocolat, pas du cake aux raisins pas bon ! »

La belle dame a ri d'un rire qui ressemblait à une clochette. « Franchement, Chrissie. J'ai passé l'après-midi d'hier à préparer un délicieux cake aux fruits, et juste au moment où je le sortais du four, Ruthie me dit qu'elle n'aime pas les raisins ! Heureusement, la gentille dame de l'épicerie nous a trouvé ce gâteau au chocolat, n'est-ce pas, Ruthie ?

— C'était Mrs Bunty ? j'ai demandé.

— La dame de l'épicerie ? Je ne sais pas. Pourquoi ?

— Parce que si c'est Mrs Bunty, ben, elle est pas gentille. Elle est même horrible et méchante. C'est une sorcière.

— Vraiment ? En tout cas, cette dame m'a paru très gentille. Elle t'a adorée, n'est-ce pas, Ruthie ? »

Ruthie a fait oui, et c'était comme si elle disait : « Le truc, c'est que je suis petite, je suis jolie, j'ai des beaux habits assortis : ça veut dire que tout le monde m'aime, même les vieilles dames méchantes qui aiment personne à part le bon Dieu. »

« Et toi, de quel gâteau tu veux, ma grande ? m'a demandé la belle dame. Chocolat ou cake aux fruits ?

— Les deux », j'ai répondu. Et puis je me suis rappelé : « Merci. »

Elle a ri à nouveau. « Ah, voilà une fille qui sait ce qu'elle veut, hein ? Bien sûr que tu peux avoir des deux. »

Elle est partie chercher les gâteaux, et Ruthie a sorti sa poupée de la boîte et l'a recouverte avec une couverture.

« Bébé va dormir maintenant ! elle a hurlé, pas spécialement pour moi, même si j'étais la seule personne présente. Bébé dort toujours le matin. Elle fait sa sieste. C'est seulement un bébé. Moi, je fais plus la sieste. Je suis pas un bébé.

— Arrête de crier.

— Quand on est un bébé, on fait sa sieste le matin ! a-t-elle hurlé. Je fais pas la sieste le matin. Mon bébé fait la sieste le matin. C'est encore un bébé.

— Ça fait combien de temps que tu vis avec cette dame ?

— Mon bébé…

— La dame qui était là. Celle qui a préparé le cake.

— Maman ?

— C'est pas vraiment ta maman, en fait ? Tu es passée par l'agence d'adoption ? Elle t'a vue là-bas ?

— Allez, bébé ! elle lui a crié au visage. C'est l'heure du petit déjeuner ! » Elle a attrapé la poupée par la cheville. J'ai pensé que la poupée avait peut-être besoin d'être adoptée, elle aussi.

« Ça fait combien de temps que tu vis avec cette dame ? j'ai demandé en criant presque. Ça fait combien de temps que c'est ta maman ? »

Je l'aurais secouée un peu pour qu'elle me réponde si la belle dame était pas revenue avec un plateau garni. Elle l'a posé au milieu du tapis parce qu'il n'y avait pas de table, puis elle a donné à Ruthie une assiette avec une part de gâteau au chocolat, a pris pour elle une assiette avec une part de cake aux fruits, et m'a donné à moi une assiette avec une tranche de chacun. J'ai pas oublié de mâcher du bon côté pour pas avoir mal, et le gâteau m'a rempli l'estomac. Ruthie, elle, a fait que jouer avec le sien : elle a retiré la partie en chocolat craquante et elle a plongé les doigts dans le glaçage. Y avait des traînées brunes autour de sa bouche, et la belle dame a craché sur une serviette pour l'essuyer avec. Si j'avais su, j'aurais mangé comme un cochon, moi aussi.

Je venais de finir mon verre de sirop quand le monsieur qui déballait les cartons est entré avec une autre caisse de jouets. Ruthie l'a vu, a abandonné la poupée et couru vers lui. Il lui a caressé la tête. Jamais j'avais vu des adultes faire autant de câlins et de bisous à une enfant. On aurait pu oublier quelle tête avait Ruthie parce qu'elle était tout le temps cachée sous les bisous des adultes. On voyait bien que pour elle tout ça c'était pareil que les piqûres de punaises de lit : c'est chiant, mais on a beau essayer, y a pas grand-chose qui marche, donc le mieux c'est de pas faire attention.

« Pat, je te présente Chrissie », a dit la belle dame au monsieur. Elle a posé la main dans mon dos, et ça m'a fait des frissons. « Elle habite aussi dans la rue. Tu as dit au dix-huit, c'est ça, ma grande ?

— Oui.

— Elle est venue faire la connaissance de Ruthie. Notre petite fille est tellement contente d'avoir une grande fille pour jouer avec elle. »

Le monsieur qui vidait les cartons s'est baissé pour me serrer la main.

« Enchanté, Chrissie. » Il portait des lunettes avec une fine monture en or, et y avait un peu de buée sur le bas de ses verres. « Je suis le papa de Ruthie. C'est chouette qu'elle ait une grande fille avec qui jouer.

— Oui », j'ai dit. (« Une trop grande fille », j'ai pensé.)

« Ça se présente comment ? a demandé la belle dame au monsieur qui s'est assis sur le canapé.

— Pas trop mal. J'ai rangé presque tous les cartons

dans les pièces concernées. Y a plus qu'à les déballer, maintenant. Il fait un peu froid, là-haut.

— Tu as mis le chauffage dans la chambre de Ruthie ? Mieux vaudrait qu'il ait quelques heures pour chauffer avant qu'elle aille faire sa sieste.

— Oui, il est en marche. » Il s'est enfoncé dans le canapé, a croisé les mains sur sa poitrine et fermé les yeux. La belle dame m'a regardée d'un air de dire : « Sincèrement, mon idiot de mari va-t-il dormir en plein milieu de la matinée ? », et je lui ai renvoyé un regard qui disait : « Oui, sincèrement, votre idiot de mari va dormir en plein milieu de la matinée ! » Je me suis sentie bien alors, pareil que si on était enveloppées dans une couverture qui nous serrait de plus en plus l'une contre l'autre, jusqu'à ce que nos nez se touchent. Et puis la voix de Ruthie a résonné, hurlement grêle, et elle s'est interposée entre nous.

« Papa, est-ce qu'elle est grande, ma chambre ?

— Ta chambre a exactement la taille qu'il faut pour une petite fille telle que toi. Pourquoi tu n'emmènes pas Chrissie visiter ? »

Dans le couloir, j'ai senti le froid me geler les os. Dehors, il faisait beau, mais à l'intérieur on se caillait, comme dans ces maisons où personne a vécu pendant longtemps, ou ces maisons de chez les pauvres, glaciales depuis que les habitants sont partis vivre ailleurs. Ruthie a monté l'escalier devant moi, ses semelles en caoutchouc frappant les marches. En arrivant sur le palier, j'ai vu la porte ouverte au bout, et j'ai réalisé que sa chambre était la copie conforme de la mienne, que sa maison était la copie conforme de la mienne, que sa vie aurait dû être la mienne. On est entrées et je me suis assise sur le lit. Elle sortait en désordre les jouets des cartons, mais je l'écoutais plus, parce que le tic-tac s'était allumé en moi pareil qu'une lampe. Il battait à mes oreilles, pompait jusqu'au bout de mes doigts, si fort que j'ai cru que j'allais exploser. Quand tout mon corps a été envahi, j'ai relevé les couvertures, je me suis accroupie et j'ai fait pipi sur le matelas. Ça faisait pas le même bruit que dans la maison bleue, c'était assourdi, et le pipi a fait une flaque ronde, avant d'être absorbé. Ça a calmé le tic-tac. Après, j'ai remis les couvertures par-dessus.

Ruthie avait arrêté de crier. Elle m'a regardée avec de grands yeux ronds. « C'est pour les toilettes, ça, elle a dit.

— C'est *toi* qui es bonne pour les toilettes. »

Elle ne se rendait pas compte à quel point c'était à la fois malin et méchant d'avoir dit ça, parce qu'elle n'avait ni crié ni pleuré. Elle s'est remise à sortir ses jouets des caisses et à les balancer par terre.

Tout à coup, j'ai eu envie de faire beaucoup de choses dans cette chambre. J'ai eu envie de me faire une grande coupure sur la peau, de tremper mes mains dans le sang et de les passer par terre pour dessiner des chemins couleur cerise. J'ai eu envie de vider les cartons de jouets, de les attraper par brassées entières et de les jeter par la fenêtre. J'ai eu envie de courir jusqu'au magasin pour acheter des bombes de peinture, de revenir à toute allure et d'écrire des gros mots partout sur les murs, comme ceux que j'avais déjà écrits sur les murs de la maison bleue. J'ai eu envie de rentrer dans le placard. De me rouler en boule à l'intérieur. J'ai eu envie de rester pour toujours dans la belle chambre à Ruthie, avec la maman à Ruthie. Mais sans Ruthie.

JULIA

Dire que l'ambiance chez Linda, entre dix-sept heures et dix-sept heures trente était chaotique reviendrait à qualifier une tornade de brise légère. Difficile de savoir combien d'enfants étaient présents car ils ne cessaient de changer de place et semblaient tous être jumeaux, mais j'en ai compté une bonne douzaine. Cela allait du garçon et de la fille en uniforme d'école jusqu'à un bébé dans son transat, qui nous a toisées lorsqu'on est entrées dans la cuisine. Je me suis assise à une table couverte de bols contenant des restes froids de hachis Parmentier. Il y avait longtemps que je n'avais rien mangé. Si Linda n'avait pas cessé d'aller et venir, j'aurais enfourné les restes avec mes doigts. Molly était sortie dans le jardin et apprenait à une fillette plus jeune à se servir d'un cerceau. La sonnette ne cessait de retentir, et chaque fois Linda attrapait un gosse différent qu'elle refilait à ses parents. À chaque passage dans la cuisine, elle m'adressait un sourire qui semblait dire : « C'est dingue, hein ? Une vraie folie ! Moi, Linda, responsable de tous ces gamins ! »

À dix-sept heures quarante-cinq, le rythme s'est ralenti. « Pffiou ! a-t-elle soufflé. Désolée. C'est le moment le plus chaud de la journée.

— Quand est-ce qu'on vient chercher les autres ? ai-je demandé.

— Qui ça ? »

J'ai regardé dehors, les enfants qui entouraient Molly : un bébé, des jumelles et un garçon plus âgé.

« Oh, ce sont les miens, a-t-elle répondu.

— Tous ?

— Ouais.

— Mais tu en as quatre ?

— Et bientôt un cinquième.

— C'est vrai ? ai-je dit en essayant de ne pas regarder son ventre. C'est pour bientôt ?

— Pas avant octobre. J'ai encore le temps.

— Je ne crois pas que je pourrais m'en sortir avec plus d'une.

— Ah bon ?

— Non. »

Voilà l'une des choses auxquelles j'avais réfléchi dans le train, dans le moment de paix que m'avait procuré la bouderie de Molly. « Peut-être que je pourrais revenir par ici, avais-je pensé. Coucher avec un type et tout recommencer avec un autre bébé, sans tout gâcher, cette fois. Je pourrais faire mieux. Suivre les recommandations du livre plus soigneusement. Je suis douée pour les nouveaux départs. C'est bien le seul truc pour lequel je suis douée. » Quelle pensée froide et morbide, parce que je savais que ça ne pouvait pas marcher. Si Molly était un cadeau, et que ne pas avoir d'enfant soit un état neutre, alors avoir un enfant autre que Molly serait un cauchemar. Je pouvais changer de vie, repartir de zéro encore et encore, sauf que pour Molly ça ne fonctionnait pas. Elle n'était pas interchangeable.

Je l'ai regardée enlever son manteau et le jeter dans l'herbe. Je lui ai crié de me l'apporter. Elle est arrivée en faisant la tête. « Cette fille, elle sait pas se servir d'un cerceau, a-t-elle dit.

— Ne sois pas malpolie, ai-je répondu.

— Mais c'est la vérité. »

Elle s'est attardée un instant, les yeux posés sur les bols sur la table.

« Ça va, ma chérie ? a demandé Linda.

— Non. En fait, j'ai mal au ventre parce que j'ai hyper hyper faim.

— Je te donnerai à manger plus tard », ai-je répondu.

Mais Linda était déjà lancée :

« Tu veux du hachis Parmentier, Molly ? Il y en a plein. Il est encore chaud. » Elle m'a regardée : « Et toi, tu veux quelque chose ? »

J'allais refuser, mais moi aussi j'avais faim. Les deux arguments s'affrontaient, mais Linda a sorti deux bols du placard.

« Je te sers. Si tu n'en veux pas, laisse-le. »

Nous avons mangé à table. J'avais l'impression que nous faisions partie des enfants de Linda. Le gratin était épais, avec de la viande et des pommes de terre grumeleuses. Molly s'est barbouillée partout autour de la bouche, jusqu'à en avoir les lèvres orange. Linda a rangé les autres bols, s'arrêtant régulièrement pour observer les gamins, dehors, en émettant un petit bruit en guise de commentaire. Molly a terminé sa part et elle est repartie jouer dans le jardin.

« Je pensais que tu ne vivais plus ici, ai-je dit quand Linda s'est assise.

— Et si, on est toujours là. Ça n'aurait eu aucun sens de déménager. On a eu la maison après la mort de maman et papa. Pete a vécu un moment avec nous, ensuite il est parti en Afrique.

— En Afrique ?

— Oui. Il est missionnaire. On est si fiers de lui. C'est tellement chouette ce qu'il fait.

— Waouh ! » J'ai eu envie de lui demander s'il avait toujours des problèmes avec son pied, et s'il se souvenait de l'après-midi où j'avais tenté de l'attirer du côté de chez les pauvres, mais j'ai pensé que ça n'aiderait pas. « Je suis désolée pour ta maman et ton papa.

— Ouais. Ils étaient jeunes encore. Maman a été malade pendant des années, mais papa, ça a été un choc.

— Je suis désolée.

— Ça va. On finit par s'y faire. Donc, on a récupéré la maison, moi et Kit. C'est mon mari. C'était une bonne idée de rester. Et il s'en est bien tiré. Il travaille dans le bâtiment. Il a installé des baies vitrées et tout le reste. On a eu un problème avec les poutres. C'étaient des poutres porteuses et tout ça. Ça a pris un temps fou. Mais ça valait vraiment la peine. La cuisine est tellement plus lumineuse. Parce qu'elle a la bonne exposition. Je me souviens jamais de ce que c'est exactement, mais c'est très bien. Pour le soleil.

— Où est-ce que tu l'as rencontré ?

— À l'église. Tu sais, à l'école du dimanche, il y avait des gens qui aidaient ? Des ados ? On faisait ça, nous. Voilà comment on s'est rencontrés. Et puis on s'est mariés. Dès qu'on a quitté l'école.

— Mais vous aviez quoi… seize ans ?

— On était vraiment prêts. Notre mariage a été magnifique. Très chic. Avec du saumon.

— Ah ouais ?

— Du frais. Pas du en boîte.

— Waouh ! »

J'aurais aimé pouvoir lui répondre de la même

manière : « Du saumon frais ? Très bon choix. À mon mariage, on a eu du poulet frais » – mais nos vies étaient à l'opposé. Moi, à seize ans, j'occupais ma cinquième chambre à Haverleigh, que je partageais avec Nina. Elle avait le visage piqueté de cicatrices rose argenté, car le jour de son arrivée une fille lui avait balancé à la figure de l'eau bouillante sucrée. J'étais accourue en entendant ses cris. Elle se tordait par terre dans tous les sens en se tenant la figure, et sa peau faisait des bulles comme de la confiture. L'eau bouillante brûle pendant un moment, puis c'est fini, mais l'eau sucrée adhère telle de la colle. La brûlure se poursuit, encore et encore. Nina est restée à l'infirmerie un moment, et après ça elle n'est jamais restée longtemps dans la chambre avec moi. Tous les quinze jours environ, elle avalait un truc qui normalement n'est pas fait pour ça – eau de Javel, piles, lettres de Scrabble –, et les gardiens devaient l'emmener à l'hôpital. Pendant que Linda s'installait dans sa maison et pondait ses mioches, je remontais les couvertures sur le lit vide de Nina en me demandant si elle reviendrait ou si cette fois c'était la bonne, et qu'elle avait enfin réussi à avaler la mort.

« Est-ce que le papa de Molly… ? a demandé Linda.

— Non, il n'est plus dans le secteur.

— Oh. Ça doit être difficile. Je ne pourrais pas m'en sortir sans Kit.

— Pourtant tu as cinq cents enfants. »

Nous avons observé les cinq cents enfants, plus une, qui chargeaient à travers le jardin. Molly avait lancé à l'aîné de Linda un Frisbee, qui est venu s'abattre sur la tête du benjamin. Il est rentré en hurlant.

« Je suis absolument désolée. Molly, viens t'excuser.

— Bah, laisse tomber, a dit Linda en reculant sa

chaise pour prendre le bébé sur ses genoux. C'est un accident. » Elle l'a amené jusqu'au placard où elle a pris un biscuit dans un bocal et lui a fourré dans la main. Les pleurs se sont aussitôt arrêtés, comme un robinet qu'on ferme. Dehors, il faisait presque nuit, et les gamins semblaient luire, à croire que leurs membres étaient éclairés de l'intérieur. Le petit a posé la tête sur l'épaule de Linda. « Il va falloir que je les couche.

— Oui, bien sûr. Excuse-moi. On va y aller.

— Combien de temps il te faut pour rentrer chez toi ?

— Quelques heures. Peut-être quatre.

— Oublie ça. Tu ne serais pas chez toi avant minuit. Molly a quoi, cinq ans ?

— On se débrouillera.

— Pourquoi vous ne restez pas ?

— Ne t'inquiète pas. Ça ira.

— Franchement, pourquoi vous ne dormez pas ici ?

— Hors de question. On t'a déjà donné assez de travail.

— Arrête, je vous ai juste donné à manger. On n'a même pas eu le temps de vraiment discuter. J'ai envie que tu restes. S'il te plaît. Je t'en prie, laisse-moi faire quelque chose pour toi. »

Pendant l'heure qui a suivi, j'ai passé beaucoup de temps à traîner dans le couloir, inutile. Linda était plus que capable de donner leur bain et de coucher ses gosses toute seule, même avec une gamine en plus, même une gamine comme Molly, surexcitée de vivre autre chose que sa routine. Linda lui a dit qu'elle n'était pas obligée de prendre un bain si elle n'avait pas envie de se déshabiller dans une maison qu'elle ne connaissait pas, mais elle était déjà toute nue en arrivant en haut de l'escalier et elle a sauté dans le bain avec les jumelles, oubliant soudain son plâtre. Je l'ai aidée à enfiler le pyjama Spiderman que Linda avait déniché au fond d'un tiroir de son fils, et j'ai mis un peu de dentifrice au bout de mon doigt pour lui nettoyer les dents du mieux possible. J'étais stupéfaite de constater que le processus du bain, du pyjama et du lavage de dents prenne autant de temps avec une enfant qu'avec cinq. Quand ils ont tous été propres, sentant la menthe, Linda les a fait venir sur son lit à elle pour leur lire un livre. J'avais l'impression de faire partie de l'histoire car j'ignorais qu'un aussi joyeux bazar puisse exister dans la vraie vie. Adossée au placard, je l'ai écoutée lire. Elle avait une façon particulière de souligner les mots et de prononcer toutes les lettres : on aurait pu croire que c'était pour montrer aux gamins – sauf si on l'avait connue à huit ans, penchée sur son manuel de lecture en classe, les articulations des doigts blanches tellement elle serrait son pupitre. J'ai repensé à ce que j'avais dit à maman plus tôt : « Avec un peu de volonté, on finit par trouver. La plupart du temps, c'est vraiment dur, et chiant, mais ce n'est pas impossible. Il faut juste le vouloir. »

J'ai installé Molly sur le canapé, en bas, elle a coincé la couverture sous son menton et elle a soupiré.

« J'aime bien, ici, a-t-elle dit.

— Ouais.

— On s'amuse bien.

— Ouais.

— J'aime bien la dame.

— Mmmm. »

Je me suis levée pour partir, mais elle s'est redressée : « Où tu vas ?

— Dans la cuisine.

— Tu restes pas avec moi ? »

Je n'aurais pas dû être surprise. Dans son univers à elle, il était impensable que je ne reste pas à côté d'elle jusqu'à ce qu'elle s'endorme. J'ai entendu la porte d'entrée s'ouvrir, Linda interpeller quelqu'un, une voix d'homme répondre. Je me suis rassise.

« Mais oui, je reste. »

Au bout de quelques minutes, elle dormait, et lorsque je suis arrivée dans la cuisine, Linda et l'homme étaient assis à table. J'étais intimidée. Il était bien bâti, mal rasé.

« Voici Kit, a dit Linda. Je lui ai raconté qu'on était amies quand on était petites. À l'école.

— Content de te rencontrer. Je ne connais pas beaucoup les amies à Linda.

— Ouais. Merci pour votre hospitalité. Merci de nous laisser passer la nuit ici, ai-je répondu.

— Y a pas de quoi. Tu es courageuse d'avoir accepté. C'est une maison de fous ici. On sait jamais combien y a de personnes qui restent dormir. »

Linda a sorti des assiettes du placard et nous a servi du hachis Parmentier. Elle ne m'a même pas demandé si j'avais encore faim. Kit a bu une bière, et après le hachis, on a mangé de la glace au chocolat dans des bols peints par les enfants. À vingt et une heures, Kit s'est levé et s'est étiré.

« Je suis vraiment désolé, mais il faut que j'aille me coucher. Je dois être sur le chantier à six heures, demain. »

J'ai pensé à maman, sortant de chez elle avant l'aube, tête baissée, traînant les pieds. Je l'ai chassée de mon esprit.

« Enchanté d'avoir fait ta connaissance, Donna, a-t-il dit en montant. À bientôt, j'espère. »

Et puis nous nous sommes retrouvées toutes les

deux, Linda et moi. En fait, il en avait toujours été ainsi.

« Excuse-moi, sincèrement, a-t-elle dit. Je déteste mentir. Ce n'est vraiment pas bien. Mais j'ai pensé que tu n'aurais pas envie que je lui raconte tout. C'était plus simple d'inventer un truc. Et je ne me rappelais plus ton nouveau nom. Du coup j'ai paniqué et je t'ai baptisée Donna.

— Alors ça, c'est impardonnable. J'ai pas une tête de patate, moi. »

Elle a éclaté de rire. « Je me demandais si tu t'en souvenais.

— J'étais très fière de l'avoir trouvée, celle-là. Paf, dans les dents.

— C'est Julia, hein ? a-t-elle dit en mettant les bols dans l'évier. Ton nouveau nom, je veux dire.

— C'est ça. Mais j'ai pas tellement envie que tu m'appelles comme ça. Chrissie, ça me convient. »

Le dernier endroit où je m'étais appelée Chrissie, c'était Haverleigh. C'était aussi le dernier endroit où je m'étais autorisée à coller aux gens telle une sangsue ; le dernier endroit où, quand on me grondait, je redressais le menton. Le dernier endroit où j'avais fait pipi au lit. À Haverleigh, ils comprenaient : nos matelas étaient en caoutchouc, et dans nos chambres, nous avions un bac à linge sale et des draps de rechange, si bien que lorsque nos draps étaient mouillés, le matin, on pouvait les changer sans que personne nous voie. Je n'avais pas tout de suite compris comment ça marchait, qu'on nous laissait une fenêtre d'environ un quart d'heure entre les passages des employées pour pouvoir s'en occuper discrètement. Une employée était entrée juste au moment où je retirais mon drap. Je m'étais figée sur place, penchée en avant, en pensant à la tache sur ma chemise de nuit. L'employée était allée à l'autre bout du lit et avait détaché le drap.

« Pourquoi vous êtes dans ma chambre ?

— Je viens voir comment ça se passe. J'ai pensé que tu aurais peut-être besoin d'un peu d'aide, pour ton lit.

— J'ai pas besoin de votre aide. Je vous déteste. Vous êtes moche. Je déteste comment vous êtes habillée. Je veux pas que vous me surveilliez. Je veux quelqu'un d'autre. N'importe qui mais pas vous. »

Elle a roulé le drap en boule et l'a fourré dans le panier à linge sale. « Je suis désolée, mais c'est moi, ce matin.

— J'ai renversé de l'eau dans mon lit. Je buvais, allongée, et j'en ai mis à côté. »

Il n'y avait pas de lavabos dans les chambres, et on ne buvait jamais au lit, quant à en renverser dans le dos de ma chemise de nuit…

« Ah, c'est pas de chance », a-t-elle répondu. Elle a sorti un drap propre du placard et l'a étendu sur le matelas. « Tu sais, ici, ça arrive souvent que les enfants renversent un verre d'eau dans leur lit. C'est pour ça qu'il y a des draps propres dans le placard. Ce n'est pas grave. Si tu choisissais les vêtements que tu as envie de porter aujourd'hui ? La plupart des garçons ne sont pas encore levés. Je vais t'emmener prendre une douche. »

C'était la dernière nuit où je mouillais mes draps. Jamais ça ne s'est reproduit ensuite. Le monde extérieur m'avait desséchée au point de faire de moi une coquille vide, dénuée de liquide. Ainsi, j'étais seule, mais j'étais en sécurité. Rien ne pouvait me blesser s'il n'y avait plus rien à l'intérieur de moi. Parfois, je me disais que ce n'était pas Haverleigh qui me manquait en réalité, mais celle que j'étais lorsque j'y vivais. Parfois, je me disais que c'était Chrissie qui me manquait.

« Est-ce que Donna vit encore ici ? ai-je demandé.

— Non, a répondu Linda. Elle a déménagé en centre-ville. De même que la plupart des gens de notre âge. Ici, y a pas grand-chose. Tu commences à le comprendre quand tu n'es plus une gosse.

— Et la famille de Steven ?

— Ils sont partis à la campagne. Après tout ce remue-ménage. Tu es au courant ? Ce mouvement lancé contre toi ? »

Je l'avais suivi à la télé, dans la pièce commune, à Haverleigh. Le visage de la mère de Steven, énorme, vieilli, remplissant l'écran. Ses cheveux lui tombaient dans le dos, longs, mous, cassants, et ses épaules étaient pleines de pellicules. Il y avait des années que Steven était mort, mais elle paraissait toujours rongée par le chagrin, comme quelqu'un dont on aurait arraché les entrailles pour les étaler sur du goudron bouillant afin de les faire frire dans une abominable puanteur.

« Ce n'est pas juste, disait-elle au journaliste. Elle a pris quoi ? Neuf ans ? Neuf ans dans un merveilleux pensionnat. Elle n'a jamais mis les pieds dans une cellule. Et maintenant, ils veulent la laisser sortir ? Ils veulent qu'elle recommence ? Où est la justice pour mon fils ? Steven, lui, n'a pas droit à une seconde chance. Moi non plus. Elle mérite la perpétuité. Et puis non, merde alors. Elle mérite la peine de mort ! »

Elle tenait une photo de Steven serrée contre elle, la même qui avait fait la couverture du livre de Susan. Elle l'avait fourrée sous le nez du journaliste. « Regardez-le. Regardez-le un instant. Regardez-le et dites-moi que ce monstre mérite d'être libre. Il est mort sans sa maman. Il est mort terrifié. Voilà le pire des cauchemars pour une maman : votre mioche seul et terrifié. C'est une ordure. »

Voilà ce qui arrivait aux enfants comme Steven : ils demeuraient figés dans un état de perfection, à jamais purs, à jamais merveilleux, car ils auraient à jamais deux ans. La plupart des gamins vivaient assez longtemps pour faire des erreurs, des bêtises, laisser tomber les autres, bref, montrer qu'ils n'étaient pas parfaits, qu'ils étaient juste vivants. Les gosses comme Steven n'étaient plus vivants, et en échange ils devenaient des saints. Ce que sa mère avait dit à mon sujet ne m'avait pas beaucoup dérangée. C'était vrai. Les ordures étaient des choses dont on se débarrassait, qu'on jetait au rebut, parce qu'elles étaient inutiles. C'est ainsi que je me sentais : rejetée par le monde, enfermée dans une vaste poubelle avec d'autres ordures.

Linda a tiré sur une mèche de ses cheveux et s'est mise à y faire des nœuds. « Tu comprends, hein ? Pourquoi elle n'a pas pu te pardonner. C'est ça. Imagine si c'était Molly, à sa place. »

J'ai eu envie de crier. « Linda, j'imagine tout le temps que c'est Molly à sa place. » Et puis : « Depuis qu'elle est née, tout ce que je fais, c'est imaginer que c'est Molly. Parfois, je me demande si je l'ai jamais réellement vue telle qu'elle est vraiment, parce que ce n'est pas son visage que je vois en regardant Molly. Je vois un visage auquel on a ôté la vie. Mais il y a des moments où j'oublie, lorsqu'elle éclate de rire par exemple, alors je me surprends à prendre du plaisir, et puis je me rappelle que je ne peux pas. Parce que j'ai enlevé ça à d'autres gens, et qu'ils n'ont jamais pu profiter de leur enfant qui riait, qui souriait, tout en grandissant. Plus jamais. Je voudrais qu'ils me pardonnent, mais je sais qu'ils ne peuvent pas, parce que je ne pourrais pas le pardonner si c'était arrivé à Molly. Des fois, je me dis que je n'avais pas besoin d'être condamnée à la perpétuité, parce que j'ai eu Molly à la place. C'est elle, ma peine. Tant qu'elle sera là, jamais je ne pourrai oublier ce que j'ai fait. Jamais. »

Je me suis tue un instant. « En fait, je devrais abandonner, tu ne crois pas ? » Ma voix était rauque, à croire que j'étais enrouée, et je me suis forcée à rire pour lui montrer que je ne pleurais pas.

« Comment ça ?

— Je ne pourrai jamais rattraper le temps perdu. Je ne pourrai jamais redresser les choses. Tout ça, ça ne sert à rien. C'est débile. Je ferais mieux de laisser tomber.

— Comment ça, "tout ça" ? Qu'est-ce que tu devrais laisser tomber ?

— Ben tout ça. Tout ce que j'essaie de faire.

— Parce que les gens ne te pardonneront pas ?

— Ouais.

— Pour moi, justement, ça devrait être l'inverse.

— C'est-à-dire ?

— Quoi que tu fasses, ils ne te pardonneront jamais. Du coup, tu peux passer ta vie à te rendre malheureuse, parce que tu les as rendus malheureux, mais malgré tout, ça ne changera rien. Ou tu peux essayer de mener une vie normale, comme les autres, tenter de rendre ta vie, et celle de Molly, la meilleure possible. Ils ne te pardonneront pas non plus. Quels que soient ta décision et tes choix de vie, ils ne te pardonneront jamais. Tu ne peux rien changer à leur vie à eux. Par contre, il y a deux personnes dont tu peux rendre la vie meilleure.

— Une seule. Molly.

— Deux. Il y a Molly, et il y a toi. »

Je n'ai rien dit. Une illusion coincée dans ma gorge m'empêchait de parler, pareille à de la graisse durcie dans un tuyau. Ce n'était pas qu'essayer de me faire pardonner soit une illusion. L'illusion, c'était d'imaginer un futur à deux, alors que nous allions bientôt être séparées.

« Ils vont me la prendre », ai-je dit. Je ne voulais pas lui lancer ça méchamment, pourtant c'est parti tout seul. Sec et tranchant.

« Qui ça ? Les services sociaux ?

— Ouais.

— Pourquoi ?

— Je suis pas une très bonne maman.

— Je ne suis pas sûre qu'il y ait beaucoup de femmes qui pensent être de très bonnes mamans. »

J'ai éclaté de rire. C'est sorti à la manière d'un sarcasme : « Comme si toi, tu n'étais pas parfaite.

— Moi ? Tu rigoles ? Tu as vu l'état de la maison ? Un vrai capharnaüm. Nous avons pratiquement plus d'enfants que nous n'en avons les moyens, et bientôt on va en avoir un autre. Oui, je les aime, j'adore être leur maman. Évidemment. Et je suis meilleure pour ce genre de choses que pour n'importe quoi d'autre. Mais parfaite ? Loin de là. Très loin.

— Tu me parais vachement douée, pourtant. »

Elle a baissé les yeux, et le rose lui est monté aux joues peu à peu. Je me suis rendu compte que c'était sans doute la première fois que je lui disais qu'elle était douée pour quelque chose. Elle n'a pu réprimer un sourire. Naturellement, j'aurais voulu remonter le temps afin de réparer les immenses torts que j'avais commis, n'empêche qu'à cet instant je me serais contentée de réparer les petits. J'aurais voulu avoir à nouveau huit ans, juste pour être plus gentille avec Linda, juste pour lui dire qu'elle faisait bien le poirier, et qu'elle était une super meilleure amie.

« Pourquoi crois-tu qu'ils vont te prendre Molly ? a-t-elle demandé en se frottant le visage avec sa manche, comme pour effacer son rougissement.

— Son poignet.

— Il est cassé ?

— Ouais.

— La pauvre. Lily aussi s'est cassé le poignet l'an dernier.

— Ah bon ?

— Ouais. Au début, ça lui plaisait, le plâtre, et tout le tralala, mais à la fin elle en avait vraiment marre. Elle voulait aller nager et tout ça. L'année d'avant, Jason s'est cassé la jambe, et Charlie s'est fait cette horrible entaille à la tête. Un peu plus bas et elle aurait perdu son œil. J'ai eu l'impression de vivre à l'hôpital cette année-là.

— Tu n'étais pas inquiète ?

— Ben si. Mais les gosses, c'est robuste. Ils se remettent.

— Non, ils ne sont pas robustes. Ils peuvent se faire vraiment très mal. Et très facilement. Avant même que tu comprennes ce qui s'est passé.

— Mais il ne s'agit pas de ça. Pour Molly, c'était un accident.

— En fait, elle a grimpé sur un mur. Elle n'avait pas le droit, mais elle l'a fait quand même. Et je ne regardais pas. J'ai voulu la faire descendre. Je l'ai prise par le bras et j'ai tiré. Elle est tombée.

— Eh bien oui, c'était un accident. Jason s'est cassé la jambe parce que j'ai trébuché et que je suis tombée sur lui en haut de l'escalier. Il a dévalé jusqu'en bas. Je m'en suis voulu terriblement, mais il ne faut pas s'appesantir là-dessus. On ne souhaite jamais leur faire mal. »

On est restées là à discuter un moment. La nuit transformait les baies vitrées en miroirs, et je nous voyais ainsi attablées. Nous avions l'air de deux dames, ce qui me paraissait ridicule. Dans ma tête, nous étions encore deux gosses maigrichonnes qui volaient des bonbons, marchaient sur les murs et faisaient le poirier.

« Pourquoi est-ce que tu es venue ? m'a demandé Linda.

— Je sais pas vraiment. Je viens de découvrir qu'ils allaient me prendre Molly. C'était hier. Ça m'a donné envie de revenir ici. »

J'avais du mal à croire que l'appel de Sasha ne datait que d'hier. Le temps semblait s'être étiré tel du chewing-gum : au lieu de quelques heures, il me paraissait remonter à des semaines. J'ai songé que je devrais calculer combien d'heures s'étaient écoulées depuis le rendez-vous. Et puis je me suis dit que je n'en tirerais rien de bon.

« Donc tu n'es pas venue à cause de mes coups de fil ? Rien à voir ?

— De quoi tu parles ?

— Plusieurs fois j'ai essayé de t'appeler. Et puis, il y a quelques semaines, tu as décroché. Je pensais que si je composais le numéro que tu m'avais donné, tu saurais que c'était moi. Et que tu serais peut-être venue me voir. » Sa voix diminuait à mesure qu'elle parlait, jusqu'à n'être plus qu'un souffle formant à peine des mots. Rauque sous l'effort. Comme on ouvre une canette.

« C'était toi ? Tu m'as téléphoné ?

— Quelques fois. Je ne voulais pas te faire peur ni

rien. Tu m'avais donné ton numéro dans ta dernière lettre.

— Mais pourquoi tu m'as appelée ? Tu ne l'as jamais fait avant. Tu n'as même jamais répondu à mes lettres.

— Je sais. Je suis désolée. Ça me rend vraiment triste. Mais… tu sais… je suis toujours aussi nulle, Chrissie. Je sais à peine écrire, même aujourd'hui. Je ne voulais pas que tu le saches. C'était plus facile de téléphoner.

— Mais pourquoi maintenant ?

— C'est ce que tu as dit, je pense. C'était le bon moment. Je venais d'apprendre que j'étais enceinte, et depuis que je sais que tu as une petite fille, j'ai toujours pensé à toi chaque fois que je suis tombée enceinte. Je me suis toujours demandé comment tu t'étais débrouillée. Ce sera notre dernier bébé. Je n'en aurai pas d'autres. Ça m'a donné envie de parler avec toi. »

L'espace d'un instant, une fenêtre sur un autre monde s'est entrouverte, un monde où Linda et moi nous étions enceintes en même temps, et où Molly grandissait en parallèle avec les jumelles. C'était une douleur brûlante, éclatante, comme quand on regarde droit vers le soleil.

« Je croyais que c'étaient des journalistes qui m'appelaient. J'ai pensé que c'était notre assistante sociale qui nous avait vendues.

— Mais pourquoi elle aurait fait ça ?

— Pourquoi pas ?

— Parce que c'est son boulot de s'occuper de toi. »

J'aurais pu lui répondre plusieurs choses : « Personne ne s'est jamais occupé de moi », ou « Ce n'est le boulot de personne de s'occuper de moi », ou :

« Son boulot ne consiste pas à s'occuper de moi. » Je dessinais des ronds sur la nappe.

« Je croyais que tu me détestais, ai-je dit.

— Eh bien, non.

— C'est juste parce que tu es chrétienne, c'est ça ? »

Elle a eu un demi-sourire. « Je suis chrétienne. Mais je ne te détesterais pas même si ça n'était pas le cas.

— Je t'ai manqué ? » Ma question était insupportable – on aurait dit une gamine en mal d'affection –, et en attendant qu'elle me réponde, j'ai préféré regarder le reflet de Linda dans la baie vitrée plutôt que la vraie personne qui était assise à côté de moi.

« Oui, a-t-elle répondu.

— J'étais dégueulasse avec toi.

— Non. Tu me taquinais. Et tu veillais sur moi aussi, non ?

— J'étais un monstre.

— Tu étais mon amie. »

J'ai remonté mes jambes devant moi sur ma chaise, et j'ai posé la tête contre mes genoux, jusqu'à ce que mes dents s'aplatissent contre mes lèvres. « Ta meilleure amie », ai-je dit dans mon jean.

C'était ce que j'avais dit dans ma cellule, le seul jour du procès où je m'étais vraiment sentie blessée. Ça ne m'avait rien fait quand la mère de Donna s'était levée pour dire que je causais « des problèmes », que j'étais « méchante », « mauvaise ». Ça ne m'avait rien fait quand la mère de Steven s'était levée pour dire que je méritais d'être pendue et écartelée (je ne savais pas vraiment ce que ça voulait dire). Mais j'avais été blessée lorsque la mère de Linda avait pris la parole.

« Comment connaissez-vous Christine ? avait demandé l'homme à la perruque blanche.

— Elle était amie avec ma fille, Linda.

— Elles étaient proches ?

— Je pense que c'est ce que Chrissie aurait dit. Elle aurait répondu qu'elles étaient meilleures amies. Ma Linda, elle est amie avec tout le monde, sincèrement. Je vois beaucoup de petites filles passer à la maison – plus que je peux m'en rappeler, parfois. Chrissie était juste une amie parmi d'autres. »

J'ai éprouvé une douleur violente dans mon ventre et j'ai posé la main dessus. Je sentais mon cœur battre sous ma main. Je me suis demandé comment il était tombé dans mon ventre.

« Mais vous voyiez beaucoup Chrissie, a repris Perruque Blanche. Vous nous avez dit qu'elle passait beaucoup de temps chez vous. Qu'elle était plus souvent chez vous que dans sa propre maison. »

La mère de Linda a jeté un regard sur le côté, là où maman était assise, toute seule sur son banc. Puis elle s'est retournée vers Perruque Blanche. « Y avait pas grand-chose chez elle.

— Que voulez-vous dire ?

— La maman de Chrissie, Eleanor. Elle avait du mal.

— Mais encore ?

— Elle avait du mal. Depuis que Chrissie était toute petiote. Je me souviens quand j'allais promener Linda dans son landau, je passais devant leur maison et j'entendais un bébé pleurer, mais ce n'étaient pas les pleurs habituels, c'était autre chose. De vrais hurlements. Ça s'est reproduit plusieurs fois, je passais et repassais devant, parce que ça se fait pas d'espionner les gens, hein ? Et puis un jour je me suis dit : ça ne va pas, vraiment pas, il y a quelque chose qui n'est pas normal, alors j'ai traversé le jardin et j'ai frappé à la porte. Il a fallu un moment, mais elle est venue ouvrir, je veux dire, Eleanor, en tenant Chrissie dans ses bras. Elle ne m'a pas laissée en placer une, elle me l'a fourrée dans les bras. "Elle arrête pas de pleurer, j'en peux plus, prenez-la", elle m'a dit, et elle m'a claqué la porte au nez.

— Qu'avez-vous fait ?

— Qu'est-ce que vous vouliez que je fasse ? C'était un tout petit bout. Elle faisait la moitié de ma Linda, déjà qu'elle était pas grande. Je l'ai ramenée à la maison et je lui ai donné un biberon. Trois, en fait. Je l'ai gardée deux heures : elle mourait de faim. Et puis j'y suis retournée, Eleanor a ouvert la porte et l'a reprise comme si tout allait bien. Comme si c'était parfaitement normal de donner votre bébé à une inconnue pour l'après-midi.

— Et vous n'avez pas songé à en parler à quelqu'un ? Aux services sociaux, à la police ?

— Évidemment que j'y ai pensé. Même que pendant un moment je pensais qu'à ça. Mais qu'est-ce que j'aurais dit ? "Je connais un bébé qui pleure beaucoup." J'aurais eu l'air d'une folle. Et des fois, je voyais Eleanor à l'église avec le landau, parfois même le papa était là, et je me disais : "Bon. Ils se débrouillent. Ça va aller." Je ne pouvais pas lui faire ça. La dénoncer. Je ne pouvais pas faire ça à une autre maman.

— Parlons de la relation entre Chrissie et sa mère. D'un point de vue extérieur, comment les choses ont-elles évolué lorsqu'elle a grandi ? »

La maman de Linda s'est tournée encore davantage, afin d'être dos à la mienne. « Eleanor faisait son possible pour se débarrasser de Chrissie. Je ne sais pas ce qui lui passait par la tête : est-ce qu'elle ne voulait pas d'enfant, n'arrivait pas à s'occuper d'une enfant, n'y arrivait pas avec cette enfant-là… Peu importe.

Mais quand on les voyait, toutes les deux, on avait l'impression qu'elle en avait rien à faire de Chrissie. »

Les mots sont remontés dans ma gorge, comme du vomi. « La ferme », j'ai dit. Assez fort pour que les gens me regardent. « La ferme, la ferme, la ferme, la ferme. »

La maman de Linda ne m'a pas regardée. Elle se tenait toujours face au juge.

« J'ai décidé que je ferais de mon mieux pour Chrissie. Je l'ai dit à mon mari : "Il faut qu'on fasse quelque chose pour cette fillette, elle n'a rien." Parce que c'est ce que nous croyons, c'est ce que le Seigneur nous a enseigné. Et j'ai fait de mon mieux, pendant un moment. Tant qu'elle était petite. Elle venait chez nous, je lui donnais à manger, je lui donnais les vieux habits à Linda. Et puis elle a grandi. Elle est devenue dure. J'ai arrêté de faire des choses pour elle parce que je me disais que si je continuais, elle serait toujours là. Et je ne voulais pas qu'elle joue avec Linda tout le temps. Je ne voulais pas que les gens les associent l'une à l'autre. »

Elle a émis un bruit, à croire qu'elle toussait, et s'est essuyé la joue. Puis elle a repris : « Elle a fait des choses terribles. C'est vrai. Mais ce n'est qu'une gosse. Elle avait besoin que des gens tels que moi viennent à son secours, et je ne l'ai pas fait. Je l'ai laissée tomber. Nous l'avons tous abandonnée. Ce n'est qu'une petite fille. »

Elle m'a regardée par-dessus son épaule. Mais elle ne parvenait pas à maintenir son regard sur moi. Ses yeux se sont baissés par terre, sous ma cage de verre, en face du banc où était assise la maman de Steven.

« Je suis désolée. »

J'ai mis mes mains sur mon visage. Je n'ai pas parlé : j'ai hurlé.

« JE VOUS DÉTESTE, JE VOUS DÉTESTE, JE VOUS DÉTESTE ! »

Je criais, je soufflais, je tapais des pieds, à tour de rôle, l'un, puis l'autre, comme si je courais. Les gardiens m'ont attrapée sous les bras et ils m'ont descendue en cellule. Ils m'ont tenue jusqu'à ce que je sois fatiguée de donner des coups de pied et de hurler. Ensuite ils sont partis.

« On est meilleures amies ! ai-je murmuré une fois seule. Moi et Linda, on est meilleures amies ! Et j'avais pas besoin de vous ! Et ma maman, elle se fiche pas de moi ! »

À table, Linda n'avait toujours pas répondu, je sentais mes joues brûler, ma gorge se nouer. Et puis elle a dit : « Ouais, on était meilleures amies », si doucement que je l'ai à peine entendue. Mais si, je l'ai bel et bien entendu et je l'ai avalé tout rond.

« Merci, ai-je répondu.

— Tu devrais aller dormir. Tu dois être fatiguée.

— Ouais, sans doute. » En réalité, je n'avais pas envie d'arrêter de parler. Au fil des années, j'avais passé des heures à réfléchir à ce que je lui dirais quand nous serions réunies, et je n'en avais exprimé qu'une minuscule partie. C'était pareil qu'avec maman : ce n'était pas la grande scène de révélation que j'avais répétée dans ma tête, mais une rencontre surréaliste avec des personnes très différentes des personnages que je faisais vivre en moi. J'ai songé qu'il en serait peut-être toujours ainsi, même si je leur parlais pendant un mois, parce que je ne pourrais me débarrasser d'un fardeau que j'étais seule à porter.

« Tu repars demain ? m'a demandé Linda.
— Peut-être. Je sais pas.
— Est-ce qu'ils vont te chercher ?
— Oui. Molly est soumise à un contrôle judiciaire. Ça veut dire que je dois faire tout ce qu'ils me disent. Je ne peux pas l'emmener où je veux sans prévenir. Ça serait considéré comme un enlèvement.
— Je vois. » Peut-être était-elle choquée, mais elle n'en a rien laissé paraître.
« N'empêche, je ne sais pas si on rentrera demain. Je me disais que peut-être j'attendrais qu'ils nous trouvent. Ça pourrait leur prendre plusieurs jours.
— Il me semble qu'il vaudrait mieux faire face. Ils prendront mieux les choses si tu y retournes et que tu admets que tu as fait une erreur.
— Peut-être que ce serait mieux qu'ils me la prennent.
— Pourquoi ?
— Ce serait plus juste, non ? Que je la perde. C'est ce que j'ai fait aux autres, donc c'est ce qui devrait m'arriver.
— Tu veux dire… "Œil pour œil, dent pour dent" ?
— Ouais.
— Mais ça ne marche pas de cette manière, si ? Tu as été punie pour ce que tu avais fait. Tu as passé beaucoup de temps en prison. Tu ne peux pas continuer à être punie pour toujours.
— Je ne suis pas allée en prison. Je suis allée dans un Foyer.
— Oui, mais ce n'était pas un *vrai* foyer. Ce n'était pas comme si tu avais choisi d'aller là-bas. Tu n'étais pas libre. »
J'ai serré les dents en les frottant jusqu'à ce qu'une espèce de sable recouvre ma langue. Difficile de

décrire les libertés dont j'avais été privée à Haverleigh – ce tournis humide quand on roule au bas d'une pente herbue, l'odeur des bougies sur le gâteau d'anniversaire ; plus difficile encore de reconnaître que ces opportunités ratées n'étaient rien en comparaison de ce que j'y avais gagné. Au-delà des différentes couches de culpabilité et de complexité, trois vérités émergeaient : Haverleigh m'avait apporté ce dont j'avais besoin ; il y avait un prix à payer pour être là-bas ; je n'étais pas celle qui avait réellement payé. En réalité, j'aurais choisi moi-même d'aller là-bas, et si c'était à refaire, je choisirais Haverleigh encore et encore, et si les lieux avaient encore existé, c'est là que Molly et moi nous serions trouvées en cet instant, à supplier les gardiens de nous recueillir.

Au tribunal, une des perruques blanches avait dit que les actes que j'avais commis m'avaient arrachée à l'enfance, et que c'était une punition suffisante. Ce juge avait à la fois tort et raison. J'avais perdu quelque chose ce printemps-là – une chose légère et précieuse –, toutefois, même ainsi je pouvais toujours courir partout, grimper aux arbres et faire le poirier avec ma meilleure amie. Quand on était mort, on ne pouvait plus. À présent que j'étais plus vieille, je vivais avec un tel poids sur les épaules que parfois je craignais que ma colonne vertébrale se brise, pourtant, de temps à autre, j'étais tellement concentrée sur Molly que j'oubliais qui j'étais, je me débarrassais de ce poids pour m'étendre par terre. Vous ne pouviez pas faire ça lorsque votre enfant était mort.

Un cri perçant m'a fait sursauter – « Maman ! Maman ! Maman ! » –, pourtant Linda n'a pas bougé.

« Tu peux y aller, ai-je dit.

— Mais c'est Molly, non ? »

« Maman ! Maman ! Maman ! »

« Pourtant je ne m'appelle pas comme ça », ai-je pensé en me levant. Je suis retournée dans le salon, au bout du couloir. Molly était assise toute droite sur le canapé, les poings serrés sur ses yeux.

« Tout va bien, ai-je dit. Tu vas bien. »

Elle hoquetait. Je me suis agenouillée auprès d'elle. J'ai posé la main dans son dos. « Tout va bien, Molly. Tu as fait un mauvais rêve, c'est tout.

— Mais-je-me-suis-ré-vei-llée-et-t'é-tais-pas-là… j'ai-cru-que-tu-m'a-vais-lai-ssée-toute-seule… »

Je me suis assise à côté d'elle et je l'ai attirée contre moi. Et soudain la mémoire de mon corps s'est réveillée ; ce n'était pourtant pas arrivé assez souvent pour que je m'en souvienne. Elle a passé les bras autour de mes épaules et à nouveau j'ai été surprise, surprise que nos corps s'emboîtent si parfaitement alors qu'ils ne l'avaient pas fait depuis qu'elle était sortie de mon ventre. Elle a niché son visage dans mon cou, pleine de larmes et de morve. Cette sensation humide m'a donné l'impression que nous étions deux flaques d'eau de mer qui se réunissaient, salées et sans contour. J'ai senti sa langue sur ma peau. J'ai senti qu'on me tirait les cheveux, et j'ai vu qu'elle avait enroulé une mèche autour de sa main. Haverleigh m'est revenu soudain, comme un coup de poing dans le ventre.

Après que les gardiens m'avaient empêchée de voler de la nourriture pour manger la nuit, je m'étais mise à manger davantage aux repas. Trois fois par jour, je me goinfrais à m'en rendre malade. Ils avaient donc décidé de remplir mon assiette et de me mettre sur une table à part des autres, qui mangeaient toujours à la table commune. La nuit, je hurlais encore plus fort.

« Mais qu'est-ce qu'il y a, Chrissie ? avait demandé ma gardienne préférée en entrant dans ma chambre.

— J'ai faim ! avais-je crié.

— Mais non, ma chérie. Tu as bien dîné. Tu as le ventre plein.

— Si ! J'ai faim ! » Elle s'était assise par terre à côté de mon lit. La plupart de ses collègues n'osaient pas m'approcher de si près parce que j'étais méchante. J'avais cessé de hurler, simplement chuchoté : « J'ai faim. J'ai faim.

— Il faut que tu dormes. Allez. Allonge-toi. »

J'avais posé ma tête sur l'oreiller. Elle était si près de moi que j'avais attrapé une mèche de ses cheveux.

« J'ai faim. J'ai faim. J'ai faim », avais-je continué à murmurer jusqu'à ce que mes paupières soient lourdes. Et juste avant de les fermer, j'avais marmonné : « Appelle-moi encore ma chérie.

— Qu'est-ce que tu dis, ma chérie ? »

Et puis je m'étais endormie. Au matin, à mon réveil, elle était partie. J'avais encore quelques cheveux brun-jaune enroulés autour de mes doigts, bouclés et morts.

J'ai serré Molly plus fort contre moi. Elle a gémi et j'ai senti son petit poing s'ouvrir et se refermer sur mon pull. Elle aimait bien être ici. Elle aimait bien Linda. Mais elle avait besoin de moi.

« Je ne t'ai pas laissée toute seule, ma chérie, ai-je dit. Je ne t'ai pas laissée. »

CHRISSIE

Après être rentrée de l'hôpital, je me suis tenue à l'écart de la maison le plus possible. Je savais que si maman était en rogne contre moi, elle risquait de parler de Steven à la police, ou bien de me redonner des Smarties-qui-étaient-pas-des-Smarties, et j'étais d'humeur ni pour l'un ni pour l'autre. Des fois, elle s'énervait parce que je restais dehors trop longtemps, elle disait que ça voulait dire que je l'aimais pas. Mais en général, c'était ma présence à la maison qui la mettait sur les nerfs, parce que quand j'étais là, je faisais des trucs qui l'agaçaient, comme de réclamer à manger. Je pensais qu'elle m'avait donné les Smarties-qui-étaient-pas-des-Smarties pour me transformer de mauvaise fille en bonne fille, et plus elle me verrait, plus elle comprendrait que ça avaït pas marché, et que j'étais toujours mauvaise, du coup elle risquait d'avoir envie d'essayer autre chose. Aussi, c'était plus prudent pour moi de rester loin de la maison.

« Ta maman va se demander où tu es passée, Chrissie », me disait toujours la maman à Linda si j'étais encore chez eux à l'heure du dîner. Ce qu'elle voulait dire, en fait, c'était : « Je me demande ce que tu fais encore là, Chrissie », mais je faisais semblant de pas comprendre.

Je répondais toujours : « Non, elle se demande jamais où je suis. » C'est vrai que la maman à Linda, elle avait été plus gentille après que j'étais sortie de l'hôpital, mais ça avait pas duré longtemps.

Y avait toujours des policiers dans les rues, ils frappaient aux portes pour parler aux enfants, et les mamans arrêtaient pas de parler de ça, d'un jardin à l'autre. Sauf la maman à Linda. Elle parlait pas beaucoup avec les autres mamans. Sans doute parce qu'elle était trop vieille. On pouvait attraper une crise cardiaque à parler comme ça quand on était si vieille.

Le dimanche, je suis restée après l'office pour aider Linda et sa maman à remettre en place les coussins sur les marches des bancs où on s'agenouillait, et la maman à Robert est restée elle aussi. Elle arrêtait pas de soupirer et de faire des « *tss-tss* », et de dire : « C'est pas possible, mais vraiment, c'est pas possible. » La maman à Linda disait rien, alors celle à Robert elle en rajoutait encore plus, jusqu'à ce que finalement elle mette les mains sur les hanches et déclare : « Franchement, je ne devrais pas vous le dire. Non, vraiment.

— Dans ce cas ne dites rien, a répondu la maman à Linda.

— Non, je ne devrais rien dire. Surtout avec les mioches autour.

— Je suis sûre qu'il vaut mieux que vous vous taisiez », a répété la maman à Linda en allant chercher un truc dans le placard à balais. La maman à Robert l'a suivie.

« Vous avez entendu ce qu'on raconte, non ?

— Je ne pense pas. » La maman à Linda a commencé à balayer les allées entre les bancs, et celle à Robert a attendu qu'elle lui demande qu'est-ce qu'on pouvait bien raconter. Quand elle a compris qu'elle allait pas lui poser la question, elle en a remis une couche.

« Vous savez pourquoi ils ont posé toutes ces questions aux gamins ? Vous avez entendu ça, hein ? »

La maman à Linda a continué à balayer. « Ce sont juste des commérages. Ça ne vaut pas la peine d'écouter ce genre de choses.

— Ils disent que c'est sûrement un gosse qui a fait ça », a enfin lâché la maman à Robert. La maman à Linda a arrêté un instant de balayer, laissant son balai planté par terre. Et puis elle a repris. « Vous avez entendu ? a dit la maman à Robert. Un gosse, qui aurait fait ça ?

— J'ai entendu.

— C'est affreux, vous ne trouvez pas ? C'est pétrifiant. Je suis glacée jusqu'aux os depuis que j'ai entendu ça. » Elle avait pourtant pas l'air glacée jusqu'aux os. Elle ressemblait à ces enfants qui le jour de leur anniversaire arrivent à l'école tellement roses et gonflés de contentement qu'ils pourraient aussi bien tenir une pancarte. Linda était à l'autre bout de l'église où elle rangeait les trucs de l'école du dimanche, du coup, elle pouvait pas entendre ce que racontaient les mamans, mais moi, j'étais juste derrière elles, accroupie entre deux bancs. Je me suis faite toute petite pour pas qu'elles me voient.

« Bien sûr, on se pose des questions... a repris la maman à Robert.

— Il ne faut pas. » La maman à Linda balayait toujours au même endroit depuis un moment, même si y avait plus une seule saleté par terre.

« On se pose des questions. J'arrête pas de me ratisser la cervelle, mais je ne connais pas les mioches plus âgés. J'ai pas de grands comme votre Linda – ça doit être un plus vieux, pas vrai ? »

J'avais enlevé ma veste avant de commencer à ranger les coussins. Elle était posée sur le dossier d'un banc, tout près de là où était la maman à Linda. Elle l'a prise, l'a secouée et l'a tenue devant elle.

« Et vous, vous avez une idée ? » a demandé la maman à Robert.

La maman à Linda a plié ma veste et l'a remise sur le dossier du banc. Puis elle est allée ranger son balai.

« Linda, elle a appelé. Viens. On s'en va. » Linda est arrivée en trottinant et je les ai suivies dehors, dans la rue. La maman à Linda la tenait par le poignet, elle marchait vite. En haut de Marner Street, elle s'est tournée vers moi.

« Allez, rentre chez toi, Chrissie.

— Mais je veux jouer avec Linda, j'ai répondu.

— Linda rentre à la maison avec moi.

— Ben moi aussi alors.

— Non, Chrissie. Tu ne viens pas avec nous. Chez nous, ce n'est pas chez toi. »

Elle a emmené Linda avec elle. Je les ai vues devenir de plus en plus petites tandis qu'elles se dirigeaient vers leur maison. Elles étaient tellement petites maintenant que je voyais plus si Linda tournait la tête vers moi ou pas. Pendant que j'étais accroupie entre les bancs, la maman à Linda m'avait envoyé plein de poussière avec son balai, et maintenant, je la sentais qui se déposait à l'intérieur de mes poumons en un film poudreux.

Ça me faisait beaucoup d'heures à remplir si je voulais pas rester à la maison. Le jour, je jouais dehors avec Linda, William, Donna et maintenant Ruthie. Les autres rentraient à l'heure du dîner, mais pas moi. J'attendais jusqu'à ce que la nuit tombe et que j'aie sommeil, là je rentrais en douce, je me faufilais dans ma chambre et je me mettais au lit avec les couvertures par-dessus la tête.

Un samedi, j'étais assise toute seule dans l'herbe, dans la cour du Bull's Head parce que c'était l'heure du dîner et que tout le monde était rentré. Un monsieur est sorti pour fumer, j'ai levé les yeux et j'ai vu que c'était papa.

« Papa ? » j'ai dit. Il a plissé les yeux pour bien voir. « Chris ?

— Je croyais que tu étais encore mort. » Ses mains étaient paresseuses et il arrivait pas à allumer sa cigarette, alors je suis venue l'aider à tenir son briquet. La flamme a léché le bout, qui est devenu orange.

« Merci ! » Il a aspiré une grande bouffée. « Je viens de rentrer, hein !

— Quand ça ?

— Tout de suite. La semaine dernière, ou celle d'avant.

— Pourquoi t'es pas venu me voir ?

— Tu sais. J'avais des trucs à faire. Mais j'avais prévu de venir te voir maintenant. Aujourd'hui. Je suis juste passé ici boire un coup en vitesse. » Il s'est assis sur la marche et je me suis assise devant lui. Papa disait toujours que la première chose qu'il faisait lorsqu'il était plus mort, c'était de venir me voir. Il s'arrêtait même pas pour poser son sac quelque part, il venait juste me voir. Voilà à quel point je lui manquais quand on n'était pas ensemble.

« Pourquoi t'es pas venu me voir tout de suite ?

— Bordel, Chris. Lâche-moi. Je te vois maintenant, pas vrai ? » J'ai enfoncé le menton dans ma poitrine. S'il était revenu plus tôt, j'aurais pas été malade à cause des Smarties parce qu'il aurait été là pour me protéger. « Sinon, quoi de neuf ? Comment tu vas ? »

J'ai relevé la tête, et je l'ai regardé droit dans les yeux. « J'ai été à l'hôpital.

— Quoi ?

— Maman m'a donné des médicaments dans un tube de Smarties. Elle m'a dit de tout manger. J'ai failli mourir. »

Sa main a glissé vers son menton. Il s'est mis à frotter, frotter, frotter. À gratter, gratter, gratter. Il a remis sa cigarette dans sa bouche, puis l'a ressortie et l'a écrasée sous son talon. Il a mis ses deux mains libres dans ses cheveux, et il a commencé à serrer et desserrer, si bien que la peau de son front, elle était tendue, ridée, tendue, ridée.

« J'ai été à l'hôpital pendant des jours et des jours. Ils ont dû aspirer tout ce qu'il y avait dans mon ventre. S'ils l'avaient pas fait assez vite, j'aurais pu mourir.

— Me raconte pas ça, Chris. » Il s'est levé, et ses cheveux sont restés debout eux aussi, hérissés comme des pointes. « S'il te plaît, me raconte pas ce genre de trucs.

— Mais tu peux m'aider, maintenant. Tu es redevenu vivant. Je peux m'occuper de toi pour que tu meures plus, et tu peux m'emmener ailleurs.

— Non, je peux pas. » Sa voix était pareille à une fenêtre qui ferme mal et laisse passer l'air. « J'peux pas.

— Mais tu as dit que tu le ferais. T'as dit que la prochaine fois que tu me voyais, tu m'emmènerais. Tu l'as dit !

— Désolé, Chris. » Il s'est retourné pour rentrer à l'intérieur du pub et j'ai voulu le suivre, mais il m'a repoussée. « Désolé. J'peux pas.

— Est-ce que tu vas encore mourir ? C'est pour ça ?

— Mais putain ! Arrête avec ces conneries ! Tu as huit ans, Chris. Tu es trop grande pour croire à ça. Arrête. »

Il y avait une mouche sur le montant de la porte. Il l'a écrasée sous son poing, laissant une trace bleu-noir sur le bois blanc. D'habitude, j'adorais regarder les choses mortes. Quand on trouvait un oiseau crevé dans la cour, je le poussais avec un bâton, je répandais par terre ses entrailles tandis que Donna, Linda et les autres filles poussaient des glapissements. J'ai juste regardé la mouche assez longtemps pour voir qu'elle avait une aile arrachée, et que ça faisait comme un minuscule morceau de vitrail. Et puis j'ai détourné les yeux.

« Maman me donne jamais rien à manger. J'ai tout le temps faim. Des fois, je pense que je vais mourir à force d'avoir aussi faim.

— Me raconte pas ça ! il a presque crié. J'ai pas envie d'entendre ces trucs-là.

— Tu as dit que tu m'emmènerais.

— Je peux pas. Désolé. Désolé. » Il est rentré dans le pub. J'ai couru vers la barrière en bois au bout de la cour et j'ai tapé si fort dedans qu'une des planches s'est fendue. J'avais les joues en feu. J'avais envie d'entrer et de me frayer un passage entre les messieurs qui sentaient pas bon pour aller retrouver papa.

« J'y ai jamais cru ! j'avais envie de crier. Jamais. Pas une seule fois. J'ai toujours su que les gens pouvaient pas revenir à la vie après qu'ils étaient morts. Même Jésus, il est sans doute pas vraiment ressuscité, sûrement qu'il est resté très très calme dans la grotte pour que tout le monde croie qu'il était mort, et après, il est sorti tout d'un coup, pour leur faire peur.

J'ai jamais cru que tu étais mort quand tu t'en allais, et j'ai jamais cru que tu étais redevenu vivant quand tu revenais me voir, et le jour où j'ai tué Steven, je savais bien que c'était pour toujours, pas seulement une journée, ou une semaine, ou un mois. Je savais qu'il reviendrait jamais, et c'est ça que je voulais. Et la prochaine personne que je vais tuer, elle va être morte pour toujours elle aussi, et celle après pareil, et celle après pareil, et celle après pareil. Je vais tuer plein de personnes, et elles seront mortes pour toujours, et c'est *ça* que je *veux* ! »

Ça n'avait aucune importance que j'aie vraiment cru que papa était mort, ni que j'aie pas compris que Steven redeviendrait jamais vivant. Je supportais pas que les autres croient que j'étais bête, c'était ce que je détestais le plus au monde. Je voulais pas que papa croie que j'étais bête. J'ai regardé pendant longtemps à travers la porte de derrière, je voyais des silhouettes sombres qui bougeaient les unes autour des autres. Mais je voyais pas papa. Ça me grattait de partout et ça me brûlait, comme si des mille-pattes me couraient dessus et qu'à la place des pattes ils avaient des aiguilles. Je voulais plus être moi. Je voulais Linda. Elle savait comment c'était pourri quand les gens croyaient que vous étiez bête. Alors je suis allée sonner chez elle.

« Est-ce que Linda peut venir jouer dehors ? j'ai demandé à sa maman lorsqu'elle a ouvert la porte.

— Non.

— Est-ce que moi je peux venir ?

— Non.

— Pourquoi ?

— Nous allons dîner.

— Qu'est-ce que vous allez manger ?

— Du ragoût.

— J'aime bien le ragoût.

— Chrissie, tu n'entreras pas. Je ne veux plus que tu joues avec Linda. Rentre chez toi. Ton vrai chez-toi. »

Elle a reculé, et un instant j'ai cru qu'elle allait se mettre à genoux pour me prendre dans ses bras, comme la veille de mon premier jour d'école. Ça m'aurait pas dérangée. J'aurais même vachement aimé ça. Sauf qu'elle a reculé pour refermer la porte. Je suis restée là à réfléchir à tout ce que j'aurais pu dire si elle avait pas fermé la porte.

« Vous pouvez pas nous interdire de jouer ensemble, moi et Linda. On est meilleures amies. On peut pas interdire à des meilleures amies de jouer ensemble. C'est carrément contraire à la loi. Vous pouvez pas m'empêcher de venir ici. J'attendrai jusqu'à ce que vous soyez sortie, jusqu'à ce qu'il y ait plus que le papa à Linda, et là je reviendrai. Lui, il me laissera entrer. Vous pouvez pas m'obliger à rentrer chez moi. Parce que j'ai pas de chez-moi. J'ai juste une maison. Et vous pouvez pas m'obliger à retourner là-bas. »

J'avais mal à la gorge avec tous ces mots. Je l'ai frottée, serrée, et puis j'ai laissé mes mains où elles étaient, là où je sentais battre mon cœur. Le sang pulsait sous mes doigts, et les mots s'écrivaient dans ma tête.

Je suis là. Je suis là. Je suis là.
Tic-tac. Tic-tac. Tic-tac.

Quand j'ai quitté la maison le lendemain matin, le monde était tout de lumière blanche éclatante et moi j'étais toute de bruit. Ce n'était plus l'effervescence – pas comme avant, pas comme avec les soucoupes volantes. C'était un grondement rocailleux, ça me mordait dans le bas du ventre, ça me rongeait là où mon corps se transformait en secret. Pareil qu'un tigre qui grogne. Une flamme qui siffle. J'avais des étincelles au bout des doigts et des orteils, qui me faisaient courir plus vite que jamais j'avais couru, mais c'était pas snap-crac-pop, c'était pif-paf-boum. Je fixais le bout de la rue en remontant la colline à toutes jambes, on aurait dit que quelqu'un avait versé de la peinture bleue dans les trous irréguliers laissés par les toits qui s'élevaient vers le ciel. Je plissais les yeux pour mieux voir, et alors les étincelles étaient encore plus vibrantes. Mon corps, c'était plus de l'électricité : c'était de la lave. Pif-paf-boum. Tic-tac. Tic-tac. Tic-tac.

Je suis arrivée au magasin au moment où Mrs Bunty sortait son panneau dans la rue. En me voyant, elle a mis les mains sur les hanches.

« Allons bon, Chrissie. Ça suffit. Tu sais très bien que je ne vais pas te laisser entrer pour que tu me voles encore une fois.

— Je vais pas voler. J'ai des pièces. »

Elle a éclaté de rire – on aurait dit un dindon qui glougloutait. Son menton tressautait et elle avait vraiment l'air d'un dindon. « C'est ça, et moi je suis la reine de Saba, hein ?

— Non. Visiblement, non. Mais j'ai des pièces, j'ai répété en les sortant de ma poche pour les lui mettre sous le nez.

— Et à qui donc tu les as volées ?

— Personne. On me les a données.

— Qui ça ? »

J'ai pensé à papa, sortant du pub en titubant alors que je repartais vers la maison, et qui m'avait attrapée par le bras d'un coup. Il avait plongé la main au fond de sa poche et sorti des pièces qu'il m'avait fourrées dans la main en disant : « Tiens, prends ça, c'est tout ce que j'ai, et va t'acheter un truc à manger. » Et puis il était retourné au pub et je l'avais entendu demander à Ronnie à boire. Donc c'était pas tout ce qu'il avait. Juste ce qui lui restait après qu'il avait payé les trucs qui comptaient vraiment pour lui.

« Personne, j'ai répondu à Mrs Bunty. Mais je les ai pas volées. C'est les miennes. Et je veux acheter des bonbons. »

Elle aurait aimé me dire que j'avais pas le droit d'entrer, seulement le pasteur est arrivé pour acheter son journal et elle a dû faire semblant d'être gentille pour pas aller en enfer. J'ai pris le grand bocal avec les sucettes sur le comptoir et j'ai essayé de dévisser le couvercle. C'était dur, et mes mains arrêtaient pas de glisser.

« Veux-tu un peu d'aide, ma grande ? a demandé le pasteur en tendant la main.

— Non », j'ai répondu. Dans un dernier effort, le couvercle a cédé.

« Eh bien. Tu as de la force dans les mains, hein !

— Ouais. Je suis très forte des mains. »

J'ai acheté une sucette et un sachet de nounours, même si j'aimais pas vraiment ça. Mrs Bunty a pris les pièces en faisant une tête comme si j'avais pissé dessus. J'ai regretté de pas l'avoir fait.

Je suis allée chez Ruthie et j'ai sonné à la porte. D'abord, personne a répondu. Alors j'ai sonné encore, et encore, jusqu'à ce que la belle dame vienne ouvrir. Elle était un peu moins belle que d'habitude. Elle était encore en chemise de nuit et en robe de chambre, même si l'heure du petit déjeuner était déjà passée, et ses cheveux s'échappaient de ses bigoudis jaunes. Sa figure avait la couleur de l'eau de vaisselle sale.

« Oh, bonjour Chrissie. » Ruthie est sortie du salon et a couru se jeter dans ses jambes, si fort que la belle dame a failli me tomber dessus. C'était typique de Ruthie, ça. Toujours à rendre la vie impossible à la belle dame. Elle était habillée avec une robe à carreaux rouges et blancs, aux manches bouffantes, avec des socquettes blanches ornées de dentelle et des chaussures en cuir rouge. Sa mallette de docteur était rouge, si bien qu'elle était assortie des pieds à la tête, parce que dans ses cheveux orange, elle avait des rubans rouges – on aurait dit que sa tête était en feu.

« Est-ce que je peux emmener Ruthie jouer à l'aire de jeux ? » j'ai demandé. Quand elle a entendu « aire de jeux », Ruthie a attrapé le bras de la belle dame avec ses mains grassouillettes et elle a tiré dessus. Chaque fois qu'elle se dégageait, Ruthie l'attrapait à nouveau et la tirait vers le bas.

« Maman, s'il te plaît ! Aire de jeux, maman !

— Lâche-moi ! » elle a presque crié en levant haut le bras, hors de portée. Ruthie a eu l'air choquée, et moi aussi, j'étais choquée. C'était la première fois que j'entendais la belle dame crier. Le rouge lui est monté aux joues.

« Pardon, Ruthie, elle a dit en lui caressant les cheveux. Pardon, mon ange. Ta maman crie pour rien, hein ? Maman est trop bête. Méchante maman.

— Alors, elle peut venir ? » j'ai demandé. La belle dame a regardé dans la rue les voitures qui grondaient et les bouteilles de verre cassées qui scintillaient dans le caniveau.

« C'est gentil de ta part de le proposer, mais Ruthie s'est fait mal au genou ce matin. En jouant dans le jardin. C'est une méchante égratignure. Je pense qu'il vaut mieux qu'elle reste à la maison aujourd'hui. »

La belle dame faisait souvent ça : inventer des histoires pour empêcher Ruthie de venir jouer dehors. Du coup, on a toutes les trois baissé les yeux vers les genoux à Ruthie qui dépassaient sous sa robe. Sur le gauche, une trace rose. Même Ruthie, elle a regardé la belle dame comme si elle était folle.

« On va juste à l'aire de jeux. Je lui donnerai la main. Y a pas de rues à traverser. » La belle dame a jeté un coup d'œil dehors encore une fois. Elle devait espérer un coup de tonnerre, ou un minitremblement de terre, histoire d'avoir une bonne raison d'empêcher Ruthie de sortir. Mais le ciel était d'un bleu de verre de mer, et la terre ne tremblait pas du tout. En levant les yeux, la belle dame a frissonné, puis elle s'est penchée en avant, et elle a fait un drôle de bruit, à croire qu'elle s'étranglait. Quand elle s'est redressée, elle avait encore plus une tête d'eau de vaisselle. Elle a poussé Ruthie vers moi.

« Oui. D'accord. Emmène-la. Amuse-toi bien, Ruthie. Fais attention. À tout à l'heure. » Elle a remonté l'escalier en courant jusqu'à la salle de bains et on l'a entendue vomir. J'ai pensé que si moi aussi j'avais dû m'occuper de Ruthie tous les jours, ça m'aurait sûrement rendue malade.

En arrivant à l'aire de jeux, Ruthie a poussé le portillon, mais je l'ai tirée en arrière par le col de sa robe. « Viens, je lui ai dit en l'attrapant par le poignet. On va pas là.

— L'aire de jeux ! » elle a chouiné.

Elle a essayé de se libérer, mais j'étais trop forte pour elle.

« Non, pas l'aire de jeux. »

On aurait dit qu'elle se concentrait pour pouvoir crier si fort que la belle dame l'entendrait à quatre rues de là, alors je lui ai fourré un nounours dans la bouche, façon bouchon. Elle a été tellement surprise qu'elle a rien fait pendant une minute. Puis elle s'est mise à mâcher, et elle a tendu la main pour que je lui en donne un autre.

« Encore », elle a dit.

Je lui ai montré le sachet.

« Tu les auras seulement si tu continues à marcher et si tu fais pas de bruit. »

Les maisons du côté de chez les pauvres avaient l'air d'exister encore moins que d'habitude sur ce ciel parfait. En arrivant à la maison bleue, Ruthie s'est assise dehors, sur les touffes d'herbe.

« Je suis fatiguée. » Elle s'est laissée tomber sur le côté. J'ai regardé ses cheveux orange, éparpillés parmi les brins d'herbe. Comme une tigresse. Comme une flamme.

« Debout », j'ai dit. Elle a pas bougé, du coup j'ai sorti la sucette de ma poche et je l'ai agitée devant son nez. « Tu la veux ? » Elle a fait oui, a essayé de l'attraper, mais je l'ai mise hors de sa portée : « Seulement si tu viens avec moi. »

En entrant, elle a traîné les pieds, et y a eu de la saleté sur ses chaussettes blanches. Elle était calme maintenant, même si elle avait fini de manger le nounours. Je l'ai poussée vers l'escalier, devant moi, pour être sûre qu'elle monte sans se casser la figure. La pièce à l'étage était mieux éclairée que le reste de la maison parce que la lumière passait par le trou dans le toit. En dessous, la tache mouillée s'était agrandie. Je me suis rappelé quand je m'étais accroupie pour faire pipi. Ruthie s'est approchée et elle a levé les yeux vers le toit. Elle a poussé un rire aigu, pareil qu'une clochette. « Regarde ! elle a hurlé. Y a un trou ! Un trou dans le ciel ! » Elle s'est assise sur un des coussins du canapé près de la tache mouillée et elle a commencé à déballer sa mallette de docteur.

« Tu joues au docteur avec moi ! elle a crié. Tu es malade. » Elle a mis le stéthoscope dans ses oreilles et a posé l'autre extrémité sur ses bras et ses mains.

« C'est pas comme ça, Ruthie. » Je me suis approchée et j'ai tenté de le lui prendre. « Je vais te montrer comment on fait. » Elle a glapi et me l'a repris d'un coup sec.

« C'est à *moi* ! elle a hurlé. C'est *moi* le docteur ! » Ses petites joues rebondies étaient toutes roses. J'ai eu envie de lui flanquer un coup de pied, mais j'ai frappé la mallette à la place. La bande que la belle dame passait son temps à enrouler s'est déroulée, longue langue blanche sur le plancher. Je me suis mise à marcher le long du mur en y faisant courir mes doigts. Ça bouillonnait dans mon ventre. Lave et électricité.

« On joue au *docteur* ! » a crié Ruthie. Elle passait son temps à crier. Je l'avais jamais entendue parler normalement. Tous ces cris, tous ces jouets, et tout, tout, tout cet amour. Elle dégoulinait d'amour, ça se voyait sur sa peau. Je savais à quoi ça ressemblait : je l'avais vu sur Steven.

Je me suis appuyée contre le mur d'en face, j'avais la chair de poule sur les bras, mes poils dressés formaient des miniboutons. Je sentais l'effervescence partout : sur ma figure, dans mon cou, mon ventre, ça bouillait tellement que c'était presque insupportable. J'ai poussé le mur d'un pied et j'ai couru jusqu'à l'autre bout. Pas assez d'espace. Je pouvais pas courir assez vite pour épuiser l'effervescence dans mes jambes. J'ai regardé le ciel. Le bleu m'a brûlé les yeux. J'avais envie de grimper par le trou, de me mettre debout sur le toit et de rugir jusqu'à ce que j'aie plus de voix.

Ruthie me regardait : « Tu fais quoi ? » elle a demandé. J'ai mis les mains sur mes oreilles. Cette petite voix haut perchée, horrible et geignarde : j'arrivais plus à m'en débarrasser. Elle rentrait toute seule en moi.

« C'est bon. Je vais jouer. Mais c'est moi le docteur. Donne-moi le stéthoscope. » Elle devait vraiment en avoir marre de jouer toute seule parce qu'elle me l'a tendu tout de suite. « Allonge-toi.

— Je veux pas. Pas allongée. Je veux être malade assise. »

Je lui ai agité à nouveau la sucette sous le nez. « T'en veux ? » Elle a fait oui. Je l'ai déballée, et quand elle s'est couchée, je lui ai mise dans la bouche. Elle s'est mise à la sucer bêtement.

« C'est bien. » J'ai mis le stéthoscope autour de mon cou. « Bon. Alors, est-ce que vous avez mal à la gorge ? » J'ai passé les doigts dans le pli où son corps s'attachait à sa tête.

Elle a fait oui. « Je tousse, elle a dit malgré la sucette.

— Dans ce cas je vais essayer de vous guérir. » Le stéthoscope se balançait, me gênait. Je l'ai retiré et jeté de côté. J'ai posé la main à plat sur sa gorge, les doigts recourbés vers le plancher, le pouce là où son cœur battait. Dès que ma main a été en place, j'ai mis l'autre. J'ai cligné les paupières et j'ai vu l'horloge s'y afficher comme sur un écran. Les deux aiguilles étaient superposées l'une sur l'autre, au zénith.

« Je vais vous masser le cou un peu. Ça va guérir la toux. » Mes mains se sont durcies. Elle a renversé la tête en arrière.

« J'ai mal », elle a chouiné. Elle s'est tortillée, déplacée sur le côté, et elle s'est retrouvée au beau milieu de la tache mouillée. J'ai vu un cloporte se faufiler dans ses cheveux. Je la maintenais toujours.

« Ça va pas faire mal longtemps. Ça va aller mieux après. Bien mieux. Faut encore que je le fasse une fois. Juste une fois. Tout ira mieux après. C'est promis. »

J'ai serré son cou. J'ai serré de toutes mes forces : de toute l'effervescence, de tout le bouillonnement, de tout le grondement. La lave et l'électricité me coulaient dans les bras, dans les mains, et je les ai utilisées pour serrer le cou de Ruthie. Elle a essayé de me griffer les poignets, mais ça faisait pas mal parce que la belle dame lui coupait les ongles en jolis croissants de lune tout lisses. Aucune force dans ses mains, alors que les miennes étaient puissantes. Au loin, je l'entendais gémir, mais c'était pareil qu'une mouche qui bourdonne dans une armoire fermée à clé dans une autre pièce, dans une autre maison, dans un autre pays. Je l'ai chassée de mon esprit. J'ai tout chassé, sauf mes mains sur son cou, mes yeux dans ses yeux, le bruit de ses pieds qui battaient le plancher. Elle était allongée à l'endroit où j'avais pissé et j'attendais de connaître à nouveau cette sensation, ce délicieux frisson noir. Mais rien. Plus d'effervescence cette fois, rien que de la haine, de la haine, de la haine, et le bruit des pieds de Ruthie qui battaient le plancher, de moins en moins fort, jusqu'à ce qu'ils s'arrêtent. Ruthie s'est arrêtée. Tout s'est arrêté.

J'ai gardé les mains sur son cou encore un moment après qu'elle était morte. Sa peau était douce. Comme un pétale de fleur. Si douce que j'étais pas sûre où la mienne s'arrêtait et où la sienne commençait. La sucette avait glissé de sa bouche en laissant une traînée de bave collante sur sa joue. Elle avait toujours les yeux ouverts, mais elle clignait plus, et les cercles marron globuleux étaient des billes dans sa tête.

Après avoir fini de tuer Steven, je m'étais assise sur mes talons et j'avais secoué mes mains engourdies. Je me sentais fatiguée, j'avais chaud, mais pas faim – pour une fois –, et j'avais pensé : « On peut pas se sentir mieux que ça. » J'ai regardé Ruthie et j'ai essayé de retrouver ces sensations. J'ai essayé si fort que j'ai failli pousser dehors mes intestins – voilà l'impression que ça me faisait. Pousser. Crisper. J'ai posé la main sur son épaule et je l'ai secouée. J'ai tapoté son visage : « Allez, reviens, j'ai murmuré. Reste pas morte. Je voulais pas vraiment. Reviens. » Elle bougeait plus. Elle était immobile. Je l'ai secouée à nouveau, j'ai frotté sa joue, je me suis mise au-dessus de son visage et j'ai soufflé de l'air chaud. Je lui ai dit à l'oreille : « Reviens. S'il te plaît, reviens. » Elle bougeait plus. Elle était immobile. Le ciel dans le trou au-dessus de nous était d'un bleu chaud, et le soleil me brûlait le cou, mais dans mon ventre, c'était froid. J'étais fatiguée. J'avais mal aux mains. Ruthie était morte. Elle n'allait jamais redevenir vivante. J'ai renversé la tête en arrière, j'ai regardé le trou dans le ciel. Et j'ai hurlé, hurlé, hurlé.

JULIA

Chez Linda, le chaos éclatait dès six heures du matin, atteignant aussitôt son paroxysme. J'ai été réveillée par une des jumelles qui, à trois centimètres de mon visage, a crié : « POUSSEZ-VOUS DU CANAPÉ ! ON VA REGARDER LA TÉLÉ. » Linda s'occupait d'envelopper les petits corps dans leurs uniformes d'écoliers et de verser des Frosties dans des bols sans visiblement se soucier qu'on ne puisse pas l'entendre par-dessus le fracas des dessins animés. À huit heures, Molly et moi étions prêtes à partir. Nous avons attendu un moment sur le pas de la porte, tandis que Linda nous hurlait depuis la cuisine : « Attends une seconde, j'ai besoin de savoir si Mikey a avalé un truc. »

Elle est arrivée avec le bébé dans les bras. Il arborait un grand sourire.

« Qu'est-ce qu'il a avalé ? ai-je demandé.

— Un morceau de jouet. Minuscule. Mais je ne suis pas sûre qu'il l'ait fait. Je suis même quasi certaine que non. Et si jamais il l'a avalé… ben j'imagine qu'on le saura bientôt. »

J'étais surprise qu'aucun des enfants de Linda n'ait encore été victime d'un accident fatal.

« Bon, on va y aller, ai-je dit.

— Ouais. Tu as des trucs à faire. »

Mikey s'est mis à tousser, elle l'a posé et lui a tapoté dans le dos. Il s'est penché en avant, s'est étranglé et a craché quelque chose dans la main de sa mère. Une minuscule tête de figurine. Elle l'a essuyée sur son tee-shirt.

« Bravo, mon chouchou. Tu te sens mieux ? »

Il a acquiescé, et il est retourné en courant à la cuisine.

« Pffiou. Un souci de moins.

— Tu sais, ai-je repris, hier tu m'as demandé si j'étais venue parce que tu m'avais téléphoné.

— Oh, c'était idiot. Ça ne voulait rien dire.

— Je suis vraiment venue pour te voir. Je ne savais pas que tu m'avais appelée. C'était toi que je voulais voir. »

Je ne mentais pas. C'était de Linda que j'avais besoin, pas dans ma tête, mais dans mon corps. Pendant des années, je m'étais accrochée à maman, parce que votre maman, c'est la personne qui est censée vous réconforter quand vous vous sentez vide, seulement la mienne n'avait jamais fait ça pour moi. Elle m'avait donné des miettes de chaleur, et maintenant que je l'avais revue je comprenais qu'elle n'était pas capable de faire plus – sauf que ça n'était pas suffisant. Jamais elle ne pourrait me donner assez. Je le savais car lorsque je lui avais demandé ce qu'elle désirait, elle avait parlé de revenir en arrière pour changer les choses pour elle. Elle n'avait pas évoqué la possibilité de changer les choses pour moi.

Une seule personne avait aimé Chrissie d'un amour ordinaire, normal, comme on aime le sel et la lumière du soleil. Linda ne savait pas faire ses lacets, ni lire l'heure, mais c'était la plus intelligente pour ce qui était d'aimer, de se montrer loyale, et de tout donner sans rien attendre en retour. C'était elle, la personne que j'avais besoin de revoir une dernière fois avant de perdre Molly et que tout s'arrête. Je le savais car, enfin, je n'avais plus faim. Et ce n'était pas une histoire de hachis Parmentier ou de glace au chocolat et de Frosties. C'était Linda.

« Merci », a-t-elle dit. Elle a fait rouler la tête de la figurine entre ses doigts. « Je ne savais pas s'il fallait le dire ou pas. Je ne savais pas si ça te mettrait mal à l'aise. Mais je veux que tu saches que nous avons toujours prié pour toi. Kit et moi. Il est au courant pour toi, il ignore juste qui il a rencontré hier soir. Après avoir prié pour la famille et pour ceux que nous connaissons qui ont besoin de l'aide du Seigneur, on termine toujours par toi.

— Est-ce qu'on rentre à la maison maintenant ? a demandé Molly d'une voix forte.

— Ouais, on y va, lui ai-je répondu avant de dire à Linda : Merci. Ça ne me met pas du tout mal à l'aise. C'est vraiment gentil.

— Mais j'ai rien rapporté pour montrer à la classe.

— C'est pas grave.

— Mais j'ai besoin d'un truc !

— Tu dois présenter un objet à la classe, Molly ? a dit Linda. J'ai peut-être quelque chose qui pourrait te servir. Je voulais le donner à ta maman de toute façon. C'est très bien que tu m'y aies fait penser.

— Mais elle n'a besoin de rien, ai-je dit.

— C'est quoi ? » a demandé Molly.

Linda est rentrée et elle a grimpé l'escalier.

« Voyons, ce n'est pas si important que ça, ai-je murmuré à Molly.

— Mais si ! »

Linda est revenue plus vite que je ne l'aurais cru. J'étais stupéfaite qu'elle réussisse à retrouver aussi vite un objet dans une maison qui était un vrai capharnaüm. Elle a déposé une énorme bille dans la main de Molly. Le soleil l'a fait étinceler. Révélant toutes les couleurs du monde.

« Est-ce que ta classe aimerait voir ça ? Qu'est-ce que tu en penses ? » a dit Linda sans me regarder.

Molly a transféré la bille d'une main dans l'autre. « C'est juste une bille ?

— Oui, mais c'est une bille très spéciale.

— Pourquoi ?

— Parce qu'elle a appartenu à ta maman.

— Est-ce qu'elle fait quelque chose de spécial ?

— Non. Mais elle est très jolie.

— Tu as rien d'autre ?

— Je ne pensais pas que tu l'aurais gardée, ai-je dit à Linda.

— Oh si. » Elle a regardé la bille, en équilibre dans la main de Molly, puis elle a baissé les yeux. « Comme ça, j'avais un petit bout de toi, hein ? Ça m'a aidée. Quand tu me manquais trop. »

J'ai senti soudain le lien ténu qui nous avait unies au cours de ces dix-sept dernières années se retendre. Je me suis approchée et je l'ai prise dans mes bras. Elle était tiède et massive, et elle m'a serrée si fort que j'ai eu l'impression que nous ne faisions plus qu'une. Elle m'a lâchée, j'ai traversé le jardin et je suis sortie dans la rue. Elle était toujours à la porte. Mikey est arrivé et lui a attrapé la jambe. Elle était grande et forte, tel un phare.

Dans le train, Molly a mangé un sandwich long comme le bras, puis elle s'est endormie, la tête sur l'emballage. Je ne voyais pas son visage, seulement ses cheveux sombres. J'étais fatiguée jusque dans la dentelle des veines au bout de mes doigts, mais je ne parvenais pas à dormir. Voyager dans le sens contraire de la marche me donnait la nausée, mais je ne voulais pas changer de place. Être assise près de Molly signifiait que je sentirais la chaleur de son corps, que j'aurais l'impression de fusionner avec elle. Ce serait encore plus difficile lorsqu'on me l'arracherait. À la fin de la semaine, elle serait chez un couple qui ne pouvait pas avoir d'enfants, dans une grande maison, elle gagnerait des étoiles sur un tableau lorsqu'elle mangerait des légumes et ferait ses devoirs. J'ai pensé que je pourrais écrire à ses nouveaux parents pour leur dire quels livres elle aimait, quels programmes elle regardait à la télévision et combien elle avait envie d'une robe de fête. Ils l'emmèneraient dans un grand magasin. Prendraient des photos d'elle, debout devant la porte, toute vêtue de satin et de fanfreluches. On pouvait faire ça quand on n'était pas obligée de se souvenir de ces jambes pâles et inertes sortant d'une robe à carreaux rouges et blancs.

Mon avenir était tout tracé lui aussi. Je serais arrêtée pour ne pas avoir respecté le contrôle judiciaire, et si je n'allais pas en prison, je me tuerais. Encore une conclusion déjà tirée : sans Molly, pas d'alternative. Je le ferais avant d'avoir le temps de prendre peur, avant de retourner à l'appartement. Les pièces étaient imprégnées d'elle : les marques pour mesurer sa croissance sur le chambranle de la porte, son odeur dans les draps. Je ne pourrais y entrer seule. Je préférais entrer dans la mer.

Je faisais rouler la bille sur la tablette en décrivant de petits cercles. Mes pensées se déployaient autour, liquides, glissantes. Dès que j'ai cessé de les contenir, elles sont revenues vers Linda. Je l'imaginais dans sa maison boîte d'allumettes avec ses baies vitrées, ses gosses qui jaillissaient des tiroirs, de sous le parquet, sales et à moitié nus. J'imaginais Kit rentrant pour le dîner, l'entourant de ses bras par-derrière, se penchant pour l'embrasser sur la joue. Puis j'ai pensé à son nouveau bébé, qui grandissait en elle. Elle n'avait pas du tout l'air gênée de ce tas d'enfants qu'elle avait mis au monde. Quand j'avais annoncé à Jan que j'étais enceinte de Molly, ma peau frémissait de honte. Nous étions dans son bureau, au commissariat, assises l'une en face de l'autre. Elle avait inspiré lentement et sur ses traits était peu à peu apparu un air exaspéré.

« Avez-vous pensé à ce que vous allez faire ? » Elle avait regardé mon ventre en se demandant jusqu'où elle pouvait se mettre en colère et elle avait pris une autre inspiration, lentement. Elle était très fâchée.

« Pas vraiment, avais-je répondu parce que c'était la vérité.

— Bien. Voulez-vous le garder ? »

J'avais songé à ce grumeau de cellules toutes neuves, ancré en moi, comme des bulles ou des œufs de grenouille, un truc que j'aurais avalé par accident. Jan savait qui j'étais. Elle savait ce que j'avais fait. Je sentais la présence de Steven et Ruthie entre nous, leurs frêles corps froids allongés sur le bureau.

« Je ne peux plus tuer quoi que ce soit d'autre, avais-je murmuré.

— Quoi ?

— Je vais le garder. Il est à moi. »

Jan était venue nous voir à l'hôpital. Molly était propre, vêtue d'une minuscule grenouillère blanche. J'avais dit à Jan qu'elle pesait plus de trois kilos six, et Jan avait dit que c'était beaucoup, ce qui m'avait presque fait rire : Molly était la plus petite personne que j'avais jamais vue. Nous avions passé quelques minutes, tranquillement assises, puis Jan s'était redressée sur son siège :

« Vous savez que je dois vous poser la question.

— Oui.

— Vos sentiments ont peut-être changé. Il n'y a pas à avoir honte. La situation serait difficile pour n'importe quelle femme. »

Molly tétait paresseusement, les yeux mi-clos. Quelle fourberie de me l'avoir mise au sein dès l'instant où elle avait quitté mon corps, afin de nous relier à nouveau avec une corde d'acier avant même que j'aie décidé si j'étais d'accord.

Reste avec nous, Chrissie. Qu'est-ce que tu vois ?

Un lit. Des couvertures. Molly.

« Elle aurait faim sans moi.

— Elle prendrait le biberon.

— Ça ne lui plairait pas.

— Elle s'y ferait.

— Mais elle aurait faim avant ça.

— Peut-être. »

La bouche de Molly avait lâché mon sein et elle s'était réveillée en sursaut. J'avais posé la main à l'arrière de sa tête et elle s'était à nouveau attachée à moi. Dans l'une de ses mains, un repli de ma peau.

« Elle m'aime bien, avais-je dit. Elle se comporte vraiment comme si elle m'aimait bien.

— Oui, a acquiescé Jan. Vous êtes son univers.

— Je veux la garder.

— D'accord. Qu'il en soit ainsi. »

Molly a relevé la tête en clignant les yeux. L'emballage de son sandwich lui collait à la joue, elle l'a retiré, mais elle a gardé une marque sur sa peau. « J'ai mal au cou. »

J'ai retiré ma veste et la lui ai donnée. « Tiens. Plie-la et appuie-la contre la vitre. Essaie de dormir dans cette position. Ton cou est resté trop longtemps dans une mauvaise position. »

Elle n'a pas refermé les yeux tout de suite. Elle a regardé par la fenêtre, frémissant au rythme des cahots du train.

« Est-ce que grand-mère était une gentille maman ?

— Pas vraiment.

— Elle savait pas comment être une maman ? »

Je n'avais jamais vu les choses sous cet angle, mais en les retournant dans ma tête, j'ai décidé qu'elle avait vu juste. Maman était une mauvaise mère ; mais ce n'était pas un monstre. Elle n'avait jamais voulu de moi, alors elle avait tenté de me donner. Elle avait découvert que j'avais tué Steven, alors elle avait essayé de m'empoisonner. Peut-être était-ce pour me punir, ou me protéger, ou ni l'un ni l'autre. Peut-être parce qu'elle était fatiguée d'essayer d'aimer sans y parvenir une gamine qui lui était si étrangère. Je ne la verrais plus, et je pouvais choisir de quelle façon me souvenir d'elle. J'ai opté pour la version de la femme qui ne savait pas comment être une maman. J'ai décidé que c'était une incapable, maladroite, d'une cruauté gratuite, qu'elle s'intéressait juste assez à moi pour que cela veuille quand même dire quelque chose. Elle se souvenait de mon âge. Elle avait gardé la photo de mon premier jour d'école. J'ai décidé que ce n'était pas un monstre.

« Je pense que non, ai-je répondu à Molly.

— Et tu étais tout le temps triste ? »

J'ai incliné la tête d'un côté, puis de l'autre, et j'ai

senti mon cou craquer. Je ne savais pas quoi répondre. Il aurait été facile de dire : « Oui, j'étais toujours triste. Horriblement, terriblement triste, depuis le moment où je me réveillais jusqu'à celui où je m'endormais, tous les jours, toutes les semaines, tous les ans. J'étais si triste que j'ai dû tuer des gens. C'est la seule raison qui m'a poussée à faire ça, Molly. Parce que j'étais tellement triste. »

Cela n'aurait pas été un mensonge. Lorsque je me remémorais ma vie à l'âge de huit ans, je me souvenais de la faim qui me tenaillait les entrailles en tous sens, de la honte de me réveiller dans des draps mouillés, et du sentiment que personne au monde ne voulait de moi. Personne au monde ne m'aimait vraiment. Et puis, je me souvenais d'avoir poursuivi William et Donna dans Copley Street, me sentant si légère que j'étais sûre que j'allais m'envoler dans le ciel. D'avoir piqué des bonbons à Mrs Bunty, puis poussé un long cri, comme une sirène, en détalant au loin. D'avoir marché sur les murs des jardins depuis chez Mr Jenks jusqu'à la maison hantée sur mes petites jambes puissantes. De la sensation de la brûlure du soleil, de l'odeur des crayons de couleur dans la classe, et du goût d'amande des pépins de pomme. De jouer à la télé avec Linda. D'apprendre des jeux de main avec Linda. De faire le poirier avec Linda.

Je me suis rappelé le jour où on m'a emmenée au commissariat de police, loin de la maison bleue et du trou dans le ciel. Quand ils ont eu fini de m'interroger, ils m'ont laissée dans une pièce vide. Une femme policière était assise sur une chaise en plastique dans un coin. Elle ne me regardait pas. J'ai croisé les jambes et j'ai tambouriné avec mes mains, puis j'ai fait claquer ma langue. Elle ne m'a pas regardée. Au bout du compte, j'ai renoncé à attirer son attention. J'ai posé la tête sur la table et j'ai fermé les yeux. Il faisait froid dans la pièce. J'ai passé ma langue sur mon bras : les poils étaient tout hérissés.

« Je peux avoir une couverture ? » ai-je demandé à la femme policière. Elle n'a pas répondu. Elle ne me regardait pas.

Dans le commissariat, il n'y avait aucun moyen de savoir si c'était le jour ou la nuit car il n'y avait pas de fenêtres et que la lumière était allumée en permanence. Au bout d'un moment, on m'a mise dans une cellule avec un lit, des toilettes et un sandwich au fromage sur une assiette. Un peu plus tard, ils sont revenus, ont repris l'assiette et m'ont donné un oreiller. J'ai pensé que ça voulait dire qu'il était l'heure de dormir, alors j'ai retiré mes chaussures et je me suis allongée. La couchette était deux fois trop longue pour moi, parce que les cellules n'étaient pas conçues pour les enfants. À même pas dix ans, on n'allait pas en prison et on n'avait pas droit à un procès, parce que quoi qu'on ait fait, on n'était qu'une gamine et ce n'était pas votre faute. Je n'avais que huit ans mais j'ai pourtant eu droit à la cellule et au procès. Certains crimes étaient si terribles qu'on ne vous considérait plus comme une gamine.

Mes paupières commençaient à se fermer lorsque j'ai entendu la porte de la cellule s'ouvrir. Je me suis assise. C'était maman. Elle est entrée et le garde a refermé derrière elle.

« Je reste là, a-t-il dit. Frappez quand vous voudrez sortir. »

Maman s'est adossée au mur d'en face. Nous nous sommes longuement regardées, et puis j'ai levé les bras vers elle. J'avais vu des petits faire ça : Steven, pour que sa maman le prenne dans ses bras, Ruthie avec la belle dame. Je ne sais pas pourquoi je les ai imités.

Maman a croisé les bras sur sa poitrine. « Arrête ça, Chrissie, on dirait une gamine. » Puis elle s'est dirigée vers la porte, a frappé, et le garde l'a laissée sortir. Mes bras sont restés en l'air. Jusqu'à ce que tout mon sang se soit écoulé, jusqu'à ce qu'ils ne soient plus que deux piquets inertes, partant de mon corps. Ensuite je me suis rallongée et je me suis endormie.

Pendant les semaines du procès, on m'a gardée dans une pièce blanche riquiqui, dans le sous-sol sombre de la prison. Je ne savais pas à quoi ressemblait le bâtiment à l'extérieur, car chaque fois qu'on me déplaçait, on m'enveloppait dans une couverture qui sentait la sueur et les épluchures de pommes de terre. La première fois, j'ai crié et donné des coups de pied, et ils ont dû me porter, un policier de chaque côté. Je croyais qu'ils m'emmenaient pour qu'on me coupe la tête où qu'on me pende sur la croix.

« Non, non, je veux pas mourir ! ai-je hurlé.

— Tu ne vas pas mourir, Christine, a dit le policier sur ma droite.

— Personne *d'autre* ne va mourir », a dit celui de gauche. C'était celui que j'aimais le moins. Je l'ai mordu et il a juré.

En arrivant dans ma cellule, j'ai vu qu'il n'y avait ni croix ni guillotine, et j'ai arrêté de me débattre. On m'a déposée sur le lit et je suis restée là toute molle, comme une limace, à regarder le plafond blanc. Il n'y avait rien dans la pièce, à part le lit et une télé, posée en hauteur sur une étagère, dans un coin.

« Tu vas rester tranquille maintenant, a dit le policier qui me tenait à droite. Qu'est-ce que c'est que tout ce remue-ménage ? Pourquoi as-tu imaginé qu'on allait te tuer ? »

J'ai croisé les bras et je me suis tournée vers le mur. À l'entendre, on pouvait penser que j'avais été bête de croire qu'ils allaient me tuer, mais il se trompait. On ne pouvait jamais savoir quand quelqu'un allait vous tuer. Posez donc la question à Steven et à Ruthie.

Tous les matins, ils m'enveloppaient dans la couverture qui sentait les épluchures de pommes de terre et me faisaient monter dans une cage, un fourgon qui me conduisait au tribunal. Je m'appuyais contre les parois métalliques et je laissais les vibrations chasser mes pensées. Je me suis aperçue que je ne ressentais absolument rien au cours de ces trajets, et je savais que c'était grâce aux vibrations. Au tribunal, j'étais assise dans un box vitré, je regardais la pièce tout en bois autour de moi, et cent millions de paires d'yeux braquées sur moi. Au début, j'aimais bien ça, sentir que tout le monde me regardait. Ça me chatouillait, me redonnait presque l'effervescence, le sentiment d'être Dieu. Mais le procès a continué pendant des jours et des jours, et j'en ai eu vite assez. Les gens venaient l'un après l'autre à la barre témoigner à quel point j'étais mauvaise, ça ne me dérangeait pas qu'ils disent ça, mais ça me gênait qu'ils soient si nombreux, et qu'ils mettent autant de temps à dire ce qu'ils avaient à dire. J'étais fatiguée et nerveuse, dans mon box. Parfois, quand la personne qui témoignait avait vraiment parlé très longtemps, je posais la tête sur le rebord devant moi et je fermais les yeux. Il y avait toujours un garde qui venait me taper sur l'épaule et me dire de me tenir droite. Je finissais toujours par reposer ma tête. Ils revenaient toujours me taper sur l'épaule.

Ça faisait passer le temps plus vite parce que c'était presque un jeu.

En ressortant du box à la fin de la journée, j'étais toujours fatiguée, si fatiguée que j'avais mal au visage et les yeux qui piquaient. De retour à la prison, ils me ramenaient dans ma cellule et m'apportaient le dîner sur un plateau en plastique, et je mangeais si vite que j'en avais le hoquet. Ensuite je m'allongeais sur le lit, je fermais les yeux et je disparaissais. Ce n'était pas comme s'endormir. Mais comme choir en dehors du monde.

Les week-ends en prison étaient les pires moments parce qu'il n'y avait plus ni fourgonnette, ni tribunal, ni personne qui me regardait à part le gardien dans le couloir. Les journées passaient aussi vite que la mélasse dans un tamis : lentes et collantes. Le matin, ils m'apportaient le petit déjeuner sous un couvercle suant. Quand j'avais fini, je posais le plateau par terre et j'attendais le prochain repas. La télé bavardait dans son coin, mais ce n'était pas la chaîne pour enfants et les boutons étaient trop hauts pour que je les atteigne. Parfois, je comptais le nombre de pas qu'il fallait pour traverser ma cellule : vingt-cinq si je posais un pied juste devant l'autre. Parfois, je faisais le poirier contre un des murs blancs tout propres. C'était pas pareil que là-bas, contre le mur à poirier.

Le dernier jour du procès, c'était le jour de mes neuf ans. En rentrant dans mon box, j'ai vu la belle dame assise près de la maman à Steven sur le long banc en bois. Elle n'était encore jamais venue. Elle était pâle et elle avait grossi d'une manière qui indiquait qu'elle allait avoir un bébé. J'ai passé beaucoup de temps à observer son ventre de derrière la cloison en verre. Puis j'ai posé la tête sur le rebord. Tout ça n'avait aucun sens. J'avais tué Ruthie parce que si je ne pouvais pas être la fille de la belle dame, personne d'autre ne le serait. Et maintenant, elle allait avoir un bébé rien qu'à elle. Je savais que ce serait une autre fille. Je le savais. Et je ne pourrais pas la tuer parce que je serais en prison, ce qui voulait dire qu'elle vivrait, grandirait auprès de la belle dame qui serait sa maman, aurait des jouets, des robes et des baisers. Le garde m'a tapé sur l'épaule pour que je me redresse, mais je ne l'ai pas fait. J'étais trop fatiguée.

Je me suis forcée à me lever quand le juge me l'a demandé. Il m'a regardée dans les yeux et m'a dit que je serais placée dans un Foyer, et à ce moment-là je savais que « foyer » n'était qu'un autre mot pour dire « prison », et j'ai eu envie de lui dire : « Vous pouvez pas. Vous pouvez pas m'envoyer en prison. C'est mon anniversaire. C'est pas juste. » Il a prononcé des mots comme « mauvaise », « sans limites », « faire le mal », et le garde m'a prise par le coude, et j'ai compris que je ne reverrais plus jamais le mur où je faisais le poirier avec Linda. Elle non plus, je ne la reverrais jamais. Alors j'ai eu envie de me précipiter vers le bureau du juge et de taper du poing dessus en criant : « Mais je voulais pas le faire ! Je voulais pas les tuer ! Je reviens sur tout ce que j'ai fait ! On revient en arrière ! Laissez-moi revenir ! »

Je n'ai pas hurlé. Je n'ai même pas parlé. Un bruit de femmes en larmes a explosé autour de moi, et je me suis retournée juste assez pour voir maman, toute seule sur son banc. Elle ne pleurait pas. Elle ne sanglotait pas. Ses lèvres étaient serrées en une fine ligne sombre. Tout au fond de moi, je savais que les gens ne pouvaient pas revenir en arrière. Tout au fond de moi, je savais que les gens ne pouvaient pas redevenir vivants après qu'ils étaient morts. Il y avait beaucoup de choses que j'ignorais sur la mort – qu'est-ce qu'on sentait, comment ça marchait, en fait je ne savais presque rien –, mais en tout cas j'avais appris une chose : la mort, c'était pour toujours. Quand quelqu'un qu'on connaissait mourait, on ne mourait pas avec lui. On continuait à vivre, et on traversait des phases, des chapitres de notre vie, si différents que c'étaient comme des vies différentes, mais pendant tous ces épisodes, celui qui était mort le demeurait. Qu'on soit triste ou heureuse, qu'on pense à lui ou pas, qu'il vous manque ou pas. Parce que si ça ne durait pas, alors ce n'était pas vraiment la mort, c'était juste quelqu'un qui s'intéressait si peu à vous qu'il disparaissait.

Je suis repartie tranquillement lorsqu'ils m'ont ramenée à ma cellule et m'ont enfermée. Je me suis allongée sur le lit, j'ai mis mes doigts sur mon cou et j'ai compté les battements de mon cœur – un, deux, trois, quatre, cinq, six, sept, huit, neuf. Parfois, au moment de mon anniversaire, je décidais que le nouveau chiffre de mon âge serait mon chiffre porte-bonheur, ainsi je pouvais avoir de la chance sans rien faire. Mais ce jour-là, j'ai décidé que le chiffre neuf ne serait pas mon nouveau porte-bonheur.

J'ai passé le doigt sur la vitre du train, laissant une trace grasse. Quand je repensais à ma vie d'avant, je me souvenais de la misère que j'avais vécue, mais aussi d'une liberté enivrante, euphorisante : c'était ça que je voulais pour Molly. Qu'elle soit libérée de cet appartement, de la gardienne hautaine de l'école, de la routine dans laquelle je la ficelais comme dans un gilet de sauvetage, car c'était la seule manière que j'avais trouvée pour la protéger. J'aurais pu répondre à Molly que j'avais été triste tout ce temps-là, cela aurait été plus confortable pour moi, mais j'aurais été lâche. J'avais été heureuse autant que j'avais été triste, car j'avais connu le paradis à l'égal de l'enfer. Et j'avais tout pris, tout mâché, digéré, et commis des actes qui avaient privé deux familles du paradis pour ne leur laisser que l'enfer. Voilà la vérité. La vérité de chaque heure, de chaque jour. Et il en serait toujours ainsi.

« J'étais souvent triste. Mais pas tout le temps. Des fois, j'étais heureuse. Des fois, j'étais en colère. Assez en colère pour faire du mal à des gens. »

J'avais ouvert la voie aux questions : « Comment tu leur as fait du mal ? Tu les as poussés ? Tu les as frappés ? C'était qui ? Est-ce qu'ils t'ont fait mal après ? » –, mais les questions ne sont pas venues. Molly s'était rendormie. Elle avait la bouche ouverte, et un filet de bave lui coulait sur le menton. Je n'avais pas de mouchoir. Les gouttes sont tombées sur son tee-shirt, formant une tache sombre.

Je me suis figuré que j'emmenais Molly à l'école, luttant pour respirer parmi les autres mères, ensuite je la verrais disparaître à l'intérieur du bâtiment, et je me demanderais si la directrice n'allait pas me téléphoner pour me dire qu'elle avait attaqué un camarade de classe, si ce jour-là je n'allais pas découvrir que malgré tous mes efforts je n'avais pu l'empêcher de devenir moi. J'ai pensé à ces sursauts de panique en regardant la pendule, pour m'apercevoir que nous avions cinq minutes de retard pour le déjeuner, le dîner, le bain, le lit, la torture de la lecture rituelle, combien je vivais chaque moment raté comme un échec, combien j'avais du mal à entendre mes propres pensées par-dessus le bavardage des programmes de télé pour les enfants. Je me suis imaginée assise sur mon matelas, contemplant son petit visage endormi, jaune dans la lumière qui filtrait par la porte entrebâillée. Humant ses vêtements pour voir s'il fallait les laver, respirant l'odeur de la cantine et des crayons de couleur. La ramenant de l'aire de jeux dans mes bras parce qu'elle s'était égratigné le genou, ses bras formant une chaîne tiède autour de mon cou. J'avais connu le paradis et j'avais connu l'enfer, et maintenant c'était terminé. Molly m'oublierait.

J'ai cherché un stylo dans mon sac. Le plâtre de Molly était posé sur la tablette et je l'ai bougé doucement, sans la réveiller. Il n'y avait plus beaucoup d'espace libre, mais j'ai trouvé un endroit assez grand pour y écrire mon nom.

Maman.

CHRISSIE

Je suis revenue de chez les pauvres le dos courbé, pareille à une vieille dame. Je savais que mes entrailles tomberaient si je me redressais. J'ai pris le chemin le plus long parce que je voulais pas passer devant la maison de la belle dame pour qu'elle me gronde à cause de Ruthie. J'étais vraiment pas d'humeur. Le chemin le plus long passait près de l'église, et j'ai vu qu'il était presque dix heures. J'avais seulement passé une demi-heure avec Ruthie. Ça m'a paru une demi-année.

Quand j'ai frappé à la porte chez Linda, son papa m'a ouvert et m'a souri comme jamais sa maman l'aurait fait.

« Comment va notre Chrissie ? » il a dit, la bouche pleine de tartine. Il avait du beurre et de la marmelade au coin des lèvres, petits croissants luisants. « Tu viens voir Linda. » Il s'est essuyé la bouche sur sa manche et la gelée orange et grasse est arrivée sur sa chemise, façon traînée d'escargot. Il semblait pas au courant de la nouvelle règle : « Linda ne joue plus avec Chrissie. »

« Regarde-moi ce ciel », il a dit en levant le doigt. J'ai regardé. C'était tellement bleu que ça faisait mal aux yeux. « Parfait. Un vrai temps de printemps. »

Il s'est de nouveau tourné vers moi. « Tu vas bien, Chrissie ? T'as pas l'air dans ton assiette ?

— Ça va.

— Tu es sûre ?

— Ouais. Je peux monter dans la chambre à Linda ?

— Mais oui. Vas-y. Je serai à l'atelier si vous avez besoin de moi. »

Linda avait enfilé une chaussure et sautillait partout, à la recherche de l'autre. « Tu vois ma chaussure ? » elle m'a demandé.

Je me suis assise sur son lit. « Non.

— Je croyais que je l'avais enlevée ici, hier.

— Pas grave. J'ai pas envie d'aller dehors. »

Elle est venue s'asseoir à côté de moi. « Qu'est-ce que tu veux faire, alors ?

— On peut juste s'allonger un moment ?

— Hein ? »

J'ai retiré mes chaussures et je me suis couchée sur le lit, la tête sur l'oreiller. Elle s'est penchée vers moi, m'a regardée. « Tu es malade ?

— Non, j'ai juste envie de rester allongée un moment.

— OK. »

Elle m'a poussée, et on s'est mises tête-bêche, et nos pieds se sont retrouvés près de la tête de l'autre. J'ai appuyé ma joue contre son pied nu. Elle avait la peau douce et fraîche.

« Linda ?

— Ouais ?

— Si je partais, tu ferais quoi ?

— Chais pas.

— Allez, dis, tu ferais quoi ?

— Je me trouverais une autre meilleure amie, je pense. »

Ça me plaisait pas beaucoup, sa réponse. Ça avait l'air facile. « Ouais, j'ai dit, moi aussi, si tu déménageais, je me trouverais une nouvelle meilleure amie. Ou je m'en trouverais une tout court. Parce qu'en fait, je t'aime pas trop.

— C'est ton papa qui va t'emmener ? » elle a demandé. J'ai serré mes orteils sur l'oreiller près de sa tête, et un de mes ongles s'est emmêlé dans ses cheveux. Elle a crié. Je l'ai retiré vite fait, en sachant que ça lui ferait mal.

« Aïe ! » Elle s'est dégagée. « Attention !

— Mon papa va pas m'emmener.

— Pourquoi pas ?

— Parce que je suis la mauvaise graine.

— Ah.

— Pis d'ailleurs, je voulais même pas partir avec lui.

— Pourquoi pas ?

— Je l'aime pas.

— Mais il est gentil. Il t'a donné cette bille.

— La ferme. »

On n'a plus parlé pendant un moment. Le soleil traversait les branches d'un arbre, dehors, marbrant d'ombres le tapis. Ses cheveux me chatouillaient les orteils.

« Comment tu vas partir, alors ?

— C'est pas sûr. Je partirai peut-être toute seule.

— Tu peux pas. Tu es une enfant.

— Je fais ce que je veux. »

En bas, Pete s'est mis à chouiner, et le papa à Linda lui a chanté une chanson. Je savais qu'il l'avait inventée parce qu'il y avait le nom à Pete dedans. Le papa à Linda inventait toujours des chansons avec les noms de Linda et Pete dedans. Des fois, même, il y mettait aussi le mien. J'adorais quand il faisait ça.

« Ta nouvelle meilleure amie, elle sera peut-être pas si bien que moi, j'ai dit.

— Chais pas. Peut-être qu'elle sera mieux.

— Je pense pas.

— Moi non plus.

— Je te manquerai ?

— Ouais.

— Tu m'écriras ?

— Tu sais que je suis nulle en écriture.

— Ouais. Mais si je t'écris, moi, tu liras mes lettres ?

— Sans doute. Si les mots sont pas trop longs.

— J'en utiliserai que des courts alors.

— D'accord. Du coup, je les lirai. »

J'avais toujours la joue appuyée contre son pied. J'ai tourné la tête et mes lèvres ont touché l'os tout rond au bout de son gros orteil. Je l'ai embrassé. Elle a rigolé.

« Pourquoi t'as fait ça ? »

Je me suis redressée. Je ressentais plus du tout d'effervescence dans mon ventre, ni soucoupes volantes, ni lave, ni électricité, rien qu'un vide, à croire qu'on avait creusé un trou en moi et arraché tout ce qu'il y avait à l'intérieur.

« Allez viens, Linda. On va jouer dehors. »

De l'extérieur, la maison bleue était exactement pareille que quand j'y étais entrée avec Ruthie. Linda bavardait et sautillait tout en avançant vers chez les pauvres, moi je parlais pas. Je regardais par-dessus mon épaule pour voir si la belle dame me courait pas après. Je savais qu'il faudrait pas longtemps avant qu'elle commence à se demander où était passée Ruthie, après il lui faudrait pas longtemps pour s'apercevoir qu'elle était pas à l'aire de jeux, et ensuite il faudrait pas longtemps avant que tout le monde parte à sa recherche. Ça me fatiguait rien que d'y penser.

J'ai grimpé la première l'escalier décrépi. Ruthie était toujours couchée là où je l'avais laissée, avec sa robe qui remontait sur sa culotte et ses cheveux orange en désordre autour de sa tête. En m'approchant, j'ai vu que des fourmis s'étaient rassemblées autour de la sucette qui avait glissé de sa bouche. Il y en avait une qui lui remontait sur la joue, en suivant la trace de bave sucrée. Je me suis accroupie à côté d'elle, j'ai enlevé la fourmi et je l'ai écrasée entre mes doigts.

« Elle dort ? a demandé Linda en venant s'accroupir à côté de moi.

— Non.

— Elle est malade ?

— Non. » J'avais pas envie d'entendre ses questions, alors je lui ai dit : « Elle est morte.

— Comment ?

— Je l'ai tuée.

— T'as pas fait ça.

— Si. »

Elle s'est levée et elle a reculé jusqu'au mur. J'avais les jambes engourdies à force d'être accroupie, du coup j'ai posé mes fesses par terre, et j'ai appuyé mon menton sur mes genoux. J'avais mal à la gorge, une douleur comme j'en avais jamais ressenti. J'ai pensé que j'avais attrapé une angine. Linda s'est laissée glisser le long du mur, façon œufs brouillés dans une assiette, et elle est restée assise, les genoux ramenés contre sa poitrine, à croire qu'on était le miroir l'une de l'autre. Ruthie était allongée entre nous deux, plus petite que lorsqu'elle était vivante.

« S'il te plaît, me tue pas, a dit Linda.

— Je le ferai pas.

— C’est toi qui as tué Steven ? C’est pour ça que tu as écrit ça ? » Elle regardait le mur au-dessus de ma tête. J’avais pas besoin de me retourner. Les mots étaient gravés à l’intérieur de mes paupières. Je les voyais chaque fois que je fermais les yeux.

Je suis là. Je suis là. Je suis là. Vous m’oublierez pas.

Steven aussi était gravé à l’intérieur de mes paupières. Il était là quand je clignais, il était là quand je m’endormais, son genou dans mon ventre, mes mains sur sa gorge. J’éteignais la vie en lui, jusqu’à ce qu’il soit allongé sous moi pareil qu’un tube de dentifrice vide, jusqu’à ce qu’il soit si mort qu’il pourrait pas redevenir vivant avant des jours et des jours. Après, je laissais son corps minuscule au milieu du plancher, et je courais retrouver Linda au mur à poirier. Je me dressais à l’envers, sur les mains, à côté d’elle. Après, la maman à Donna passait en courant près de nous, la poitrine ballottant, en poussant des cris, et je faisais semblant d’être aussi surprise que les autres qu’un petit garçon soit mort dans la maison bleue.

« Ouais. Je l’ai tué. » Tant de fois j’avais imaginé le dire, et dans ma tête c’était toujours un coup d’éclat. Mais lorsque je l’ai dit en vrai, à voix haute, ça brillait plus du tout. Linda a pas répondu que j’étais plus sa meilleure amie, ni que je pourrais pas venir à son anniversaire. Elle a dit ce qu’elle disait toujours les fois où je faisais un truc qui lui plaisait pas.

« Je vais le dire à ma maman. »

Elle s’est relevée doucement contre le mur sans cesser de me regarder, on aurait dit qu’elle craignait que je lui saute dessus et que je serre les mains autour de son cou si elle bougeait trop vite. Je suis restée assise. J'étais trop fatiguée pour continuer à tuer. J'étais trop fatiguée pour quoi que ce soit.

« D'accord. » Elle a passé son bras dans son dos, comme elle avait fait quand Mrs White avait voulu l'obliger à lire l'heure à l'école, comme elle faisait toujours quand elle avait peur, ou qu'elle savait pas comment réagir. Elle a plus bougé.

« Pourquoi t'as fait ça ?

— Pourquoi j'ai fait quoi ?

— Pourquoi tu les as tués ? »

J'ai senti mon visage se crisper. J'ai mis mes mains sur mes joues pour qu'elle voie pas qu'elles devenaient rouges.

« C'était un accident, j'ai murmuré.

— On tue pas les gens par accident.

— Je pensais qu'ils allaient revenir, j'ai dit tout bas.

— Les gens reviennent pas après qu'ils sont morts.

— J'avais envie de le faire.

— Mais pourquoi ?

— Parce que c'était pas juste.

— Qu'est-ce qui était pas juste ?

— Tout. » On pouvait pas comprendre qu'est-ce qui était juste ou pas juste quand on avait une maman qui faisait des scones et un papa qui inventait des chansons avec votre nom dedans.

« Pourquoi tu m'as amenée ici ?

— Comme ça.

— Mais je vais le dire à ma maman. Tout le monde va savoir que c'est toi.

— Ouais.

— Tu veux que les gens sachent que c'est toi ?

— Avant, oui.

— Et maintenant ?

— Maintenant, je suis juste fatiguée. »

C'était pas tout à fait vrai. C'était pas de la fatigue, en fait, c'était pire. C'était pareil que la fois où on avait joué à cache-cache et où je m'étais faufilée dans l'église, jusque sous l'autel. Je m'étais faite toute petite, et j'écoutais mon cœur qui battait dans ma poitrine en respirant l'odeur de poussière des livres de cantiques et des vieux bâillements. C'était Donna qui collait. J'attendais qu'elle me trouve. Plus elle mettait longtemps, plus j'étais excitée, parce que j'étais de plus en plus sûre d'avoir gagné. J'ai attendu jusqu'à ce que je sente plus mes genoux. Que mon dos soit pétrifié. J'ai attendu jusqu'à ce que le froid de l'église m'entre dans les os, me rende toute raide, et que j'aie mal partout. Je me sentais seule dans ma cachette.

À la fin, je suis sortie de sous l'autel et je suis retournée dans la rue. J'ai trouvé Linda qui explorait les buissons autour du parking. Quand elle m'a vue, elle a souri.

« Te voilà ! elle a dit.

— C'était Donna qui devait me chercher.

— Elle en a eu marre. Elle est rentrée chez elle pour dîner. Comme tout le monde.

— Pourquoi tu l'as pas fait, toi ? »

Elle avait pas l'air de comprendre ma question. « Ben, on t'avait pas trouvée.

— Tu aurais pu abandonner. Comme les autres.

— Je voulais pas abandonner. Je voulais te trouver.

— Pourquoi ?

— Ben, c'est le but du jeu.

— Mais tu aurais pu abandonner le jeu. Vous auriez pu faire une autre partie sans moi. Pourquoi tu voulais me trouver ?

— Chais pas. Parce que tu es ma meilleure amie. Je t'aime bien. »

Je l'ai serrée dans mes bras. Elle était plus grande que moi, alors ma tête arrivait au niveau de sa clavicule. Je l'ai serrée si fort que je pensais qu'on allait faire qu'une. J'ai serré, serré, et je la respirais en pensant : « Je t'aime. Je t'aime. Je t'aime. »

Voilà ce que j'avais ressenti après avoir tué Ruthie – je me sentais pas puissante et pleine d'éclat comme après avoir tué Steven, mais froide et engourdie comme après être restée longtemps recroquevillée sous l'autel. Ça n'était plus drôle. Je ne voulais plus rester cachée. Je voulais juste Linda.

« Tu vas aller en prison », elle a dit. Cette fois, elle avait pas l'air de vouloir me serrer dans ses bras ni de me dire qu'elle m'aimait bien.

« Ouais.

— Sans doute pour le reste de ta vie.

— Ouais.

— Ta maman va pas te manquer ?

— Non. »

Elle a fait un pas de côté, ce qui l'a rapprochée des escaliers, mais elle est pas descendue. Elle avait toujours sa main derrière elle, accrochée au bout d'une de ses tresses. Quand elle tirait dessus, sa tête remontait en arrière et la peau de son cou se tendait. Je voyais les veines sous la surface. J'y voyais presque le sang couler.

« Va falloir que je me trouve une nouvelle meilleure amie, elle a dit.

— Est-ce que ça sera Donna ? »

Elle a haussé les épaules. « Peut-être. Donna ou Betty.

— Donna a un vélo.

— Alors ce sera Donna. »

La douleur dans ma gorge est descendue dans

ma poitrine. J'avais l'impression qu'on m'ouvrait en deux, pareil qu'un livre lorsqu'on craque la reliure, et puis tout à coup je me suis mise à pleurer, et là j'ai compris pourquoi j'avais jamais eu mal à la gorge, avant. C'était pleurer qui faisait mal, et moi, je pleurais jamais.

« Mais tu pleures, a dit Linda. Toi qui pleures jamais. »

Je faisais pas de bruit. Les larmes me coulaient sur la figure et tombaient sur le devant de ma robe, où elles étaient absorbées en laissant une trace sombre, semblable à une pièce. C'était la même chose que le jour où j'avais vu Susan pleurer après avoir bu du lait au mur à poirier. Silencieuse et immobile. J'avais rien compris sur le coup ; ça m'avait paru tellement bizarre cette façon de pleurer. Maintenant, je comprenais. C'était comme ça qu'on pleurait quand on était fatiguée jusque dans ses os, quand on n'avait plus rien à l'intérieur de soi pour faire autre chose.

« Tu es triste parce que je vais avoir une nouvelle meilleure amie ? » a demandé Linda. C'était un peu pour ça, mais je voulais pas qu'elle le sache, du coup j'ai secoué la tête. Elle a compris que j'arrêterais pas de pleurer, alors elle s'est encore approchée de l'escalier. « Je vais rentrer à la maison. Je vais dire à ma maman ce que tu as fait.

— Attends. » J'ai relevé le bas de ma robe pour m'essuyer le visage, puis j'ai plongé la main dans ma poche, j'en ai sorti la bille de papa et je l'ai fait rouler vers elle. Le soleil l'a fait aussitôt étinceler. Toutes les couleurs du monde.

« Tu me la donnes ? elle a demandé en la ramassant.

— Ouais.

— Mais c'est ta bille. Celle que ton papa t'a donnée. C'est ton truc le plus précieux.

— Je veux que tu l'aies.

— Pourquoi ? »

Je veux que tu te souviennes de moi. Je veux que tu n'oublies pas d'être ma meilleure amie. Je veux que tu te rappelles que tu m'aimes bien, que c'est ton devoir de bien m'aimer, parce que tu es la seule au monde qui m'aime bien.

« Parce que.

— D'accord. » Elle l'a rangée dans sa poche. Elle a longé le mur, s'éloignant le plus possible, ses yeux toujours rivés aux miens. En arrivant à l'escalier, elle s'est arrêtée, hésitante. Elle a levé la main, et ses doigts se sont agités, me faisant au revoir, alors je lui ai répondu de la même manière. Ensuite elle a descendu les marches et elle a disparu. J'ai entendu le bruit de ses pas sur les bouts de verre et les saletés, en bas, puis le clac-clac de ses chaussures lorsqu'elle s'est mise à courir dans la rue. J'avais remarqué, quand elle était assise en face de moi, qu'elle avait un lacet défait. Elle saurait pas le refaire toute seule. J'espérais qu'elle se casse pas la figure.

Avec Linda qui était partie et Ruthie qui était morte, la pièce était très tranquille. Toutes mes effervescences étaient finies : la soucoupe volante, la lave, les entrailles disparues. Plus rien. À la place, je me sentais pleine de verre cassé. Peut-être que c'était pour ça que, lorsque maman était obligée de me toucher, elle donnait l'impression qu'elle s'était coupée sur un truc tranchant. Parce qu'elle voyait ce que papa et Linda pouvaient pas voir : que j'étais une fille en verre cassé. Je faisais du mal aux gens rien qu'en existant. Y avait un sale goût dans ma bouche, et j'ai passé ma langue sur mes dents pour m'en débarrasser. En arrivant sur ma dent pourrie, j'ai poussé fort dessus : elle est partie d'un seul coup et ça m'a fait super mal. Je l'ai crachée dans ma main. Elle était toute marron et partait en petits morceaux, et sans elle j'avais l'impression que ma bouche était vide. Je me suis demandé si ma dent pourrie contenait toute ma méchanceté, si c'était pour ça que j'avais toujours été une mauvaise fille, et si maintenant qu'elle était partie je pourrais être une bonne fille. J'espérais bien. On se sentait seule à force d'être méchante. Je l'ai essuyée sur ma robe, j'ai ouvert la main à Ruthie et je l'ai fourrée dedans. Ses doigts commençaient déjà à devenir froids.

La lumière qui tombait dans la pièce était toujours d'un bleu perçant, si éclatant qu'il me faisait mal aux yeux. Elle rebondissait sur le dos des cloportes en scintillant. Le soleil tombait en plein milieu du trou pour éclairer le corps de Ruthie. Je la regardais, allongée toute raide, pareille à une poupée au milieu de son cercle de lumière. J'avais les mains fatiguées. Les yeux fatigués. Le cœur fatigué. Ruthie ne reviendrait jamais. Je me suis avancée sur les fesses, et je me suis allongée à côté d'elle, toute plate et tranquille. Je voulais ma maman. Je voulais poser ma tête sur sa poitrine comme j'avais fait à l'hôpital, appuyer sa main sur ma joue pour sentir les lignes de sa paume sur ma peau. Je savais pas pourquoi. J'avais envie, c'est tout. Peut-être parce que j'avais un peu peur. C'était horrible d'avoir peur. J'ai posé mes doigts sur ceux de Ruthie et j'ai mis ma langue dans le trou où y avait plus la dent pourrie. J'ai attendu le hurlement des sirènes. Que la police vienne me chercher pour m'emmener en prison pour le restant de mes jours. Moi et Ruthie, on attendait toutes les deux, allongées sous le trou dans le ciel.

JULIA

À la gare, pas de gyrophares bleus ni de sirènes, pas de voitures de police garées devant. Rien qu'un vieil homme assis à une table chez Chou-Chou, qui lisait son journal en buvant une tasse de thé.

On est sorties dans la rue et j'ai regardé autour de moi. Personne ne s'apprêtait à nous bondir dessus. J'aurais dû être heureuse – attraper Molly sous les bras, la soulever et la faire tourner, tourner –, mais j'éprouvais une terreur froide. Dans ma tête, j'étais sûre que la police allait m'embarquer moi dans une voiture, Molly dans une autre, m'emmener en prison, et la conduire, elle, dans sa nouvelle famille. Je serais vidée, brisée, et soulagée, parce que je n'aurais plus de responsabilités. De vrais adultes veilleraient sur Molly et la prison veillerait sur moi – ne plus avoir à s'occuper de deux personnes, cela revenait à retirer une armure de plomb.

« Allez, viens », a dit Molly. Elle m'a entraînée vers la rue principale. La mer est apparue au loin, grise derrière les lumières de la fête foraine.

« Tu as envie d'y aller ? lui ai-je demandé.

— À la fête foraine ?

— Oui. »

Elle s'est mise à faire des bonds en tapant dans ses mains. « Oui ! je veux faire un tour sur le *helter-skelter* ! »

Les forains n'en revenaient pas de voir arriver une cliente, ils regardaient Molly comme si c'était un mirage, jusqu'au moment où elle est passée sur le rebord du stand des autos tamponneuses, d'un pas assez lourd pour ébranler toute la structure. Elle a galopé jusqu'au *helter-skelter* et m'a fait signe de venir pour payer. J'ai tendu une pièce de cinquante pence au type du manège, mais il a secoué la tête.

« Elle est trop jeune pour monter toute seule. Faut que vous l'accompagniez. C'est une livre pour deux. Vous avez droit à trois tours. »

Molly a appliqué ses mains sur moi et commencé à me faire des caresses. « Viens, viens. Tu vas aimer ça. C'est super drôle. »

J'ai donné une autre pièce au gars qui m'a donné un second tapis en toile de jute pour glisser dessus. Molly avait déjà disparu devant moi, grimpant au sommet de la petite tour par l'escalier en colimaçon. Les marches étaient en métal grillagé et voir à travers me donnait le vertige. En arrivant au sommet, l'extrémité du tapis en toile de jute me grattait les chevilles. Molly m'attendait en sautillant et en se trémoussant, à croire qu'elle allait se faire pipi dessus. Je l'ai laissée me montrer comment poser le tapis avec le bout retourné, comment s'asseoir dessus et où mettre mes pieds.

« Maintenant, il faut que tu attendes ! a-t-elle dit d'un ton sévère. Il ne faut surtout pas que tu pousses tout de suite, parce que je dois m'installer moi aussi. Alors pars pas tout de suite, hein ? »

Elle s'est faufilée entre mes jambes, contre ma poitrine. Elle était toute chaude, toute vivante, tout entière faite de sang, de peau et de nerfs. Ça ne collait pas avec ce que j'avais vu sur la radio : tout ce noir autour des os.

« Dans une seconde, il faudra que tu avances tes fesses. Pour qu'on descende. » Elle était si excitée qu'elle devait s'arrêter entre les mots pour reprendre sa respiration. « Ça va aller à toute vitesse. Mais faut pas avoir peur. Je sais comment on fait. Je vais t'aider. » Elle a posé ses mains à côté des miennes sur la poignée en corde, puis elle a crié « Partez ! » et on est descendues en spirale vers le sol, corps rougis, sel aux joues, sans espace pour penser, crier, pleurer.

On a fait neuf descentes. Ensuite, l'empereur du *helter-skelter* nous a dit qu'on avait gagné trois tours gratuits « vu comment elle aime ça ». J'ai dû retenir Molly par son manteau pour l'empêcher de se jeter à son cou pour l'embrasser. Moi, j'avais plutôt envie de lui en coller une. L'atmosphère sentait l'oignon et le pétrole, et j'étais verte tellement je me sentais barbouillée.

Douze descentes, c'était assez, même pour Molly. Je lui ai donné mes dernières pièces et elle les a dépensées dans un nuage rose de barbe à papa et sur un stand où « à tous les coups on gagne » (où elle a remporté un animal en peluche bleu d'une espèce indéterminée). On a emmené l'animal et la barbe à papa sur la plage, où on s'est assises sur le sable mouillé. L'humidité sous nos fesses et le ressac de la mer me donnaient l'impression que tout était liquide.

« Je vais apporter mon animal pour le présenter à la classe », a dit Molly. Elle avait de la barbe à papa tout autour de la bouche.

« Ah bon ?

— Ouais. J'avais pas très envie de rapporter un

truc de l'autre endroit. Je voulais quelque chose d'ici. J'aime beaucoup mieux, ici.

— D'accord. » La peluche était hideuse, mais l'idée me plaisait qu'elle se retrouve sur son oreiller dans la nouvelle maison de Molly. C'était une manière de prolonger le souvenir qu'elle aurait de moi avant qu'elle ne m'oublie.

« Est-ce qu'on va rentrer à la maison, maintenant ?

— Non.

— Où on va ?

— Rendre visite à Sasha. »

Elle a soupiré, s'est essuyé la bouche sur sa manche, et des fibres du tissu sont restées collées sur ses lèvres. J'ai songé qu'il n'y avait à cet instant aucun enfant au monde qui soit aussi collant que Molly. Et nulle autre personne à laquelle je me sente à jamais aussi collée.

Je me suis levée et je lui ai tendu la main. L'instant m'a paru démesurément long. « Viens. » J'ai écarté les doigts. « On y va. »

Aux services à l'enfance, la réceptionniste avait les cheveux bruns, les yeux bruns, et elle portait un pull brun à col roulé. Elle avait une tête de tarte à la bouillasse. En nous voyant, elle s'est jetée sur son téléphone en pivotant sur son fauteuil pour se détourner. Je l'ai entendue dire : « Oui, oui, elles viennent d'entrer. » Quand elle nous a de nouveau fait face, elle avait les joues rouges et un peu de buée sur les lunettes. Ça devait être le truc le plus fou qui lui soit arrivé depuis qu'elle avait déniché un pull exactement de la couleur de ses yeux et de ses cheveux.

« Nous venons voir Sasha », ai-je dit. J'essayais de réprimer le tremblement dans ma voix. Tarte-à-la-bouillasse a émis un couinement nous enjoignant de nous asseoir. Dans le hall très éclairé, la bouche collante de Molly m'a soudain paru inacceptable, et je l'ai emmenée aux toilettes pour se rincer les mains et le visage.

« J'ai faim, a-t-elle dit pendant que je l'essuyais.

— Tu viens de manger une barbe à papa.

— Mais c'est pas de la nourriture. C'est du bonbon.

— Eh bien, je n'ai rien à te donner maintenant. Tu vas devoir attendre.

— C'est nul.

— Je sais. Excuse-moi.

— OK, je t'excuse. »

Nous venions juste de nous asseoir dans la salle d'attente quand Sasha est arrivée par la porte à tambour, son badge au bout d'une lanière tapant sur les boutons de son gilet. Ses cheveux partaient dans tous les sens, à moitié sortis de sa queue-de-cheval.

« Julia. Je suis vraiment contente de vous voir. » Elle s'est accroupie et m'a pris le bras, pour que Molly ne l'entende pas. Molly s'est gentiment déplacée pour se poster devant moi, afin de pouvoir tout écouter. Sasha avait vraiment l'air de vouloir la gifler.

« Julia, je crois qu'il vaudrait mieux qu'on emmène Molly dans un salon de réception pour les familles. Ensuite on pourra discuter. Ça vous va ? J'ai demandé à une de mes collègues de rester avec elle. » J'ai hoché la tête. Je ne voulais pas pleurer, mais je sentais les larmes s'accumuler au fond de ma gorge. Sasha s'est levée et elle a pris Molly par le bras. « Viens, Molly. Edie t'attend. Tu l'as déjà rencontrée ? Je crois qu'elle a besoin d'aide pour faire un puzzle. Elle doit aussi avoir des gâteaux avec elle. »

Je les ai suivies avec l'impression de n'avoir aucune utilité. Sasha s'est arrêtée devant une porte qu'elle a ouverte. « Vas-y, Molly. Je vais juste parler un peu avec ta maman dans l'autre pièce. Si tu as besoin de quelque chose, Edie viendra nous prévenir.

— Attendez ! » ai-je dit. Elle se sont toutes les deux retournées vers moi, et j'ai éprouvé de la compassion pour Sasha : devoir dire quelque chose que Molly ne devait pas entendre alors même qu'elle était là et entendait tout. « Est-ce que je la reverrai ?

— Qui ça ? a demandé Molly.

— Personne. »

Sasha m'a pris le bras. Je me suis demandé combien de bras elle touchait dans une journée. « Mais oui ! Ce n'est pas… Nous allons seulement… Laissons-la un moment avec Edie, d'accord ? Allons bavarder. Bien sûr que vous la reverrez. » J'ai hoché la tête. Je ne savais pas si j'allais pouvoir encore retenir mes larmes longtemps, et je ne voulais pas que Molly me voie pleurer. « Vas-y, Molly, a dit Sasha. Oh, on dirait qu'il y a des biscuits au chocolat. On se voit tout à l'heure. »

Elle a fermé la porte, continué dans le couloir, grimpé un escalier, puis est entrée dans une grande salle avec une table et des chaises. Je me suis assise, Sasha en face de moi. Puis elle a changé d'avis, s'est installée en bout de table, et nos genoux se touchaient presque. Elle a marmonné qu'il faisait froid, s'est levée, a passé du temps accroupie à triturer un petit radiateur portatif. Il a cliqueté, craqué et s'est mis à souffler un air tiède sur mes jambes. Il ne faisait pas si froid. Elle gagnait du temps.

« Donc, a-t-elle dit en se rasseyant. Alors. La police sait que vous êtes ici. Votre conseillère d'insertion. Elle va venir s'entretenir avec vous. Je pense qu'elle va venir avec un collègue.

— D'accord.

— Bien entendu, nous devions les informer du fait

que vous aviez emmené Molly. Puisqu'elle est placée sous contrôle judiciaire. Nous sommes obligés de leur dire quand il se passe quelque chose de ce genre.

— D'accord. »

Nous n'avons rien dit pendant un moment, puis Sasha s'est renfoncée dans son fauteuil et a posé les mains devant elle.

« Putain, Julia, mais pourquoi vous avez déconné comme ça ? »

Jamais auparavant je n'avais entendu une assistante sociale jurer ainsi. Je ne pensais même pas que c'était autorisé. Dans ma main, le mouchoir était trempé. J'ai tiré dessus jusqu'à ce qu'il se déchire. « Parce que vous allez me la prendre.

— Quoi ?

— Vous allez l'emmener. Le rendez-vous. Vous me la retirez.

— Vous parlez du rendez-vous d'hier ?

— Oui.

— Vous pensiez que je voulais vous voir pour vous retirer Molly ?

— Oui.

— Mais enfin, pourquoi est-ce que nous ferions ça ?

— Son poignet, évidemment. »

J'ai vu que Sasha avait envie de jurer à nouveau, mais elle a mis sa main devant sa bouche, puis l'a remontée dans ses cheveux, qu'elle a commencé à peigner. Elle avait dû faire ça toute la journée, c'était sans doute pour ça qu'elle était aussi décoiffée.

« Très bien. Je vois. » Elle a pris une grande inspiration. « Oui, je voulais vous dire un mot à propos de l'accident. Nous devons suivre ce genre d'événement. Parce que Molly est placée sous contrôle judiciaire. Mais je voulais juste voir si vous n'étiez pas trop affectée. Parce que nous avons tous compris que ça n'était rien d'autre qu'un accident, voyons.

— Ah.

— Soyons claires. À aucun moment il n'a été question de vous retirer Molly. Pas depuis tout ce temps que je vous connais. Jamais. Quand un enfant est placé sous contrôle judiciaire, toute visite à l'hôpital doit être rapportée. C'est la procédure standard. Mais si on retirait des familles tous les enfants qui se cassent quelque chose, il n'y aurait plus beaucoup de familles intactes.

— Les autres familles, c'est pas moi.

— Vous voulez dire que les autres familles n'ont pas la même histoire que vous ?

— Oui. »

Elle s'est penchée sur son bureau. Avec sa tête ainsi inclinée, je voyais les racines sombres de ses cheveux. J'ignorais quel âge elle avait. Je l'avais toujours considérée comme une adulte responsable, appartenant à une autre catégorie que moi, mais en l'entendant jurer et en l'imaginant qui se décolorait les cheveux au-dessus de sa baignoire, j'ai songé qu'elle n'était pas si vieille que ça. Moi aussi j'étais adulte : je l'avais vu dans le reflet des baies vitrées chez Linda. Sasha et moi, on avait peut-être le même âge en fait. Peut-être qu'elle en avait également marre d'être responsable.

« Où êtes-vous allées ? a-t-elle demandé en inclinant la tête sur le côté. Où est-ce que vous étiez passées ?

— On est juste parties un peu. Chez une amie. Molly était en sécurité. Elle n'a couru aucun danger.

— D'accord. C'est parfait. » Elle s'est renfoncée dans son fauteuil. « Vous voulez savoir ce que j'avais l'intention de vous dire hier ? Après avoir vérifié que le poignet de Molly allait mieux ? Je m'apprêtais à vous dire combien j'étais impressionnée par tout ce que j'ai vu récemment. Quand je vous rends visite, Molly a toujours l'air heureuse, elle semble avoir tout ce dont elle a besoin. C'est évident que vous faites beaucoup d'efforts, et je pense que les résultats sont payants. Je voulais vous dire que j'envisage de vous laisser davantage d'autonomie. Parce que vous vous débrouillez très bien toute seule. »

Les larmes sont venues. Pas des hurlements de chat sauvage ; un flot tranquille. À nouveau, je me sentais comme un livre dont on a cassé la reliure. Depuis la naissance de Molly, je me racontais que les assistantes sociales complotaient dans l'ombre pour me tendre des embuscades, attendant le moment où elles pourraient arracher ma fille à mes mains inutiles. Sasha me laissait entendre une histoire différente, où il y avait des méchants, mais aussi des gentils, une histoire dans laquelle on pouvait devenir gentille même après avoir été la plus méchante parmi les méchantes. Je ne savais pas que c'était possible. Je m'étais laissé engloutir par la terreur d'être responsable d'un petit paquet vagissant qui comptait entièrement sur moi pour tout ce qui concernait sa vie minuscule, et de devoir la tenir entre les mêmes mains qui avaient mis fin à deux autres vies minuscules. J'avais oublié que ma liberté était un cadeau, pas une sentence, et j'avais mis toute mon énergie à nous bâtir une nouvelle prison.

Quand j'avais posé à maman la question de ce qu'elle désirait, elle avait répondu qu'elle aurait aimé être jeune, avoir une toute nouvelle vie devant elle. Elle n'était pas allée au fond des choses en disant que ce qu'elle voulait, c'était être moi. Car c'était à moi qu'on avait offert une nouvelle vie. Je ne savais pas si c'était bien ou pas. Ce n'était pas moi qui avais décidé de mon destin, par conséquent ce n'était pas à moi de savoir si c'était bien ou pas. Mais même si c'était mal – un travestissement, une abomination, la plus mauvaise décision possible –, gâcher cette nouvelle vie ne réparerait pas les torts que j'avais commis. Ça n'apporterait rien à Steven et à Ruthie. Et ce ne serait pas bon pour Molly et moi.

J'ai posé la tête sur mes bras. Sasha était tout près de moi, je sentais sa chaleur à mon côté, comme le chauffage qui me soufflait sur les jambes. Je me suis rappelé combien j'étais convaincue qu'elle m'avait vendue aux journalistes. Maintenant, cela me paraissait totalement improbable, aussi délirant qu'un rêve enfiévré. J'ai fermé les yeux très fort pour ne plus voir son gentil visage.

« Je ne vous ai pas dit ça pour vous faire de la peine, a-t-elle dit doucement. Je pensais que vous voudriez savoir à quel point j'étais impressionnée.

— Est-ce que je vais aller en prison ?

— Non. Votre conseillère d'insertion va arriver, mais elle veut juste s'assurer que vous allez bien. Peut-être vous faire un sermon sur le fait qu'il ne faut plus nous causer des inquiétudes pareilles à l'avenir. Tout ce que j'avais l'intention de vous dire hier reste valable. Vous n'auriez pas dû vous enfuir ainsi, mais ça, vous le savez. Sinon, ça ne change rien. Rien du tout. Pour moi, vous êtes toujours la même maman qu'il y a trois jours.

— Est-ce que je suis bonne ?

— Bonne ?

— Est-ce que vous pensez que je suis une bonne mère ?

— Oui. Sans aucun doute. »

Je me suis redressée et j'ai incliné la tête d'un côté,

puis de l'autre. J'avais le cou raide. Je l'ai senti craquer. « Qu'est-ce qui va se passer, maintenant ?

— Eh bien, je pense que la police sera bientôt là. Vous pouvez les attendre ici ou dans le salon réservé aux familles, avec Molly. Pendant que vous les verrez, j'irai discuter avec ma responsable d'équipe.

— À propos de tout ça ?

— Oui.

— D'accord. Je veux attendre auprès de Molly. Est-ce qu'on peut y aller ?

— Mais oui. Y a-t-il autre chose que vous voudriez me dire ou me demander avant de descendre ? »

J'ai serré mes mouchoirs pour en faire une boule. J'étais atrocement fatiguée, mais je n'éprouvais plus du tout ce désir désespéré d'être délivrée de toute responsabilité. Je ne sais pas comment c'était arrivé. Peut-être l'effet du *helter-skelter*. J'étais redevenue la femme qui s'était réveillée la veille dans notre appartement, somnolant au côté de Molly en écoutant le bruit des tuyaux dans les murs. J'avais ouvert les yeux et regardé le radiateur sous la fenêtre. Les rideaux oscillaient sous la chaleur montante. Il faisait si bon dans la chambre qui sentait les tapis et l'eau bouillante. Alors, du fond de ma gorge, était remontée une bulle de ce qui semblait bien être de la fierté.

« Nous avons assez d'électricité pour nous éclairer et regarder la télé, avais-je pensé à ce moment-là. Il y a des céréales dans le placard et du lait au frigo. Nous avons des vêtements qui n'ont pas été lavés, repassés, puis donnés dans un sac. J'ai raté tant de choses dans ma vie. Mais j'ai réussi à devenir la maman de cette enfant. » J'avais désespérément eu envie de rester là pour toujours, calée derrière elle, à regarder le radiateur diffuser sa chaleur autour de nous.

Si je l'avais pu, j'aurais dit à Sasha que j'aimais Molly. « Je l'aime parce qu'elle a grandi en moi, m'a tenu compagnie et m'a sauvé la vie, et puis parce que quand elle est sortie de mon ventre, elle m'a tout de suite aimée. Grâce à elle, j'ai cessé d'être Chrissie, ou Lucy, ou Julia, grâce à elle je suis devenue "maman". C'est mon amie, ma fille, ma drôle de petite compagne têtue de chaque instant. Je l'aime jusque dans les zones sombres autour de ses os, et je veux la garder, l'avoir auprès de moi, sentir son odeur sur mes vêtements. J'ai envie de lui mettre des rubans argentés dans les cheveux à Noël, d'inscrire une nouvelle marque sur la porte pour son sixième anniversaire, de me glisser dans le lit à côté d'elle avant de m'endormir. Je veux continuer d'être son univers. »

Je ne pouvais pas le dire. Cela m'aurait rendue trop vulnérable.

« Non, ça va, ai-je fini par répondre. J'imagine que… je veux juste continuer à être sa maman, vous savez.

— Oui, je le sais, a déclaré Sasha. Je le sais très bien. »

MOLLY

Après que maman a fini de parler avec la police, elle m'a emmenée dans le jardin. Edie est venue avec nous, mais elle s'est juste assise sur le banc près de la porte, alors c'était pareil que si moi et maman on était toutes seules. J'ai demandé à maman de quoi la police voulait lui parler, et elle a répondu qu'ils voulaient s'assurer qu'on allait bien, toutes les deux. Je l'ai pas crue, mais j'ai rien dit. Elle avait le visage tout rose, un peu comme si elle avait pleuré, sauf qu'elle pleure jamais, du coup j'ai pensé qu'il y avait peut-être un autre problème, par exemple qu'elle avait été piquée par des abeilles.

La cage à poules dans le jardin, c'était vraiment pour les bébés, mais bon, j'y suis allée. J'ai descendu le toboggan trois fois, et maman m'a poussée sur la balançoire.

« Est-ce que tu n'es pas un peu trop grande pour ces jeux-là ? a dit maman après que j'étais passée sur le toboggan et la balançoire, et que j'avais compris qu'il y avait rien d'autre à faire.

— Un tout petit peu. Est-ce qu'on peut aller à la grande aire de jeux demain ?

— Mmmm », elle a répondu – elle répondait toujours ça si elle voulait que j'arrête de parler d'un truc.

Dans l'herbe, autour de la cage à poules, il y avait des pâquerettes, pareilles que celles à côté de l'église qui était pas notre église. Elle s'est agenouillée par terre et elle a commencé à les ramasser, du coup j'ai fait pareil. Elle savait super bien les tresser entre elles pour en faire une guirlande. Moi, j'arrivais pas à le faire sans fendre la tige jusqu'en haut, et ça gâchait tout, alors elle m'a dit que moi je les cueillais, et qu'elle, elle les tressait. On faisait une bonne équipe. Elle m'a fabriqué un collier, une couronne et deux bracelets. Je voulais qu'elle ait un truc, elle aussi, au moins une couronne ou un collier, mais elle a dit qu'elle voulait rien.

Ma dent était bizarre. Ça faisait longtemps qu'elle était bizarre, des semaines et des semaines. J'avais arrêté de le dire à maman, parce que chaque fois que je lui disais, elle faisait « Mmmm ». Je l'ai fait bouger avec le bout de ma langue, et tout d'un coup elle était plus attachée, elle se baladait dans ma bouche. Je l'ai crachée dans ma main.

« Qu'est-ce que c'est ? a dit maman.

— Ma dent.

— Qu'est-ce qui s'est passé ?

— Elle est partie. »

Elle a pris mon menton entre ses doigts et elle a regardé le trou où était la dent, en bas, sur le devant. Je voyais pas le trou, mais je le sentais. C'était froid, avec l'air qui passait dedans. Maman a sorti un mouchoir de sa poche et l'a appuyé sur ma bouche, et quand elle l'a retiré, y avait un peu de sang dessus.

« Tu as mal ? elle m'a demandé.

— Non, j'ai dit parce que j'avais pas vraiment mal. Elle est juste partie. Regarde. »

Je l'ai posée dans sa main. Elle était toute blanche, en forme de toute petite nageoire.

« Pourquoi elle est partie ? j'ai demandé.

— Le moment était venu, je suppose. Elle était prête à tomber.

— Est-ce qu'elles vont toutes tomber ?

— Oui. Avec le temps.

— Alors j'en aurai plus ?

— Tu en auras des nouvelles. Des plus grosses.

— Quand ?

— Dans un moment. Laisse-moi regarder. » Elle a tenu mon menton dans sa main, encore une fois, et elle a regardé le trou. « La nouvelle dent est en train de pousser. On voit un tout petit peu de blanc au fond du trou.

— Je peux le voir ?

— La prochaine fois que tu iras aux toilettes, tu pourras regarder dans le miroir.

— On peut y aller maintenant ?

— Non, pas maintenant. »

J'avais vraiment envie de voir, mais je voulais pas embêter maman. Elle a regardé ma dent en faisant très attention, elle l'a tournée, l'a appuyée contre le bout de son doigt.

« Je peux l'avoir ? j'ai demandé.

— Mais oui. Excuse-moi. » Elle me l'a rendue, a refermé mes doigts par-dessus, puis les siens. « C'est une très bonne dent. Bravo. »

Il faisait froid dehors, maman a vu que j'avais la chair de poule sur les bras et elle m'a donné son gilet. Les manches tombaient trop bas sur mes mains, aussi on les a roulées. J'ai pensé qu'Edie allait peut-être nous faire rentrer, mais elle avait la tête en arrière, tournée vers le ciel, et les yeux fermés, alors j'ai compris qu'elle allait rien faire, parce qu'en fait elle dormait.

« Quand est-ce qu'on rentre à la maison ? j'ai demandé à maman.

— Je ne sais pas très bien.
— Qu'est-ce qu'on va manger ce soir ?
— Je ne sais pas très bien. » On aurait dit qu'elle allait pleurer, du coup j'ai pas osé poser d'autres questions. J'ai serré le poing jusqu'à ce que le bout de ma dent me rentre dans la peau.

« Molly ?
— Ouais.
— Tu sais, lorsque tu es dans ton lit…
— Ouais.
— Tu sais que je pense toujours à toi. Lorsque tu dors et que je suis réveillée. Si tu avais un papa, je lui parlerais de toi. Il n'y a que moi, mais je pense à toi tout le temps. À comment rendre les choses meilleures pour toi.
— D'accord. » J'ai trouvé que c'était un peu bizarre, son truc.

« Et ça ne changera pas.
— Quoi ?
— Le fait que je pense à toi.
— Ça changera pas quoi ?
— Ça ne changera jamais. Peu importe ce qui se passera.
— Il va se passer quelque chose ?
— Peu importe ce qui se passe. Tu es ma Molly. Et tu le seras toujours. »

J'aimais bien quand maman disait des trucs comme ça, mais c'était pas son habitude, du coup je savais pas quoi répondre. J'avais l'impression qu'elle voulait vraiment que je réponde un truc. Alors à la fin, j'ai juste dit : « Tu es ma maman. »

Elle m'a ramenée contre elle, entre ses jambes, et elle a enroulé ses bras autour de mon ventre. J'ai relevé les miens en arrière pour les passer autour de son cou, mais ça faisait mal parce que les bras, c'est pas fait pour être tordus en arrière. Mais bon, c'était pas grave. Elle a posé son menton sur mon épaule. Elle sentait la lessive et la pluie. On est restées longtemps sans bouger. Au bout d'un moment, j'ai enlevé mes bras parce que ça faisait vraiment mal et je les ai mis par-dessus ceux à maman, du coup c'était pareil que si toutes les deux on me serrait, moi. Elle a laissé son menton posé sur mon épaule, et elle m'a dit des trucs à l'oreille, mais vu que sa tête était appuyée contre mon oreille, j'entendais pas vraiment, et il a fallu que je décide qu'est-ce qu'elle disait. J'ai pensé qu'en gros elle disait : « Molly, je t'aime. »

Après, j'ai regardé le bâtiment en face, et y avait une tête à la fenêtre, au-dessus du banc.

« Maman, y a Sasha. »

Maman a levé les yeux. Elle est devenue toute raide derrière moi. Sasha est sortie, elle a touché l'épaule d'Edie pour la réveiller. Edie est rentrée et Sasha est venue vers nous avec les manches de son pull par-dessus ses mains qui étaient croisées sur sa poitrine.

« Il fait frisquet, hein ? elle a dit.

— Je lui ai donné mon gilet », a répondu maman. J'ai bâillé. Sasha s'est accroupie et elle m'a tapoté la jambe.

« La journée a été longue pour toi, hein, ma puce ? Désolée de t'avoir retenue aussi longtemps. On a fini cette fois. »

J'ai entendu un bruit de grincement au-dessus de moi. C'était maman qui se frottait les dents les unes contre les autres.

« Est-ce que vous pourriez passer à nouveau demain ? a repris Sasha en parlant à maman cette fois. Quand Molly sera à l'école.

— Pourquoi ? a demandé maman.

— Nous avons quelques points à discuter. Nous avons envisagé de nouvelles manières de vous aider. Mieux vaut battre le fer tant qu'il est chaud. Vous pensez que Mr Gupta pourrait vous libérer une heure ?

— Est-ce que vous allez… » Maman a pas fini sa phrase.

« Est-ce que vous allez quoi ? j'ai demandé.

— Rien.

— Non, a répondu Sasha. Il n'en est pas question. Allez, Molly, il est temps que maman te ramène à la maison, hein ? »

Je voulais vraiment savoir qu'est-ce que maman allait dire après « Est-ce que vous allez… », mais j'étais trop fatiguée pour demander encore. Moi et Sasha on s'est levées, mais maman est restée assise par terre. Elle a pas bougé du tout, elle était toujours dans la même position qu'avant, quand j'étais assise entre ses jambes, du coup elle avait l'air toute vide sans moi. Je lui ai tendu la main, pour l'aider à se lever. Elle l'a pas prise. Elle regardait Sasha.

« Nous rentrons à la maison ? elle a dit. Toutes les deux ?

— Oui, a répondu Sasha.

— C'est bien vrai ?

— Oui. »

Maman s'est levée lentement, sans mon aide. Elle se tenait pas droite, comme si elle allait tomber, et Sasha l'a prise par les coudes. Elle se sont parlé avec les yeux, et puis Sasha est retournée à l'intérieur. Je la voyais, debout à la porte qui menait à la réception, elle nous attendait. Maman a pris ma main et elle l'a serrée très fort.

« Allez viens, Molly. On rentre à la maison. »

REMERCIEMENTS

J'ai toujours dit que ce que je préfère dans le fait d'écrire des livres, c'est collaborer avec tous ces gens talentueux et intéressants. C'est un plaisir et un privilège d'en avoir à nouveau fait l'expérience.

Je serais perdue (sur les plans émotionnel, pratique et professionnel) sans ma merveilleuse agente, Hattie Grünewald. Merci à elle d'avoir su gérer mes coups de déprime, mes problèmes de cœur, mes premiers jets atroces, sans jamais se départir de son tact et de son habileté ; de m'avoir aidée à ne pas sombrer dans la folie pendant l'épisode le plus exaltant de ma vie d'écrivaine ; d'avoir assuré la meilleure moitié de la Dream Team. Merci aussi au reste de l'équipe de chez Blair Partnership : Georgie Mellor, Mirette El Rafie, Jessica Maslen et Luke Barnard, pour avoir supervisé la vente des droits à l'étranger, Ompreet Cheema qui a imposé à tout le processus une régularité d'horloge, et Rory Scarfe, toujours présent pour offrir ses sages conseils et son expertise. Aux États-Unis, je remercie Catherine Drayton d'avoir pris sous son aile mon roman avec un tel enthousiasme et d'avoir décroché en si peu de temps un contrat.

Au cours du long processus qui a transformé ce

manuscrit en livre, j'ai eu le privilège de travailler avec trois éditrices qui m'ont beaucoup inspirée : Sarah McGrath, Jocasta Hamilton et Selina Walker. J'ai passé des semaines à me torturer pour savoir comment vous remercier à la hauteur de ce que vous avez fait pour moi, aussi bien en tant qu'écrivaine qu'en tant que femme. Au final, je n'ai qu'une chose à dire : Merci d'avoir pris soin de moi et de Chrissie.

Je remercie également les autres éditrices qui ont lu et apporté leurs critiques à mon livre : Anna Argenio, Delia Taylor et Alison Fairbrother. Je vous suis tellement reconnaissante de m'avoir consacré tant de temps afin de me prodiguer tous ces conseils si précieux.

Il faut tout un village pour publier un livre, et j'ai eu la chance de travailler avec toute une population de femmes merveilleuses. Merci à Rebecca Ikin, Claire Simmonds et Najma Finlay de chez Hutchinson ; Melissa Solis, Caitlin Noonan, Denise Boyd, Amanda Dewey et Anna Jardine de chez Riverhead.

En plus de toutes ces personnes qui ont transformé ce qui était une histoire dans ma tête en un objet tangible entre mes mains, il existe un continent de personnes qui travaillent dans les coulisses.

Merci, Arminda, Charlotte, Ellie et toute l'équipe de Vincent Square d'avoir toléré mes sautes d'humeur, mes incessants SMS et cette façon compulsive que j'ai de chanter en travaillant.

Merci, Allie, Becci, Carys, Kate, Nimarta, Miranda et Ros, mes loyaux et généreux amis, merci d'avoir partagé mes joies quand les choses allaient bien, et de m'avoir ramassée à la petite cuillère quand elles allaient mal.

Merci, Sarah pour tes incessants conseils/sages opinions/images sur WhatsApp.

Merci, maman, papa, Mattie, grand-mère, grand-père et le reste de la famille pour votre soutien, pour m'avoir aidée à garder les pieds sur terre tout au long de cette expérience enivrante.

Merci, Phil, d'avoir rendu ma vie plus belle et plus lumineuse que je ne l'aurais cru possible ; de m'aimer alors que j'étais objectivement indigne d'être aimée ; et d'*être* mon foyer.

Pour plus d'information :

#lisez! engagé

www.lisez.com

Imprimé sur du papier issu de forêts gérées durablement.

10/18 – 92 avenue de France, 75013 PARIS

Imprimé en France par CPI

N° d'impression : 3050226

X08131/01